Felix D........

Gelimer

Felix Dahn

Gelimer

Reproduktion des Originals.

1. Auflage 2022 | ISBN: 978-3-36847-032-6

Verlag: Outlook Verlag GmbH, Zeilweg 44, 60439 Frankfurt, Deutschland
Vertretungsberechtigt: E. Roepke, Zeilweg 44, 60439 Frankfurt, Deutschland
Druck: Books on Demand GmbH, In de Tarpen 42, 22848 Norderstedt, Deutschland

Felix Dahn

Gelimer

Historischer Roman aus der Völkerwanderung

(a. 534 n. Chr.)

Motto:
Nur durch die gleichen Tugenden, durch welche sie
begründet worden, werden Reiche erhalten.
Sallustius, Catilina.
O welch ein edler Geist ward hier zerstört.
Shakespeare, Hamlet.

Seiner Excellenz
dem wirklichen Geheimrat und Professor
Herrn Dr. Karl Hase
zu Jena
in hoher Verehrung und warmer Freundschaft
zugeeignet.

Erstes Buch.

Vor dem Krieg

Erstes Kapitel

An Cornelius Cethegus Cäsarius ein Freund.

»Lieber an dich denn an alle anderen Menschen schicke ich diese Aufzeichnungen. Warum? Vor allem, weil ich nicht weiß, wo du weilest, die Sendung also recht wahrscheinlich verloren geht. Und das wäre wohl das Beste! Zumal für diejenigen, welchen dann erspart bliebe, diese Blätter zu lesen! Aber auch für mich ist es gut, wenn diese Zeilen irgendwo anders liegen – oder irgendwo anders verloren werden – als hier. Denn fallen sie hier, zu Byzanz, in gewisse kleine, zierliche, sehr beflissen gepflegte Hände, so winken diese Hände vielleicht anmutvoll, mir den Kopf abzuschlagen; oder sonst etwas Wertvolles, woran ich seit der Geburt gewöhnt bin.

Schicke ich aber diese Wahrheiten von hier in das Abendland, so werden sie nicht so leicht erhascht von jenen gefährlichen Fingerlein, die alles, was in der Hauptstadt verheimlicht wird, finden, wenn sie ernstlich suchen.

Ob du in deinem Haus, am Fuß des Kapitols, ob bei der Regentin zu Ravenna weilst, – ich weiß es nicht: aber ich sende dies nach Rom: denn nach Rom fliegen meine Gedanken, suchen sie Cethegus. – Du spottest: weshalb ich schreibe, was zu schreiben so gefährlich ist? Weil ich muß! Ich preise – furchtgezwungen – laut mit dem Munde so viele Menschen und Dinge, die ich im Herzen tadle, daß ich die Wahrheit wenigstens schriftlich und leise bekennen muß. Nun könnte ich es ja ärgerlich niederschreiben, lesen, mich nochmal ärgern und dann die Blätter in das Meer werfen, – meinst du. Aber sieh' – und das ist der andere Grund dieser Sendung – eitel bin ich auch.

Der gescheiteste Mann, den ich kenne, soll lesen, soll loben, was ich schreibe, soll wissen, daß ich nicht so thöricht war, alles rühmenswert zu finden, was ich rühme. Später aber kann ich die Aufzeichnungen – wenn sie nicht verloren – vielleicht noch brauchen, wann ich einmal die wahre Geschichte schreiben werde der merkwürdigen Dinge, die ich erlebt habe und – demnächst – erleben werde. Bewahre sie also auf, diese Blätter, falls sie an dich gelangen: es sind nicht so fast Briefe: es ist etwas wie ein Tagebuch, was ich dir da sende.

Antwort erwarte ich nicht von dir. Cethegus bedarf meiner nicht – dermalen: – wie sollte mir Cethegus schreiben –: dermalen? Vielleicht aber erfahre ich dein Urteil bald aus deinem Munde. Du staunst?

Freilich haben wir uns nicht mehr gesehen seit den gemeinsamen Studien zu Athen. Aber vielleicht such' ich Dich bald auf in Deinem Italien. Denn es will mich bedünken: er ist nur das Vorspiel zu dem Kampfe mit euren Zwingherren, den Ostgoten, dieser jetzt – heute! – beschlossene Krieg mit den Vandalen.

Da hab' ich es hingeschrieben, das schicksalschwere Wort, das große Geheimnis, um welches erst so wenige wissen.

Es ist doch ein eigen Ding, in scharfen Buchstaben verzeichnet vor sich zu sehen ein furchtbar Geschick, blut- und thränenreich, das noch kein anderer ahnt: dann fühlt sich der Staatsmann wohl dem Gotte nah, welcher den Blitz rüstet, der demnächst herabsausen wird auf fröhliche Menschen.

Jämmerlicher, schwacher, sterblicher Gott! Wirst du treffen? Wird nicht der Strahl abprallen und auf dich zurückfahren? Der Halbgott Justinian und die Vollgöttin Theodora haben diesen Blitz gezückt: der Adler

Belisarius wird ihn tragen: wir brechen auf nach Afrika: Krieg mit den Vandalen!

Nun weißt du zwar viel, o Cethegus. Aber du weißt doch wohl nicht alles: wenigstens nicht alles von den Vandalen. Lerne es also von mir. Ich weiß es. Denn ich werde dafür bezahlt: ich habe in den letzten Monaten den beiden Göttern – und dem Adler – Vorträge halten müssen über diese blondhaarigen Thoren. Wem aber der Himmel Vorträge auferlegt, dem giebt er auch den für dieselbigen erforderlichen Verstand. Blick' auf die Professoren zu Athen: seit Justinian ihnen die Hörsäle geschlossen –, wer hält sie noch für weise?

Also vernimm: die Vandalen sind Vettern eurer lieben Herren, der Ostgoten. Vor hundert Jahren etwa kamen sie – zusammen, Männer, Weiber, Kinder, ungefähr fünfzigtausend Köpfe – aus Hispanien nach Afrika. Ein fürchterlicher König führte sie: Geiserich hieß er und war des Hunnen Attila würdiger Genoß. Er schlug die Römer in schweren Feldschlachten, nahm Karthago, plünderte Rom. Er ward nie besiegt. Die Krone vererbt in seinem Geschlecht, den Asdingen, die als von den Heidengöttern der Germanen entsprossen gelten: stets der Älteste des ganzen Mannesstammes besteigt den Thron.

Aber Geiserichs Nachkommen haben nur sein Scepter geerbt, nicht seine Größe. Die Katholiken in ihrem Reich – die Vandalen sind Ketzer, Arianer – haben sie auf das grausamste verfolgt: das war noch dümmer als es ungerecht war. So ungerecht war es gerade nicht: sie wandten nur wider die Katholiken, die Römer, in ihrem Reiche genau dieselben Gesetze an, welche die Kaiser im Römerreiche vorher wider die Arianer erlassen hatten und anwandten. Aber dumm war es, sehr. Was können uns im Römerreiche die wenigen Arianer schaden? Aber die vielen Katholiken im Vandalenreich, die könnten dieses Reich umwerfen, wenn sie sich nur rührten. Freilich: von selbst rühren sie sich nicht. Aber wir kommen, um sie aufzurühren.

Werden wir siegen? Viel spricht dafür. König Hilderich hat lang in Byzanz gelebt und soll hier heimlich zu dem katholischen Glauben übergetreten sein: er ist Justinians Freund: dieser Urenkel Geiserichs verabscheut den Krieg. Er hat gegen sein eigenes Reich den schwersten Schlag geführt, indem er dessen beste Stütze, die Freundschaft mit den Ostgoten in Italien, in tödliche Feindschaft verwandelte. Der weise König Theoderich zu Ravenna hatte mit dem vorletzten Vandalenkönig, Thrasamund, Hilderichs Vorgänger, Freundschaft und Schwägerschaft geschlossen, ihm seine schöne geistvolle Schwester Amalafrida vermählt und dieser als Mitgift außer vielen Schätzen das Vorgebirge Lilybäum auf Sicilien, für das Vandalenreich sehr wichtig, Karthago gerade gegenüber, geschenkt: dazu aber als dauernde Waffenhilfe wider

3

die Mauren – und wohl auch gegen uns! – eine Gefolgschaft von tausend erlesenen gotischen Kriegern, von denen jeder wieder je fünf tapfere Leute zur Begleitung hatte. Kaum war Hilderich König, als die Witwe Amalafrida des Hochverrats wider ihn bezichtigt und mit dem Tode bedroht ward.

Wenn diesen Hochverrat nicht Justinianus und Theodora ersonnen haben, kenn' ich meine angebeteten Herrscher schlecht: ich sah das Lächeln, mit welchem sie die Nachricht aus Karthago aufnahmen: es war der Triumph des Vogelstellers, der sein Schlaggarn über dem gefangenen Vögelein zusammenklappen läßt!

Es gelang Amalafridas Goten, sie aus der Haft zu befreien und ihre Flucht zu begleiten: sie wollte bei befreundeten Mauren Schutz suchen: aber auf der Flucht wurden sie von des Königs beiden Neffen mit Übermacht eingeholt und angegriffen: die treuen Goten fochten und fielen, alle sechstausend beinahe, Mann für Mann, die Fürstin ward gefangen und im Kerker ermordet. Seither grimmer Haß zwischen beiden Völkern: die Goten nahmen Lilybäum zurück und werfen von da aus Blicke der Rachsucht auf Karthago. Das ist König Hilderichs einzige Regierungsthat! – Seitdem hat er vollends erkannt, daß es für sein Volk das allerbeste ist, sich uns zu unterwerfen. Aber er ist fast ein Greis und sein Vetter – leider der allein berechtigte Thronfolger – ist unser schlimmster Feind.

Er heißt Gelimer.

Nie darf er König zu Karthago werden! Er gilt als Hort und Held, ja als die Seele der Volkskraft der Vandalen. Er zuerst hat wieder die Eingebornen geschlagen, die Mauren, jene Söhne der Wüste, die den schwachen Nachfolgern Geiserichs sich stets überlegen erwiesen hatten!

Allein dieser Gelimer ... – es ist mir nicht möglich, aus den widerstreitenden Berichten ein Bild von ihm zu gewinnen. Oder könnte wirklich ein Germane solche Widersprüche in Geist und Wesen tragen? Sind ja doch alle nur Kinder, wenn auch siebentehalb Schuh hoch aufgeschossene: Riesen – mit Knabenseelen. Einen einzigen Inhalt haben sie – fast alle – nur, sonder Zwiespalt oder Gegensatz: Raufen und Saufen. Dieser Gelimer aber – nun, wir werden sehen.

Auch über das ganze Volk der Vandalen sind scharf widersprechende Würdigungen im Umlauf hier.

Nach den einen sind sie furchtbare Gegner im Kampfe – wie alle Germanen – und wie Geiserichs Vandalen ohne Zweifel gewesen sind. Nach anderen Berichten aber sind sie im Laufe von drei Menschenaltern unter der heißen Sonne Afrikas und zumal im Zusammenleben mit unseren dortigen Provinzialen – wie du weißt dem liederlichsten und kernfaulsten Gesindel, das je den Römernamen geschändet hat, – verweichlicht, selber angefault, entartet. Held Belisar natürlich verachtet diesen Feind: wie jeden andern, den er kennt und – nicht kennt. Mir haben die Götter den geheimen Briefwechsel übertragen, der das Gelingen vorbereiten soll.

Ich erwarte nun wichtige Nachrichten: von vielen Häuptlingen der Mauren – von dem vandalischen Statthalter auf Sardinien – von euren ostgotischen Grafen auf Sicilien – von dem reichsten, einflußgewaltigsten Senator in Tripolis: ja sogar von einem der höchsten Geistlichen – es ist schwer zu glauben! – der ketzerischen Kirche selbst. Letzteres wäre ein Meisterstück.– Freilich ist er nicht Vandale, sondern Römer! – Gleichwohl! Ein arianischer Priester mit uns im Bunde! Ich traue es doch beinahe unsern Herrschern zu! Du weißt, wie scharf ich ihr Walten im Innern unseres Reiches verwerfe, – aber wo es höchste »Staatskunst« gilt, das heißt: Verräter zu gewinnen in dem vertrautesten Rat anderer Herrscher und so die Listigsten zu überlisten, – da beug' ich bewundernd meine Knie vor diesen beiden Göttern der Arglist. Wenn nur – –.

Ein Brief Belisars ruft mich in das goldne Haus: »Schlimme Nachrichten aus Afrika! Der Krieg ist wieder höchst zweifelhaft. Die scheinbaren Verräter dort drüben haben nicht die Vandalen, sondern Justinian verraten. Das kommt von solchen falschen Listen. Hilf, rate! Belisarius.«

Wie? Ich glaube doch, die geheimen Briefe aus Karthago kämen – durch den verkleideten Boten – nur an mich? Und erst durch mich an den Kaiser? So befahl er ausdrücklich: ich hab's selbst gelesen. Und doch noch geheimere, – von denen ich nur zufällig, hinterdrein, erfahre? – Das ist dein Gewebe, o Dämonodora!«

Zweites Kapitel.

Das Karthago der Vandalen war noch immer eine stolze, prangende Stadt, noch immer die glänzende »Colonia Julia Carthago«, die Augustus nach des großen Cäsars Plan am Platze der alten, von Scipio zerstörten Stadt wieder aufgebaut hatte.

Zwar war sie nicht mehr – wie noch vor einem Jahrhundert – nach Rom und nach Byzanz die volkreichste Stadt des Reiches: aber sie hatte in ihren Gebäuden, in ihrem äußeren Ansehen wenig gelitten; nur die Wälle, mit welchen man sie zuletzt gegen Geiserich umgürtet hatte, waren bei der Erstürmung durch die Vandalen vielfach zerstört und nicht genügend wiederhergestellt worden: ein Zeichen hochmütiger Sicherheit oder schlaffer Trägheit.

Noch immer blickte die alte Hochburg, die phönikische »Birtha«, jetzt Kapitolium genannt, auf die blaue See, auf die zwiefachen, durch Türme und Eisenketten geschützten und gesperrten Häfen. Und auf den Plätzen, den breiten Straßen der »oberen Stadt« wogte oder lungerte und lagerte eine müßige Menge auf den Stufen christlicher Basiliken, die oft aus Heidentempeln umgebaut waren, um die Amphitheater, die Säulenhallen, die Bäder mit ihren Blumenbeeten, Gartenanlagen, Palmengruppen, welche die aus weiter Ferne auf stolzen Bogen hergeführte Wasserleitung grün und lebendig erhielt. Die »untere Stadt«, gegen die See hin gelegen, war von den ärmeren Leuten, meist von Hafenarbeitern, bewohnt, von Magazinen erfüllt und von Läden für den Bedarf der Schiffe und der Matrosen: sie zeigte fast nur schmale Gassen, die sämtlich von Süd nach Nord, von der Innenstadt gegen den Hafen hin führten: ähnlich wie heute die schmalen Gäßlein in Genua.

Der umfangreichste Platz der unteren Stadt war das Forum des heiligen Cyprian: benannt nach der ihn schmückenden prachtvollen Basilika dieses größten Heiligen von Afrika. Die Kirche füllte die ganze Südseite des Platzes, an dessen Nordseite man auf vielen Marmorstufen in den Hafen hinabstieg – noch heute ragen melancholisch aus der Verödung, aus der Einsamkeit der stillen Stätte, welche einst das lärmende Karthago trug, die mächtigen Trümmer des alten »Seethors« – während eine breite Straße nach Westen, nach der Vorstadt Aklas und dem »numidischen Thore« leitete und eine ziemlich steil aufsteigende im Südosten zu der Oberstadt und dem Kapitol emporführte.

Auf jenen großen Platz hin strömte und wogte an einem heißen Juniabend buntgemischtes Volk vom Westthor, von der Porta Numidika her: Römer und Provinzialen, Kleinbürger von Karthago, Handwerker und Krämer, auch viele Freigelassene und Sklaven, welche die Neugier, die Freude am Müßiggang als mächtigste Triebfedern bewegten und die jedes glänzende und lärmende Schauspiel anzog. Auch Vandalen waren darunter: Männer, Weiber, Kinder, von jenen grell abstechend in ihrem blonden oder roten Haar, in ihrer weißen Hautfarbe: obzwar diese schon bei gar manchen sich gebräunt hatte unter der afrikanischen Sonne. In der Tracht waren sie nur sehr wenig – viele gar nicht – mehr von den Römern unterschieden. Unter diesen niedern Ständen fehlte es auch nicht an Mischlingen, deren Väter dann meist Vandalen, deren Mütter geringe Karthagerinnen waren. Hier und da besah sich den Zusammenlauf auch wohl ein Maure, der von dem Saum der Wüste in die Hauptstadt gekommen war, Elfenbein oder Straußenfedern, Löwen- und Tigerfelle oder Antilopenhörner feilzubieten: die üppigen Frauen und Männer der germanischen Adelsgeschlechter waren bessere, das will sagen: gierigere, reichere und verschwenderischere Käufer als die vielfach verarmten römischen »Senatorischen Familien«, denen der

Staat ihre alten unermeßlichen Reichtümer meist konfisciert hatte zur Strafe für wirklichen oder angeblichen Hochverrat, auch wohl nur wegen beharrlicher Festhaltung des katholischen Bekenntnisses. Unter der lärmenden jubelnden Menge war auch nicht Ein Römer der besseren Stände zu sehen; ein rechtgläubiger Priester, der auf seinem Wege zu einem Sterbenden diesen Platz nicht hatte meiden können, huschte scheu in die erste erreichbare Seitengasse, auf dem bleichen Antlitz Furcht, Abscheu und Unmut.

Denn die lärmende Menge feierte einen Sieg der Vandalen.

Voraus den heimkehrenden Scharen wogten die dichten Haufen karthagischen Pöbels, lärmend, oft zurückschauend oder Halt machend mit lautem Geschrei; viele drängten sich bettelnd, Gaben heischend, an die vandalischen Krieger. Diese waren sämtlich beritten: und zwar auf trefflichen, zum Teil sehr edeln Rossen: Mischlingen des aus Spanien mitgebrachten, hochberühmten Schlages und der vorgefundenen einheimischen Zucht.

Die Abendsonne flutete durch das weitgeöffnete »Westthor« herein und die »numidische« Straße entlang: hell glitzerten und gleißten in diesem grellen Licht, das der weiße Sandboden und die weißen Häuser blendend zurückwarfen, blitzend funkelten die stolzen Geschwader. Denn reich, überreich, bis zur Überladung, glänzten Gold und Silber an den Helmen und Schilden, an den Brünnen, an den nackten Armen in breiten Ringen, an den Schwertgriffen und Schwertscheiden, sogar an den Beschlägen, welche die Lanzenspitzen an die Schäfte befestigten, und, in eingelegter Arbeit, an den Schäften selbst. An Gewandung, Ausrüstung, Schmuck der Reiter und der Rosse waren überall die schreiendsten Farben sichtlich die meist beliebten: Scharlach, die Stammfarbe der Vandalen, herrschte vor: überall war dies brennende Hellrot angebracht: an den langflatternden Mänteln, an den seidenen Helmtüchern, welche, zum Schutz gegen die Wüstensonne, von den Sturmhauben nach rückwärts auf Nacken und Schultern fielen, an den buntbemalten reichvergoldeten Köchern, aber auch an Sattelzeug, Decken und dem Aufgezäum der Pferde. Unter dem Pelzwerk, welches die Tiere der Wüste in reicher Auswahl boten, war bevorzugt die gesprenkelte Antilope, der gescheckte Leopard, der gestreifte Tiger und von den Helmspitzen nickten und wogten des Flamingo dunkelrosa, des Straußen weiß Gefieder. Den Schluß des Zuges bildeten einige erbeutete Kamele, mit erbeuteten Waffen hochbeladen, und etwa hundert gefangene Mauren, Männer und Weiber: die schritten, die Hände auf den Rücken gebunden, nur von braun- und weißgestreiften Mänteln verhüllt, barhäuptig und barfüßig, einher neben den hochragenden Tieren, gleich diesen manchmal vorwärts getrieben mit Speerschaftschlägen von ihren blondhaarigen Wächtern hoch zu Roß.

7

Auf den Stufen der Basilika und auf den breiten Mauergesimsen der Hafentreppen drängten sich die Schaulustigen besonders dicht: von hier konnte man den glänzenden Aufzug bequem überblicken, ohne Gefährdung durch die feurigen Rosse. »Wer ist der Jüngling da, der Blonde, Gastfreund?« So fragte, über die Mauerbrüstung deutend, ein Mann mittlerer Jahre, in Tracht und Ansehn eines Seefahrers, einen grauhaarigen Alten an seiner Seite. »Welchen meinst du, Freund Hegelochos? Blond sind sie ja fast alle.« – »So? Nun, ich bin zum erstenmal bei den Vandalen! Ging doch erst vor wenigen Stunden mein Schiff vor Anker. Du mußt mir alles zeigen und erklären. Ich meine den dort, auf dem weißen Hengst, – der die schmale rote Fahne trägt mit dem goldnen Drachen.« – »Ah, das ist Gibamund, ›der schönste der Vandalen‹, wie ihn die Weiber nennen. – Siehst du, wie er hinaufspäht nach den Fensterbogen des Prinzenhauses da oben auf dem Kapitol? Unter all' den vielen Gestalten, die von dort herniederschauen, sucht er nur Eine.« – »Aber« – und der Frager fuhr wie betroffen zusammen – »wer ist jener – zu seiner Rechten – der auf dem Falben? Ich erschrak fast, da mich sein Auge plötzlich traf – er sieht dem Jüngling ähnlich: – nur viel älter ist er.« – »Das ist sein Bruder: das ist Gelimer! Gott segne sein edles Haupt.« – »Ei, dieser also ist der Held des Tages? Ich habe seinen Namen schon daheim in Syrakus oft gehört. Der also ist der Besieger der Mauren?« – »Ja, er hat sie wieder einmal geschlagen, diese Plagegeister, wie schon oft. – Hörst du, wie ihm die Karthager zujauchzen? Auch wir Bürger haben ihm zu danken, daß er jene Räuber von unsern Villen und Feldern hinweg in ihre Wüste scheucht.« – »Er ist wohl fünfzig Jahre? – Sein Haar ist schon stark grau.« – »Noch nicht vierzig ist er!« – »Schau doch, Eugenes! Plötzlich springt er ab – was thut er?« – »Sahst du es nicht? Ein Kind, ein römischer Knabe, der vor seinem Pferd vorüberlaufen wollte, ist gefallen: – er hebt ihn auf: hoch hält er ihn in den Armen.« – »Er prüft, ob er verletzt.« – »Es ist unversehrt, das Kind: es lächelt ihn an: es greift nach seiner glänzenden Halskette.« – »Und wahrhaftig! Er löst sich die Kette ab: er giebt sie dem Kleinen in die Hände.« – »Er küßt ihn – er reicht ihn der Mutter in die Arme.« – »Horch, wie ihm das Volk zujauchzt! Nun springt er wieder in den Sattel.« – »Der versteht sich drauf um Gunst zu buhlen.« – »Da thust du ihm Unrecht. So ist sein Herz geartet. Nicht anders hätt' er all' das gethan, wo ihn kein Auge sah. Und er hat's nicht nötig, um die Gunst des Volks zu buhlen: er hat sie längst.« – »Bei den Vandalen.« – »Auch bei den Römern! Das heißt: bei uns mittleren und bei den geringen Leuten. Die Senatoren freilich! Sofern noch welche leben in Afrika, hassen sie alles, was Vandale heißt: haben auch allen Grund dazu! Aber Gelimer hat ein Herz für uns: er hilft, wo er kann, und wehrt gar oft seinen Volksgenossen, die fast alle üppig, gewaltthätig, heißzornig und dann, im Zorn, auch wildgrausam sind. – Und ich vor andern habe

8

Grund, ihm heiß zu danken.« – »Du? Warum?« – »Du sahest bereits, ehe wir mein Haus verließen, Eugenia, meine Tochter?« – »Gewiß! Wie hold ist das zarte, fast allzu zarte Kind, seit du es mit nach Syrakus gebracht vor Jahren, zum Mädchen aufgeblüht.« – »Gelimer dank' ich ihr Leben, ihre Ehre. Schon hatte sie Thrasarich, der Riese, der unbändigste dieser Edelinge, der der Scheuen lange nachgestellt, hier auf offener Straße, am hellen Mittag, von meiner Seite gerissen und lachend auf seinen Armen die Schreiende davongetragen: – ich vermochte nicht, so rasch zu folgen als er rannte, – da eilte Gelimer, durch unser Geschrei gerufen, herzu: da der Wilde nicht losließ, streckte er ihn nieder mit einem Faustschlag und gab mir mein schreckbetäubtes Kind zurück.« – »Und der Entführer?« – »Der stand auf, schüttelte sich, lachte, sprach zu Gelimer: ›Recht hast du gethan, Asdinge. Und stark ist deine Faust.‹ – Und dann, seither –« – »Nun? – Du stockst.« – »Ja, denke nur: seither wirbt der Vandale, da er sie mit Gewalt nicht gewinnen konnte, ganz bescheidentlich um meiner Tochter Hand. – Er, der reichste Edeling seines Volkes, will mein Eidam werden.« – »Höre, das ist keine schlechte Versorgung.« – »Fürstin Hilde, meiner Kleinen hohe Gönnerin: – gar oft bescheidet sie mein Kind zu sich aufs Kapitol und reich bezahlt sie der Kleinen kunstvolle Stickereien – Frau Hilde selber redet ihm das Wort. Ich aber – ich schwanke; – keinesfalls will ich mein Kind zwingen und Eugenia ... –« – »Nun, was sagt die Kleine?« – »Ei, der Barbar ist bildhübsch! Ich glaube fast – ich fürchte – er gefällt ihr. Aber irgend etwas hält sie ab – wer kennt ein Mädchenherz? – Sieh, da steigen die Führer der Reiter ab – auch Gelimer – vor der Basilika.« – »Seltsam. Er ist doch der Gefeierte – es widerhallt der weite Platz von seinem Namen – und er – er sieht so ernst – ja traurig drein.« – »Ja, jetzt wieder! Aber sahest du, wie freundlich sein Antlitz strahlte, da er das erschrockene Kind beschwichtigte?« – »Wohl sah ich's. Und nun« – »Ja, er hat das an sich: plötzlich fällt's wie schwarz Gewölk auf ihn. Im Volke gehn deshalb allerlei Reden. Er hat einen Dämon in sich, sagen die einen. Er ist manchmal gestört, meinen die andern. Und unsre Priester flüstern: es sind Gewissensqualen wegen geheimer Frevelthaten. Aber das glaub' ich nie und nimmer von Gelimer.« – »War er von jeher so?« – »Es ist schlimmer geworden vor ein paar Jahren. Da soll ihm, in der Einsamkeit der Wüste – beschirme uns der heilige Cyprian! – Satanas erschienen sein. Seither ist er noch frömmer als zuvor. Siehe, da begrüßt ihn an der Basilika sein nächster Freund.« – »Der Priester dort? 's ist ein arianischer: – ich kenn' es an der schmalen, länglichen Tonsur.« »Ja,« zürnte der Karthager, »Verus ist's, der Archidiakon! Fluch ihm, dem Verräter!« Und er ballte beide Fäuste, »Verräter! Weshalb?«– »Nun, oder doch: Abtrünniger. Er stammt ja aus einer alten römischen Senatorenfamilie, die der Kirche schon gar manchen Bischof gegeben hat. Sein Großoheim war der Bischof Laetus von Nepte, der den

Martyrtod gestorben ist. – Aber auch sein Vater, seine Mutter, sieben Geschwister sind unter einem früheren König unter den furchtbarsten Foltern lieber gestorben, als daß sie ihren heiligen katholischen Glauben verleugnet hätten. – Auch dieser dort – er war damals etwa zwanzig Jahre – ward gefoltert, bis er für tot hinfiel. Als er wieder zu sich kam, da – schwur er den rechten Glauben ab: er ward Arianer, ward Priester – der Elende! – das Leben zu erkaufen! Und bald – denn der Satan hat ihm hohe Geistesgaben verliehen – stieg er von Stufe zu Stufe – ward der Asdingen, des Hofes Günstling, plötzlich sogar Freund des edeln Gelimer, der ihn lange kühl und verächtlich sich ferngehalten hatte. Und der Hof gab ihm diese Basilika, unser höchstes Heiligtum – des großen Cyprianus Weihtum, das, wie fast alle Kirchen in Karthago, die Ketzer uns entrissen haben.«

»Aber sieh – der Gefeierte – was beginnt er da? Er kniet nieder auf der obersten Stufe der Kirche. Er nimmt den Helm ab.« – »Er streut den Staub der Marmortreppe auf sein Haupt.« – »Was küßt er da? Des Priesters Hand?« – »Nein, die Kapsel mit der Asche des großen Schutzheiligen. Er ist gar fromm. Und sehr demütig. Oder – wie soll ich sagen? – sich selbst demütigend. Er sperrt sich tagelang zu den Büßermönchen, sich zu kasteien.« – »Ein seltsamer Kriegsheld barbarischen Bluts!« – »Das Heldenblut zeigt sich gleich darauf wieder in heißer Schlacht. – Er steht auf. – Siehst du, wie sein Helm – jetzt setzt er ihn wieder auf – zerhackt ist von frischen Hieben? Und der eine der beiden schwarzen Geierflügel auf dem Helmkamm ist durchhauen. – Aber das sonderbarste ist: dieser Kriegsmann ist zugleich ein Bücherwurm, ein Grübler in mystischer Weisheit: die Philosophen zu Athen hat er gehört. Er ist ein Theolog und –« – »Ein Lyraschläger, wie es scheint, dazu! Schau, ein Vandale hat ihm eine kleine Lyra gereicht.« – »Das ist eine Harfe, wie sie's nennen.« – »Horch, er greift in die Saiten! Er singt: ich kann es nicht verstehn.« – »Es ist vandalisch.« – »Er ist zu Ende. Wie sie jauchzen, seine Germanen! Sie schlagen die Speere an die Schilde. – Er steigt die Stufen wieder hinab. Wie? Ohne in die Kirche zu gehen, wie doch die andern thaten?« – »Richtig, ich erinnere mich! Er hat gelobt, wann er Blut vergossen, drei Tage lang die Schwelle der Heiligen zu meiden. – Nun steigen sie alle wieder auf, die Reiter.« – »Aber wo bleibt das Fußvolk?« – »Ja, das ist schlimm – das heißt für sie. Sie haben keines. Oder fast gar keines: sie sind so stolz nicht nur, so faul und weichlich sind sie geworden, daß sie den Dienst zu Fuß verschmähen. Nur die allerärmsten, geringsten geben sich dazu her. Die Masse des Fußvolks besteht aus maurischen Söldnern, die sie für jeden einzelnen Feldzug anwerben bei befreundeten maurischen Stämmen.« – »Ah ja, da seh ich auch Mauren unter den Kriegern.« – »Das sind die Leute vom Papuagebirge. Gelimer hat sie gewonnen.

Lange plünderten auch sie unsere Grenzen. Gelimer überfiel ihr Lager und nahm dabei die drei Töchter ihres Häuptlings Antallas gefangen: unversehrt, ohne Lösegeld gab er sie zurück. Da lud Antallas den Asdingen, ihm zu danken, zu sich in sein Zelt: sie schlossen Gastfreundschaft – den Mauren das heiligste Band – und seither leisten sie treue Waffenhilfe, auch gegen andere Mauren. – Der Aufzug ist nun zu Ende. Sieh, die Reihen lösen sich. Die Führer begeben sich aufs Kapitol, König Hilderich den Bericht und die Beute des Sieges zu überbringen. Schau, das Volk verläuft sich. Laß auch uns nun gehen. Komm in mein Haus zurück. Eugenia wartet auf uns mit dem Abendschmause. Komm, Hegelochos.« – »Ich folge, wirtlichster der Gastfreunde. Ich werde dir sehr lange zur Last fallen, fürcht' ich! Die Geschäfte mit den Kornverkäufern fordern Zeit.« – »Was bleibst du stehn? Was schaust du um!« – »Ich komme schon! – Nur einmal noch mußte ich das Antlitz dieses Gelimer betrachten. – Muß immer an diese wundersamen Züge denken! Und an all' das Seltsame, Widerstreitende, das du von ihm erzählt.« – »Es geht den meisten so mit ihm. Er ist rätselhaft, unfaßlich – »*daimonios*«, wie der Grieche sagt. – Gehn wir nun! Hierher! Links – die Stufen hinab.«

Drittes Kapitel

Hoch oben, auf dem Kapitolium der Stadt, ragte das Palatium, der Königspalast der Asdingen: nicht ein einzelnes Haus, vielmehr ein ganzer Inbegriff von Gebäuden.

Ursprünglich angelegt als »Akropolis«, als Hochstadt, Hochfeste, zur Beherrschung der Unterstadt und zur Ausschau über die beiden Häfen hin über die See, war das umfassende Bauwerk von Geiserich und dessen Nachfolgern nur wenig verändert worden: der Palast sollte Burg bleiben und geeignet, die Karthager im Zaum zu halten. Ein schmaler Aufstieg führte von dem Hafenquai empor: er mündete in einem engen, festgemauerten, von einem Turm überhöhten Festungsthor. Aus diesem Thore gelangte man in den viereckigen, einem weiten Hofe vergleichbaren Platz, der auf allen Seiten von den zum Palast gehörigen Bauten umschlossen war: die Nordseite, nach dem Meere zu, füllte das »Königshaus«, in welchem der Herrscher selbst mit seiner Sippe wohnte: die Keller desselben führten tief in die Burgfelsen hinunter: oft und oft hatten sie als Kerker, zumal für Staatsverbrecher, gedient. Auf der Ostseite des Königshauses, nur durch einen schmalen Zwischenraum von ihm getrennt, lag das »Prinzenhaus«, diesem gegenüber das Zeughaus; die nach der Stadt geneigte Südseite war durch die Festungsmauer, deren Thor und Turm gesperrt.

Im Erdgeschosse des Prinzenhauses bildete den stattlichsten Raum eine reichgeschmückte, säulengetragene Halle. In ihrer Mitte, auf einem Citrustische, prangte ein hoher, eherner, reichvergoldeter Henkelkrug und mehrere Becher verschiedener Formen: stark duftete daraus der dunkelrote Wein. Ein Ruhebett, mit einem Zebrafell bespreitet, stand daneben.

Auf demselben saßen, in traulichster Umschlingung dicht aneinander geschmiegt,»der Schönste der Vandalen« und ein wahrlich nicht minder schönes junges Weib. Den Helm, geschmückt mit den silberglänzenden Schwungfedern des weißen Reihers, hatte der Jüngling abgelegt: frei flutete das dunkelblonde Gelock in langen Ringen auf seine Schultern: es mischte sich dabei mit dem ganz hellgelben, fast weißen, frei vom Wirbel fallenden Haar der jungen Frau, die eifrig bemüht war, ihm die schwere Brünne zu lösen: sie ließ nun die klirrende zu Helm und Schwertgurt niedergleiten auf den Marmor-Estrich des Saales. Sie strich ihm jetzt, den liebevollen Blick an seinem edeln Antlitz weidend, mit beiden weichen Händen die vordrängenden Locken aus den Schläfen und sah ihm dann freudestrahlend in die fröhlichen, lachenden Augen.

»Hab' ich dich wieder? Halt' ich dich in meinen Armen?« sprach sie leise, verhalten, innig, beide Arme auf seine Schultern legend und die Hände auf seinem Nacken faltend. »O du viel Süße!« rief er entgegen, riß sie an das hochklopfende Herz und bedeckte ihr Augen und Wangen und die schwellenden Lippen mit brennenden Küssen. »O Hilde, mein Glück, mein Weib! Wie hat mich dein verlangt! Wie sehnte ich mich nach dir – Nacht und Tag – immerdar!« »Es sind fast vierzig Tage,« seufzte sie. »Volle vierzig. – Ach, wie ward mir's lange!« – »O du, du hattest es viel leichter! Mit dem Bruder, mit den Genossen, dich tummeln, lustig reiten und fröhlich streiten in Feindesland! – Ich aber! – Ich mußte hier sitzen – im Frauengemach! – Sitzen und weben und harren – thatenlos. Ach hätt' ich dabei sein dürfen! – An deiner Seite dahinjagen auf feurigem Roß, neben dir reiten und fechten und endlich – zugleich mit dir – fallen. Nach Heldenleben – ein Heldentod!« Sie sprang auf: die graublauen Augen blitzten wundersam: sie warf das wogende Haar in den Nacken und hob beide Arme begeistert empor.

Zärtlich zog sie der Gatte wieder zu sich nieder. »Mein hochgemutes Weib, meine Hilde,« lächelte er. »Mit weissagendem Sinn hat dein Ahn dir den Namen gekoren nach der Walküren herrlicher Führerin. Wie dank ich ihm so viel, des großen Gotenkönigs Waffenmeister, dem alten Hildebrand! Mit dem Namen ging die Artung auf dich über. Und seine Zucht und Lehre that wohl das Beste.« Hilde nickte: »Die frühverstorbenen Eltern hab' ich kaum gekannt. Solang ich denken konnte, wußte ich mich in des weißbärtigen Helden Schutz und Pflege: in dem Palast zu Ravenna schloß er mich in seinen Gemächern eifrig, eifersüchtig ab von den frommen Schwestern, den Religiösen, und von den Priestern, welche meine Jugendgenossinnen – so die schöne Mataswintha – erzogen. Mit seinem andern Pflegling, dem frühverwaisten, dunkellockigen Teja, zusammen wuchs ich auf. Freund Teja lehrte mich Harfe schlagen, aber auch Speere werfen und Speere fangen mit dem Schild. Und später, da der König und mehr noch seine Tochter Antalaswintha, die hochgelehrte Frau, darauf bestanden, daß ich bei Frauen und bei Priestern lerne, – wie mürrisch doch« – sie lächelte bei der Erinnerung – »wie brummig dazwischen durch scheltend der Urgroßvater mir abends abfragte, was mich den Tag über die Nonnen gelehrt! Hatte ich die Sprüche und lateinischen Lieder aufgesagt – etwa das »*Deus pater ingenite*« oder – von Sedulius – »*Salve sancta parens*« – mehr als die Anfänge weiß ich kaum mehr!« – lachte sie fröhlich – »dann schüttelte er wohl das mächtige Haupt, schalt leise in den langen, weißen Rauschebart und rief:»Komm, Hilde! Ins Freie! Komm ans Meer! Dort erzähl' ich dir von den alten Göttern und den alten Helden unsres Volkes!« Dann führte er mich weit, weit von dem volkreichen Hafen in die Einsamkeit eines öden, wilden Werders, wo die Möwen kreischten und der Wildschwan nistete im Meerschilf: – da setzten wir uns auf den Sand und während die weißschäumigen Wellen bis dicht an unsere Füße rollten, erzählte er! Und wie erzählte er, der alte Hildebrand! Daß mein Auge nur an seinen Lippen hängen konnte, wie ich, beide Ellbogen auf seine Kniee gestützt, zu ihm emporschaute. Wie blitzte dann sein meergraues Auge, wie flog sein weißes Haar im Abendwind! Seine Stimme bebte in Begeisterung: – er wußte gar nicht mehr, wo er weilte: er sah das alles, was er sprach, oft – abgerissen – sang. Und war er dann zu Ende, so erwachte er wie aus einem Traumgesicht, sprang auf und lachte dann wohl vergnüglich, mir über das Haupt streichend:»So! so! Nun Hab' ich sie dir wieder aus der Seele geblasen, die Heiligen, mit ihrer dumpfen, süßlichen Sanftheit, wie der Nordwind durchs offene Kirchenfenster den Weihrauchqualm verbläst.« Aber sie hatten schon vorher nicht recht gehaftet,« lächelte sie.

»Und so wuchsest du auf,« sprach er, den Finger drohend erhebend, »als halbe Heidin, wie Gelimer dich schilt. Aber als ganze Heldin, die an nichts so völlig glaubt als an ihres Volkes Herrlichkeit.« »Und an die deine – und an deine Liebe!« hauchte sie innig und küßte ihn auf die Stirne, – »Doch wahr ist es,« fuhr sie fort: – »Wäret ihr Vandalen nicht meiner Goten nächste Stammgenossen, – ich weiß nicht, ob ich dich hätte lieben können – ach nein: lieben müssen! – als du, von Schwager Gelimer gesendet, kamst um mich zu werben. So aber: dich sehen und dich lieben, das war eins! Gelimer dank' ich den Geliebten und all' mein Glück! – Stets will ich daran denken: das soll mich an ihn binden, wenn sonst,« fügte sie langsam, sinnend bei, »mich manches beinah heftig abstoßen will von ihm.«

»Der Bruder wollte durch diesen Ehebund die Verfeindung lösen, die Kluft überbrücken, welche seit – seit jener blutigen That Hilderichs beide Reiche trennt. Es ist nicht gelungen! Nur uns, nicht unsre Völker hat er einen können. – Er ist voll schwerer Sorgen, voll finsterer Gedanken.« »Ja: oft mein' ich: er ist siech,« sprach sie kopfschüttelnd. »Er? – Der stärkste Held unsres Heeres! Nur er – kaum Bruder Zazo noch – biegt mir den ausgestreckten Schwertarm.« – »Nicht krank am Leib –, siech an der Seele. – Aber still: da kommt er. Sieh, wie traurig, wie düster! – Ist das die Stirn, das Antlitz eines Siegers?«

Viertes Kapitel.

In dem Säulengange, der aus dem Inneren des Hauses zu dem offenen Thürbogen der Halle führte, ward nun sichtbar eine hohe Gestalt, die langsam näher kam.

Der Mann, ohne Helm, ohne Brünne und Schwertgurt, trug ein anliegendes, dunkelgraues Gewand, sonder Farbenzier, sonder allen Schmuck. Er blieb in dem zögernden Vorschreiten manchmal stehen, wie in grübelndes Sinnen versunken, die beiden Hände auf dem Rücken gekreuzt; das Haupt hing, wie von schweren Gedanken belastet, leise vornüber – die hohe Stirn war tief gefurcht; in das lichte Braun von Haar und Bart hatte sich reichlich Grau gemischt in seltsamem Widerspruch zu der sonst noch jugendlichen Erscheinung. Die Augen waren fest auf den Boden geheftet, ihre Farbe, ihr Ausdruck war so noch unerkennbar; unter dem Säulenbogen des Eingangs blieb er wieder stehen; er seufzte.

»Heil dir, Gelimer, siegreicher Held!« rief ihm die junge Frau freudig entgegen. »Nimm, was ich für dich bereit gelegt, seit euere Heimkehr für heute verkündet ward.« Sie griff nach einem reichen Kranze frisch gepflückter Lorbeern, der vor ihr auf dem Tische lag, und hob ihn ungestüm empor. Eine Handbewegung, leise, aber sehr ausdrucksvoll, wies sie zurück. »Nicht Kränze gehören auf das Haupt des Sünders,« sprach der Eintretende mit gedämpfter Stimme: – »Asche, Asche!«

Traurig, gekränkt, legte Hilde den Kranz nieder. »Sünder?« rief ihr Gatte unwillig. »Nun ja: wir sind es alle – vor den Heiligen. Aber du wahrlich am wenigsten. Sollen wir uns deshalb nie mehr freuen?« – »Freue sich, wer sich freuen kann.«

»O Bruder, du kannst es auch! Wenn der Heldengeist über dich kommt, wenn dich der fröhliche Reiterkampf umwirbelt, – mit Jauchzen – ich hab' es wohl gehört und mein Herz frohlockte über deine Freude! – mit lautem Jubel sprengtest du, uns allen voran, in der maurischen Lanzenreiter dichtesten Knäuel. Und hellauf schriest du vor Lust, da du dem gestürzten Bannerträger die Fahne rissest aus der Hand: – du hattest ihn niedergeritten nur durch deines Rosses Anprall!«»Hei ja, das war schön!« rief Gelimer, plötzlich das Haupt emporschnellend. Und nun schossen aus dunkeln langen Wimpern hervor zwei mächtige gelbbraune Augen leuchtende Blitze.»Nicht wahr, der Falb' ist prächtig? Er rennt alles über den Haufen. Er trägt den Sieg!«»Ja, wenn er Gelimer trägt!« scholl da von seitwärts eine helle Stimme: und ein Knabe, – noch war er kein Jüngling zu nennen: noch sproßte kaum der erste Flaum auf den mädchenhaft zarten, rosig angehauchten Wangen, – ein Knabe, Gibamund wie Gelimer sehr ähnlich, in weißem Seidengewand und lichtblauem flatternden Mantel, hüpfte über die Schwelle und eilte auf Gelimer zu mit ausgebreiteten Armen.»O Bruder, wie ich dich lieb habe! Und wie ich dich beneide! Aber auf die nächste Maurenjagd mußt du, – du mußt! – mich mitnehmen! Sonst geh ich *gegen* deinen Willen mit!« Und er umschloß mit beiden Armen des hochragenden Bruders Brust.

»Ammata, mein Liebling, mein Herzenskleinod!« rief dieser weich und warm und streichelte zärtlich des Knaben langes, goldblondes Gelock. – »Ich habe dir ein milchweiß Rößlein mitgebracht – ein windschnelles – aus der Beute. Gleich hab' ich dein gedacht, da es mir vorgeführt ward. Und du, holde Schwägerin, vergib mir. – Ich war unfreundlich, als ich eintrat. Ich war voll düsterer Sorgen. Denn ich kam...«»Vom König,« rief eine tiefe dröhnende Stimme von dem Säulengange her und in vollen klirrenden Waffen stürmte herein ein Mann, den die große Ähnlichkeit sofort als den vierten Bruder verriet. Sehr langgestreckte, edle Züge, eine scharf, aber feingebogene Nase, eine freie Stirn und, unter hochgeschwungenen Brauen fast allzutief geborgen, gelbbraune, feurig funkelnde Augen waren ihnen allen eigen, diesen königlichen, dem Sonnengotte Freir entstammten Asdingen.

Nur Gelimers Blick war – regelmäßig – gedämpft, wie umflort, verträumt, wie ins Ungewisse verloren; aber flackerte dieser Blick dann plötzlich auf im Feuer der Begeisterung oder des Zornes, dann erschreckte seine gewaltige Glut; und das schmale Oval des Antlitzes, das bei allen von Fülle weit entfernt war, schien bei Gelimer fast allzuhager geraten.

Der eben Eingetretene war etwas kleiner als dieser, aber viel breiter an Brust und Gliedern; auf dem starken Nacken ruhte ein hoch aufrecht getragenes Haupt, von kurzem, braunem Kraushaar dicht umgeben; die Wangen waren von Gesundheit, von Lebensfreude, jetzt von heftigem Zorn gerötet: obwohl nur ein Jahr jünger als Gelimer, erschien er doch noch als ein feuriger Jüngling gegenüber dem weit über seine Jahre hinaus Gealterten. In hellem Unmut warf er die schwere Sturmhaube, von der die krummen Hörner des afrikanischen Büffelstiers herabdräuten, auf den Tisch, daß der Wein aus den Bechern spritzte. »Von Hilderich,« wiederholte er, »dem Undankbarsten der Menschen! Was war des Helden Lohn für den neuen Sieg? Mißtrauen! Furcht, Eifersucht zu wecken in Byzanz. Der Feigling! Schöne Schwägerin, du hast mehr Heldentum in deiner kleinen Zehe, als dieser König der Vandalen im Herzen und in der Schwerthand. Gieb mir einen Becher Grassiker, den Zorn hinunterzuspülen.« Hilde sprang hurtig auf, schenkte ein und bot ihm den greifengehenkelten Becher: »Trink, tapferer Zazo! Heil dir und allen Helden und ... –«»In die Hölle mit Hilderich,« schrie der Grimmige und stürzte den tiefen Becher hinab auf einen Zug.

»Still, Bruder! Welcher Frevel!« mahnte Gelimer, dessen Stirn sich umwölkte. »Nun, meinetwegen in den Himmel mit ihm! Dahin taugt er viel besser als auf Meerkönig Geiserichs Thron.«»Du sagst ihm da ein hohes Lob,« erwiderte Gelimer. »Nicht meine Absicht! – Als ich daneben stand, wie er dir Bescheid gab, so mißgnädig, ich hätte ihm ... –! Allein das Schelten auf ihn thut's nicht mehr. Es muß gehandelt werden! – Aus guten Gründen blieb ich diesmal zu Hause: ward mir schwer genug, dich allein siegen zu lassen! Aber ich hab' ihn im geheimen scharf überwacht, diesen Fuchs im Purpur, und ich bin hinter seine Schliche gekommen. Schick' dieses verliebte Ehepaar fort – ich glaube, sie haben sich viel allein zu sagen: sind ja erst ein Jahr beisammen! – auch Ammata, das Kind: und höre meinen Bericht, meinen Verdacht, meine Anklage: nicht nur gegen den König, – auch gegen andere.«

Gibamund schlang zärtlich den Arm um sein schlankes Gemahl: der Knabe sprang den Gatten voraus aus der Halle.

Fünftes Kapitel.

Gelimer ließ sich auf das Ruhebett gleiten; Zazo trat vor ihn, stützte sich auf sein Langschwert und hob an: »Also! – Bald nachdem du ins Feld gezogen, traf Pudentius aus Tripolis in Karthago ein.« – »Schon wieder?« – »Ja, der steckt jetzt gar oft im Königsbau! Stundenlang verhandelt er – allein – mit dem König, Oder mit Euages und Hoamer, des Königs übermütigen Neffen, unsern lieben Vettern. Der letztere, der hochfahrende Tollkopf, kann nicht schweigen nach dem Wein. Im Rausch hat er ausgeplaudert.« – »Aber doch gewiß nicht – dir.« – »Nein! Aber dem roten Thrasarich.« – »Dem Wildling!«»Ich lobe seine Sitten nicht,« lachte der andre. »Obwohl er viel zahmer geworden, seit er ganz sittsam wirbt um die zierliche Eugenia. Aber gelogen hat der noch nie. Und er läßt sich totschlagen für sein Vandalenvolk. Und zumal für dich, den er seinen Erzieher nennt! Du fingst die Erziehung mit dem Hauen an! – Im Hain der Venus ... –«»Der heiligen Jungfrau, willst du sagen,«

verwies Gelimer. »Wenn es dir Vergnügen macht – gern! Aber sie erlebt wenig Ehre dran, solang der Ort die alten Sitten beibehält. – Also: bei einem Gelag in der Muschelgrotte jenes Hains, da Thrasarich dich lobte und meinte, du werdest den Kriegsruhm der Vandalen erneuen, sobald du König geworden, da schrie Hoamer wütig: ›Nie! Niemals wird das geschehen! Byzanz hat es verboten. Gelimer ist ein Feind des Kaisers. Stirbt mein Ohm, so werd' ich König. Oder der Kaiser bestellt Pudentius zum Reichsverweser. So ist es zwischen uns beredet und beschlossen‹.« – »Das war im Rausch gesprochen.« – »Im Wein – und in dem ist Wahrheit, sagen die Römer. Da kam Pudentius des Weges in die Grotte: ›Ha,‹ rief der Trunkene ihn an, ›dein letzter Brief – vom Kaiser – war wieder goldwert. Warte nur, bin ich erst König, will ich dir's lohnen – du wirst Exarch des Kaisers in Tripolis.‹ Pudentius erschrak gar sehr und winkte ihm mit den Augen, zu schweigen: aber der fuhr fort: ›Nein, nein! das ist dein wohlverdienter Lohn!‹ Und all' das erzählte mir Thrasarich, von dem Gelage hinwegstürmend, in frischem Zorn. Aber warte nur: es kommt noch besser! Dieser Pudentius: – hältst du ihn für unsern Freund?«

»O nein,« seufzte Gelimer. »Seine Großeltern, seine Eltern, wurden von unsern Königen grausam getötet, weil sie ihrem Glauben treu blieben. Wie sollte der Enkel, der Sohn uns lieben?«

Da trat Zazo ganz dicht an den Bruder heran, legte ihm die schwere Hand auf die Schulter und sprach langsam: »Und Verus? Soll *der* uns lieben? Hast du vergessen, wie seine ganze Familie?« – Mit tiefstem Schmerz schüttelte Gelimer das Haupt: »Ich – das vergessen? Ich?« – Er zuckte zusammen – er schloß die Augen. Dann sich mühsam, gewaltsam aufreißend aus dem Zwange finstrer Gedanken fuhr er fort: »Immer dein festgewurzelter Wahn! Immer dieses Mißtrauen gegen den treusten von allen, die mich lieben!« – »O Bruder! – Aber ich trage dir's nicht nach. – Dein sonst so heller Geist, – blind ist er, verblendet – gegenüber diesem Priester! Es ist, wie wenn hier ein Wunder waltete ...« »Es waltet hier ein Wunder,« unterbrach Gelimer, tief bewegt, mit frommem Blick nach oben. »Was sagst du aber dazu, daß jener Pudentius, dem auch du nicht traust, nachts, heimlich, in die Stadt gelassen wird – durch wen? Durch Verus, deinen Busenfreund!« – »Das ist nicht wahr.« – »Ich hab's gesehn. Ich will's beschwören, dem Pfaffen ins Angesicht. O wär' er jetzt nur da.« – »Er wird nicht weit sein. Er sagte mir, – er war der erste von euch allen, der mich bei dem Einzug begrüßte! – er sehne sich, mich aufzusuchen: er müsse mich gleich sprechen. Ich beschied ihn hierher – sobald ich vom König entlassen sei, wollte ich ihn hier – siehst du? – Da schreitet er schon den Säulengang heran,«

Sechstes Kapitel.

Er war etliche Jahre älter als Gelimer, der hochragende, hagre Priester, welcher nun langsamen Schrittes in die Halle trat. Das dunkelbraune, faltige, mantelgleiche Obergewand floß von breiten Schultern: die Gestalt und noch mehr der sehr auffallende Kopf machten den Eindruck zähester Kraft; allzuscharf zwar geschnitten waren diese Züge, um schön zu sein: aber wer sie geschaut, vergaß sie nicht wieder. Streng gezogene, volle schwarze Brauen beschatteten durchdringende schwarze Augen, die immerdar – mit unverkennbarer Absicht – niedergeschlagen waren; die Adlernase, die festgeschlossenen schmalen Lippen, die tief eingefallenen Wangen, die fahle, wie lichtgelber Marmor mattglänzende Hautfarbe verliehen, zusammenwirkend, diesem Antlitz einen sehr ausgeprägten Charakter. Ganz glatt geschoren waren Mund, Wangen und Kinn und auch das schwarze Haupthaar, das schon mehr mit Grau gesprenkelt war als dem etwa Vierzigjährigen entsprach. Jede seiner – seltenen – Bewegungen wurde so leise, so streng bemessen, daß sie die seit Jahrzehnten unablässig geübte Selbstzügelung verriet, mit welcher dieser Undurchdringliche sich beherrschte – und andere. Seine Stimme klang tonlos, wie tieftraurig oder sehr müde: aber man spürte, daß sie zurückgehalten ward; selten gelang es, den Blick dieser Augen zu erhaschen: aber manchmal blitzten sie überraschend, aufleuchtend empor und dann sprühte aus ihnen abgrundtiefe Leidenschaft; nichts, was in der Seele dieses Mannes vorging, war erkennbar an seinem äußern Wesen; nur der scharfgeschnittene Mund, so fest er die Lippen zusammenzog, verriet manchmal durch leises unwillkürliches Zucken, daß dieses starre leichenfahle Antlitz nicht eine Totenmaske war. –

Gelimer war aufgesprungen, sowie er des Priesters ansichtig geworden: er eilte ihm nun entgegen, und drückte ihn, der regungslos, mit schlaff herabhängenden Armen, stehen blieb, feurig an die Brust, »Verus, mein Verus!« rief er, »du mein Schutzengel! Und dich! – dich! – wollen sie mir verdächtigen! Wahrlich, Bruder, eher fallen die Sterne aus Gottes ewigen Ordnungen am Himmel, als daß dieser Mann mir von seiner Treue läßt.« Und er küßte ihn auf die Wange. Unbewegt ließ der es geschehn. Grollend betrachtete Zazo das Paar.

»Mehr Liebe, mehr Wärme,« so brummte er, sich den starken Kinnbart streichend, »hat er für diesen Römer, den Fremdling, als für –! – Sprich, Priester, kannst du's leugnen, daß du letzten Sonntag – nach Mitternacht – Pudentius – sieh, da zuckt doch deine Lippe! – Pudentius von Tripolis heimlich zu dem Turmpförtlein des Ostthors hereingelassen und ihn in dein Haus, neben deiner Basilika, geführt hast? Sprich! –«

18

Gelimer war nun zur Seite getreten: er ließ liebevoll das Auge auf dem Freunde ruhen und schüttelte, leise lächelnd, das Haupt. Berns schwieg. »Sprich,« wiederholte Zazo. »Leugne doch, wenn du es wagst. – Du ahntest nicht, daß ich da oben im Turm lauerte, nachdem ich die Nachtwache abgelöst. Schon lang mißtraute ich dem Thorwart, er war einst Sklave des Pudentius, dir verkauft und von dir freigelassen. Siehst du, Bruder? Er schweigt! Ich verhafte ihn sofort, Durchsuchen wir nach geheimen Briefen sein Haus, seine geheimsten Schreine, die Altäre, die Sarkophage seiner Kirche, ja seine Kleider.« Da blitzten die schwarzen Augen plötzlich gegen ihn: dann ein rasch streifender Blick auf Gelimer und sie senkten sich wieder ruhig zu Boden. »Oder leugnest du?« »Nein,« kam es jetzt, kaum hörbar, über die unmerklich geöffneten Lippen. »Hörst du das, Bruder?« Gelimer trat rasch einen Schritt näher zu Verus. »Ich bat deshalb,« sprach dieser sehr ruhig, Zazo den Rücken kehrend, »um eine sofortige Unterredung, um dir das mitzuteilen.« »Das nenn' ich Geistesgegenwart!« lachte Zazo laut. »Aber wie willst du das beweisen?« »Ich habe,« fuhr Verus, zu Gelimer gewendet, fort, ohne des Anklägers irgend zu achten, »den Beweis mitgebracht, daß Pudentius ein Verräter. Hier ist er, dieser Beweis.« Er schlug langsam den Mantel zurück, griff durch die Falten des Untergewandes an seine Brust und holte – nach einigem Suchen – einen ganz klein zusammengeknitterten Streifen Papyrus hervor. Er reichte ihn Gelimer, der ihn hastig auseinanderfaltete und las: »Trotz deiner Warnung: es bleibt dabei. Belisar ist vielleicht schon unterwegs. Gieb dies dem König.«

Beide Vandalen fuhren, heftig erschrocken, auf.

»Dieser Brief?« fragte Gelimer. – »Ist von Pudentius geschrieben.« – »An wen?« – »An mich.« »Hörst du's, Bruder?« rief Zazo. »Er verrät –« »Die Verräter,« schloß Verus. »Ja, Gelimer: ich habe gehandelt, als du noch zweifeltest, grübeltest, und als dieser tapfere Thor schlief oder – polterte. Du erinnerst dich: längst hatte ich gewarnt, der König und seine Neffen verhandeln mit Byzanz.« »Hat er das gethan – wirklich – Bruder?« fragte Zazo lebhaft. »Schon lang. Und wiederholt.«

Zazo schüttelte, unwillig staunend, widerstrebend, das braune Gelock. Dann sprach er entschlossen: »So verzeihe mir, Priester, – wenn ich dir – wirklich! – Unrecht that.« »Pudentius,« fuhr dieser, ohne Erwiderung, fort, »war – so ahnte ich – der Zwischenträger. Ich gewann sein Vertrauen.« »Das heißt: du täuschtest ihn – wie vielleicht jetzt uns!« zweifelte Zazo. »Schweig, Bruder,« herrschte ihn Gelimer an.

»Es war nicht schwer, ihn zu überzeugen. Ist doch meine Familie – wie die seine – von euren Königen« – er brach den Satz ab. »Ich klagte meinen Schmerz – ich schalt auf eure Grausamkeit.« »Mit Recht! Weh uns, mit Recht!« klagte Gelimer und drückte die geballte Faust vor die Stirn.

»Ich sagte, meine Freundschaft für dich sei doch nicht so stark wie mein Groll um – – – um alle die Meinen. Er weihte mich ein. Ich erschrak. Denn wahrlich: wenn nicht Gott das Wunder that, ihn zu verblenden, war das Vandalenreich rettungslos verloren. – Ich warnte ihn nun, – um Zeit zu gewinnen bis du zurückgekehrt: ich warnte vor der grausamen Rache, die ihr nehmen würdet an allen Römern, wenn der Aufstand unterdrückt würde. – Er schwankte: er versprach, alles nochmal zu erwägen, mit dem König nochmal zu verhandeln. – Da – dieser Zettel – heute mir zugestellt, von einem Unbekannten, in der Basilika, enthält die Entscheidung. Handle rasch! Sonst könnte es zu spät sein.«

Sprachlos sah Gelimer vor sich hin. Zazo aber fuhr ans Schwert. Er wollte hinausstürmen. »Wohin?« sprach ganz leise der Priester und faßte ihn am Arm: – so fest, so stark war dieser Griff, daß der Vandale ihn nicht abschütteln konnte.

»Wohin? Zum König! Niederhauen den Verräter und seine Gehilfen! Dann das Heer zusammenrufen und – Heil König Gelimer!«

»Still, Unsinniger!« rief dieser erschrocken, wie ertappt auf eignen geheimsten Wünschen, »du bleibst! Willst du zu allen Sünden, die schon turmhoch der Vandalen Volk – zumal unser Geschlecht! – belasten, noch die Frevel der Entthronung, des Königsmordes, des Verwandtenmordes häufen? Wo ist der Beweis von Hilderichs Schuld? War mein langgehegter Argwohn nicht nur die Frucht – oder der Vorwand – meines eignen ungeduldigen Verlangens nach der Krone? Pudentius kann lügen – übertreiben. – Wo ist der Beweis, daß Verrat geplant ist?« »Willst du warten, bis er gelungen?« trotzte Zazo. – »Nein! aber ihn nicht strafen, bis er bewiesen.«

»So spricht ein Christ,« sprach lobend der Priester. »Aber rasch muß der Beweis erbracht sein. Heute noch. Höre. Ich habe Grund zu glauben, daß Pudentius heute wieder heimlich in der Stadt weilt.« »Ihn müssen wir haben!« rief Zazo. »Wo ist er? Beim König?«

»So offen treiben sie's nicht. Nur nachts schleicht er in das Palatium. Ich kenne aber seinen Versteck. Im Hain der heiligen Jungfrau – in den warmen Bädern.« – »Schicke mich, Bruder! – Mich! – Ich fliege!« »So geh,« winkte Gelimer. »Aber töte ihn nicht,« rief der Priester dem Enteilenden nach. »Nein! Bei meinem Schwert: lebend müssen wir ihn haben!« Schon war der Rasche verschwunden in dem Säulengang.

»O Verus,« rief jetzt Gelimer, leidenschaftlich, »du Vielgetreuer! Soll ich dir – wie meines armen Lebens Rettung vor dem fürchterlichsten Tode –

so meines Volkes Rettung danken dürfen?« Und er griff nach seiner Hand. Der Priester entzog sie. »Gott hast du zu danken für dein – für deines Volkes Geschick: nicht mir. Ich bin nur ein willenloses Werkzeug seines Willens – seit ich dies Priesterkleid angethan. – Aber höre: nur dir darf ich das Äußerste vertrauen: – dieser Tollkopf würde in seinem blinden Ungestüm alles verderben – dein Leben ist bedroht! – Das schreckt den Helden nicht! Allein du mußt jetzt deinem Volk erhalten bleiben. Falle, muß es sein, im Vorkampf – unter Belisars Schwert,« da leuchteten Gelimers Augen und edle Wallung verklärte sein Antlitz, – »aber nicht durch Mord darfst du jetzt elend umkommen.«

»Mord! – Wer sollte das ... –?« – »Der König. Nein! Zweifle nicht. Pudentius gestand mir's: die Neffen haben den Widerstrebenden dazu fortgerissen. Sie wissen: ihre Pläne scheitern, solang du atmest. Du sollst, du darfst nie König der Vandalen werden.« Hier flog verstohlen ein Blick aus den schwarzen Augen, die sich gleich wieder senkten, »Das wollen wir doch sehen!« rief Gelimer hitzig aus. »Ich will aber König werden und wehe ... –« Hier brach er jählings ab.– – – Hastig ging sein Atem.

– Nach einer Pause fragte er, mit gebrochener oder doch verhaltener Heftigkeit, ganz demütig: »Ist dieser Ehrgeiz Sünde, mein Bruder?« Ruhig antwortete dieser: »Du hast ein Recht auf die Krone. – Starbst du, dann folgt auf Hilderich, nach Geiserichs Erbfolgegesetz, Hoamer als der Älteste des Mannesstammes nach dir. So haben sie den König beredet, dich am Tage deiner Heimkehr zu geheimer Zwiesprach – dich ganz allein – in den Palast zu laden und dort zu ermorden.« – »Unmöglich, Freund. Ich war ja bereits beim König: er empfing mich sehr ungnädig, sehr undankbar: aber,« lächelte er: »du siehst: ich lebe noch,« – »Du warst beim König, umgeben von allen deinen Heerführern in ihren Waffen. Aber gieb acht, ob er dich nicht heute nochmal – allein – entbietet.« – »Das wäre sehr auffallend. Wir haben alles erledigt, was zu besprechen war.«

In diesem Augenblick vernahm man Schritte auf dem Gang. Ein Negersklave brachte Gelimer einen Brief. »Vom König,« sagte er und ging. Jener riß die Verschnürung des Wachstäfelchens hastig auf: er sah hinein und erbleichte. »Wahrhaftig! – »Komm heute um die zehnte Abendstunde in mein Schlafgemach, ohne Begleiter. Ich habe geheim mit dir zu reden. Hilderich«.« – »Du siehst –« – »Nein! Nein! Ich will's nicht glauben. Es kann Zufall sein. Hilderich ist schwach, er hasset mich: – aber er ist kein Mörder.« – »Desto besser, wenn Pudentius log. Aber des Freundes Pflicht ist, zu warnen. Geh' nicht hin!« – »Ich muß! Ich mich fürchten? So schlecht kennt mich mein Verus?« – »So gehe nicht allein. Nimm Zazo mit – oder Gibamund.« – »Unmöglich! – Gegen den Befehl des Königs! Und nur ungewaffnet darf man dem König in geheimer Zwiesprach nahen!« – »Wohlan: trage wenigstens – unter dem Gewand – die Brünne, die dich gegen den Dolchstoß schützt. Und das Kurzschwert – kannst du's nicht im Ärmel oder Gürtel bergen?« – »Allzubesorgter Freund!« lächelte Gelimer. »Doch will ich – dir zuliebe – die Brünne heimlich anlegen.« – »Das ist mir nicht genug! Jedoch – ich überlege – es wird ja ein Mittel geben, dir im Notfall Hilfe –. Ja: – so gehts.« – »Was willst du thun?« – »Still! – Beten will ich, daß meine Gedanken sich erfüllen. Auch du, mein Bruder, bete. Denn großen Gefahren gehst du, gehen wir alle entgegen – und nur Gott sieht das ...– ––«

Da stockte er plötzlich, fuhr mit beiden Händen gegen das Haupt und brach mit heiserem Aufschrei zusammen auf das Ruhebett.

»Wehe, Verus!« rief Gelimer. – »Ohnmächtig?« Und er griff rasch in den Mischkrug voll Wassers und besprengte des Bewußtlosen Antlitz. Er rieb ihm die Hände: – da schlug der Priester die Augen wieder auf und richtete sich mit Anstrengung empor: »Laß nur! – Es ist vorüber! – Aber die Spannung dieser Stunde – war Wohl – allzugroß. – Ich gehe: nein, ich bedarf der Stütze nicht – in die Basilika, zu beten. – Schicke mir dorthin Zazo, sobald er zurückkommt – noch ehe du zum König gehst, hörst du? – Gott, erhöre meinen heißen Wunsch!«

Siebentes Kapitel.

An Cethegus ein Freund.

»Der Vandalenkrieg ist aufgegeben! Und aus welch jämmerlichen Gründen! Du weißt es: ich hielte es für viel heilsamer, unsere Herrscher kümmerten sich um das Inland, das heißt um uns, als um die Barbaren. Denn solang dieser untragbare Steuerdruck und dieser Mißbrauch der Amtsgewalt im Reiche der Romäer fortdauert, solang wird durch jede Eroberung, durch jede Mehrung unserer Unterthanen nur die Zahl Unglücklicher gemehrt. Wollte man aber einmal Afrika dem Reich zurückgewinnen, dann durfte man den stolzen Gedanken nicht aufgeben: – aus eitel Feigheit! –

Da steht es, das häßliche Wort: leider ein Wahrwort! Feigheit wessen? Nicht des Weibes Theodora. Wahrlich: Feigheit ist dieses zierlichen, sonst so weichlichen Weibes Fehler nicht. Vor zwei Jahren, als der furchtbare Aufruhr der Grünen und der Blauen vom Cirkus her sich sieghaft über die ganze Stadt hinwälzte, als Justinian verzagte und fliehen wollte, da hat ihn Theodoras Mut festgehalten im Palast und Belisars Treue hat ihn gerettet. – Aber auch nicht den Kaiser trifft diesmal der Vorwurf: die Schuld trägt die Feigheit des römischen Heeres, zumal aber der Flotte! Zwar hat es auch Justinians Eifer beträchtlich gekühlt, daß der schlaue Plan mißlang,»fast ohne Krieg, lediglich durch »Künste« – Verrätereien, sagen gewöhnliche Naturen! – das Reich Geiserichs zu zerstören. Der König sollte zu verabredeter Zeit das ganze Heer in das Innere entsenden zu einem großen Feldzug gegen die Mauren; alsdann sollte unsere Flotte in den unverteidigten Hafen von Karthago einlaufen, das Heer landen, die Hafenstadt besetzen und Hilderich, Hoamer und einen Senator von Tripolis als die drei Statthalter des Kaisers in der heimgefallenen Provinz Afrika ausrufen. Diesmal aber kam über uns Listige ein Listigerer. Unser Freund aus Tripolis schreibt, er habe sich getäuscht in jenem arianischen Priester, den er für uns gewonnen zu haben wähnte: – derselbe, anfangs wohlgesinnt, sei später schwankend geworden, habe gewarnt, abgemahnt: – ja, vielleicht sogar den abgelockten Plan den Vandalen verraten. So müsse denn ein offener Angriff das Beste thun. Das gefiel nun zwar Belisar, aber nicht dem Kaiser. Er zögerte.

Einstweilen aber ist – weiß Gott, durch wen! – das Gerücht von dem bevorstehenden Vandalenkrieg hier am Hof, in der Stadt, unter Heer und Flotte verbreitet worden und – Schmach und Schande! – fast alle, die größten Würdenträger, die Feldherren, aber auch die Soldaten und Matrosen, befiel Angst und Entsetzen!

Denn alle gedachten des letzten großen Feldzugs gegen diese gefürchteten Feinde, welcher vor zwei Menschenaltern – unter Kaiser Leo war es – mit Aufbietung aller Kräfte des ganzen Reiches war ins Werk gesetzt worden. Der weströmische Kaiser griff die Vandalen gleichzeitig auf Sardinien an und in Tripolis. Byzanz aber leistete Großes. Einhundertdreißigtausend Pfund Gold wurden aufgewendet, auf tausend Schiffen führte Basiliskos, des Kaisers Schwager, hunderttausend Krieger an die Küste von Karthago. In einer Nacht war alles dahin. Mit Brandern überfiel Geiserich die am Vorgebirge des Merkur zu dicht ineinander geschobenen Trieren, gleichzeitig mit seinen windschnellen Reitern das Lager am Strand: in Feuer und Blut gingen Flotte und Heer zu Grunde. – Heute nun jammern der Präfectus Prätorio und der Schatzmeister: »Ganz ebenso wird es wie damals gehen! Die letzten Gelder der fast leeren Kassen werden ins Meer geworfen!« Die Feldherren aber (– außer Belisar und Narses –) welche Helden! Jeder fürchtet, gerade ihn werde der Kaiser wählen! Und wie solle man, seien selbst die Schrecken des Weltmeers überstanden, auf feindlicher Küste landen, die Landung schon erzwingen gegen die gefürchteten Germanen? Die Soldaten ferner, gerade vom Perserkrieg zurückgekehrt, haben noch kaum die Freuden der Muse zu Hause wieder gekostet, Sie lärmen meuterisch auf allen Straßen: vom äußersten Osten kaum heimgekehrt, sollten sie in den äußersten Westen, an die Säulen des Herkules, verschickt werden, mit Mauren und Vandalen sich zu schlagen. Der Seekrieg sei ihnen unerhört: sie seien dazu nicht geübt, dazu nicht geworben, dazu nicht verpflichtet. Zumal der Präfectus Prätorio hat dem Kaiser vorgestellt, Karthago sei zu Lande von Ägypten her nur in einhundertfünfzig Tagmärschen zu erreichen, die See aber werde die Flotte der Vandalen, die unüberwindliche, sperren.»Stich nicht,« warnte er,»in dies afrikanische Wespennest! Die Raubschiffe plündern sonst wieder wie in den Tagen Geiserichs all' unsere Küsten und Inseln.« – Und damit drang er durch. Der Kaiser ist umgestimmt. Wie grollt und lärmt Held Belisarius!

Und Theodora grollt und – schweigt. Aber sie wollte ihn heftig, diesen Krieg! Ich bin wahrlich nicht ihr Günstling: ich bin ihr immer noch viel zu unabhängig, zu sehr selbst der Denker meiner Gedanken – und mein Gewissen beißt mich doch oft genug um meiner Unaufrichtigkeit willen! – Das beste, das heißt bestgezähmte Gewissen hat freilich sie selbst: es beißt sie nie mehr: es hat sich wohl längst an ihr die Zähne ausgebissen! – Aber sogar ich erhielt wiederholt jene zierlichen kleinen Papyrusrollen mit dem flammenumgebenen Skorpion im Siegel, die ihre geheimen Befehle zu tragen pflegen, Brieflein, in denen sie mir »Kriegswut« dringend anempfahl, wolle ich es nicht vollends mit ihr verderben.«

Achtes Kapitel

»Seit ich dies schrieb – wenige Tage sind's – neue, wichtige Kunde aus Afrika!

Gewaltige Umwälzungen sind dort geschehen, die dem schwankenden Kaiser vielleicht doch noch den Krieg abnötigen: was für die Zukunft zu verhindern unsere Staatskunst auf das eifrigste und feinste bemüht war, das ist bereits, trotz, vielleicht dank dieser Bemühung eingetreten: Gelimer ist König der Vandalen! –

Der Archidiakon Verus – jetzt kann man alle Namen nennen! – hatte wirklich gegen uns, nicht für uns, Ränke gesponnen. Er hat alles Gelimer verraten! Pudentius aus Tripolis, der heimlich in Karthago weilte, sollte ergriffen werden: Verus hatte dessen Versteck angegeben. Auffallend ist dabei, daß Pudentius kurz vorher, auf des Priesters bestem Roß, in eiliger Flucht Karthago verlassen hatte.

Am gleichen Tage geschah in dem Königspalast ein rätselhaft Geschehnis, von dem nur der Ausgang, der Erfolg zweifellos: – denn Gelimer ist König der Vandalen! – aber der Zusammenhang, die Beweggründe werden sehr verschieden erzählt. Die einen sagen, Gelimer wollte den König, die andern der König wollte Gelimer ermorden. Wieder andere flüstern – so schreibt Pudentius – von einer geheimnisvollen Warnung, die dem König zugegangen sei: ein Ungenannter habe diesem brieflich verraten, Gelimer wolle ihn bei der nächsten geheimen Unterredung erdolchen. Zur Überführung solle ihn der König sofort zu einer solchen entbieten: der Mörder werde entweder aus Furcht bösen Gewissens sich weigern oder kommen, aber, – gegen das strenge Verbot der Hofsitte – mit geheimen Schutz- und Trutzwaffen: Hilderich solle sich daher selbst geheim mit Panzer und Dolch versehen und Hilfe in der Nähe versteckt halten. Der König habe den Rat befolgt. –

Fest steht, daß er Gelimer auf den Abend jenes Tages zur Zwiesprach befahl in sein Schlafgemach im Erdgeschoß des Palastes. Gelimer kam. Der König umarmte ihn, entdeckte dabei die Brünne unter dessen Gewand und schrie um Hilfe. Aus dem Seitengemach stürzten des Königs Neffen, Hoamer und Euages, mit gezückten Schwertern herzu, den Mörder zu töten. Aber gleichzeitig sprangen aus dem Garten durch das niedere Fenster des Erdgeschosses herein zwei Brüder Gelimers, die Verus dort im Gebüsche versteckt gehalten hatte. Der König und Euages wurden entwaffnet und gefangen: Hoamer entkam. Er eilte auf den Hof des Kapitols und rief die Vandalen zu den Waffen, ihren König zu befreien, der von Gelimer mörderisch überfallen sei. Die Barbaren zögerten: denn wenig beliebt war Hilderich, Gelimer dagegen hoch gefeiert und solchen Frevels galt er nicht für fähig. Und schon war auch Gelimer zur Stelle, strafte den Ankläger Lügen, bezichtete vielmehr Hilderich und dessen Neffen des Mordversuchs, forderte, die Frage zu entscheiden, Hoamer zum Zweikampf vor allem Volk und erschlug ihn auf den ersten Streich. Die Vandalen jauchzten Beifall, erklärten in tumultuarischer Versammlung sofort Hilderich für abgesetzt und riefen Gelimer, ohnehin den rechtmäßigen Kronfolger, als König aus: mit Mühe rettete dessen Fürbitte das Leben der beiden Gefangenen. – Von Verus aber heißt es, er sei zum Protonotar oder Kanzler und obersten Berater Gelimers erhoben, da er dessen Leben gerettet habe! Wie doch das? Wir wissen's besser, wir Verratenen, wodurch sich dieser Priester solchen Lohn verdient hat – auf unsere Kosten!

Ich vermute nun aber: dieser Thronwechsel zwingt den Krieg herbei. Denn für Justinian ist es jetzt Ehrenpflicht, seinen entthronten und eingekerkerten Freund zu retten oder doch zu rächen. Ich habe denn auch bereits ein gar wunderherrliches Schreiben an diesen »Tyrannen« Gelimer aufgesetzt, welches also schließt: ,Wider Recht und Pflicht also hältst du deinen Vetter, den rechtmäßigen König der Vandalen, in Ketten und beraubst ihn – ein Gewaltherrscher – der Krone. Setze ihn wieder auf den Thron oder wisse, daß wir ausziehen werden gegen dich. Und dabei' – diesen Satz diktierte nur der Kaiser der Pandekten wörtlich! – ,dabei werden wir den weiland mit Geiserich geschlossenen ewigen Frieden nicht brechen: denn Geiserichs rechtmäßigen Nachfolger werden wir dabei nicht bekämpfen, sondern rächen.' Du bemerkst die juristische Feinheit! Der Kaiser bildet sich auf diesen Satz mehr ein, als Belisar auf seinen großen Persersieg bei Dara.

Wenn dieser Gelimer wirklich thäte, was wir von ihm verlangen, – wir gerieten in die abscheulichste Verlegenheit, wir Rächer des Rechtes! Denn wir wollen doch diesen Krieg: das heißt, wir wollten Afrika schon lange bevor der Frevel geschehen war, den zu rächen wir ausziehen, – falls wir nicht doch lieber, hübsch sparsam und vorsichtig, zu Hause bleiben! 409

Da haben wir die Antwort des Wandalen! Für einen Barbaren und Tyrannen recht königlich!

'Herrscher Gelimer an Herrscher Justinian' – er braucht das gleiche Wort: »Basileus« für Kaiser und für König, der Verwegene!

'Nicht durch Gewaltthat habe ich den Königstab mir angemaßt und nicht habe ich Frevel geübt gegen meinen Gesippen. Sondern das Volk der Vandalen hat Hilderich abgesetzt, weil er gegen der Asdingen Geschlecht, gegen die rechtmäßige Thronfolge, gegen unser Reich selbst arge Dinge plante. Mich aber hat das Thronfolgegesetz als den ältesten Asdingen nach Hilderich auf den erledigten Thron berufen. Derjenige Herrscher, o Justinianus, handelt löblich, der seinen eigenen Staat gut verwaltet, in fremde Staaten sich nicht mischt. Brichst du den eidlich gefestigten Frieden und greifst uns an, so werden wir uns mannhaft wehren und Gott anrufen, der den Eidbruch und jedes Unrecht straft.'

Gut! Du gefällst mir, König Gelimer! Mich freut es, daß man dem Kaiser der Juristen sagt, er solle nicht blasen, was ihn nicht brennt: ein Spruch, der mir so ziemlich der Inbegriff aller Rechtsweisheit erscheint. Über die himmlische Abstrafung alles Unrechts Hab' ich freilich meine eigenen Gedanken.– – –

Justinian hat der Brief des Barbaren bitter geärgert, ein weiterer Beweis, daß der Barbar recht hat. Aber es scheint: wir stecken diese Antwort ebenso ruhig in die Tasche, wie unser schon gezücktes Schwert in die Scheide: der Kaiser schilt laut auf den Tyrannen: aber das Heer schreit noch lauter, daß es nicht fechten will. Und die Kaiserin – schweigt.«

Neuntes Kapitel

Einstweilen betrieb König Gelimer mit aller Kraft die Vorbereitungen zu dem drohenden Kampfe. Viel, allzuviel fand er dafür zu thun. Der König, sich die Oberleitung vorbehaltend und überall eingreifend, wo es not that, hatte Zazo die Fürsorge für die Herstellung der Flotte, Gibamund die des Heeres überwiesen.

Am Abend eines schwülen Augusttages nahm er ihre zusammenfassenden Berichte entgegen. Die drei Brüder waren versammelt in dem großen Thron- und Waffensaal des Königshauses, in welches Gelimer nun übergesiedelt war; die offenen Fensterbogen gewahrten prachtvollen Ausblick über die Häfen hinweg nach der See: der Nordwind führte einen erfrischenden Hauch her von der Salzflut.

Dieser Teil der alten Hochburg war von den Vandalenkönigen neu gestaltet, umgebaut worden nach den Bedürfnissen des Lebens an einem germanischen Königshof. Die griechische Rundsäule war hier, in Nachahmung des germanischen Holzbaues der heimischen Halle, ersetzt durch gewaltige viereckige Pfeiler von braunem und rotem Marmor, wie ihn Afrika in reichster Auswahl darbot, das Dach war getäfelt mit buntbemaltem oder gebeiztem Holzwerk; und an Stein wie Holz war, außer der Hausmarke der Asdingen, dem von einem Pfeil gequerten Runen-A, noch manch andere Rune, aber auch mancher kurze Spruch in den gotischen Buchstaben Ulfilas angebracht an den Gesimsen. Kostbare seidene Vorhänge von Purpurfarbe wallten an den offenen Fensterbogen; die Wände zeigten Platten geschliffenen Marmors in buntester Abwechslung der oft grellen Farben: denn der barbarische Geschmack liebte das Bunte; der Estrich war aus kunstreichen Mosaiken zusammengesetzt: aber roh und wenig passend: Geiserich hatte ganz einfach die farbenreichsten Muster, die er aus den Palästen des geplünderten Rom neben Statuen und Reliefs in ganzen Schiffsladungen davongeschleppt, ohne viel Auswahl hier aneinander fügen lassen.

Der Seeseite entgegengesetzt erhob sich auf fünf Stufen ein stolzer Aufbau: der Thronsitz Geiserichs. Die Stufen waren sehr breit: sie waren bestimmt, die riesige Gefolgschaft des Königs, die Palatinen und Gardinge, die Tausend- und Hundertführer aufzunehmen, abgestuft je nach ihrem Rang und nach der Gunst des Herrschers. – Wann sie alle, in ihrer reichen phantastisch aus Germanischem und Römischem gemischten Tracht und Waffenrüstung, hier dicht um den König geschart und gedrängt gestanden, umflattert von den vandalischen Fahnen von scharlachroter Seide, und wann von dem hohen Purpurthron, aus dessen zeltgleichem Baldachin ein frei an einer Schnur schwebender goldener Drache herabhing, – wann von diesem Thronsitz, zu dessen Füßen als symbolischer Tribut besiegter Maurenfürsten schuhhoch Löwen- und Tigerfelle gehäuft lagen, der gewaltige Seekönig sich erhoben hatte, die von seinem Freund Attila geschenkte, siebensträngige Geißel mit zornigen Drohworten um das mächtige Haupt schwingend, – da hatte gar manchem Gesandten der Kaiser die vorbereitete hochfahrende Rede versagt.

Den reichsten Schmuck des in seinem gewaltigen Prunk Augen verwirrenden Raumes bildeten aber die ungezählten Waffen jeder Art und jedes Volkes: – germanische, römische, maurische zumeist, aber auch aller andern Inseln und Küsten; welche die Raubschiffe des Seekönigs hatten heimsuchen können – bedeckten allüberall Pfeiler und Wände; ja die Schilde und Brünnen waren sogar wagerecht über die ganze Saaldecke verbreitet. Und ein seltsames, blendendes Licht strömte jetzt all' dies Erz, Silber und Gold von den Seiten und von vorn funkelnd von sich aus, als vom Nordwesten die schrägen Strahlen der sinkenden Sonne hereindrangen in den Waffensaal.

Ein breiter Tisch von weißem Marmor war ganz bedeckt mit Pergament- und mit Papyrusrollen, die Listen der Tausendschaften und Hundertschaften, Zeichnungen von Schiffen, auch Karten des Vandalenreichs, Seekarten der Bucht von Gades und des tyrrhenischen Meeres enthielten.

»Du hast in diesen Wochen, da ich fern im Westen weilte, die Vandalen von dort hierher zu ziehen, mehr als das Mögliche geleistet, Zazo,« sprach der König, eine Wachstafel niederlegend, auf welcher er Zahlen zusammengestellt hatte. »Zwar lange, lange nicht die Zahl und die Stärke der Schiffe erreichen wir, die weiland ›den vandalischen Schrecken‹ an alle Gestade trugen. Aber zur Verteidigung der eigenen Küste, zur Abwehr einer Landung werden diese hundertfünfzig Segel genügen, falls auf der Flotte und noch mehr: hinter ihr, auf dem Strand ein ausreichendes Fußvolk steht.«

»Nein, seufze nicht, mein Gibamund,« fiel Zazo ein, »Der Bruder weiß es: nicht du trägst die Schuld, daß das Heer nicht ist – nicht leistet, was –«

»Ah,« rief Gibamund zornig, »es ist umsonst! Wie sehr ich mich mühe: sie wollen nicht! Sie wollen trinken und baden und schmausen und reiten und Cirkusspiele schaun, in jenem verfluchten Hain der Venus allem fröhnen, was Mannesmark verzehren mag.« »Von gestern an,« sprach der König, »ist aber dieser Greuel zu Ende.« »Viel kannst du, o Gelimer,« meinte Zazo kopfschüttelnd – »Unglaubliches hast du geschafft, seit du diese schwere Krone trägst: – aber den Venushain reinigen... –« »Nicht reinigen: sperren!« erwiderte der König streng. »Seit gestern ist er geschlossen.« »Ich muß wieder klagen, anklagen gar viele,« fuhr Gibamund fort, »zumal die Edelinge. Sie weigern sich, zu Fuß zu fechten, die Übungen des Fußvolks mitzumachen. Du weißt – bitter fehlt es uns an Fußvolk! – Sie berufen sich auf Privilegien, die ihnen schwache Könige verliehen. Sie sagen: sie brauchen gar nicht selbst in den Heerbann des Fußvolks zu treten. Hilderich hat jedem Vandalen verstattet, sich loszukaufen, wenn er zwei geworbene maurische oder andere Söldner stellt.« – »Ich habe diese Privilegien aufgehoben.« »Ja, wohl! Und Heller Aufruhr tobte, Blut floß während deiner Abwesenheit um deswillen in den Straßen von Karthago,« zürnte

Zazo. »Aber das Schlimmste ist: sie *können* gar nicht mehr zu Fuß kämpfen, diese verweichlichten Edelinge und die reicheren Gemeinfreien. Sie können, sagen sie, – und leider ist es wahr! – die schweren Helme, Brünnen, Schilde, Speere nicht mehr tragen, die wuchtigen Wurflanzen nicht mehr schleudern, welche ich aus Geiserichs Rüsthäusern wieder hervorholte.«

»Sie sind ja verpflichtet,« warf Zazo ein, »sich selbst zu bewaffnen. Warum also –?« – »Weil die meisten die alten Siegeswaffen verkauft, vertauscht haben gegen Schmuck oder Wein oder Leckerbissen oder Sklavinnen. Oder gegen Waffen, welche Zier- und Spielzeug sind. Mit diesem Tand laß ich keinen mehr in die Zehnschaft treten. Und bis sie selbst sich genügend rüsten, könnte Sieg und Reich verloren sein. – Aber es ist wahr: Geiserichs Waffen können sie nicht mehr tragen. Sie fallen um nach kurzer Zeit. Sie fluchen, daß wir sie jetzt, – in diesen heißesten Monaten gerade ...« – »Sollen wir vielleicht den Feinden bekannt geben, die Vandalen fechten nur im Winter,« lachte Zazo.

»Deshalb, um die Lücken unseres Fußvolks zu füllen, habe ich ja schon viele tausend maurische Söldner geworben,« sprach der König sorgenschwer. »Freilich ein übler Ersatz für die Stätte germanischer Kraft, diese Söhne der Wüste, leichtbeweglich, wirbelnd, wechselnd, gleich dem Sand ihrer Heimat. Doch hab' ich zwanzig Häuptlinge gewonnen mit etwa zehntausend Mann.« »Ist auch Kabaon darunter, der Greis von ungezählten Jahren?« fragte Gibamund. »Nein. Er zögert mit der Antwort.« »Schade! Er ist der Mächtigste von allen! Und weit über seinen Stamm hinaus gilt sein prophetisches Ansehen,« meinte Zazo.

»Nun, wir werden bessere Helfer haben als die maurischen Räuber!« tröstete Gibamund. »Die tapfern Westgoten drüben im nahen Hispanien!« – »Hast du schon Antwort von ihrem König?« – »Ja und nein! König Theudis ist ein kluges, vorsichtiges Haupt. Ich stellte ihm eindringlich vor, – ich selbst schrieb den Brief, überließ ihn nicht Verus! – wie nicht uns Vandalen allein Byzanz bedrohe, wie leicht von Ceute aus die Kaiserlichen die schmale Meerenge überschreiten könnten, wären wir erst bezwungen. Ich bot ihm ein Waffenbündnis an. Er antwortete ausweichend: er müsse sich erst überzeugen von dem, was wir leisten könnten im Kriege.« »Wie will er das angeben?« eiferte Zazo. »Er will wohl abwarten, wie der Krieg verläuft? Haben wir gesiegt oder sind wir vernichtet, brauchen wir ihn nicht mehr!« – »Ich schrieb nochmal – dringender: – seine Antwort muß bald eintreffen.« »Aber die Ostgoten?« forschte Gibamund eifrig. »Wie antworten sie?« – »Gar nicht!« »Das ist schlimm!« meinte Gibamund. – »Ich schrieb der Regentin: ich verwies darauf, daß ich unschuldig war an Hilderichs frevelhafter That. Ich warnte vor Justinian, der sie nicht minder als uns bedrohe, ich erinnerte an die nahe Verwandtschaft unserer Völker ... –« »Du hast doch nicht zu

Bitten dich herabgelassen?« fragte Zazo unwillig. »Mitnichten! Ich erbat nichts. Ich verlangte nur, – als unser gutes Recht – daß die Ostgoten wenigstens unsere Feinde nicht unterstützen möchten. Noch habe ich keine Antwort. – Jedoch schlimmer als der Mangel von Verbündeten, – das Verderblichste ist: in unsrem eignen Volk die maßlose, thörichte Unterschätzung der Feinde,« schloß der König.

»Jawohl! Sie sagen: was brauchen wir uns zu mühen mit Übungen und Rüstungen? Die Griechlein wagen gar nicht, uns anzugreifen! Und kommen sie wirklich, wohlan: so werden die Enkel Geiserichs die Enkel des Basiliskos ebenso vernichten wie Geiserich den Basiliskos.«

»Wir sind aber nicht mehr die Vandalen Geiserichs!« klagte Gelimer. »Geiserich brachte mit sich ein Heer von Helden, tapfer, geübt in zwanzigjährigen Kämpfen mit andern Germanen und mit den Römern in den Bergen Hispaniens, einfach, schlicht, streng in Sitten. Er schloß die Häuser der römischen Lüste in Karthago, er zwang alle lockern Mädchen zu heiraten oder in das Kloster zu gehen. –«

»Wie das aber den Ehemännern und den andern Nonnen bekam, – das wird nicht gesagt,« lachte Zazo.

»Und jetzt! Heute sind unsre Jünglinge so verdorben wie die liederlichsten Römer. Zu der Grausamkeit der Väter« – seufzte der König tief auf, »trat die Wollust der Söhne, die Völlerei, die Trunksucht, die schlaffe weiche Trägheit. – Wie kann solch ein Volk bestehen? Es muß untergehn.«

»Aber wir Asdingen,« sprach Gibamund, hoch sich aufrichtend, und seine Augen leuchteten: ein edler Schimmer verklärte sein schönes Antlitz, »wir sind unbefleckt von solchem Schmutz.« – »Was hätten wir – du und wir beiden, verschuldet,« pflichtete Zazo bei, »daß wir untergehen müßten?« Wieder seufzte der König schwer, seine Stirn umwölkte sich, er schlug die Augen nieder –: »Wir? Tragen wir nicht den Fluch, den – ? Aber still! Nichts davon! Nichts zu euch! Es ist der letzte Strohhalm meiner Hoffnung, daß ich, der König, wenigstens ohne jede Schuld diese Krone trage. Müßte ich mich hierbei anklagen, dann wehe mir! – Ah, wessen ist diese kalte Hand? Du, Verus? – Du hast mich erschreckt.« »Das schleicht herein – unhörbar, wie die Schlange,« brummte Zazo in den Bart, Der Priester – er hatte auch als Kanzler das geistliche Gewand beibehalten – war unvermerkt von allen eingetreten: wie lange schon, niemand wußte es. Sein Auge war fest auf Gelimer gerichtet. Mit leiser Bewegung zog er die Hand zurück, die er auf des Königs nackten Arm gelegt hatte. »Ja, mein Gebieter, erhalte dir diese Angst des Gewissens! Hüte deine Seele vor Schuld: – ich kenne dich: – sie würde dich erdrücken.« »Du sollst uns nicht,« eiferte Zazo, »den

Bruder noch mehr verdüstern.« »Er und Schuld!« rief Gibamund und schlang den Arm um des Königs Nacken.

»Nur allzu gewissenhaft ist er, zu grüblerisch!« fuhr Zazo fort. »Wahrlich auch du, Gelimer, bist nicht mehr wie die Vandalen Geiserichs! Auch du bist angesteckt: nicht von den römischen Lastern, aber von der römischen oder griechischen oder christlichen Grübelei! Wie heißt sie doch höflicher: Gnosis, Theosophie oder Mystik? Ich weiß es nicht, kann mir auch gar nichts drunter denken! Wie froh bin ich, daß unser Vater nicht auch mich den Priestern und den Philosophen zur Erziehung überwiesen hat! Ach, er merkte früh, daß auf Zazos harten Schädel nur der Helm paßt, nicht das Schreibrohr hinter sein Ohr. Aber du freilich! – Mir ward immer zu Mut, als träte ich in einen Kerker, besuchte ich dich in deinem düstern, hochummauerten Kloster, in der Wüsteneinsamkeit. Viele, viele Jahre hast du dort unter den Büchern verträumt, – verloren.«

»Nicht verloren!« entgegnete Gibamund. »Hat er doch dabei Zeit gefunden, der erste Held seines Volkes zu werden. Auf ihm ruht der Vandalen Hoffnung.«

»Auf der Asdingen ganzem Haus: wir sind nicht entartet,« schloß der König. »Aber kann Ein Geschlecht – und sei's das herrschende – das Sinken eines ganzen Volkes hemmen, ein tiefgesunkenes heben?« »Schwerlich,« sprach kopfschüttelnd der Priester. »Denn wer will von sich sagen, daß er rein von Schuld? Und,« fügte er langsam hinzu, das Auge plötzlich aufschlagend und es voll auf Gelimer richtend, »die Sünden der Väter ... –« »Halt ein,« rief der König wie tief gepeinigt, aufstöhnend. »Nicht diesen Gedanken jetzt, – da ich handeln, schaffen, wirken soll. Er lähmt mich.« Und er drückte die Hand an Stirn und Brauen. »Auch in der Gegenwart,« fuhr Verus fort, »ist die Sünde allzugroß im Volk. Sie schreit laut um Rache gen Himmel! Eben jetzt – ich mußte, einen Sterbenden zu trösten ... –«

»Er vergißt,« sprach Gelimer, zu den Brüdern gewendet, »auch als Kanzler des Reiches die Pflichten des Priesters nicht!« – »Bis nah an das Südthor. – Da drang abermals aus jenem Hain aller Sünden der Lärm, der infernalische Jubel wiehernder Lüste furchtbar an mein Ohr. Jene unzüchtigen Lieder ... –« »Wie?« rief der König zornig und schlug mit der Faust auf den Marmortisch. »Sie wagen es? Hab' ich nicht befohlen, vor meiner Abreise nach Hippo, daß alle diese Spiele und Feste aufhören sollten schon tags darauf? Hab' ich nicht den gestrigen Tag als letzte Frist gesetzt, bis zu dem der Hain geräumt und alle seine Lusthäuser gesperrt sein müßten? Ich habe drei Hundertschaften Lanzenträger hingeschickt, zu wachen, daß mein Gebot geschehe: was thun sie?« – »Sofern sie nicht mehr mit tanzen, mit trinken, – schlafen sie, müde der Lust, voll des Weins, den sie, wie alle, dort genossen. Ich sah ein Häuflein unter dem Thorbogen liegen und schlafen.«

»Ich will sie schrecklich wecken,« rief der König. »Soll uns denn wirklich die Sünde verschlingen?« »Jener Hain, – er ist unheilbar,« meinte Zazo.

»Was das Schwert nicht heilt, das heilt das Feuer,« drohte der König. »Ich will unter sie fahren wie Gottes Zorn! Auf, folgt mir, meine Brüder!« Und er stürmte hinaus. »Laß rasch ein paar hundert Reiter aufsitzen, Gibamund,« mahnte Zazo, indem er mit diesem über die Schwelle eilte. »Die Hausreiterei, unter Markomer, dem Vielgetreuen! Denn die Vandalen folgen nicht mehr dem Königswort, blitzt nicht dabei das Königsschwert.« – Langsamen Schrittes, mit leisem Kopfnicken vor sich hinflüsternd, folgte den drei Asdingen der Archidiakon.

Zehntes Kapitel.

Während die »Unterstadt« Karthago nach Norden in den Hafen, nach Westen in die Vorstadt Aklas, die »numidische«, nach Osten in die »tripolitanische Vorstadt« auslief, erstreckte sich unmittelbar von ihrem Südthor, über zwei Stunden lang und über eine Stunde breit, der wiederholt genannte »Hain der Venus« oder »der heiligen Jungfrau«: schon seit alter heidnischer Zeit der Schauplatz und Tummelplatz jener Üppigkeiten und Lüste, die sprichwörtlich waren im ganzen Römerreich: »afrikanisch« sagte man, wollte man das Maßloseste dieser Art bezeichnen.

Ursprünglich hatte die ganze Küste der Meeresbucht hier, getränkt von der Feuchte der Seewinde, dichter Wald bedeckt. Der größte Teil desselben hatte längst der sich ausbreitenden Stadt weichen müssen: jedoch ein ansehnlicher Rest war auf Befehl der Kaiser erhalten und seit Jahrhunderten umgestaltet worden in einen mit aller Kunst und aller Verschwendung der Cäsarenzeit gepflegten herrlichen Park.

Den Hauptbestand desselben bildete die von den Phönikern eingeführte Dattelpalme, die, wie der Araber sagt, als Königin der Wüste die Füße gern in feuchten Sand taucht, aber das Haupt in das Feuer der Sonne. Sie gedieh daher prächtig hier und hob in hundert Jahren des Wachstums die schlanken Säulenschäfte ihrer Stämme bis zu fünfzig Fuß Höhe; senkrecht vermochte kein Sonnenstrahl zu dringen durch das Dach der schräg geneigten Blätter jener grünen Kronen, welche im Winde wunderlieblich, wie träumerisch, säuseln und nicken, einlullend, einladend, zu schlafen, zu widerstandslosem Behagen, zu schwankendem Wiegen, in verträumten Gedanken. –

Aber sie standen in so weiten Zwischenräumen, daß Licht und Luft von seitwärts durchziehen konnten und daß auch niedrigere Bäume, – so die Zwergpalme – daß Sträucher und Blumen trefflich gediehen unter dem Schirm der hochragenden Wipfel. Neben den Palmen hatte zuerst die Menschenhand, bald aber die unvergleichlich üppige Natur hier ähnliche andere Edelbäume gepflanzt und gepflegt: die Platane mit der hellglänzenden Rinde wie die Plastische Pinie, die Cypresse wie den Lorbeer, die Olive, welche den Salzhauch des Meeres liebt, die Quitte mit den duftigen Früchten, die Granate, hier so sehr heimisch, daß die Frucht »der karthagische Apfel« hieß, während Feigen, Citrusbäume, Aprikosen, Pfirsiche, Mandeln, Kastanien, Pistazien, Terebinthen, Kytisus, Oleander und Myrten, bald als mächtige Stämme, bald als Gebüsch gleichsam das Unterholz des herrlichen Palmenhochwalds bildeten.

Und die kaum je wieder erreichte Gartenkunst der römischen Kaiserzeit hatte, mit Hilfe der Berieselung, die großartige Wasserleitungen ermöglichten, hier, hart am Saum der freilich fälschlich so genannten »Wüste«, – richtiger Steppe: denn die »Wüste« lag viel tiefer im Innern – Wunder der Schönheit geschaffen: vor allem einen üppig grünenden, dichten Rasen, der sogar in diesen heißesten Tagen des Jahres kaum versengte Strecken zeigte. Aus den zahlreichen Beeten hatte der Wind die Samen der Blumen entführt und überall glänzten nun auch aus dem Rasen hervor die Blüten in jenen prangenden, brennenden Farben, mit welchen die afrikanische Sonne zu malen liebt.

Die Blumenanlagen, die durch den ganzen Hain verbreitet waren, litten übrigens an einer gewissen Eintönigkeit: die Mannigfaltigkeit der Arten, welche heute unsere Gärten schmückt, fehlte hier: Rosen, Liliaceen, Narcissen, Veilchenarten und Anemonen kamen fast allein vor: aber diese freilich in zahlreichen Spielarten, in künstlich erzeugten Farben, oft zum Flor gebracht vor oder nach ihrer natürlichen Blütezeit. Man suchte durch ungeheure nebeneinander gehäufte Mengen der gleichen Art zu wirken. So waren die dicht wuchernden Beete der weißen und der feuerfarbenen Lilie hier oft fünfzig, hundert Schritte lang oder breit; vom warmen Winde ward ein süßer, aber allzustarker, fast betäubender Duft aus den strotzenden Kelchen getragen.

In dieser Welt von Bäumen, Büschen und Blumen hatten nun die Verschwendung der Kaiser, die früher oft hier residiert, die Statthalter und noch viel mehr die Stiftungen von reichen Bürgern Karthagos aufgeführt eine unübersehbare Fülle von Bauwerken jeder Art. Seit Jahrhunderten hatte ein schöner Patriotismus, eine gewisse Ehrenpflicht, auch oft Eitelkeit und Prahlerei und Durst nach Verewigung des Namens, reiche Bürger der Stadt veranlaßt, durch gemeinnützige Bauten, Anlagen und schmückende Denkmäler ihr Andenken lebendig zu erhalten. Dieser

Lokalpatriotismus antiken Städtebürgertums war auch damals in seinen guten und rühmlichen wie in seinen kleinlichen Beweggründen noch keineswegs ausgestorben. So prangten denn hier, abgesehen von den ernsten Grabdenkmälern, welche die beiden Seiten der breiten, den Hain schnurgerade von Nord nach Süd durchschneidenden Legionenstraße, nur von geringen Zwischenräumen unterbrochen, säumten, Bauten jeder Art: ferner Bäder, Teiche, kleine Seeen mit Wasserkünsten, mit Marmorquais und zierlichen Häfen für die zierlichen Lustgondeln, Cirkusgebäude, Amphitheater, Schaubühnen, Stadien für Athletenkämpfe, Hippodrome, offene Säulenhallen, Tempel mit allen ihren oft zahlreichen und weitläufigen Nebengebäuden in reichster Fülle über den ganzen Park zerstreut.

Aphrodite, Venus war ursprünglich der Hain geweiht gewesen: dieser Göttin Statuen und die des Eros waren daher noch immer die häufigsten in dem weiten Gefilde: mancher solchen Gestalt hatte freilich der christliche Eifer den Kopf, die Brüste, die Nase, manchem Eros den Bogen zerschlagen. Viele der Heidentempel hatte man seit Constantin, mit den erforderlichen Änderungen, in christliche Oratorien und Kirchen umgeschaffen, aber keineswegs alle: und diese ehemaligen Tempel, dem heidnischen Gottesdienst entzogen, dem christlichen nicht zugewendet, waren mit ihren besonderen Gärtlein, Lauben und Grotten nun seit zwei Jahrhunderten die Stätten gar manchen Lasters, des Spieles, der Trunksucht und noch schlimmerer geworden. Die Götter waren verjagt: – die Dämonen waren eingezogen.

Unter den mehr als hundert Gebäuden des Haines ragten hervor zwei nahe dem »Südthor« der Stadt gelegene: der »alte Cirkus« und, dicht daneben, das »Amphitheater des Theodosius«.

Der »alte Cirkus« war angelegt worden in der Blütezeit Karthagos: und auf die damalige starke Bevölkerung war der ganze gewaltige Bau, war die Zahl der Sitzplätze – achtzigtausend – berechnet. Jetzt freilich standen die meisten Sitzreihen völlig leer: – gar viele römische Familien waren seit der vandalischen Eroberung ausgewandert, vertrieben, verbannt worden. Und die reiche Bronzeverzierung der Einzelplätze, der Sitzreihen und der Logen war oft zerbrochen, oft wohl auch geraubt: aber nicht von den Vandalen, die sich mit solchen Kleinigkeiten nicht abgaben: sondern von römischen Stadtbewohnern und von den nächsten Bauern, die sogar die Marmorquadern aus den Gebäuden des Haines brachen und entführten. Der granitne Unterbau – ein zweifaches Stockwerk hochgewölbter Bogen – trug die marmornen Sitzreihen, die im Innern amphitheatralisch aufstiegen. Von außen war der Cirkus umgeben von Arkaden mit zahlreichen Eingängen und Freitreppen neben den Nischen, welch letztere als Kaufläden und zumal als Tavernen, als Garküchen, Weinschenken, Obstbuden und Speisestuben

34

dienten. Hier lungerte stets, nachts und tags, viel übles Volk: aus den größeren, die durch Vorhänge den Blicken der Vorübergehenden entzogen waren, klangen Cymbeln, Handpauken, Kastagnetten und verrieten, daß drinnen gegen ein paar Kupfermünzen Syrerinnen und Ägypterinnen ihre üppigen Tänze zur Schau boten. Südlich von dem Cirkus lag ein weiter durch Meerwasser aus dem »Stagnum« gespeister See, dessen ganzer Inhalt abgeleitet werden konnte in das unmittelbar daranstoßende Amphitheater.

Elftes Kapitel.

Noch immer lastete die Schwüle eines afrikanischen Sommertags über dem ganzen Hain, obwohl die Sonne längst ins Meer getaucht und die hier nur kurz anhaltende Dämmerung dem Dunkel der Nacht gewichen war. Aber schon stieg leuchtend der Vollmond über die Palmenwipfel empor und ergoß sein magisches Licht über Bäume, Sträucher, Wiesen und Wasser, über die phantastisch aus dunkelstem Schwarzgrün der Gebüsche hervorleuchtenden Marmorstatuen und die Verkleidung der Gebäude aus meist auch weißem oder hellfarbigem Gesteinwerk. –

In den entlegenen Teilen des Haines herrschte allein dies sanfte silberne Licht Dianens und hier waltete tiefe keusche, ahnungsvolle Stille, nur durch den Ruf eines Nachtvogels hier und da gestört. Aber in der Nähe des Thores, in den zwei großen Hauptgebäuden, auf dem Rasen, in den Gärten um sie her wogte wilder Lärm von vielen Tausenden. Alle Instrumente, welche die Zeit kannte, schallten mißtönend, einander übertönend zusammen. Die Schreie der Lust, des Rausches oder auch der Wut, des zornigen Streites erklangen in römischer, griechischer, maurischer, zumeist aber in vandalischer Sprache. Denn vielleicht der größte und jedenfalls der lärmendste Teil der »Gäste des Haines«, wie sich die Genossen dieser Lüste nannten, war dem Stamm der Eroberer angehörig, die hier ihre ganze Genußgier und Genußkraft austobten.

Durch das Südthor schritten auf der breiten Heerstraße nach dem Cirkus zu zwei Männer in strenggermanischer Tracht. Das fiel hier auf: denn von den Vandalen fast alle – ausgenommen das Königsgeschlecht – hatten die germanische Gewandung, ja auch die nationalen Waffen entweder ganz mit den römischen vertauscht oder doch aus Bequemlichkeit, Weichlichkeit, Putzsucht das eine oder andere Stück römischer Tracht angenommen. Aber diese beiden Männer trugen nur germanische Mäntel, Sturmhauben und Waffen.

»Welch wüstes Geschrei! Welch Gedräng und Gewoge!« sprach der Älteste von ihnen, von mittelhohem Wuchs, der mit klugen, scharfen Blicken alles musterte, was um ihn her vorging. »Und am wüstesten,«

erwiderte der andere, »am wildesten brüllen nicht die Römer, sondern unsre lieben Vettern –.« – »Hatt' ich nicht recht, Freund Theudigisel? Hier, unter dem Volke selbst, lernen wir mehr für unsern Zweck, erhalten bessere Auskunft in einer Nacht, als wenn wir viele Monde mit diesem buchgelehrten König Briefe wechseln.« – »Es ist unglaublich, was man hier mit Augen sieht!«

Da schlugen von rückwärts, vom Thore her, laute Rufe an ihr Ohr. Zwei Neger, nackt bis auf einen Schurz von Pfauenfedern um die Lenden, suchten, goldene Stäbe um ihre kraushaarigen Köpfe schwingend, Platz zu schaffen, offenbar als Vorläufer Bahn zu brechen einem hinter ihnen folgenden Aufzug. »Gebet Raum,« schrien sie unaufhörlich, »gebet Raum für Modigisel, den Edeling.« Aber es gelang ihnen nicht, das Gedränge zu durchbrechen, ihre Rufe lockten noch mehr Neugierige heran. So setzten denn die ihnen folgenden acht gleich wie sie oder gleichmäßig nicht gekleideten Mohren ihre wankende Last notgedrungen nieder: eine reich vergoldete, halboffene Sänfte. Sie hatte eine Rückwand, aus schmalen Purpurpolstern zusammengefügt, von gequerten Elfenbeinstäben umrahmt und gehalten: herab von den Knäufen der Elfenbeinsäulchen nickten weiße Straußenfedern und das Rosa des Flamingo. »He, guter Freund« – so wandte sich der jüngere der beiden Fremden an den Insassen der Sänfte, einen hellblonden Vandalen von etwa siebenundzwanzig Jahren in glänzend weißem, reich mit Gold und Edelsteinen besetztem Seidengewand – »geht das bei euch jede Nacht so lustig her!?« Der Gefragte war sichtlich erstaunt, daß man sich erdreiste, ihn so ohne weiteres anzureden. Er öffnete mühsam zwei schläfrige Augen und wandte sich zu seiner Begleiterin: – denn nun erst ward neben ihm sichtbar ein junges Weib, von überwältigender Schönheit, aber in fast allzuüppiger Fülle strotzend, in reichem, aber maßlos überladenem Schmuck. Ihre weiße Haut war wie von mattem gelbem Schimmer überzogen: der Ausdruck des streng regelmäßig, wie mit dem Zirkel abgemessenen, schönen, aber starren sphinxähnlichen Gesichts war, ohne jede Andeutung von Geist oder Seele, die leicht ermüdete, aber nicht gesättigte Sinnlichkeit: sie glich einem wunderbar schönen, aber sehr unheimlichen Tier. So wirkten diese Reize mehr bewältigend, betäubend, als anmutend: dazu kam, daß die wenig verhüllte junonische Gestalt mit Gold nicht geschmückt, sondern mit goldenen Ketten, Reifen, Ringen, Zierplatten behängen und belastet war.

»Oh – Ah! – Ich sage! – Astarte!« lispelte ihr Begleiter mit künstlich verhaltener Sprechweise – er hatte von einem griechisch-römischen Stutzer aus Byzanz gehört, es sei guter Ton, so leise zu sprechen, daß man nicht verstanden werde. – »Vogelscheuchen, die beiden, eh?« Und er schob, – und seufzte über die Anstrengung hierbei – den dicken Rosenkranz in die Höhe, der ihm von der Stirn über die Augen gefallen war. »So wie man Geiserich schildert und seine Graubärte! Sieh nur – ah! – der eine hat ein Wolfsfell als Mantel. – Der andere trägt – im Hain der Venus! – einen wuchtigen Speer! – Ihr solltet euch – dort – im Cirkus – für Geld sehen lassen, Ungetüme!«

Der jüngere Fremde fuhr, zorngemut, ans Schwert: »Wüßtest du, wen ... –«

Aber der Ältere winkte ihm bedeutungsvoll, zu schweigen.

»Ihr müßt freilich weit hergekommen sein,« fuhr der Vandale, durch die Fremden offenbar erheitert, fort, »daß ihr solche Fragen thut. In diesem Hain der Liebesgöttin geht es jede Nacht so her. Nur heute noch ein wenig lustiger. Der reichste Edeling hält Hochzeit heut! Und ganz Karthago hat er eingeladen.«

Da richtete sich die Üppige an seiner Seite ein wenig auf: »Was verplauderst du die Zeit mit diesen Sylvanen? Sieh, der See erglänzt bereits in rotem Licht. Die Gondelfahrt beginnt! Ich will ihn gleich sehn, den schönen Thrasarich.« Und jetzt belebten sich – bei diesem Namen – die starren Züge: die großen, nachtdunkeln, undurchdringbaren Augen schossen einen heißen, suchenden Blick in die Ferne: – dann senkten sich wieder die langen, schattenden Wimpern. Sie lehnte das Haupt zurück an die Purpurpolster: mehr als zwei Hände hoch stieg das tiefschwarze Haar vom Wirbel empor, hoch aufgetürmt, von fünf sich verjüngenden durch Silberkettchen miteinander verbundenen Goldreifen umschlossen: aber dieses prachtvolle Haar, so gewaltig es war, glich wegen der dicken Steifheit der einzelnen Haare allzusehr der Mähne eines üppigen Rosses.

»Willst du nicht,« schrie der Begleiter mit solcher Kraft der Stimme, daß sich das frühere näselnde Gewisper als ärgste Affektation erwies, »willst du nicht, Astarte, du unersättliches Unheil, noch einstweilen mit dem minder schönen Modigisel fürlieb nehmen? Später kann man's ja – ändern. Du wirst zu keck seit deiner Freilassung.« Und er stieß ihr den Ellbogen in die Seite. Es sollte wohl zärtlich sein. Aber die Karthagerin hob, kaum merklich, die Oberlippe, nur die kleinen weißen Schneidezähne wurden sichtbar. Es war bloß ein leichtes Zucken. Aber es erinnerte an die großen bösen Katzen ihrer Heimat, zumal sie dabei, wie ein leicht gereizter Tiger, die Augen mit Gewalt zusammendrückte und den prachtvollen runden Kopf vom Kinn ab leicht in die Höhe hob, wie künftige Rache schweigend gelobend. – –

Modigisel hatte es nicht bemerkt. »Ich gehorche, göttliche Herrin,« näselte er nun wieder im elegantesten Ton. »Vorwärts!« Und da die armen Schwarzen – so vollendet hatte er den modernsten Ton getroffen! – ihn wirklich gar nicht gehört, brüllte er nun wie ein Bär: »Vorwärts, ihr Hunde, sag' ich!« Und mit einer Kraft, die man dem Rosenumkränzten nicht zugetraut hätte, schlug er mit der Faust den nächsten Sklaven in den Rücken, daß er stürzte. Ohne einen Laut stand der Mann wieder auf und faßte mit den sieben andern die dicht vergoldeten Tragstangen: bald war die Sänfte im Gewühl verschwunden.

»Hast du *die* gesehen?« fragte der jüngere Fremde, der mit dem Wolfsfell. »Ja. Wie ein schwarzer Panther, oder wie dies Land: schön, heiß, tückisch und tödlich. – Komm, Theudigisel! Laß uns auch an den See! Da sammeln sich die meisten Vandalen. Da lernen wir sie vollends kennen! – Hier, durch den Rasen, führt ein kürzerer Fußpfad.« – »Halt, stolpre nicht, o Herr! Was liegt da, – quer über den Weg?« – »Ein Krieger – in vollen Waffen – ein Vandale.« – »Und im tiefsten Schlaf! Bei diesem Lärm!«

»Er muß *sehr* trunken sein!« – Der Ältere stieß den Liegenden an mit dem Schaftende des Speeres. »Wer bist du, Mann?«

»Ich? – Ich?« – Der so Aufgeschreckte stützte sich auf einen Ellbogen: – er sann unverkennbar angestrengt nach. »Ich glaube, ich bin – Gunthamund, Guntharichs Sohn.« – »Was thust du hier?« – »Du siehst es ja: ich wache. – Was lacht ihr? Ich wache, daß in dem Haine keine Feste mehr ... – Wo sind die andern? – Habt ihr nicht Wein? Mich dürstet arg.« – Und er sank zurück in den hohen, weichen Rasen.

»Das also sind die Wachen der Vandalen! – Rätst du noch immer, mein tapfrer Herzog, wie du rietest – jenseit des Meeres?« Kopfschüttelnd, schweigend folgte der andere. Sie verschwanden in dem Gewoge von Menschen, das sich nun von allen Seiten gegen den See hin drängte.

Zwölftes Kapitel.

An dem Südufer dieses dicht umbuschten Gewässers, gegenüber dem zierlich mit Marmorplatten ausgelegten Hafen, in welchen es am Nordende auslief, waren hohe Brettergerüste, verhangen mit kostbaren, bunten Decken, errichtet, für besonders geladene Gäste, die doch nach Hunderten zählten; für die Vornehmsten war gewahrt ein weit in den See vorspringender, mit Purpurseide ausgelegter Balkon.

Jetzt ward plötzlich das Halbdunkel des sanften Mondlichts, das über der spiegelglatten Flut des Sees lagerte, in taghelles, grellrotes Licht verwandelt, das minutenlang anhielt. Als es erlosch, flammte blaues, dann grünes Licht empor, das, wie die Gruppen der Zuschauer an den Ufern und die weißen Marmorgebäude in der Ferne und die Statuen in den Gebüschen, so vor allem die Fläche des Sees selbst strahlend beleuchtete und das reiche, überraschende Schauspiel, das sich hier darwies.

Aus dem Hafen, hinter dessen hohen Mauern sie bis dahin verborgen gelegen, glitt, unter Flötenklang und Cymbelschall, hervor eine ganze Flottille von Nachen, Kähnen, Gondeln jeder Art: zehn, zwanzig – schon waren es vierzig Schiffe, phantastisch gestaltet, bald als Delphin, als Hai, als riesige Wasservögel, häufig als Drachen, das »Fahnen-Tier« der Vandalen. Mäste, Rahen, Segel, der spitzauslaufende hohe Schiffsschnabel wie das breit ausgeschweifte Steuer, ja sogar die oberen Teile der Ruderstangen waren, fast bis zu völliger Verhüllung, umflochten, umkränzt, umschlungen von Blumengewinden, von bunten breiten Bändern, auch von goldenen und silbernen Fransen; prachtvolle Teppiche, das ganze durch kostbares Holzgetäfel wagerecht geebnete Deck überziehend, senkten sich am Steuer in das Wasser und fluteten hier dem Schiffe, weit, weit nachschwimmend, nach. – –

Auf dem Deck jedes Fahrzeugs ruhten malerisch hingestreckt, unter dem Mast oder an dem Steuer, auf mehreren Stufen, von einer beherrschenden Gruppe überhöht, vandalische Männer und Jünglinge in abenteuerlichen, manchmal auch bestimmten Nationen nachgebildeten Trachten, an der Seite von jungen Mädchen, auch wohl von schönen Knaben. Das blonde oder rote Gelock der Vandalen floß nieder auf manchen tief braunfarbenen Mädchennacken, mischte sich mit gar manchem schwarzen Haar. Musik erscholl von jedem Schiff; geschäftige Sklaven oder Sklavinnen, – Weiße, gelbe Mauren, Neger – schenkten ungemischten Wein aus schöngehenkelten Krügen, die sie auch bei heftigem Schwanken der Nachen, ohne zu verschütten und ohne den Schein angestrengter Mühung, auf dem Kopfe trugen, nur mit einer Hand manchmal hinzugreifend. So glitten die bunten Gondeln über den rotbeleuchteten See dahin. Plötzlich aber öffnete sich ihre Mitte und daraus hervor schoß, wie es schien, ohne Ruder fortbewegt – die Rudersklaven waren unter Deck verborgen – das große, alle andern Fahrzeuge an phantastischer, verschwenderischer Pracht überstrahlende Hochzeitschiff. Gezogen ward es – scheinbar – nur von acht mächtigen Schwänen, die paarweise mit goldenen Kettchen an dem Ansatz ihres Halsbuges quer miteinander und, durch die gewölbten Schwingen hindurch, mit dem nächstfolgenden Paare verknüpft waren. Die prachtvollen, sorgfältig hierzu abgerichteten Tiere zogen, ohne auf den Lärm und das Licht um sie her zu achten, in majestätischer Ruhe pfeilgerade auf die Balustrade am Südende zu. Aus dem fußhoch mit roten Rosen bestreuten Deck war um den Mastbaum herum eine offene Laube von natürlichen Reben geschmiegt. In derselben lag, das dickzottige leuchtende Rothaar von Weinlaub und – sehr geschmacklos! – von roten Rosen bekränzt und ein Pantherfell um den Oberleib geworfen, eine Purpurschürze um die Lenden gebunden, einen Thyrsosstab in der mächtigen, aber schlaff herabhängenden Rechten, der riesenhafte, fast sieben Fuß große Bräutigam und, an seine breite, gewaltige Brust geschmiegt, eine überaus feine, schmächtige, fast noch kindliche Mädchengestalt von zierlichstem, fast allzu zierlichem Gliederbau. Das Antlitz konnte man nicht sehen: sie hatten der verlassenen Ariadne – höchst stilwidrig! – den römischen Brautschleier auf dem Haar befestigt; auch schien das Kind verschreckt durch all' den Lärm: verschüchtert versteckte es, sich immer wieder anduckend, das Köpflein unter dem Pantherfell und an der Brust des Riesen; manchmal freilich suchte die Kleine scheu sein Auge, verstohlen, rasch zu ihm aufblickend; aber er sah es nicht.

Denn ein nackter Knabe von etwa zwölf Jahren, goldene Flügel an den Schultern, Bogen und Köcher an goldenem Band auf den Rücken geschnürt, schenkte unermüdlich dem Bräutigam eine ganz unglaublich große Trinkschale voll: der schien sich durch sein Kostüm für verpflichtet zu halten, stets gleich wieder auszutrinken: das zog ihn nun mehr als löblich von seiner Braut ab. Auf einem Pfühl, etwas oberhalb des Brautpaares, lag, das edle Haupt und das einfach in einen griechischen Knoten geschlungene goldbraune Haar auf die offene linke Hand gelehnt, malerisch hingegossen, ein sehr schönes Mädchen von etwa achtzehn Jahren: unvergleichlich vornehmer, edler als jene karthagische Astarte war sie durch hellenische Formen, durch hellenisch-plastische Ruhe geadelt; zwei zahme weiße Tauben saßen auf ihrer rechten Schulter; sie trug ein weißes koisches Gewand, das bis unter die Kniee reichte, aber mehr Schmuck als Verhüllung zu bezwecken schien; doch ward das dünne Seidengespinst über den Hüften zusammengehalten durch einen schön gearbeiteten, halbschuhbreiten Goldgürtel, von dem eine phönikische Purpurschürze, mit reichen Goldquasten beschwert, herabhing; an den goldenen Sandalen waren von weißer und grauer steifer Seide »Meereswellen« angebracht, welche der »Schaumgebornen« bis an die feinen Knöchel reichten und an jedem derselben links und rechts zwei große weiße Perlen weithin sichtbar glänzen ließen.

Als das von Schwänen gezogene Schiff nun all' den vielen Tausenden von Zuschauern in volle Sicht kam, begrüßte das blendende Schaustück betäubender Zuruf. Sobald das Fahrzeug aus dem Halbdunkel in die blendende Helle glitt, suchte die Aphrodite hastig, rastlos, wie in Verzweiflung, sich zu verhüllen: – sie fand und erfaßte ein größeres grobes Segeltuch, das neben ihr lag und wickelte sich völlig darein.

»Wie barbarisch der ganze Aufzug!« flüsterte – aber sehr vorsichtig! – unter dem Gerüst, dem Hafen gegenüber, ein Römer dem andern in das Ohr in den rauhen Gurgeltönen des afrikanischen Vulgärlatein. »Das soll wohl Bakchos vorstellen, Nachbar Laurus?« – »Und Ariadne!« – »Die Aphrodite laß ich mir noch gefallen.« – »Ja, das glaub' ich, Freund

Victor. Es ist die schöne Glauke, die Ionierin! Erst kürzlich von Seeräubern aus Milet entführt – guter Leute Kind soll sie sein – auf dem Hafenforum verkauft an Thrasabad, den Bruder des Bräutigams. Soviel wie zwei Landgüter soll sie gekostet haben!« – »Gar traurig schaut sie, unter gesenkten Wimpern, abwärts in den See.« – »Und doch soll ihr Käufer und Herr sie auf den Händen tragen und ganz vernarrt in sie sein.« – »Glaub's gern! Sie ist wunderschön – feierlich schön, möcht' ich sagen.« – »Aber dieser Bär aus Thule, dieser Büffelstier aus Skythenland ein Dionysos!« – »Mit diesen Elefantenknochen!« – »Mit diesem brandroten, zwei Spannen breiten Bart!« – »Den ließ er sich wohl nicht scheren und das zottige Vließ des Schädels, dürft' er dafür im Ernst der Gott werden.« – »Ja, ein vandalischer Edeling! Das dünkt sich höher als Götter und Heilige!« – »Und waren und sind doch nur Kuhdiebe und Land- und Seeräuber.« – »Sieh nur, da hat er über das Rebengeflecht um die Lenden – seinen breiten germanischen Schwertgurt geschnallt!« »Vielleicht gar aus Ehrbarkeit,« lachte der andere. »Und wirklich: da trägt Dionysos ein vandalisches Kurzschwert im Wehrgehäng.« – »Mir scheint, er schämt sich, der Barbar, ein nackter Gott zu sein!« »So hat er doch noch nicht alle Scham verloren!« rief, unwillig weiterschreitend, ein Mann, der das furchtsame Geflüster gleichwohl verstanden hatte. »Komm, Theudigisel!«

»Verstandest du das? Der da, der mit dem Speere, war's. Das klang nicht vandalisch!« – »Aber ganz ähnlich. Drüben, in Hispanien, reden sie so! Ich hörte es zu Hispalis.« – »Horch, welch Gebrüll auf den Schiffen!« – »Das soll nun ein Hymenaios sein, Victor! Des Bräutigams Bruder hat ihn gedichtet. Denn jetzt machen die barbarischen Edelinge lateinische und griechische Verse. Aber sie sind danach!« »Ja höre, Laurus,« lachte der andere, »du bist parteiisch: als Wettbewerber! Hast du doch seither, seit dein Ledergeschäft umschlug, vom Dichten gelebt, o Laure! Hochzeiten – Taufen – Leichen, dir war's gleich. Auch Vandalensiege über die Mauren hast du schon besungen und – daß Gott erbarm! –, das tapfre Schwert König Hilderichs'. Ja, für die Barbaren dichtest du sogar lieber, häufiger als für uns Römer.«

»Natürlich! Die Barbaren verstehen weniger, verlangen weniger und zahlen mehr! Aus dem gleichen Grunde, Freund Victor, mußt auch du in deinem Weinschank wünschen, daß die Vandalen Herrscher bleiben in Karthago.« – »Wieso? Du könntest es richtig getroffen haben!« – »Ei nun, die Barbaren verstehen von richtigem Wein so wenig wie von richtigen Versen.« – »Nur halb getroffen! Sie verstehen es wohl so ziemlich. Aber sie haben immer solchen Durst, daß sie auch den sauren Wein genießen und bezahlen – wie deine sauren Verse. Wehe uns, wenn wir keine dummen Barbaren mehr zu Abnehmern hätten! Wir müßten auf unsere alten Tage bessern Wein und bessere Verse liefern.«

»Bald sind die Schiffe da! Jetzt sieht man alles deutlich! Schau, die unermeßliche Trinkschale des Bräutigams, – kaum kann sie der kleine Amor tragen – sie kommt mir bekannt vor!«

»Ei freilich! Das ist ja der eherne Oceanus – die Riesenschale von dem Neptunus-Brunnen auf dem Forum: – größer als ein Kindskopf!« – »Richtig! Seit ein paar Tagen fehlte die Schale. Ja, die Germanen söffen den Ocean aus, wär' er voll Weines.« – »Und schau nur, – diese Centnergewichte von Gold, mit denen sie die arme Aphrodite behängt haben!« – »Lauter zusammengestohlenes, geplündertes, geraubtes Römergut. Sie kann sich kaum rühren unter ihrem Geschmeide!« – »Schamhaftigkeit, Victor, Schamgefühl! Außer Schmuck hat sie ja nicht viel am Leibe.« – »Nicht des armen Mädchens Schuld, so scheint es! Der Amor, der freche Bengel, hat ihr soeben das Segeltuch abgerissen und in den See geworfen. Sieh, ihre Qual! Schau, wie schämig sie sich zu bergen, zu decken sucht. Sie bittet die Braut: – sie weist auf das weiße große Seidentuch zu ihren Füßen.« – »Die kleine Ariadne nickt, sie hebt das Tuch auf – sie wirft es um die Schultern Aphroditens –. Wie dankt ihr deren Blick!« – »Gleich landen sie nun: – Mich dauert die arme Braut. Schmach und Schande! Sie ist eines freigebornen römischen Bürgers Kind, obzwar griechischen Ursprungs. Und der Vater« – »Wo steckt Eugenes? Ich seh ihn nicht auf dem Hochzeitsschiff.« – »Er hat sich doch wohl geschämt, sich bei der Opferung seines Kindes zu zeigen. Er ist lange vor der Hochzeit mit seinem sicilischen Gastfreund in Getreidegeschäften nach Utika gereist und gleich nach der Heimkehr geht er mit dem Syrakusaner nach Sicilien. – Es ist wirklich wie das alte Mädchenopfer, das die Athener dem Stier, dem Minotauros darbringen mußten. Er giebt Eugenia, Karthagos anmutvollstes, zierlichstes Kleinod, hin!« – »Man sagt aber: – sie *wollte* ihn! Sie *liebte* den roten Riesen. Und er ist nicht häßlich – er ist sogar schon.« – »Ein Barbar ist er. Fluch den Bar – ... o Verzeihung, mein gnädigster Herr! Möge Sankt Cyprian dir langes Leben gewähren.« Hastig hatte er sich auf die Kniee geworfen vor einem halbtrunkenen Vandalen, der ihn schier über den Haufen gerannt und, ohne des Römers Existenz irgend zu beachten, sich schon weit nach vorn gedrängt hatte. »Aber, Laure! Der Barbar hatte ja dich getreten, nicht du ihn?« meinte Victor, dem Landsmann wieder auf die Beine helfend. – »Gleichviel! Sie sind gar flugs bei der Hand mit dem Kurzschwert, unsere Gebieter! O verschlänge sie alle der Orcus!«

Dreizehntes Kapitel.

Einstweilen hatten die Schiffe das Ufer erreicht: in breiter Auffahrt nebeneinander landeten sie, mit rauschender Musik von Pfeifen und Pauken von dem Balkon herab begrüßt. Alsbald warfen die Kähne von ihren Schnäbeln herab zierliche Falltrepplein, deren Holzwerk reich mit Teppichen bedeckt war. Sklaven streuten Blumen auf die Stufen: über diese hin stiegen das Brautpaar und die Gäste an das Land, während gleichzeitig, auf ähnlichen Treppen, von den Schaugerüsten herab die Geladenen hernieders chritten: die beiden Gruppen reiheten sich nun am Ufer zu festlichem Aufzug. Ein schöner, nur etwas weibisch aussehender junger Vandale, einen geflügelten Hut auf den blonden Locken und Flügelschuhe an den Füßen, eilte rastlos hin und her, den von goldenen Schlangen umwundenen Elfenbeinstab schwingend: er schien der Ordner des Festes.

»Wer ist das?« fragte Victor. »Wohl der Herr der schönen Aphrodite? Er nickt! Und sie lächelt ihm zu.« »Jawohl! Das ist Thrasabad,« zürnte Laurus, die Faust ballend, aber gar ängstlich. »Sankt Cyprian schicke ihm Skorpionen in das Bett! Ein vandalischer Dichter! Der mir das Handwerk verdirbt. Mir, dem Schüler des großen Luxorius.« – »Schüler? Ich denke, du warst ... –« – »Sein Sklave, dann Freigelassener. Ganze Eselshäute lang hab' ich ihm seine Verse abgeschrieben.« – »Aber doch nicht als Schüler ...-« – »Das verstehst du nicht. Die ganze Dichterei besteht aus einem Dutzend kleiner Kniffe: die lernt man beim Abschreiben am besten, weil sie immer wiederkehren. Und dieser Barbar dichtet gratis! Natürlich: muß froh sein, hört ihm jemand zu.«

»Er führt den Zug – als Merkur.« – »O, er taugt dazu! Aufs Stehlen versteht er sich! Nur schlagen sie dabei den Eigentümer tot. ›Fehde‹ nennen sie das, diese edeln Germanen!« – »Sieh – er gab das Zeichen: sie ziehen in den Cirkus! – Auf! Laß uns folgen!« Merkur streckte Aphroditen weit die Hand entgegen, ihr an das Land zu helfen. »Hab' ich dich wieder?« flüsterte er ihr zärtlich zu. »Zwei Stunden hab' ich dich entbehrt, du Vielschöne. Ich habe dich wirklich lieb, Schätzchen.« Sie lächelte anmutvoll – dankbar, selbst liebevoll schlug sie das schöne Auge zu ihm auf. – »Das ist der einzige Grund, daß ich noch lebe,« flüsterte sie: gleich senkten sich wieder traurig die langen Wimpern. »Aber so ganz eingewickelt – meine Aphrodite?« – »Ich bin nicht deine *Aphrodite*! Ich bin deine *Glauke*!« Hand in Hand mit ihr eröffnete nun Thrasabad den Zug, der sich, nicht ohne Stockungen, durch die gaffende Menge drängte.

Sowie man in dem Cirkus angelangt war, wiesen zahlreiche Sklaven den Gästen, je nach ihrem Stand oder ihrer Wertschätzung durch den Festgeber, ihre Plätze an. Die ehrenvollsten waren die vorderen, ursprünglich für die Senatoren, die Kurialen von Karthago bestimmten, jetzt leer stehenden Sitzreihen; leer blieb der Ausbau auf der südlichen Langseite, das Pulvinar, die kaiserliche Loge, die gar mancher Vorgänger Gelimers besucht hatte. Auf der nördlichen Langseite, aber nicht dem Pulvinar gegenüber, sondern dem Ostende, der *»porta* *pompae«*, viel näher waren in ähnlichem Ausbau angebracht die Logen für den Bräutigam und seine nächsten Freunde, die geehrtesten Gäste. – Durch dies Thor, in der Mitte der Ställe und Remisen für die Rosse und die Wagen, – dem *»oppidum«* und den *»carceres«* – bewegte sich vor dem Beginn des Rennens der »circensische Aufzug«: von dieser *porta* aus lief die Bahn länglich gezogen nach Westen, wo sie in einem Halbkreis abschloß; hier zogen die Sieger durch die *»porta triumphalis«* ab. Der Länge nach, von Ost nach West ziehend, schied eine niedrige Mauer, die *»spina«*, reich mit kleinen Säulen, mit Obelisken aus dunkelgrünem Marmor, mit zahlreichen Statuetten von Siegern in früheren Wettfahrten geschmückt, die Bahn in zwei wie durch eine Schranke getrennte Teile. – Am Ost- und am Westende war ein Mal, ein Ziel, *»meta«*, errichtet, jenes die *»meta prima«*, dieses die *»meta secunda«*. Die Wagen fuhren in die Arena durch zwei Thore im Osten am Süd- und am Nordende der Ställe. Endlich war auf der Südseite, zwischen den Ställen und der Kaiserloge, die traurige Pforte, die *»porta Libitinensis«* halbverdeckt angebracht, durch welche die getöteten und verwundeten Wagenlenker hinweggetragen wurden. Die Länge der Bahn betrug etwa hundertneunzig, die Breite etwa hundertvierzig Schritt.

Nachdem sich die Bewegung gelegt, die Gäste sich sämtlich auf ihren Sitzen niedergelassen hatten, erschien in der Hauptloge, in welcher neben noch etwa zwölf Männern und Frauen auch Modigisel und seine schöne Freundin Platz genommen, Merkurius, neigte sich zierlich vor dem Brautpaar und hob an: »Verstatte, göttlicher Bruder, Sohn Semelens ... –«

»Höre, Kleiner,« unterbrach ihn der Bräutigam, ›Merkur‹ maß ein paar Zoll weniger als Bakchos, aber noch sehr viel über sechs Schuh – »ich meine, du hast von dem vielen Adrumetiner und zumal von dem Grassiker, dem schwarzroten, den ich aus dem »Ocean« gesogen, – kurz du hast *meinen* Rausch bekommen. Unser wackrer Vater hieß doch Thrasamer, – nicht Semele.« Überlegen lächelnd und mit Aphrodite, welche ebenfalls in der Hauptloge Platz genommen, Blicke tauschend, fuhr der dichterische Vandale fort: »Erlaube, daß ich vor dem Beginn der Spiele mein Hochzeitsgedicht vorlese ... –« »Nein, nein, Brüderlein!« fiel der Riese rasch ein. »Lieber, schon viel lieber! – nicht! Die Verse sind ... –« – »Etwa nicht glatt genug? Was verstehst du von Hiatus und ... –« – »Gar nichts! Aber der Sinn – soweit ich ihn begriffen! – Du warst schon so gütig, mir es dreimal vorzulesen ... –« »Mir fünfmal!« sagte die Aphrodite leise, mit einem Lächeln, das ihr lieblich stand. »Ich beschwor ihn, sie zu verbrennen. Sie sind weder schön noch gut. Wozu sind sie also?« »Der Inhalt ist,« fuhr Thrasarich fort, »so aus der Maßen – nun: sagen wir ›schamlos‹ ... –« »Nach den besten römischen Mustern,« grollte der Poet. – »Mag wohl sein! – Vielleicht gerade deshalb. – Ich schämte mich, da ich's allein hörte: ich möchte nicht vor diesen Frauen ... –« Da drang ein gelles Lachen an sein Ohr: »Du lachst, Astarte?« – »Ja, schöner Thrasarich, ich lache! Ihr Germanen bleibt doch unverbesserlich: verschämte Knaben mit Riesengliedern.« Die Braut schlug einen flehenden Blick zu ihm auf. Er sah es nicht: »Verschämt? Ich komme mir schon lange sehr schamlos vor. Mir ist meine Rolle als halbnackter Gott sehr zuwider. Ich freue mich, Eugenia, wann erst all' der wüste Lärm vorüber ist.« Sie drückte ihm dankbar die Hand: »Und morgen, nicht wahr,« flüsterte sie, »gehst du mit mir zu Hilde? Sie hat es gewünscht, am ersten Tage mir Glück zu wünschen.« – »Gewiß! Und *ihr* Glückwunsch *bringt* dir Glück! Sie ist die herrlichste der Frauen. Sie – ihre Ehe mit Gibamund – hat mich zuerst wieder gelehrt, an Frauen, an Liebe und an Glück der Ehe zu glauben. Sie war es, die ... – Was willst du denn, Kleiner? Ach, das Spiel! Die Gäste! Ich vergaß alles! – Also! – Vorwärts! Gieb das Zeichen! Sie sollen anfangen da unten.«

Der Merkur trat vor an die weiße Marmorbrüstung der Loge und schwang seinen Schlangenstab zweimal in der Luft: die beiden Pforten zur Rechten und zur Linken der Ställe sprangen auf: in die Arena traten aus der Rechten ein ganz in Blau, aus der Linken ein ganz in Grün gekleideter Tubabläser und zwei schmetternde Rufe verkündeten weithin den Anfang des circensischen Aufzugs. In der kleinen Pause, die nun vor der Auffahrt der Wagen entstand, zupfte Modigisel den Bräutigam leicht an seinem Pantherfell. »Höre,« flüsterte er, »meine Astarte da verschlingt dich ja förmlich mit den Augen! Ich glaube, du gefällst ihr schon lange viel besser als ich. Nun sollte ich sie wohl totschlagen – vor Eifersucht. – Aber – Uff! – es ist mir zu heiß: zu beiden, zur Eifersucht und zum Schlagen.« »Ich denke,« erwiderte Thrasarich, »sie ist nicht mehr deine Sklavin.« – »Ich habe sie freigelassen, aber die Gehorsamspflicht, das Obsequium, mir vorbehalten. – Bah, deshalb würd' ich sie *doch* totschlagen, wäre es nicht so heiß. – Aber – wie wäre es, wenn wir – ich bin ihrer überdrüssig! – Und deine Kleine da, diese schlanke Eugenia gefällt mir: – vielleicht des Gegensatzes wegen – wie wär' es, wenn wir – tauschten?« Thrasarich fand nicht mehr Zeit, ihm Antwort zu geben. Nochmal schmetterte die Tuba und die Rennwagen fuhren ein zu feierlichem Umzug. Fünf Wagen der »Blauen« rollten langsam aus dem rechten, fünf der »Grünen« aus dem linken Thor: lauchgrün und lichtblau waren die Wagen selbst, waren Zügel und Aufputz der Rosse, waren die Tuniken der Wagenlenker. Die drei ersten Wagen jeder Partei waren Viergespanne, die gewöhnliche Zahl der Pferde: als nun aber als vierter je ein mit fünf, und als letzter Wagen jeder Partei sogar je ein mit sieben Rossen bespannter erschien, erschollen auf den obersten Plätzen – es waren die schlechtesten und obwohl sehr viele bessere Sitzreihen leer standen, hatten die vandalischen Aufseher die römischen Kleinbürger doch da hinauf verwiesen – laute Rufe der Überraschung und des Beifalls. »Schau nur, Victor,« flüsterte Laurus seinem Nachbar zu. »Das sind ja die Farben der Parteien zu Byzanz.« – »Jawohl. Alles ahmen sie nach, die Barbaren.« – »Aber wie die Affen das Flötenspielen!« – »Nur in der Toga sollte man doch den Cirkus besuchen.« – »Wie wir,« sagte Victor wohlgefällig. »Aber die –! Ein paar im Panzer – die Menge in spinnwebdünnen Gewändern!« – »Natürlich! Südländer werden sie doch nie! Nur verdorbene Nordbarbaren.« – »Doch sieh nur: die Pracht, die Verschwendung! Die Räder, ja die Radfelgen selbst sind versilbert und dann blau oder grün gebändert.« – »Und die Wagenkörbe! Sie gleißen dort von Saphiren, hier von Smaragden.« – »Woher hat Thrasarich all' diese Schätze!« – »Gestohlen, Freundchen, alles uns gestohlen! Ich sagt' es ja schon! Aber nicht er selbst – sogar zum Stehlen und Rauben ist dies Geschlecht fast zu faul geworden! – doch sein Vater Thrasamer und zumal sein Großvater, Thrasafrid! Der war Geiserichs rechte Hand! Und was das sagen will – beim Plündern wie beim Schlagen! – das ist gar nicht auszudenken!« – »Prachtvolle Pferde, die bei dem Fünfgespann, die Rotbraunen! Das sind nicht afrikanische.« – »Doch! Aber aus spanischem Schlag, in Kyrene gezüchtet. Das sind die besten.«

»Ja, wenn noch maurisches Blut dazu kommt. Weißt du, wie der berühmte Hengst des Maurenhäuptlings Kabaon? Den soll jetzt ein Vandale erworben haben.« – »Unmöglich! Ein solches Roß verkauft kein Maure.«

»Der Umzug ist zu Ende: sie fahren nebeneinander auf: vor der weißen Schnur. Jetzt! –« – »Nein! Noch nicht! Sieh: je ein Grüner und ein Blauer tritt an die Hermulae, links und rechts, an welchen die gespannte Schnur befestigt ist. Horch! Was ruft Merkur?« – »Die Preise für die Sieger. Höre nur: 15 000 Sesterzen zweiter Preis des Viergespanns, 25 000 erster des Viergespanns, 40 000 für das siegende Fünfgespann – und 60 000 – es ist unerhört! – für das Siebengespann.« – »Schau, wie die Grünen, das Siebengespann, den Sand stampfen! Das ist Herkules, der Wagenlenker! Der hat schon fünf Auszeichnungen!«

»Aber sieh! Sein Widerpart ist der Maure Chalches: – der trägt sieben Siegeszeichen! Sieh, er legt die Peitsche ab – er fordert Herkules auf, auch ohne Peitsche zu fahren. Der aber wagt es nicht.«

»Doch! Sieh, da wirft er die Peitsche in den Sand. – Ich wette auf Herkules! Ich halte die Grünen!« schrie Victor hitzig. »Und ich die Blauen! Es soll gelten – doch halt! Wir, römische Bürger, – wetten um Spiele unsrer Tyrannen?« – »Ah was! Du hast keinen Mut! – Oder kein Geld!« – »Mehr als du – von beiden! Wieviel? Zehn Sesterzen?« –

»Zwölf!« – »Meinetwegen. Es gilt!« – »Sieh, die Schnur fiel!« – »Jetzt sausen sie los!« – »Brav, Grüner, schon an der ersten Meta – als nächster – vorbei!

»Halte dich, Chalches! So, Blauer! Vorwärts. – Hei, an der zweiten Meta war Chalches der nächste.« – »Rascher! Herkules! Rascher, du faule Schnecke! Halte dich mehr rechts – Rechts! Sonst – o weh!«

»Ha, heil'ger Cyprian! Triumph! Da liegt der stolze Grüne! Auf dem Bauch liegt er! Wie ein zertretener Frosch! Triumph! Der Blaue steht am Ziel. – Zahle, Freundchen! Wo ist mein Geld?«

»Das gilt nicht. Ich zahle nicht. Der Blaue hat ihm mit Fleiß die Deichsel in den Gaul am linken Flügel gestoßen. Das ist Betrug!« – »Wie? Du beschimpfst meine Farbe! Und zahlen auch nicht?« – »Keinen Stein!« – »So? Nun, du Elender, so zahl' ich *dir*!« Und patschend fiel ein Schlag: es klang wie flache Hand auf feister Wange. »Ruhe da oben, in den Wolkensitzen,« rief Merkur. »Es ist nichts, holde Braut: nur zwei römische Bürger, die sich ohrfeigen. Freund Mandalar da oben – geh – wirf sie hinaus. Beide! – So! Nun weiter im Spiel. Schafft den Grünen zur Libitinensis hinaus. Ist er tot? – Ja? – Weiter! – Die Preise werden am Schluß verteilt. Wir haben Eile. Käme der König vor der Zeit aus Hippo zurück: – weh uns!«

Vierzehntes Kapitel.

»Bah,« meinte Modigisels Nachbar, ein trotzig blickender, etwas älterer Edeling von stolzer, vornehmer Haltung. »Werden uns nicht fürchten, mein' ich! Wir Gundingen sind kaum minder alten Adels. Ich beuge mein Haupt vor den Asdingen nicht. Am wenigsten vor diesem Duckmäuser.« »Recht hast du, Gundomar!« stimmte ein jüngerer bei. »Laß uns ihm trotzen, dem Tyrannen.« Da wandte der Riese Thrasarich langsam das Haupt und sprach sehr langsam, aber sehr nachdrucksam: »Höret, Gundomar und Gundobad, ihr seid meine Gäste: – allein, redet ihr übel von Gelimer, – thu' ich euch wie den beiden Römern gethan ward. So viel Weines mir zu Kopfe stieg: – nichts gegen Gelimer! Das duld' ich nicht! Er – der gütevolle – ein Tyrann! Was heißt das?« – »Das heißt: ein Anmaßer!« – »Wie meinst du das? Er ist doch der älteste Asdinge.« »Nach König Hilderich! Und ob der mit Recht gefangen und abgesetzt ward?« – zweifelte Gundomar. »Ob das Ganze nicht ein ersonnen Stücklein war?« fiel Gundobad ein. »Doch nicht von Gelimer ersonnen, willst du sagen?« drohte Thrasarich. »Nein! Aber vielleicht von Verus!« – »Jawohl: man flüstert allerlei. Es soll eine briefliche Warnung ... –« – »Geichviel! Erfährt dein gütevoller Betbruder von diesem Fest ... –« – »Dann wehe uns! Dann geht er mit dir um wie ... –« »Damals, da du dein Bräutchen ohne Priester heiraten wolltest,« lachte Modigisel. »Daß er

mich damals niederschlug, das dank' ich ihm seither alle Tage! Die
›Eugenien‹ raubt man nicht: – man bittet schön um sie.« – Und er nickte
der Kleinen zu, begrub ihr ganzes Köpfchen samt dem Schleier in seiner
gewaltigen Rechten und drückte sie zärtlich an die mächtige Brust: ein
glückstrahlender Blick der großen, dunklen Antilopenaugen dankte ihm.

Aber auch Modigisel hatte den Reiz entdeckt, den solche Beseelung,
solcher Ausdruck dem kindlich unschuldigen Antlitz verlieh: bewundernd
ruhte sein Auge auf Eugenie. Diese erhob sich und flüsterte dem
Geliebten ins Ohr. »Gern, mein Veilchen, mein Vögelchen,« erwiderte
dieser. »Wenn du's gelobt hast, mußt du's halten! Geleite sie zum
Ausgang, Bruder. Wort halten ist notwendiger als Atemholen.« Die Braut
ward von einer Schar von Freundinnen unter Führung Thrasabads durch
einen der zahlreichen Quergänge aus dem Cirkus geleitet. »Wohin geht
sie?« fragte Modigisel, ihr mit heißen Blicken folgend. »In die katholische
Kapelle – dicht nebenan, die sie in dem kleinen Vesta-Tempel
eingerichtet haben. Sie hat ihrem Vater gelobt, vor Mitternacht darin zu
beten: mußte sie doch auf den Segen ihrer Kirche verzichten bei der Ehe
mit dem Ketzer.« Gerade verschwand nun die anmutvolle Gestalt der
Braut unter dem Bogenthor.

Da begann Modigisel aufs neue zu Thrasarich: »Laß mir die Kleine da
und nimm meine Große –: du gewinnst fast hundert Pfund bei dem
Handel. Es ist wahr, in diesem Himmelsstrich soll man sich ein magres
Schätzlein wählen. – Freie Römerin? – Nun ich will sie auch *heiraten*, –
es soll mir nicht darauf ankommen.« – »Behalte dein strotzend Glück
und gönne mir mein schmächtiges. Für diesen Tausch habe ich doch
noch lange nicht genug aus dem Ocean getrunken.« Da sprach plötzlich
mit lauter Stimme Astarte – beide Männer erschraken: ob sie das leise
Geflüster verstanden hatte? Schon, daß sie ihr all' diese Zeit gewahrtes
Schweigen brach, wirkte seltsam. – »Ist doch nichts an ihr als Haut und
Knochen!« Und wieder zeigten die üppigen Lippen, leise gehoben, die
spitzen Schneidezähne. »Und Augen! *Diese* Augen!« sprach Modigisel.
»Ja, größer als das ganze Gesicht! Wie ein gerade ausgekrochenes
Huhn!« höhnte Astarte. »Was hat sie denn so Besonderes?« Und die
runden Augen funkelten unheimlich. »Eine Seele, Karthagerin,«
erwiderte der Bräutigam. »Weiber haben keine Seele,« sagte Astarte,
ihn ruhig und groß anblickend. »So lehrte ein Kirchenvater. Oder ein
Philosoph. Die einen haben statt der Seele Wasser – so jene Pygmäe.
Andere: Feuer«; sie stockte und atmete schwer. Sie war jetzt sehr
schön, dämonisch, bezaubernd schön: Gluten schossen in die prachtvoll
modellierten sphinxgleichen starren Wangen. »Feuer« – sagte
Thrasarich, von den versengenden Augen den Blick wendend, »Feuer ist
auch die Hölle.« – Astarte schwieg. »Sie ist so schön, weil sie so keusch
und rein ist,« sagte seufzend Aphrodite, die einen Teil des Gespräches

gehört hatte. Schmerzlich blickte sie der Braut nach und senkte die Wimpern. »Kein Wunder, daß du so fest hältst an ihr,« höhnte nun Modigisel laut. »Hast du doch, nachdem der Raub mißglückt war, gar ehrbar wie ein römischer Walker oder Bäcker um seines Nachbarn, des Schusters, Kind bei dem alten Getreidewucherer um das Püppchen geworben.« »Jawohl,« fiel Gundomar ein, »aber die Hochzeit hat er ausgerichtet mit einer Pracht, als führe er des Imperators Tochter heim.« »Die Pracht der Hochzeit ist ihm lieber als die Braut,« lachte Gundobad. »Das gewiß nicht!« sprach Thrasarich langsam. »Aber eins ist wahr: – seit ich weiß, daß sie mein ist – mein wird – seitdem ist die rasende Wut nach ihr – doch nein! – So ist es auch nicht! Hab' ich sie doch so lieb! – Es ist wohl der Wein! Die Hitze. Und der viele Wein!« »Gegen Wein hilft nur Wein,« lachte Modigisel. »He, Sklaven, bringt Bakchos einen zweiten Okeanos.« Alsbald that Thrasarich einen tiefen Zug.

»Nun?« flüsterte Modigisel. »Ich gebe dir als Zuwage zu Astarte meinen ganzen Fischteich voll Muränen neben der Königsvilla bei Grasse für –« »Bin kein Fresser,« erwiderte Thrasarich unwillig. »Ich lege dazu meine Säulenvilla in Decimum: ich habe sie zwar Astarte vermacht: – aber die willigt ein. Nicht?« – Astarte nickte schweigend. Ihre Nüstern flogen.

Thrasarich schüttelte das zottige Haupt. »Ich habe mehr Villen als ich je bewohnen kann. – Horch, ein Tubaruf! Sollte das Wettrennen beginnen? He, Brüderlein! Er ist nicht da. Pferde – Wein – und Würfel – das sind die drei höchsten Güter. Ich gäbe meiner Seelen Seligkeit für das beste Pferd der Welt. Aber« – und er trank wieder gewaltig – »das beste Pferd! Es ist mir entgangen. Durch meine Thorheit. Zehn Eugenien gäb' ich drum.«

Da legte Astarte einen eiskalten Finger leise auf Modigisels nackten Arm: er sah auf: sie hauchte ein Wort und erfreut, überrascht nickte ihr Modigisel zu. »Das beste Pferd? Wie heißt es? Und wie ist dir's entgangen?«

»Es heißt – sein maurischer Name ist nicht auszusprechen; er besteht aus lauter ch! – Wir haben es genannt: Styx. Und es ist ein dreijähriger Rapphengst spanischen Bluts, mit maurischer Mischung, in Kyrene gezogen. Kürzlich, da der wackere König so eifrig die Rüstungen begann, ward den Mauren verkündet, wir Edelinge brauchten treffliche Pferde. Da kam unter vielen andern auch des greisen Häuptlings Kabaon Enkel, Sersaon, nach Karthago: der zog von je von den besten Rossen die allerbesten.« »Man kennt sie! Jawohl!« bestätigten die Vandalen. »Von den allerbesten aber war die Perle Styx, der Rapphengst! Ich mag ihn nicht schildern, sonst wein' ich vor Zorn, daß er mir entging. Der Maure, der ihn ritt, fast ein Knabe noch, sagte, er sei gar nicht feil. Da ich ihn gierig drängte, forderte er – hohngrinsend – einen unmöglichen Preis, den niemand – bei gesunden Sinnen – zahlt: unvernünftig viele Pfund Gold: ich hab's vergessen, wie viele! Ich lachte ihm ins Gesicht. Dann sah ich nochmal auf das herrliche Tier und – befahl dem Sklaven, das Gold zu holen. Alsbald gab ich den Lederbeutel dem Mauren in die Hand: es war im offenen Hofe meines Hauses an dem Forum des Constantin: viele andre Rosse standen daneben: einige unsrer Lanzenreiter saßen im Sattel und sahen der Musterung der vorgeführten Rosse zu. Da, nachdem ich den Handel abgeschlossen, sagte ich mit einem Seufzer zu meinem Bruder: ›Höre, es ist doch Schade um das Gold! Das Tier ist's doch kaum wert.‹

›'s ist *mehr* wert! Das sollst du sehen!‹ schrie der freche Maure, sprang auf den Rappen und jagte zum Hofthor hinaus: – den Beutel aber behielt er in der Faust.«

»Das ist stark,« meinte Modigisel. –»Diese Keckheit empörte uns alle. Sofort setzten wir ihm nach – alle – wir waren wohl zwanzig – unsere besten Rosse und Reiter, – auch auf den eben gekauften trefflichen maurischen Gäulen. An der Straßenecke war er noch so nah, daß Thrasabad ihm den Wurfspeer nachwarf: aber vergebens! Obwohl auf unser Geschrei aus allen Quergassen die Leute herbeiströmten, ihn in der Hauptstraße zu hemmen: – da war kein Halten! Die Wache am Südthor ward merksam: sie sprangen ins Thor – sie wollten die Flügel zuwerfen, – warfen sie auch zu – aber schon war das herrliche Tier wie ein Pfeil hindurchgefahren. Wir verfolgten noch eine halbe Stunde: – da hatte es solchen Vorsprung, daß wir es kaum mehr in der Ferne sahen wie einen im Wüstensande verschwindenden Strauß. – Zornig, laut scheltend über den treulosen Mauren, ritten wir langsam heim auf unsern bis zum Umfallen erschöpften Rossen. – Als wir nach Hause kamen, – stand der Maure in meinem Hof, auf den Rappen gelehnt – er war zum Westthor wieder hereingeritten – warf mir das Gold vor die Füße und sprach: ›Kennst du nun des edlen Tieres Wert? Behalte dein Gold! Es ist mir nicht mehr feil!‹ – Und ritt stolz und langsam davon. So verlor ich Styx, das beste Roß der Erde! – Ha, ist das ein Blendwerk? Oder ist's der schwere Wein? – Da unten – – in der Arena – neben den andern Rennpferden ... –?«

»Steht Styx,« sagte Astarte ruhig. »Wem gehört das Kleinod?« schrie Thrasarich außer sich. »Mir,« erwiderte Modigisel. »Du hast ihn gekauft?« – »Nein. Bei dem letzten Streifzug ward das Tier mit Kamelen und mit andern Rossen erbeutet.« »Aber doch nicht von dir?« brüllte Thrasarich. »Du bliebst ja, wie gewöhnlich, in Astartes breitem Schatten zu Hause.« – »Aber ich stellte dreißig Söldner als Ersatz: die fingen das angebundene Tier in dem Lager der Mauren, und was der Söldner fängt ... –«. »Ist seines Soldherrn,« bestätigte Thrasabad, der wieder in die

Loge getreten war. »Also – dir – dir – gehört – dies Wunder?« rief Thrasarich, in höchstem Neid. »Ja und – dir – sobald du willst.« Thrasarich stürzte einen tiefen Becher hinab. »Nein! Nein!« sagte er, »wenigstens nicht so, – nicht mit meinem Willen! Ist sie doch frei, keine Sklavin, die ich verschenken könnte: – selbst wenn ich jemals wollte.« – »Gieb nur dein Recht auf sie auf. Leicht findet sich – für Geld – ein Nichtigkeitsgrund der Ehe.« »Sie ist katholisch, er Arianer,« flüsterte Astarte. »Jawohl! Das genügt schon! Und dann laß mich nur gewähren – : nicht immer kann Gelimer ihren Entführer niederschlagen.« – »Nein! – Schweige! Nicht so! – Aber – würfeln könnte man! – Dann hätten es die Würfel gethan, der Zufall – nicht ich! Ah, ich kann, ich kann – nicht mehr denken! Werfe ich mehr, behält jeder was er hat, – werfe ich weniger, – so will ich – Nein! Nein! Ich will nicht! – Laßt mich doch schlafen!« Und weinmüde senkte er, trotz des Lärms um ihn her, das mächtige rosenbekränzte Haupt auf beide Arme nieder, die er auf der Marmorbrüstung übereinanderlegte.

Modigisel und Astarte tauschten einverstandene Blicke. »Was hast *du* für Vorteil dabei?« fragte Modigisel. »Gegen dich tauscht er nicht: – nur etwa gegen das Roß.« – »Sie – das Nonnengesicht! – soll ihn aber nicht haben! Und meine Zeit kommt später.« – »Wenn ich dich frei gebe aus meinem Patronat.« – »Du wirst!« – »Weiß noch nicht!« – »O ja, du wirst!« schmeichelte sie. Aber sie bog dabei wieder den Kopf zurück und drückte die Augen zusammen.

Nach kurzem Schlaf ward der Bräutigam wach gerüttelt durch seinen Bruder. »Auf,« rief dieser, »Eugenia ist zurück. Laß sie auf ihren Platz, – « – »Eugenia! – Ich habe sie *nicht* verwürfelt! Ich will das Roß nicht! – Ich habe nichts versprochen ... –«

Tief erschrocken fuhr er zusammen: denn Eugenia stand, neben der Ionerin, vor ihm: die großen, tief dunkelbraunen Augen, deren Weiß leicht blau angehaucht war, drangen forschend, ahnend, angstvoll tief in seine Seele. Aber sie schwieg: – nur noch bleicher ward sie als sie immer war. Wieviel hatte sie vernommen –, verstanden? fragte er sich.

Die Sklavin Thrasabads wich ihr – demütig – aus. »Ich danke dir, Aphrodite.« – »O nenne mich nicht mit diesem Namen des Spottes, der Schmach! – Nenne mich – wie die lieben Eltern daheim bevor ich geraubt – eine Beute, – eine Ware ward.« – »Ich danke dir, Glauke.« »Das Rennen kommt nicht zu stande,« klagte Thrasabad, dem ein Freigelassener soeben eine Meldung hinterbracht hatte. »Warum nicht?«

»Weil keiner gegen den Rappen wetten will, den Modigisel zuletzt noch angemeldet hat. Es ist der Styx, du kennst ihn!« »Ja, ich kenne ihn! – Ich habe nichts versprochen gehabt, nicht wahr, Modigisel?« fragte er hastig und leise. »Doch! Gewiß! Zu würfeln! Erinnre dich!« – »Unmöglich!« –

51

»Du sagtest: Werfe ich mehr, behält jeder, was er hat, werfe ich weniger –«–»O Gott! Ja! – Es ist nichts, meine Kleine! Achte nicht auf mich.« Er wandte sich nun Modigisel zu: »Gieb mir mein Wort zurück!« flüsterte er. »Niemals.«»Du kannst es ja brechen!« höhnte Astarte. »Schlange!« rief er, und hob die Faust; aber er faßte sich, und nun wandte sich der gewaltige Riese, hilflos, wie ein ins Netz verstrickter Bär, flehend an Modigisel: »Erlaß mir's!«

Aber dieser schüttelte den Kopf. »Ich ziehe den Rappen zurück vom Wettlauf,« sprach er laut zu Thrasabad. »Mir genügt der Ruhm, daß keiner es mit ihm wagt.« – »So kann das Rennen stattfinden! Aber – am Schluß! Vorher zwei Überraschungen, die ich euch an anderem Ort vorbereitet habe. Komm, Glauke, – deine Hand! – Auf: erhebt euch! Folgt mir alle, ihr Gäste Thrasarichs, folgt mir –: in das Amphitheater.«

Fünfzehntes Kapitel.

Ausrufer verkündeten mit Tubaschall diese Aufforderung in dem ganzen weiten Gebäude und sehr rasch war, vermöge der trefflichen Einrichtungen und der großen Zahl der Ausgänge, die Arena entleert. In feierlichem Zuge bewegten sich nun die Tausende, unter dem Spiel von Flötenbläsern, in das nahe gelegene Amphitheater.

Dies war ein länglichrundes Gebäude mit einer Längenachse der inneren Ellipse von zweihundertvierzig Fuß. Die Anlage glich der des Cirkus: eine eirunde Außenmauer in zwei Stockwerken von Bogengängen, jedes Stockwerk mit Statuen und Säulen geziert. Auch hier stiegen von der ebenen eiförmigen Arena im Grunde die Sitzreihen stufenweise empor, geteilt durch senkrechte Gürtelmauern, gegliedert in Dreiecke durch die Treppen, die zu den Ausgängen, den Vomitorien, führten. –

Der Wirt und die vornehmsten Gäste fanden hier Platz in der unmittelbar an die Arena stoßenden erhöhten Galerie, dem »podium«, das früher die Senatoren von Karthago aufgenommen hatte.

Das Amphitheater stand in unterirdischer Verbindung mit dem daranstoßenden See. Aus den vergitterten und mit Vorhängen verdeckten Kellern an der einen Seite der Arena scholl den Einziehenden der wüste Lärm mannigfaltiger Tierstimmen entgegen: nur manchmal verstummte das Grunzen und Schreien, wann ein gewaltiges, unheildrohendes Geheul – oder Gebrüll – aus dem weitesten der Keller hervordrang: dann schwiegen, wie verschüchtert, die kleineren Nachbarn. »Fürchtest du dich, mein Vögelchen?« fragte Thrasarich die Kleine; die er an der Hand führte. »Du zitterst.«

»Nicht vor dem Tiger,« erwiderte diese.

Als nun die Ehrenplätze besetzt waren, erschien wieder Thrasabad vor diesen, verneigte sich und sprach: »Zwar haben schon lange römische Kaiser Gladiatorenkampf und Tierhetzen verboten. Aber wir sind nicht Römer. Zwar haben unsere Könige – zumal Herr König Gelimer – die Verbote erneut –«»Wenn er es erfährt!« mahnte Thrasarich. – »Bah! – Er wird erst morgen erwartet, – Und kommt er auch früher zurück, – ja weilte er jetzt schon auf dem Kapitol, – es sind zwei starke Stunden von dort bis hierher. Der Lärm des Festes dringt lange nicht so weit. Und wir werden's ihm nicht erzählen – morgen.« – »Und die Gladiatoren?« – »Auch nicht! Tote klatschen nicht. Wir lassen sie fechten, bis uns keiner mehr verraten kann.« – »Brüderlein, das ist mir fast zu – römisch.« – »Ha, nur die Römer wußten, zu leben: unsere bärenhaften Ahnen höchstens, zu sterben. Glaubst du, ich habe nur die Verse der Römer studiert? Nein, ich rühme mich, auch in ihren Sitten es ihnen gleich zu thun. – Sage, Gundomar, sollen wir uns fürchten vor König Gelimer?« – »Wir Edelinge der Vandalen lassen uns nichts untersagen, dessen uns gelüstet. Er soll's versuchen, uns hier wegzuweisen!« – »Und bei meines Bruders Hochzeit ist eine Ausnahme verstattet, ja geboten. Also werd' ich eure Augen weiden mit altrömischen ›Jagden‹ und mit altrömischen Gladiatorenkämpfen.«

Brausender Jubel antwortete dieser Ankündigung. Thrasabad verschwand, die Befehle zu erteilen.

»Wo er die Bestien her hat, ist leicht zu sagen,« meinte Gundomar. »Afrika ist ja ihre Brutstätte! Aber die Gladiatoren?« »Er hat mir's verraten,« antwortete Modigisel. »Zum Teil sind's Sklaven, zum Teil gefangene Mauren aus dem letzten Streifzug. Bald wird der weiße Sand der Arena blutigrot ... –«

»Ich freue mich!« stieß Astarte hervor; sie sprach sonst fast nie: mit einem Ausdruck wie von leisem Grauen sah Modigisel auf sie. »Gladiatoren!« sagte Thrasarich unwillig, »Eugenia, willst du gehen?« – »Ich schließe die Augen – und bleibe. – Laß mich nur bei dir. Schicke mich nicht von dir, ich bitte!«

Da erschollen Paukenschläge und ein Ruf des Staunens der Tausende drang durch den Raum. Die Arena teilte sich plötzlich nach links und rechts in zwei Halbkreise: jeder Halbkreis verschwand, nach seitwärts gezogen, in dem Gemäuer: zwanzig Fuß unterhalb der verschwundenen Arena ward eine neue, sandbedeckte Unterfläche sichtbar: und über diese brauste von allen Seiten, flutend und schaumspritzend, eine gewaltige Masse brodelnden Gewässers herein: rasch war der Untergrund in einen See verwandelt. Auf einmal thaten sich links und rechts zwei weite Thore auf und gegeneinander fuhren, vollständig bemannt und zum Kampfe gerüstet, zwei stattliche Kriegsschiffe mit hohen Masten, die freilich, in Ermangelung jedes Windes in dem rings umschlossenen Raum, keine Segel trugen, wohl aber Rahen, auf denen Bogenschützen und Schleuderer standen.

»Ah, eine Naumachie! Eine Seeschlacht! Trefflich! Herrlich!« jubelten die Zuschauer. – »Sieh, eine byzantinische Triere!« – »Und ein vandalisch Raubschiff! Hei, wie glänzt der Scharlachwimpel!« – »Und darüber – auf des Mastes Spitze – der goldene Drache.« »Der Vandale greift an! Wo stecken die Ruderer?« – »Man sieht sie nicht! Sie arbeiten unter Deck. Aber oben – schau, vorn am Bugspriet – da steht sie geschart, die Bemannung, die Wurfspeere, die Beile gehoben!« – »Schau, der Byzantiner will rammen! Mächtig rauscht er heran!«

»Sieh den dräuenden Sporn, den scharfen, gerade in der Wasserlinie!« – »Aber der Vandale wendet rasch. Er weicht dem Stoß aus! Jetzt fliegen die Speere.« – »Da! Da stürzt ein Römer aufs Deck: – er rührt sich nicht mehr.« – »Ein zweiter fliegt über Bord!« – »Er schwimmt noch ... –« – »Er greift aus dem Wasser ... –« – »Da versinkt er.«

»Blutig wird um ihn das Wasser,« sagte Astarte, sich eifrig vorbeugend.

»Laß mich – o laß mich fort, und komm mit mir!« bat Eugenia. – »Kind, – jetzt nicht – jetzt mußt du bleiben. Ich muß das sehen,« erwiderte Thrasarich. – »Nun legt sich der Vandale seitwärts an den Byzantiner.« – »Sie springen hinüber – die Unsern – wie fliegen die blonden Locken! Sieg, Sieg den Vandalen!« – »Aber Thrasarich! Es sind ja nur verkleidete Sklaven.« – »Gleichviel! Sie tragen unsere Fahne! Sieg, Sieg den Vandalen. Schau, nun aber hebt ein furchtbar Ringen an – Mann an Mann! Wie krachen die Schilde! – Wie blitzen die Beile! – O weh, der Führer der Vandalen fällt! – O wär' ich drüben auf dem verfluchten Römerschiff!« – »Da! Noch ein Vandale stürzt! Aus dem Unterdeck steigen neue Römer auf! O weh! Das ist Verrat!« – »Die Römer haben ja die Übermacht! Noch zwei Vandalen fallen!« – »Sie haben die Unsern arglistig an Bord gelockt.« – »Brüderlein! Thrasabad! Wo steckst du?« – »Dort, auf einem Boot fährt er, neben beiden kämpfenden Schiffen!« klagte Glauke voll Angst.

»Das gilt nicht! – Die Vandalen sind überwältigt – sie springen ins Wasser!« – »Der Rest – auf dem Römerschiff – wird gebunden.« – »Da werfen die Römer Feuer auf unser Schiff! Es brennt.« – »Der Mast flammt lichterloh.« – »Der Steuermann und die Ruderer springen über Bord.« – »Wo ist denn Thrasabad?« Merkur erschien wieder auf dem Podium. »Höre, Brüderlein, das ist ein böses Omen.« Thrasabad zuckte die Achseln. »Kriegsglück. Durfte mich nicht einmischen. Es war ja nichts verabredet über den Ausgang. Tot: fünf Römer, zwölf Vandalen! Fort! – fort mit dem Ganzen! Verschwinde, Meer!«

Er schwang den Hermesstab: rauschend stürzte das Wasser in die Tiefe – samt den Leichen, die es verschlungen. Das bemannte und dem Steuer gehorchende Römerschiff gelangte, kräftig steuerbord rudernd, glücklich in das Thor, durch welches es eingefahren war: aber das leere, brennende, führerlose Vandalenschiff ward mit in den brodelnden, wirbelnden Trichter hineingezogen: es drehte sich rasch, immer rascher um die eigene Achse: prasselnd schlug das Wasser, die Flammen, soweit es reichte, löschend, über Bord: der Mast neigte nun nach rechts, immer mehr, immer mehr, lichterloh weiter brennend: – plötzlich schlug das ganze Schiff nach rechts um und verschwand in der Tiefe. Gurgelnd, kreiselnd, schäumend folgte der Rest des Wassers nach.

»Das Meer verschwand!« rief Thrasabad. »An seine Stelle tritt die Wüste und ihrer Ungeheuer Kampf.«

Und in der Höhe des früheren Bodens, hoch oberhalb des Spiegels des verschwundenen Meeres, schoben sich wieder von rechts und von links die beiden Halbscheiben der von weißem Sand bedeckten Arena. Sklaven, nur mit Schürzen bekleidet, Weiße, gelbe Mauren und Neger, erschienen in großer Zahl und schlugen die Vorhänge zurück, mit welchen die Gitter der Tierkäfige bedeckt waren. »Wir werden euch vorführen ...« – rief Thrasabad ruhmredig in die atemlose Stille.

Aber er verstummte: jenes furchtbare Gebrüll, das unter dem Lärm der Seeschlacht geschwiegen hatte oder nicht vernommen worden war, erdröhnte von neuem und man sah nun einen gewaltigen Tiger mit solcher Wucht aus dem Hintergrund seines ziemlich langen Käfigs gegen das Gitter vorn springen, daß dessen Stäbe sich nach außen bogen: Splitter des Holzes, in welches sie eingelassen waren, stoben auf die Arena. »Brüderlein,« sagte Thrasarich leise, »der Käfig ist zu lang. Gieb acht! Das Tier hat zu viel Anlauf. Und das Holz des Bodens ist zu morsch! – Fürchtest du dich, Eugenie?« »Ich bin bei *dir*,« sagte diese ruhig. »Aber Menschen kämpfen – sterben, möcht' ich nicht mehr wissen – hab' ich's auch nicht gesehn.« – »Nur am Schluß noch, kleine Schwägerin, ein gefangener Maure ... –« »Wo hast du ihn her?« fragte Modigisel. »Gemietet, wie die meisten, vom Sklavenhändler. Aber dieser ist zum Tode verurteilt.« – »Warum?« – »Er hat seinen Herrn, der ihn geißeln wollte, erwürgt. Er ist ein schöner, schlanker Bursch, aber sehr störrig: er nennt seine Abkunft, seinen Vater nicht. Der Bruder und Erbe des Ermordeten hat ihn mir billig überlassen für die Naumachie und, bliebe er leben – für den Tiger. Er war – durch alle Schläge! – nicht dahin zu bringen, in der Seeschlacht mitzufechten. Sein Herr mußte ihn hinter der Scene binden an Füßen und Händen. Nun, er wird wohl fechten müssen, steht er in vollen Waffen in der Arena – und wir lassen den Tiger auf ihn los, der zwei Tage fastete.«

»O Thrasarich – mein Gemahl – meine erste Bitte!«

– »Kann dir nicht helfen, Vögelchen! Hab' ihm versprochen, ihn heute frei schalten zu lassen. Und Wort muß man halten, ist's auch Unsinn und Frevel.« »Jawohl,« flüsterte Modigisel sich vorbeugend ganz leise in sein Ohr. »Wort muß man halten. Wann würfeln wir?« Wütend fuhr Thrasarich auf: »Ich schlag' dich tot ...–« – »Das hilft dich nichts. Astarte weiß davon. Halte dein Wort! – Das rat' ich dir! – Oder alle Edelinge der Vandalen wissen morgen, was deine Ehre und Treue wert.« – »Nie! Eh bring' ich das Kind mit eignen Händen um.« – »Wäre so ehrlos, wie wenn ich – vorher – aus Neid den Rappen niederstieße. Wort halten, Edeling. Du kannst nicht anders.« Da traf Modigisel ein Blick Eugeniens: sie konnte nichts verstanden haben, – allein er verstummte. »Dann aber,« sagte Astarte ebenso leise zu Modigisel – »hast du sie, dann giebst du mich vollends frei.« – »Weiß noch nicht!« brummte der. »Sieht auch nicht aus, als ob ich sie kriege.«

»Gieb mich frei!« wiederholte Astarte dringend. Es sollte eine Bitte sein aber es klang so unheilvoll drohend, daß Modigisel betroffen ihr ins schwarze Auge sah: dies Auge hatte einen Ausdruck, daß er nicht Nein zu sagen wagte. Er wich aus mit der unwirschen Frage: »Was ist nur an dem Riesen, was dich an ihn zieht wie Magnet das Eisen?«

»Die Kraft,« sagte Astarte nachdrücklich. »Er wickelt dich um seinen linken Arm mit seinem rechten.« »Ich war stark genug,« grollte Modigisel finster. »Afrika und Astarte saugen das Mark aus einem Herkules heraus.«

Dies Geflüster ward unterbrochen durch Thrasabad, der nun – der Tiger schwieg – zu Worte kam. –

»Wir werden euch vorführen und kämpfen lassen: sechs afrikanische Bären aus dem Atlas mit sechs Büffeln vom aurasischen Bergthal; ein Flußpferd vom Nil und ein Nashorn; einen Elefanten und drei Leoparden, einen gewaltigen Tiger – hört ihr ihn? Schweige, Hasdrubal, bis man dich aufruft! – mit einem zu Tode verurteilten Mauren in vollen Waffen!« »Ha! Gut! das wird schön!« scholl es in der Runde. »Und zuletzt, da hoffentlich doch Hasdrubal der Sieger bleibt: der Tiger mit allen Siegern in den andern Kämpfen zusammen und mit einer Meute von zwölf britannischen Hunden.« Lauter Jubel brauste durch das Haus. »Schönen Dank!« erwiderte der Festordner. »Aber vom Dank allein lebt man nicht. Euer Merkur verlangt nach Ambrosia und Nektar. Bevor wir weitere Kämpfe schauen, laßt uns genießen. Ein leichter Imbiß, ein kühler Wein und ein üppiger Tanz! – Was meint ihr, meine Gönner? Komm, schöne Glauke!«

Ohne die Antwort abzuwarten – er schien ihrer ziemlich sicher: sie war ein noch viel lebhafterer Beifall – winkte er wieder mit dem Stabe: da senkten sich, wie durch Zauber, die schweren steinernen senkrechten Wände, die das Podium und die höheren Sitzreihen von der Arena und den tiefern Reihen trennten, und verwandelten sich in sanft abfallende Steinstufen, die zu der Arena herabführten.

Gleichzeitig wurden von unsichtbaren Händen auf die Arena aus beiden Seiten lange Tische gehoben, behangen mit kostbaren Decken, besetzt mit prachtvollen Amphoren, Krügen, Schalen und Bechern aus Gold und Silber und mit breiten flachen Schüsseln, gefüllt mit erlesenen Edelfrüchten und süßem Gebäck. In der Mitte der Arena stieg aus einer Versenkung ein Altar, dicht mit Blumengewinden auf seinen drei Stufen bekränzt und gekrönt von einer mit weißen Tüchern verhüllten Gestalt. Und von der Seite strömten gegen hundert Satyren und Bacchantinnen herein, welche sofort mit Haschen und – nicht sehr ernsthaft gemeintem Entfliehen – einen pantomimischen Tanz begannen, dessen Rhythmen eine lärmende, berauschende Musik von Cymbeln und Handpauken aus den offenen coulissenähnlichen Seiten hereinschmetterten: – immer dröhnender scholl in den Lärm, der ihn rasen machte, das Gebrüll des hyrkanischen Tigers.

Sechzehntes Kapitel

Viele der Gäste – so alle, die sich auf dem Podium befunden hatten – stiegen auf die Arena hinab, füllten sich selbst die Schalen, naschten von den Früchten und dem Gebäck. Anderen trugen buntgekleidete Sklaven die Erfrischungen nach ihren Sitzreihen zu.

Sobald nun die Schranken zwischen der Arena und den Zuschauern beseitigt waren, ergossen sich die Gäste in freiem Hin- und Herwogen bald hinunter, bald wieder auf ihre Plätze: ja sie mischten sich in die Tänze der Satyrn und der Bacchantinnen: gar manche der letzteren ward mitten im Tanz umfaßt von dem Arm eines Vandalen, der sich nun selbst in dem tollen Reigen mit drehte.

Immer chaotischer ward das Gewoge – immer glühender brannten die Wangen – immer wilder flatterten blonde und schwarze Haare durcheinander im Tanz – immer rascher mußten die Musiker das Tempo steigern, sollten sie der wachsenden Leidenschaft der Tänzer folgen.

Am stärksten sprach jetzt Thrasabad dem Weine zu. Er war teils erschöpft von dem vielen Hin- und Hereilen, teils in seiner Eitelkeit hocherregt durch den Beifall, den seine Veranstaltungen fanden. Einen Becher nach dem andern stürzte er, an eine Säule gelehnt, auf weichem Pardelfell vor einem niedrigen Trinktisch gelagert, hinunter: mit bangen Blicken sah Glauke, die er im Arme hielt, zu ihm auf: sie wagte keine Warnung. – Thrasarich bemerkte ihren Blick. »Höre, Kleiner,« mahnte er, »nimm dich in acht. Der Festordner ist der einzige, der nüchtern bleiben muß. Und der Grassiker ist schwer. Und du, armes Brüderlein, du weißt es: – du kannst nicht viel vertragen, weil du zu viel beim Trinken redest.« »Hat – keine – keine – Gefahr!« erwiderte dieser, bereits mit Mühe die Worte suchend. »Herbei nun, Iris und ihr Liebesgötter!« Er schwenkte den Stab: er entfiel ihm, Glauke hob ihn auf und legte ihn an seine Seite.

Plötzlich öffnete sich die Wölbung des weiten seidenen Zeltes, welches über die Arena gespannt war: ein Regen von Blumen – meist Rosen und Lilien – schüttete sich über den Altar, über die gedeckten Tische, über die Tänzer aus: von unsichtbaren Röhren ward feuchter, wohlriechender Duft, kaum als leichter Nebel wahrnehmbar, über die Arena, ja auch über die Zuschauerreihen gesprengt. Auf einmal trat aus dem Hintergrund der Arena, hoch oben, aus grauem Gewölk hervorbrechend, eine Sonnenscheibe mit mildem, goldgelbem Licht hervor.

»Helios lächelt in Regenschauer!« rief Thrasabad. »Da ist Iris wohl nicht weit.«

Bei diesen Worten spannte sich der siebenstreifige Bogen – in hellen Farben prachtvoll erglühend – über den ganzen Raum der Arena und, getragen von goldenen Wolken, flog ein junges Mädchen, einen siebenfarbigen Schleier anmutvoll über dem Haupte ausgespannt haltend, hoch von rechts nach links über die Bühne hin. Sowie sie verschwunden war – auch der Regenbogen und die Sonne erloschen nun wieder – und während noch die Rufe des Erstaunens andauerten, schwebte von oben nach unten aus den Zeltöffnungen eine Schar von reizenden Amoretten, Kinder von vier bis neun Jahren, Knaben und Mädchen, an Rosenketten hernieder auf die Stufen des Altars. Von den Sklaven in Empfang genommen, aus den Blumengewinden gelöst, stiegen sie aus und reihten sich auf den Stufen um die noch immer verhüllte Gestalt, auf die nun alle Blicke neugierig sich richteten.

Da sprang Thrasabad vom Trinktisch hinweg auf den Altar – Glauke im Arm haltend: eben hatte ihm diese leise den neugefüllten Becher aus der Hand gelöst. Der brausende Beifall, der ertönte, riß jetzt vollends den eiteln Jüngling dahin; er wankte sichtlich, als er nun auf der obersten Stufe stand, die widerstrebende Glauke mit sich ziehend: »Schau her, Bruder,« rief er mit unsicherer Sprache, »dies ist *mein* Geschenk zu deiner Hochzeit. – In der Villa des Senators bei Cirta – wie heißt er doch? Er ward verbrannt, weil er hartnäckig katholisch blieb? – Gleichviel! – Ich kaufte vom Fiskus die eingezogene Villa – sie steht auf den Grundlagen einer sehr alten, von kaiserlicher Pracht: herrliche Mosaiken –: Jagdbilder, mit Hirschen, Hunden, edeln Rennern, mit schönen Frauen unter Palmen! – Da ward bei dem Umbau des Kellers, unter zertrümmerten Säulen hervorgegraben diese Statue: – mehr als ein halb Jahrtausend soll sie alt sein: – ein Kleinod soll es sein aus bester Griechenzeit – so sagt mein Freigelassener, der versteht's: – eine Aphrodite. – Zeige dich, Königin von Paphos! – Dir, Bruder, schenke ich sie.« Er faßte ein breites Messer, das auf dem Fußgestelle lag, zerschnitt eine Schnur und ließ das Messer wieder fallen – die Hülle sank: eine wunderschöne, edelgebildete Aphrodite aus weißem Marmor ward sichtbar.

Die Amoretten knieten nun zu Füßen der Göttin und umflochten ihre Knie mit Blumengewinden. Und gleichzeitig fiel von oben her auf den Altar und auf die Göttin glänzend weißes Licht, die Arena, die gewöhnlich nur von Ampeln, nicht allzuhell, erleuchtet war, mit blendenden Strahlen überglänzend.

Lauter als zuvor erscholl der Jubel der Tausende, – immer wilder, immer rascher wirbelte der Reigen der Tänzer, immer lauter schmetterten Pauken und Cymbeln: – aber dieser plötzlich gesteigerte Lärm und das grelle blendende Licht trafen auch das offene Gitter des Tigers: furchtbar brüllte er auf: ein gewaltiger Satz gegen das Gitter – eine Stange desselben fiel geräuschlos nach außen auf den weichen Sand. Niemand achtete darauf. Denn um die Göttin, hoch auf dem Altare, spielte sich schon wieder eine neue Scene ab.

»Danke dir, Bruder,« rief Thrasarich. »Wahrlich, das ist wohl das schönste Weib, das man sich denken mag.« »Ja,« stimmte Modigisel bei. »Was meinst du, Astarte? Du spottest? Was hast du daran auszusetzen?« »Das ist ja kein Weib,« sagte die Karthagerin, eisig, kaum die Lippen öffnend. »Das ist ja ein Stein. Gehet hin! Küßt sie, wenn sie euch schöner scheint als ... –«

»Recht hat Astarte,« schrie Thrasabad außer sich. »Recht hat sie! Was nützt uns eine Aphrodite von Stein? Eine tote, marmorkalte Liebesgöttin! Sie faltet die Arme ewig über dem Busen: – sie kann sie niemals öffnen zu seligem Umfangen. Und wie blickt sie so hoheitsstreng, als ob die Liebe wunder welch todesernste hohe heil'ge Sache sei. – Nein, Marmorbild, du bist nicht das schönste Weib! Das schönste Weib – viel schöner als du – ist meine Aphrodite hier. *Mein* ist das schönste Weib der Erde. Ihr sollt's mit Neid bekennen! Ich *will's!* – Ich *will* um sie beneidet sein. – Ihr alle sollt's gestehn!«

Und mit überraschender Kraft riß er die Griechin, die sich aus allen Kräften sträubte, zu sich empor, schwang sie auf das breite Fußgestell der Statue und zerrte wild an dem weißen Tuche, das Glauke schon auf dem Schiff über die nackten Schultern und das durchsichtige koische Gewand geworfen hatte.

»Laß ab! Laß, Geliebter! Beschimpfe mich nicht vor aller Augen!« flehte das Mädchen, in Verzweiflung sich windend. »Laß – oder beim höchsten Gott ... –« Aber der Vandale, seiner nicht mehr mächtig, lachte laut:

»Hinweg die neidischen Hüllen!« Noch einmal zerrte er an dem Tuch und an dem Gewande darunter: – da blitzte ein Stahl durch die Luft: – die Griechin hatte das breite Messer vom Fußgestell aufgerafft: – ein roter, heißer Strom spritzte ihm in das Antlitz: blutüberströmt sank die feine Gestalt zu den Füßen der Marmorstatue nieder.

»Glauke!« schrie Thrasabad, vom Schrecken urplötzlich ernüchtert.

Aber im selben Augenblick schmetterte draußen vor dem Amphitheater drohend ein eherner, ein kriegerischer Klang, den wildesten Lärm der Musik – denn unablässig wirbelte noch der Tanz der Satyrn und Bacchantinnen – übertönend: das waren die vandalischen Hörner! Und von den Eingangsthüren her, sowie von den höchsten Sitzreihen, die den Ausblick in den Hain gewährten, scholl tausendstimmig durch den weiten Raum der Ruf des Schreckens: »Der *König*! Der König Gelimer!«

Mit Entsetzen strömten die Tausende zu allen Eingängen hinaus. –

Thrasarich richtete sich hoch auf, hob die zitternde Eugenie auf seinen starken Arm und bahnte sich mächtig den Weg durch das Gedränge. – Des Festordners Ruf ward nicht mehr vernommen: – zu den Füßen der schweigenden Marmorgöttin hingestreckt lag Thrasabad, mit beiden Armen die schöne Glauke umschlossen haltend; sie war tot. –

Bald war er allein mit ihr in dem ungeheuern, verödeten Gebäude.

Draußen – fern – scholl nun Lärm von streitenden Stimmen. In dem Amphitheater aber herrschte Totenstille: – auch der Tiger schwieg, wie erstaunt über die plötzlich eingetretene Ruhe und Leere.

Mitternacht war vorüber.

Leise erhob sich der Wind und spielte mit dem Seidendach des Zeltes: – er fegte die vielen Rosen zusammen, die auf der Arena zerstreut lagen.

Siebzehntes Kapitel

Draußen, auf dem großen freien Platz des Haines, standen die Gäste Thrasarichs dicht vor dem Amphitheater, das sie soeben verlassen hatten: die meisten in Bewußtsein und Haltung von Kindern, die der Zuchtmeister auf frischer That des Verbotenen ertappt.

Thrasarich war der letzte Rest von Rausch verflogen: »Der König?« sagte er leise vor sich hin. »Der Held! – Ich schäme mich.« Und er schob verlegen an dem Rosenkranz auf seinen zottigen Haaren. Da trat Gundomar trotzig an ihn heran, die Hand am Schwert. »Furcht war dir sonst fremd, Thrasamers Sohn. Jetzt gilt es, dem Tyrannen trotzen. Zeig' ihm die Stirn gleich uns.« Aber Thrasarich erwiderte nichts; er schüttelte nur leise das mächtige Haupt und wiederholte zu Eugenien, die er säuberlich neben sich niedergestellt hatte: »Ich schäme mich vor dem König. Und mein Bruder! Mein armer Bruder.« »Arme Glauke,« seufzte Eugenia. »Aber vielleicht ist sie – zu beneiden.«

Jetzt schmetterten nochmal – schon aus größerer Nähe – die Hörner der vandalischen Reiter: der König, dessen Anritt man auf der pfeilgeraden Legionenstraße deutlich von fernher wahrnahm, sprengte nun auf den Platz, all' den Seinigen weit voran. Nur ein paar Sklaven mit Fackeln hatten ihm zu folgen vermocht; seine Brüder, die erst eine Reiterschar aufgeboten hatten, waren mit derselben noch weiter zurück. Dicht vor Thrasarich und den ihn umgebenden Edelingen riß der König den schnaubenden Falben zurück, daß er hoch bäumte.

»Zuchtlose Männer, ungehorsam Volk der Vandalen!« schalt er in dröhnender Stimme vom Roß herab. »So befolgt ihr eures Königs Gebot? Wollt ihr euch mit Gewalt den Zorn des Himmels auf den Nacken ziehen? – Wer gab das Fest? Wer hat's geleitet?« »Ich gab es, mein König,« sprach Thrasarich, einen Schritt vortretend. »Ich bereue es sehr. – Bestrafe mich. Aber verschone den, der's auf mein Gebot geleitet hat, meinen Bruder – er ist ... –« »Spurlos verschwunden samt der Toten,« fiel Gundobad ein. »Ich wollte auch ihn aufrufen, des Adels gemeine Sache mit uns Gundingen zu führen wider diesen König ... –« »Denn diese Stunde,« fuhr Gundomar fort, »wird es entscheiden, ob wir Knechte sind der Asdingen oder edelfreie Männer.« »Jawohl, ich bin es müde, mir befehlen zu lassen,« stimmte Modigisel bei. »Wir sind nicht schlechtern Bluts als er,« drohte Gundobad zu dem König hinauf; schon scharte sich um die beiden Gundinge ein dichter Knäuel von Gesippen, Freunden und Gefolgen, von denen manche Waffen trugen.

Thrasarich wollte in die Mitte treten, dem hier drohenden Zusammenstoß vorbeugen: aber er ward nun umringt von dichten Haufen der Sklaven seines Bruders und von seinen eignen.

»Herr,« riefen sie, »Thrasabad ist verschwunden! Was soll nun geschehen? Das Fest ...–« – »Ist zu Ende. Weh, daß es je begann.« – »Aber das Wettrennen drüben im Cirkus?« – »Nichts davon! Führt die Pferde heraus! Gebt sie den Eigentümern wieder.« »Ich nehme den Rappen nur, nachdem wir gewürfelt haben,« rief Modigisel dazwischen. »Ja, schüttle dich nur vor Grimm. Ich halte dich an Wort und Ehre.« »Und die wilden Tiere?« drängte ein Freigelassener. »Sie schreien nach Fraß.« – »Laßt sie, wo sie sind! Füttert sie!« – »Und der gefangene Maure –?«

Er konnte nicht antworten. Denn während die Rennpferde, darunter der Rappe, von dem Cirkus her auf den Platz zwischen jenem und dem Amphitheater geführt wurden, scholl lautes Geschrei von den Ausgängen des letzteren her. »Der Maure! Der Gefangene! Er ist entwischt. Er will entfliehen. Haltet ihn!« Thrasarich wandte sich. Er sah die jugendliche Gestalt des Mauren gerade heranrennen. Er war an Füßen und Händen mit Stricken gebunden gewesen. Die Bande zwischen den Füßen zu zerreißen war ihm gelungen, aber nicht, den festen Strick zu lösen, der ihm, etwa einen Fuß lang, fest um beide Handknöchel geschnürt war. Und es hinderte ihn gar sehr, daß er nicht die Hände brauchen konnte, sich Bahn zu brechen durch das Gedränge. »Laßt ihn! Laßt ihn laufen!« gebot Thrasarich. »Nein,« schrieen die Verfolger. »Er hat soeben seinen Herrn mit der Faust niedergeschlagen! Sein Herr hat's befohlen! Er soll sterben! Tausend Sesterzen, wer ihn fängt.« Steine flogen, hier und da ein Speer. »Tausend Sesterzen?« rief ein Römer dem andern zu. »Freund Victor, versöhnen wir uns und verdienen wir sie zusammen.« – »Recht! Halbpart, o Laurus.« Jetzt eilte der Flüchtling pfeilschnell auf Thrasarich zu. Die geschmeidige, edle Gestalt kam näher, näher. Ein schöner Zorn lag auf dem wohlgebildeten, jugendlichen Antlitz. Da – dicht neben Thrasarich – griff Laurus nach dem Strick zwischen den Händen des Jünglings: – ein heftiger Ruck – er stürzte. Victor faßte ihn am Arm. »Tausend Sesterzen sind unser,« schrie Laurus und zog den Strick an sich. »Nein,« rief Thrasarich und riß das Kurzschwert aus dem Wehrgehäng. Blitzend durchschnitt es den Strick. »Flieh, Maure!«

Im Nu war dieser wieder auf den Beinen – sein dankender Blick traf den Vandalen – gleich darauf war er mitten unter den Rennpferden. – »Ah, der Rappe! mein Rappe!« rief Modigisel. Aber schon saß der Maure auf dem Rücken des herrlichen Tieres – ein Wort in sein Ohr – aus griff das Roß – auseinander stoben schreiend die Massen – und bereits flogen Roß und Reiter auf der Straße nach Numidien dahin: – schon waren sie in schirmender Nacht verschwunden.

»Der Rappe,« grollte Modigisel. »Das kostet mich das Würfelspiel – um das junge Weib.« Überrascht sah Thrasarich dem Rosse nach: »Gott! Ich danke dir! – Ich will's verdienen, gut machen. – Komm, Kleine! – Zum König! – Er braucht mich, scheint es.« Drohend hatten sich einstweilen die Edelinge und ihr Gefolge gegen den König gedrängt, der keinen Schritt zurückwich.

»Wir lassen uns nicht zwingen von dir,« rief Gundomar. »Wir lassen uns die frohe Lust des Lebens nicht wehren,« rief Modigisel. »Morgen schon – ob du's willst oder nicht – ihr Freunde – *ich* lad' euch ein! – treffen wir uns wieder in dieser Arena, unter diesem Seidengezelt.« »Das werdet ihr nicht,« sprach der König ruhig, nahm dem nächsten Sklaven die Pechfackel aus der Hand, hob sich hoch in den Steigbügeln und schleuderte sie im Bogenschwung mit sicherm Wurf hoch über die Menge hinweg mitten in das Seidenzelt, welches sogleich Feuer fing und in heller Lohe aufflammte. Lautes Gebrüll dröhnte aus den Käfigen. »Du wagst es?« schrie Gundobad. »Dies Haus ist nicht dein eigen. Es gehört dem Volke der Vandalen! Wie darfst du seine Lust zerstören, nur weil du sie nicht teilst?« »Und warum teilst du sie nicht?« fuhr Gundomar fort. »Weil du gar kein Mann bist, kein echter Vandale.« – »Ein Schwärmer: – kein König über ein Volk von Helden.« – »Woher so oft dein plötzliches Erzittern?« – »Wer weiß, ob nicht geheime Schuld dich drückt?« – »Wer weiß, ob nicht dein Mut versagt, wann die Gefahr ... –«

Da erscholl, alles übertäubend, ein gellender Schrei des Entsetzens, des tödlichen Schreckens, von vielen Hunderten ausgestoßen: kaum war dazwischen durch ein wie Frohlocken klingendes kurzes Gebrüll vernehmlich. »Der Tiger! Der Tiger ist los!« scholl es von der Arena her.

Und von dorther stob, in verzweifelnder Todesangst, nach allen Seiten auseinander ein dichtgedrängter Knäuel von Menschen: Weiber, Kinder, Männer – alles durcheinander. Jedoch überall stießen sie auf andere Menschenhaufen, konnten nicht weiter, rangen, strauchelten, stürzten, wurden zertreten.

Oben aber, auf des Amphitheaters erstem Stockwerk, kauerte, dem König gerade gegenüber, die abgerissene Kette an dem Halsband nachschleifend, zum furchtbaren Sprunge niedergeduckt, die Flanken peitschend mit dem Schweif, den Rachen weit aufreißend und hin- und hergezogen in dem Widerstreit von lechzender Gier und von Furcht vor den vielen Fackeln und Menschen, das gewaltige Tier. Endlich siegte der Hunger über die Furcht. Auf eines der Rennpferde, die vor dem Amphitheater hielten, war sein suchender Blick gefallen: jetzt war dieser Blick wie gebannt. – Wohl wogte ein Schwarm von Menschen vor seiner Beute: – wohl war der Sprung fast allzuweit: – aber fort riß das Ungetüm die Gier und mit einem leisen Schrei sprang es in furchtbarem Satz, über die Häupter der Menschen hinweg, auf sein erkorenes Opfer. – Aber all' die kreischenden Menschen drängten in der gleichen Richtung, die Pferde scheuten, der Sprung erreichte das Ziel nicht ganz: – das Raubtier kam zwei Schuh vor dem Roß zur Erde: – hinweg stob, die Halfter zerreißend, das Pferd. – Niemals wiederholt der Tiger einen verfehlten Sprung: so wollte auch Hasdrubal, wie beschämt, zurückweichen: aber wie er die rechte Vorderpranke ausstreckte, traf sie auf warmes, weiches, lebendes Fleisch. Ein Kind war es, ein vierjährig Mädchen in dem bunten Flitterstaat der Amoretten: längst von der Mutter oder der Spielaufseher Seite gerissen, von den Fliehenden niedergerannt, lag es auf dem Antlitz in dem weichen Rasen: oberhalb des weißen Röckleins quoll das zarte, das rosige Fleisch zwischen Hinterhaupt und Schultern üppig hervor: – der Tiger schob die Pranke vor und hielt hier, am Halse, das Kind gefaßt: – aber nur einen Augenblick: – dann fuhr er plötzlich um Leibeslänge zurück, mit einem jeden früheren an Furchtbarkeit übertreffenden Schrei der Wut. Sie galt einem Gegner, der ihm, zu Fuß heranschreitend, den sicheren Fraß zu bestreiten wagte. – Die große Katze zog sich zum Ansprung in sich selbst zusammen, zu jenem schrecklichen Ansprung, welcher bei dem Gewicht des Tieres jeden Mann niederwerfen mußte. – Aber bevor der Tiger sich zum Bogensprunge auseinanderschnellte, stand der Gegner dicht vor seinem Kopf und in den weitgähnenden Rachen fuhr dem Untier, von unten nach oben gezielt, den Rückenwirbel durchbohrend, bis an das Heft ein vandalisches Schwert.

Über den toten Tiger sank einen Augenblick, fortgerissen von dem Schwung des Stoßes, der Mann: aber sofort sprang er auf, trat zurück und riß das vom Schreck betäubte Kind vom Boden auf.

»Gelimer! Heil König Gelimer! Heil dem Helden!« rief jetzt die Menge, auch der Römer. »König, du bist unverletzt?« fragte Thrasarich.

»Wie das Kind,« sagte dieser ruhig und legte die Kleine in die Arme der weinenden, zitternden Mutter, die den Saum des vom Blut des Tieres überströmten weißen Königsmantels küßte.

Gelimer wischte nun die blutige Klinge an dem weichen Felle des Tigers ab und stieß es in die Scheide: dann trat er zurück an sein Pferd. Er lehnte sich, voll aufgerichtet, an dessen Bug, das behelmte Haupt hoch erhebend: er hatte den alten Helm mit den schwarzen Geierflügeln – sie schienen jetzt belebt herabzudräuen – auch als König beibehalten und nur Geiserichs gezackte Krone um das Helmdach gefügt. Einen Blick schmerzlicher Verachtung warf er auf das Volk. Tiefes Schweigen entstand: für den Augenblick versagte auch den Kecksten der Edelinge das Wort.

Prasselnd fiel das brennende Gerüst des Gezeltes, noch einmal hoch auflohend, in die Arena nieder.

Achtzehntes Kapitel.

Jetzt trafen die Brüder des Königs an der Spitze ihrer Reiter auf dem Platz ein: sie hatten von ihren Rossen aus, über die Menge hinweg, den grausen Vorgang mitangesehen. Sie sprangen ab und drückten Gelimer stürmisch die Hände. »Was ist dir, Bruder?« fragte Gibamund. »Das ist nicht der Blick des Erretters!« »O mein Bruder,« seufzte Gelimer. »Beklage mich! Mich ekelt meines Volkes! – Und das ist hart.« »Ja, denn es ist doch das Beste, was wir haben,« sprach Zazo ernst. »Auf Erden,« erwiderte grübelnd der König. »Aber ist es nicht Sünde, auch *dieses* Irdische so heiß zu lieben? Alles Irdische ist eitel! Ist's nicht auch Volk und Vaterland?« – Und er versank in brütend Sinnen.

»König Gelimer, wach auf!« rief ihm, wohlmeinend mahnend, eine Stimme aus der Menge zu.

Es war Thrasarich. Er staunte über diese plötzliche Wandlung: auch er hatte sich gegen den Tiger gewandt: aber der König, der vor allen den dräuenden Ansatz des Tigers bemerkt hatte, war, vom Pferde springend, ihm zuvorgekommen. Ihm – und noch einem andern.

Der ältere der beiden Fremdlinge hatte ruhig standgehalten, den Speer zum Wurfe gezückt. »Das war ein guter Stoß, Theudigisel,« flüsterte er nun. »Aber laß sehen, wie das endet. Dieser König versäumt den besten Augenblick.« Und so schien es.

Denn inzwischen hatten die Edelinge von ihrer Beschämung sich ein wenig erholt: nicht mehr ganz so keck zwar wie vorher, aber immer noch trotzig genug trat Gundomar vor und sprach: »Du bist ein Held, König. Es war undankbar, daran zu zweifeln: aber du bist nicht eben leicht zu fassen. – Allein auch einem Helden wollen und können wir nicht mehr dienen und gehorchen wie unsere Ahnen, die Bären Geiserichs, diesem dienten.«

»Es ist nicht nötig und nicht möglich mehr,« fuhr Modigisel fort. Er wollte wieder nach seiner römischer Mode lispeln und leise näseln, vergaß aber bald die Künstlichkeit, fortgerissen von wirklicher Erregung. »Wir sind nicht mehr Barbaren, wie des blutigen Meerkönigs Segelbrüder waren. Wir haben gelernt von den Römern: – leben und genießen. Verschone uns mit den schweren Waffen! Unser ist – unangefochten, unentreißbar unser – dies herrliche Land, in dem man nur schwelgen kann, nicht sich mühen. Genuß, Genuß und wieder Genuß ist allein des Atmens wert. Mit dem Tode ist ja doch alles aus. Darum, solang ich noch lebe, – küssen will ich und trinken und nicht fechten und will ...«

»Ein Sklave werden Justinians,« brach der König zornig los.

»Bah, diese Griechlein! Sie wagen gar nicht, uns anzugreifen.« – »Laß sie kommen! Wir rennen sie in Einem Sauseritt ins Meer!« – »Ja, wäre das Reich in Gefahr, – die Gundinge wissen, daß die Ehre sie ruft an die Spitze des Keils in jeder Vandalenschlacht.« – »Aber es droht nirgends Krieg.« – »Niemand unterfängt sich, mit uns anzubinden.« – »Den Asdingen behagt es nur, unter solchem Vorwand die Edelsten der Vandalen hin- und herzubefehligen wie maurische Söldner oder dienstpflichtige Sklaven.« – »Wir wollen aber nicht mehr – wir ... –«

Modigisel konnte nicht vollenden: lauter Hornruf und der Lärm ansprengender Rosse übertönte seine Stimme: an der Spitze mehrerer Reiter jagte heran auf dunklem Roß eine weiße Gestalt. Zwei Fackelträger sprengten rechts und links neben ihr, vermochten aber kaum Schritt zu halten: – frei im Winde flatterte nach das lange, ganz hellgoldige Gelock, ein weitfaltiger weißer Mantel flutete um Reiterin und Roß. »Das ist Hilde,« rief Gibamund. »Ja, Hilde und der Krieg!«

erwiderte diese jauchzend, das schnaubende Tier sofort zum Stehen bringend. Ihre Augen blitzten; in der Rechten schwenkte sie ein Pergament. »Krieg – König der Vandalen! Und ich – ich durft' es dir zuerst verkünden, das schicksalreiche Wort, das dich, das euch Asdingen alle wie des Heerhorns eherne Stimme fortruft zu Sieg und Ehre.« »Sie ist herrlich!« sprach Thrasarich zu Eugenia. Diese nickte. »Einen Mantel!« – fuhr er fort. »Sie – Hilde! – soll mich nicht in diesem dummen schmachvollen Aufputz sehen. Leih mir deinen Mantel, Freund Markomer.« Und er ließ sich, das Pantherfell abstreifend und den Thyrsos von sich werfend, von dem Führer der Reiter dessen braunen Mantel um die nackten Schultern schlagen.

»Wie kommst du – das Weib – zu solcher Botschaft?« fragte Gelimer, das Pergament aus ihrer Hand nehmend. Sie sprang nun ab, in ihres Gatten offene Arme. »Verus sendet mich. Eilschiffe, die er erwartete, liefen in den Hafen. Er wollte dir dies Schreiben – es war das erste, das er erhielt – selbst bringen. Aber gleich darauf wurden ihm mehrere andere Briefe vorgelegt: – wichtige, umfangreiche: auch vom Westgotenkönig – er mußte sie zum Teil erst aus Geheimschrift übertragen. – Da befahl er, mich zu wecken. ›Hilde wecken – heißt den Kampf erwecken‹, so lehrte mich mein Ahnherr Hildebrand,« schloß sie lachend, mit leuchtenden Augen.

»Und wirklich, wie der Walküren Führerin kam sie unter uns gefahren,« sprach Thrasarich mehr zu sich selbst als zu Eugenia.

»Davon freilich weiß nun Verus nichts,« fuhr Hilde fort. »Aber er lächelte gar eigen als er sprach: ›du bist die rechte Botin dieser Botschaft und meines Auftrags an Gelimer!‹ Ich zögerte nicht! Ich bringe dir den Kampf und – ich fühl's, o König der Vandalen – den sichern Sieg. Lies!« Gelimer entrollte das bereits entsiegelte Pergament und las, einen Fackelträger heranwinkend, mit lauter Stimme: »An Gelimer, der sich den König der Vandalen nennt ...« »Wer ist der Freche?« unterbrach Zazo. – »Goda, einst Statthalter, nun König auf Sardinien.« »Goda? Der Elende! Nie hab' ich ihm getraut!« rief Zazo. – »Nachdem du König Hilderich mit falscher Anklage entthront und eingekerkert hast, versage ich dir, Anmaßer, den Gehorsam. Ihr leichtgläubigen Thoren habt vergessen, daß ich Ostgote bin: ich aber vergaß es nie. Der Einzige fast, der bei der Niedermetzlung meiner Volksgenossen übrig blieb, sann ich seither auf Rache, – unablässig. – In blindem Vertrauen habt ihr mir diese Statthalterschaft übertragen: ich aber habe die Garden für mich gewonnen und werde fortan selbst, mit königlichen Rechten, dies Eiland beherrschen. Wagst du es, mich anzugreifen, so wisse, daß ich des großen Kaisers Justinian Schutz angerufen und zugesagt erhalten habe: lieber dien' ich einem mächtigen Kaiser als einem vandalischen Tyrannen. Goda, König von Sardinien.«

»Ja, das ist der Krieg!« sprach Gelimer, ernsten Tones. »Gewiß mit Sardinien. Vielleicht auch mit Byzanz: obwohl die letzten Briefe von dort nur Frieden atmeten. Habt ihr's vernommen?« – so wandte er sich nun mit königlicher Hoheit gegen die Edelinge: – »Habt ihr's gehört, ihr Edeln und du, Volk der Vandalen? Soll ich dem Empörer, soll ich dem Kaiser schreiben: Nehmt und behaltet, was ihr wollt! Die Enkel Geiserichs scheuen die Schwere der Waffen. Wollt ihr nun weiter Cirkusfeste feiern oder wollt ihr ... –«

»Krieg wollen wir! Den Kampf!« rief da mit lauter Stimme, rasch den Kreis der Edelinge durchbrechend, Thrasarich der Riese. – »O König Gelimer, deine That, dein Wort und dieser herrlichen Frau Anblick und jenes frechen Verräters frecher Brief – sie haben wieder wachgerufen in mir – gewiß in uns allen – was ach! zu lang, zu lang eingeschläfert war. Und wie dieser Rosen weibischen Schmuck« – er riß den Kranz vom Haupt und schleuderte ihn zur Erde – »so schleudr' ich von mir all' die weiche, faule, faulende Lust und Üppigkeit! Verzeihe mir, mein König, du großer Held. Ich will's gut machen! Glaube mir, – was ich verschuldet habe: ich sühn' es in der Schlacht.«

Und er wollte, beide Hände ausstreckend, auf das Knie sinken. Aber der König fing ihn auf und zog ihn an die Brust: »Dank dir, mein Thrasarich! Des freut sich dein Ahn, Held Thrasafrid, der jetzt vom Himmel auf dich niederschaut.« Aber Thrasarich riß sich los und zu den Edelingen gewendet rief er: »Nicht nur mich, – diese alle, alle um dich her muß ich der Pflicht, dem Heldentum zurückgewinnen! O wäre doch mein Kleiner hier! Genossen, Vettern: hört mich an! Wollt ihr gleich mir dem wackern König beistehn? Wollt ihr ihm gehorchen? Ihm folgen in den Kampf treu bis zum Tod?« »Wir wollen's! Wir wollen's! In Kampf und Tod,« riefen die Edelinge, alle, ohne Ausnahme. Modigisel schrie jetzt lauter als die andern. Nur Gundomar zauderte noch einen Augenblick: dann trat er, hoch aufgerichtet, vor und sprach: »Ich habe nicht an Krieg geglaubt. Ich hielt es wirklich nur für des allzustrengen Königs Vorgeben, um uns von unserm frohen Leben hinweg zu den Waffen zu zwingen. – Aber dieses Goda Frechheit und des falschen Kaisers ihm zugesagte Hilfe: – das ist nicht zu ertragen! – Nun gilt es wirklich Kampf für unser Reich. Da stehn die Gundinge an der Asdingen Schildseite: – jetzt wie ehedem und immerdar! König Gelimer – du bist im Recht – ich war ein Thor. – Verzeihe mir!« »Verzeih uns allen,« riefen die Edeln, in stürmischer Bewegung gegen den König wogend. Dieser streckte ihnen gerührt beide Hände entgegen, die sie eifrig faßten und schüttelten.

»O Hilde,« sprach Thrasarich, »zu rechter Zeit wardst du geweckt: das ist – zum guten Teil – *dein* Werk.« Und bevor diese erwidern konnte, zog er die scheue Eugenia aus dem Myrtengebüsch, in welches sie zurückgetreten war, hervor. »Kennst du diese Kleine noch, mein König?

Du nickst? Nun gut – ich habe sie zu meinem Eheweib gewonnen. – Nicht abgezwungen! Sie sagt es selbst: – sie ist mir gut. – Es ist schwer zu glauben – nicht wahr? Doch sie sagt es selbst! Der Priester hat unsern Bund gesegnet – nun gieb auch du uns zusammen, – vor allem Volk – nach deinem alten Königsrecht, uns zu vermählen.«

Der König lächelte der Braut zu:»Wohlan! Ein Sinnbild sei dieser Ehebund der Versöhnung, der Verschmelzung beider Volker. – Ich will ... –«

Aber schon vorher hatte sich an Eugeniens Seite ein stolzes, drohendes Frauenbild gedrängt: ein Purpurmantel gleißte in dem roten Schein der Fackeln: das Weib neigte sich herab zu der zarten, rührenden Gestalt und raunte ihr ins Ohr. Eugenia erbleichte. Da schloß die Flüsternde die leise zischende Rede und wies mit ausgestrecktem Arm nach der numidischen Straße, auf welcher der Rappe verschwunden war.»Ah, also doch!« stöhnte die Braut, des Königs Rede unterbrechend: sie wollte hastig von Thrasarich hinwegtreten, aber die Füße versagten ihr: – sie sank ohnmächtig zusammen. Weiche Arme fingen sie auf. Hilde, die eben noch so kampffreudige, die Walküre, war es. Mit der Linken barg sie nun die zarte Gestalt an der Brust, die rechte streckte sie, wie in schützender Abwehr aus gegen Thrasarich, der bestürzt die kleine Hand ergreifen wollte.

»Zurück!« sprach Hilde streng.»Zurück von ihr! Was es auch sei, das dieser Lilie Kelch gebeugt hat, – erst soll sie sich wieder heben an meiner Brust unter meinem Schutz. Ein Unrecht war es schon – ein schwer verzeihliches! – die Hochzeit mit einer Eugenia hier« – ein vernichtender Blick streifte, ohne an ihr zu haften, Astarte – »im Venushain zu feiern. Thrasarich, entscheide selbst – bist du es wert, – jetzt, von hier aus, – diese Braut mit dir zu führen in dein Haus?«

Da zitterte des Riesen gewaltige Gestalt: seine breite Brust hob sich: er rang nach Atem, – dann seufzte er tief, schüttelte das Haupt und verhüllte es tief in den Mantel.»Eugenie bleibt bei mir,« sprach Hilde ernst und drückte einen Kuß auf die bleiche Stirn der Wiedererwachenden. Thrasarich warf noch einen Blick auf sie: dann verschwand er in der Menge.

Modigisel trat heftig auf Astarte zu:»Schlange,« rief er – ohne jedes Gelispel! – »Dämon! Was hast du der Armen ins Ohr gezischt?« – »Die Wahrheit,« – »Nein! Er hat's nie wirklich – nie im Ernst – gemeint. Und der Rappe ist zum Teufel! – mein Spiel ist aus.« – »Das meine nicht.« – »Du sollst aber nicht! Ich schäme mich des übeln Streichs.« – »Ich nicht,« lachte sie kurz und sah Thrasarich nach. »Gehorche, Sklavin oder –«

Er hob den Arm zum Schlag. Wieder warf sie den schönen Kopf zurück, aber jetzt so heftig, daß das prachtvolle schwarze Haar sich plötzlich aus seinem goldnen Zwang löste und wild über den blendenden vollen Nacken flutete, sie drückte die Augen zusammen und merklich diesmal fletschte sie ein wenig die weißen, schönen, kleinen Zähne. Er wagte nicht, dies leise drohende Geschöpf zu schlagen. »Warte nur. Zu Hause! Da –« »Da versöhnen wir uns,« lächelte sie von der Seite ihn anblitzend mit den schwarzen Augen. – Es war offener Hohn. Aber ihm graute. Er zuckte, – wie in Furcht.

»Mir aber, mein Bruder und mein König,« rief jetzt Zazo, unfähig, sich länger zurückzuhalten, schon lange kämpfte er mit seiner Ungeduld – »mir vergönne die Lust, diesen Goda zu bestrafen. Die Flotte liegt segelbereit: – laß mich ziehn! Gieb mir nur fünftausend Mann, die ich mir küren darf ... –« »Wir Gundinge ziehn mit,« rief Gundomar. »Und ich gelobe dir: in Einer Schlacht zwing' ich Sardinien zum Gehorsam zurück und bringe dir das Haupt des Verräters.«

Gelimer überlegte. »Jetzt – die ganze Flotte verschicken und die Blüte des Fußvolks? Jetzt? – Da jeden Augenblick der Kaiser uns hier im Hauptlande bedrohen kann? – Das will erwogen sein! – Ich muß mit Verus ... –« »Verus?« rief Hilde eifrig. »Ich vergaß, es zu sagen! Verus trug mir auf: er rate, ohne Verzug diesen ersten Funken auszutreten. ›Dich sende ich, Hilde,‹ sprach er mit seltsamem Lächeln, ›denn ich weiß: du treibst und schürst zu rascher Kriegsfahrt.‹ Du, König, sollst sofort, noch ehe du aufs Kapitol zurückkehrst, die Flotte im Hafen zur Abfahrt rüsten und sie mit Zazo nach Sardinien schicken.« – »Sie ist gerüstet,« jubelte dieser. »Seit drei Tagen schon liegt sie bereit, den Byzantinern entgegenzufahren. Aber der *nächste* Feind – der beste! O gieb Befehl, mein König.« »Verus rät es?« sprach dieser ernst. »Dann ist es wohlgeraten, ist mein Heil. Wohl, Zazo, dein Wille soll geschehen!« »Auf! an Bord! In die See! In den Kampf!« jubelte dieser. »Auf, folgt mir, ihr Vandalen! Besteigt die ruhmgekrönten Schiffe wieder! Die See, das Meer war immer eurer schönsten Kämpfe blau wogend Schlachtgefild! Spürt ihr den Hauch des Morgenwindes, den mächtigen Süd-Süd-Ost? Es ist der rechte Fahrwind nach Sardinien.« »Der Wunschgott selbst,« rief Hilde, »der da im Winde weht und waltet: – Er schickt ihn euch, ihr Enkel Geiserichs! Folgt seinem Hauch! Es ist der Hauch des Sieges, der eure Segel schwellt! Zum Kampf!« »Zum Kampf! Auf See! Auf See! Auf, nach Sardinien!« scholl es brausend aus tausend Kehlen: in stürmischer Bewegung, kriegerisch begeistert, strömten die Vandalen aus dem Hain der Venus nach Karthago und in den Hafen. –

Staunend schauten ihnen die Römer nach; die ganze lebende Generation hatte das noch nicht gesehen an ihren verweichlichten Zwingherrn. Auch die beiden Fremden traten aus dem dichten

Lorbeergebüsch hervor, von welchem aus sie die letzten Vorgänge unbemerkt, aufmerksam, mit angesehen.

»Was sagst du nun, Herr?« fragte der jüngere. »Bist du jetzt nicht andern Sinns geworden?« – »Nein!« – »Wie? Und du sahst doch« – er wies auf den toten Tiger. – »Ich sah's! Ich hörte auch diesen Kriegsruf der Menge! – Schade um den wackern König und sein Haus! – Laß uns zu Schiff! – Sie sind doch allesamt verloren!«

Neunzehntes Kapitel

Noch im Verlaufe des auf das nächtliche Fest folgenden Tages war die Flotte aus dem Hafen von Karthago abgesegelt: waren doch nur noch die zu dem Unternehmen bestimmten Truppen auszuwählen und an Bord zu bringen gewesen.

Am Abend dieses Tages waren Gibamund, Hilde und Verus der Kanzler um Gelimer versammelt in dem großen Waffensaale des Palastes, von dessen hochgewölbten Rundbogen man weit hinaussah in das weite Meer. An dem mit Briefschaften bedeckten Marmortisch stand Gelimer, das Haupt, wie von schwerer Sorge, vornübergebeugt: tiefster Ernst lag auf den edeln Zügen.

»Du hast mich entboten, Freund Verus, mit Gibamund die wichtigen Nachrichten zu vernehmen, die eingelaufen in den wenigen Stunden seit Zazo uns verlassen: es müssen ernste Dinge sein – nach deinen Mienen. Beginne: – ich bin auf alles gefaßt. Ich habe Kraft.« »Du wirst sie brauchen,« erwiderte der Priester tonlos. »Aber soll auch Hilde... –?« »O laß mich bleiben, König!« bat diese, sich fest an ihren Gemahl schmiegend. »Ich bin ein Weib: doch ich kann schweigen. Und ich will eure Gefahren kennen, teilen.« Gelimer reichte ihr die Hand: »So bleibe, tapfre Schwägerin! Und trage mit uns, was uns verhängt ist von dem strengen Richter im Himmel.« »Ja,« begann Verus, »es ist nicht anders, als ob der Zorn des Himmels auf dir laste, König Gelimer.«

Dieser zuckte zusammen – er schloß die Augen.

»Kanzler,« fiel Gibamund unwillig ein – »laß doch diese Rede, diesen unseligen Gedanken. Stets drückst du den Dolch dieses Wortes in des besten Mannes Seele. Es ist, als quältest du ihn mit Absicht, als nährtest du diesen Irrwahn.«

»Schweig, Gibamund!« sprach der König, tief aufstöhnend. »Das ist kein Wahn. Es ist die furchtbarste Wahrheit, welche Religion, Gewissen, Weltgeschichte lehren: die Sünde wird gestraft. Und als Verus mein Kanzler ward, blieb er mein Beichtiger. Wer sonst als er, hat Recht und Pflicht, mein Gewissen zu zerknirschen und mit der Mahnung an Gottes Zorn die trotzige Kraft der Seele mir zu brechen?« »Aber du brauchst die

Kraft, König der Vandalen,« rief Hilde mit zornig blitzenden Augen, »nicht die Zerknirschung.« Gelimer winkte und Verus begann: »Es ist fast erdrückend. Schlag auf Schlag, sowie die Flotte die Reede verlassen – sowie das letzte Segel aus unsern Augen verschwunden war, kamen die bösen Botschaften. Zuerst von den Westgoten. Gleichzeitig mit der Nachricht aus Sardinien war ein langes, langes Schreiben von König Theudis eingetroffen. Darin war in vielen Worten – aus Hispalis war es abgesandt – nur wiederholt, er müsse noch alles reiflich überlegen, er müsse prüfen, was wir im Kriege leisten können.«

»Von Hispalis aus prüfen!« grollte Gibamund. Aber Verus fuhr fort: »Bald nachdem unsere Flotte ausgelaufen war, gab ein Unbekannter im Palast dies Schreiben ab. Es lautet: ›An König Gelimer König Theudis. Ich schreibe dies im Hafen von Karthago, –‹« »Wie? Unmöglich!« riefen die drei Hörer. »›– den ich sogleich verlasse. Ich wollte mit eignen Augen prüfen. Drei Tage war ich unerkannt in eurer Mitte. Nur Theudigisel, mein tapfrer Feldherr, hatte mich begleitet auf dem Fischerboot, das mich aus Kalpe über die schmale Meerenge herübertrug und wieder in die Heimat führt, wann du dies liesest, Gelimer. – Du bist ein echter König und ein echter Held: ich sah dich heute Nacht den Tiger erlegen. – Aber die Schlange der Entartung wirst du nicht erlegen, die dein Volk umringelt hält. Deine Wachen schlafen, deine Edelinge gehen nackt oder in Weibertracht. Wohl sah ich sie endlich aufflammen: – es ist Strohfeuer! Und wollten sie sich auch ernstlich bessern: – sie könnten nicht in wenigen Wochen heilen, was zwei Menschenalter hindurch faulte. Die Strafe, die Vergeltung unsrer Laster bleibt nicht aus‹« – der König erseufzte tief. – »›Wehe dem, der sein Geschick an euch Versinkende ketten wollte! Nicht Bündnis, aber Zuflucht biete ich dir. Wenn du, nach verlorner Schlacht, nach Hispanien entrinnen kannst – und dazu will ich dir gern die Hand entgegenstrecken – kein Justinian, kein Belisar soll dich bei uns erreichen. Fahre wohl!‹« »Ausflucht der Feigheit,« schalt Gibamund. »Der Mann ist nicht feige,« seufzte Gelimer. »Er ist weise. – Wohlan, so fechten wir allein.«

»Und laden den weisen König Theudis zu Gast zu unserm Siegesfest in diesem Saal!« rief Hilde. »Fordere nicht den Himmel heraus mit eitler Berühmung,« warnte Gelimer. »Aber sei's drum! Mehr als der Westgoten Waffenhilfe ist uns von Wert, daß die Ostgoten wenigstens parteilos bleiben, daß sie Sicilien... –« »Sicilien,« unterbrach Verus, »wird, kommt es zum Krieg, die Brücke sein, über welche die Feinde nach Afrika ziehen.« Der König öffnete weit die Augen. Gibamund fuhr auf: aber Hilde rief erbleichend: »Wie? Mein eigen Volk? Die Amalungentochter?« – »Soeben traf dieser Brief der Regentin ein. Cassiodor hat ihn verfaßt: ich würd' es an dem gelehrten Stil erkennen, hätt' er sich auch nicht genannt. Sie schreibt: zu schwach, das Blut ihrer Vatersschwester und vieler tausend Goten zu rächen mit eigner Macht, wird sie mit Freude durch ihren kaiserlichen Freund zu Byzanz vollstreckt sehen die Rache des Himmels.« »Die Rache des Himmels – die Vergeltung,« wiederholte Gelimer tonlos. »Alle, alle stimmen darin zusammen!« »Wie?« rief Gibamund in hellem Zorn. »Ist der gelehrte Cassiodor kindisch geworden? Justinian, der Ränkeschmied, ein Racheengel Gottes! Und vollends sie, jene Teufelin, deren Namen ich vor meinem reinen Weibe gar nicht nenne! Dieses Paar, die Rächer Gottes!« »Das beweist nichts,« fuhr Gelimer, mit sich selber raunend, fort, in Grübeln verloren. »Die Kirchenväter lehren: Gott bedient sich zu seiner Rachethaten gar oft auch böser, sündiger Menschen.« »Ein weises Wort,« sprach, ernst mit dem Haupte nickend, der Priester. Gibamund rief: »Aber ich kann's nicht glauben! Wo steht's?« Er riß dem Kanzler den Brief aus der Hand und durchflog ihn – »Sicilien soll den Byzantinern offen stehen – Justinian, ihr einziger wahrer Freund. Ihr Schirmherr und gnädiger Beschützer!«

»Ah,« rief Hilde schmerzlich, »das schreibt die Tochter des großen Theoderich!« »Aber« – fuhr Gibamund staunend fort – »das von der Rache des Himmels, – das steht ja gar nicht da, – davon ist ja kein Wort... –« »Nicht dem Wortlaut, dem Sinne nach,« sprach Verus, nahm ihm das Schreiben wieder ab und barg es in den Brustfalten seines Gewandes.

Der König hatte diese Vorgänge nicht bemerkt. Er war langsam, stockenden Schrittes durch die weite Halle geschritten, mit sich selber redend; nun war er wieder an den Tisch getreten: »Weiter,« sprach er müde. »Es ist wohl noch nicht zu Ende? – Aber es *geht* zu Ende,« fügte er, den andern unhörbar, bei. »Dein Bote, König, den du nach Tripolis gesendet, Pudentius hierher vor dem Gericht zur Verantwortung zu holen, ist zurück.«

»Seit wann?« – »Seit einer Stunde.« – »Ohne Pudentius?« – »Der weigert den Gehorsam.« – »Wie? Ich gab dem Boten hundert Reiter mit, den Verräter nötigenfalls mit Gewalt herbeizuschaffen.« – »Mit Pfeilschüssen wurden sie von der Mauer herab begrüßt. – Pudentius hat die Thore geschlossen, die Bürger bewaffnet: die Stadt ist von dir abgefallen. Auch die ganze Landschaft, die Tripolitana, hat sich erhoben: sie zählen wohl auf Hilfe von Byzanz. Pudentius rief deinem Boten von der Zinne herab: Nun bricht sie ein, die Nemesis, auf die blutigen Vandalen.«

Der König machte eine Bewegung der Abwehr wie gegen unsichtbar auf ihn eindringende Gewalten.

»Die Nemesis?« rief Gibamund. »Ja, sie soll hereinbrechen auf – den Verräter! Und während solche Gefahr in unsrer Nähe, in Afrika selber droht, schicken wir unsere beste Waffe – die Flotte – und die Blüte unsers Heeres und Zazo, den Helden, nach dem fernen Sardinien aus! Wie konntest du das raten, Verus?« »Bin ich allwissend?« erwiderte dieser achselzuckend. »Ich sagte ja: vor einer Stunde erst kamen die Boten von Tripolis zurück.« »O Bruder, Bruder,« drängte Gibamund, »gieb mir zweitausend Mann: nein! nur tausend Reiter gieb mir: – ich fliege nach Tripolis auf den Flügeln des Sturmwinds und zeige dem Treulosen die Nemesis, wie sie aussieht im vandalischen Drachenhelm.« »Nicht bevor Zazo zurück,« gebot der König, der sich jetzt hoch aufrichtete. »Nicht noch mehr Kräfte zersplittern; Zazo muß umkehren! – Sofort! Es war ein Fehler, – ein schwerer! – ihn zu entsenden. Mich wundert, daß ich es nicht erkannte. Aber dein Rat, Verus... – Still! Es ist kein Vorwurf. Doch sogleich muß ein Eilschiff der Flotte nachsetzen, sie zurückrufen.« »Zu spät, mein König!« rief da Gibamund, der an das Bogenfenster geeilt war. »Sieh, das Meer geht hoch und zwar von Norden her! Der Wind ist umgesprungen, seit wir hier eingetreten: der Südost ist vom Nordwind abgelöst. – Kein Schiff holt die Flotte mehr ein, die, von starkem Süd davongerissen, viele Stunden Vorsprung hat.« »O Gott,« seufzte der König, »deine Stürme selbst sind gegen uns. Allein« – und wieder richtete er sich auf – »wer weiß, ob wir nicht ganz irrig die Gefahr so nahe wähnen. Byzanz mag eine kleine Hilfsschar an Sardinien wenden: ob aber Justinian es wirklich wagt, uns hier in Afrika im eigenen Land anzugreifen... –« »O daß er es doch wagte!« rief Gibamund. Da eilte ein Priester – es war ein Diakon aus des Verus Basilika – herein und überreichte seinem Gebieter mit demütiger Verbeugung ein gesiegeltes Schreiben. »Diesen Brief, Hochwürdiger,« sagte er, »brachte in diesem Augenblick ein Eilschiff aus Byzanz.« Er neigte sich nochmal und ging.

Bei dem ersten Blick auf die Verschnürung des Papyrus schon fuhr Verus so stark zusammen, daß es allen auffallen mußte als etwas ganz Außerordentliches an dem Manne, der, sonst ein Meister fast übermenschlicher Selbstbeherrschung, nie seine Erregung durch eine Miene, oder gar durch eine heftige Bewegung verriet. »Welch neues Unheil?« rief erschrocken selbst die mutige Hilde. »Es ist das verabredete Zeichen,« sprach Verus, jetzt wieder so eisigkalt auf den Brief starrend, daß der Übergang aus solcher Bestürzung zu solcher Fassung aufs neue befremden mußte. Aber die Anwesenden hatten nicht die Ruhe, sich solchem Staunen lange zu überlassen: – sie warteten ungeduldig, während Verus mit einem scharfen Dolch, den er aus der Brustfalte des weiten Mantels hervorholte, die braunroten Schnüre zerschnitt. Die Stücke samt dem kleinen, zierlichen Wachssiegel, welches sie zusammengehalten hatte, glitten auf den Estrich. Er warf nur einen Blick hinein und reichte sofort – schweigend –

das Schreiben Gelimer. Dieser las: »Ihr erhaltet Besuch in Afrika: das Kornschiff ist ausgelaufen. Den Befehl führt der persische Kaufmann.« –

»So war es ausgemacht zwischen mir und meinem Späher in Byzanz: braunrote Schnur bedeutet: der Krieg ist gewiß; ›Besuch‹ ist Landung, ›Kornschiff‹ ist die Kriegsflotte, ›der persische Kaufmann‹ ist – Belisar.« »Ha, das klingt wie Kriegsgesang,« rief Hilde. »Willkommen, Belisar!« sprach Gibamund und griff ans Schwert.

Der König warf den Brief auf den Tisch. Ernst, aber ruhig war sein Blick: »Dies Blatt in meiner Hand, nur einen Tag, nur ein Paar Stunden früher und alles war anders. – Dank dir, Verus, daß du wenigstens heute schon Nachricht erhieltest.«

Fast unmerklich zuckte ein Lächeln – war es Stolz? war es geschmeichelte Eitelkeit? – um die schmalen, blutleeren Lippen des Priesters. »Ich habe alte Beziehungen zu Byzanz; seit diese Gefahr drohte, habe ich sie wieder eifriger gepflegt.« »Wohlan,« sprach der König, »laß sie kommen! Die Entscheidung, die Gewißheit weht mich wohlthuend, erfrischend an nach der langen, schwülen Spannung. Jetzt giebt es Arbeit – kriegerische Arbeit: – die thut mir stets wohl: – sie hält mich ab, zu grübeln, zu denken.« »Ja, laß sie kommen,« rief Gibamund, »wie Räuber brechen sie in unser Land, wie Räubern wollen wir ihnen wehren. Was hat sich der Kaiser zu mischen in der Vandalen Thronfolge? Auf unserer Seite ist das Recht: – auf unserer Seite wird auch Gott sein und der Sieg.« »Ja, das Recht ist auf unserer Seite,« sprach der König. »Das ist mein bester, mein einz'ger Halt, Gott schützt das Recht – er straft das Unrecht: also wird er, muß er mit uns sein.«

Dem Priester schien diese laienhafte Berühmung der eigenen Gerechtigkeit, dieses heldenfreudige Vertrauen durchaus nicht zu gefallen. Mit finster gefurchter Stirn hob er in seiner durchdringend scharfen Stimme an, die Augen wie drohend auf Gelimer gerichtet: »Gerechtigkeit? Wer ist gerecht vor Gott? Der Herr findet Sündenschuld, wo wir keine sehen. Und er straft nicht nur gegenwärtige ... –«

Der König war bei diesen Worten wieder in sich zusammengesunken: seine Augen verloren den hellen Glanz der Entschlossenheit. Aber Verus konnte nicht vollenden. Lärm erhob sich und das Rufen streitender Stimmen draußen auf dem Gange, der in die Halle führte.

Zwanzigstes Kapitel.

»Ich kenne die Stimme,« sagte Gelimer besorgt, sich gegen den Eingang wendend. »Ja, es ist unser Knabe,« rief Gibamund. »Er scheint sehr zornig.« Und schon stürmte herein Ammata, der junge, einen beträchtlich größeren Knaben in reichgeschmückter Tunika, der sich vergeblich sträubte, am kurzen schwarzen Haar und an der Halsöffnung des Gewandes mit beiden Fäusten hereinzerrend durch den nur von einem Vorhang verhüllten Eingang; die dunklen Augen, die scharfgeschnittenen Züge, der runde, kurze Kopf bezeugten römischen Ursprung seines Gegners. »Was giebt es, Ammata? Was habt ihr, Publius Pudentius?«

»Nein, nein! Ich lasse dich nicht los,« rief Ammata. »Du sollst es vor dem König wiederholen! Und der König soll dich Lügen strafen! Höre nur, Bruder. Wir spielten in der Vorhalle. Wir maßen uns im Ringkampf! Ich warf ihn. Grollend stand er auf und knirschte: ›Das gilt nicht! Dir hat der Teufel, der Dämon eures Hauses geholfen.‹ ›Wer?‹ fragte ich. ›Nun, jener Geiserich, der Sohn des Orkus. Von Heidengöttern rühmt ihr euch zu stammen, ihr Asdingen: diese aber sind, so lehrte uns der Diakon, – Dämonen. Daher sein Glück, seine Siege.‹ – Ich lachte. Aber er fuhr fort: ›Er hat es ja selbst gesagt. Als Geiserich einst auf seinem Raubschiff den Hafen von Karthago verließ, und der Steuermann fragte, wohin er den Bug richten solle, sprach der böse Tyrann: laß uns von Wind und Welle treiben: – zu den Völkern, denen Gott zürnt!‹ – Ist das wahr, Bruder?«

»Ja, es ist wahr!« fiel der junge Römer ein. »Und wahr ist auch, daß Geiserich so grausam war gegen Wehrlose, gegen Gefangene, wie ein Dämon! Aus Wut über einen gescheiterten Sturm auf Taenarus landete er auf Zakynthus, schleppte fünfhundert freie, edle Männer und Frauen gefangen fort, ließ auf hoher See sie – alle fünfhundert – von den Füßen aufwärts in kleine Stücke hacken und diese Stücke in das Meer werfen.«
»Bruder, das ist doch nicht wahr?« schrie Ammata, das flatternde Haar aus dem erhitzten Antlitz streichend. »Wie? Du schweigst? Du wendest dich ab! – Du kannst nicht –« »Nein, er kann nicht nein sagen,« rief Pudentius trotzig »Siehst du, wie er erbleicht? Ein Dämon war Geiserich! Der Hölle seid ihr alle entstammt. Furchtbare Frevel der Grausamkeit hat er, haben seine Nachfolger an uns Römern verübt, an uns Katholiken! Aber wartet nur! – Es bleibt nicht unvergolten! So wahr ein Gott im Himmel lebt! Auf euch vererbte dieser Sündenfluch. Wie heißt es in der Schrift? ›Ich strafe die Sünden der Väter bis ins dritte und vierte Glied!‹«

Da stieß der König ein dumpfes Stöhnen aus. Er wankte, sank auf den Ruhesitz und verhüllte ächzend sein Haupt in den Falten seines Purpurmantels. Erschrocken starrte Ammata auf ihn. Hilde schob Ammata und den jungen Römer rasch zur Seite und winkte ihnen hinweg. »Geht!« flüsterte sie. »Versöhnt euch: – ihr *müßt* euch vertragen. Was gehen euch Knaben diese Dinge an? Versöhnt euch, sag' ich.« – Gutmütig streckte Ammata die Rechte hin; zögernd, unwillig schlug der Römer ein.

»Sieh doch,« sagte Ammata, sich bückend, »welcher Zufall!« Und er hob das Stück braunroter Schnur vom Estrich auf, an welchem das kleine Wachssiegel hing. »Jawohl,« fiel Pudentius überrascht ein, »dasselbe Siegel, das uns Verus nicht schenken wollte für unsere Sammlung von Siegeln und von Abdrücken.«

»Es ist gar eigen: – ein Skorpion, von Flammen umgeben.« – »Vorige Woche, als ich den Brief, – geöffnet, Siegel und Schnüre daneben, – auf seinem Tische liegen sah, wie bat ich ihn darum!« – »Mich schlug er auf die Finger, als ich danach griff.« – »Ich dachte wunder, wie wertvoll es sei.« – »Und heute finden wir's, weggeworfen, auf der Erde.« – »Er hätte es uns doch schenken können, nachdem der Brief schon damals geöffnet war.« – »Aber der und ein freundliches Gedenken! Er sieht immer aus, als käme er gerade aus der Unterwelt.« – »Komm, laß uns gehen.« – Damit verließen die Knaben die Halle: sie schienen versöhnt. Aber auf wie lange? Ihr Geflüster hatte niemand beachtet.

Gibamund beugte sich über den Bruder: »Gelimer,« rief er schmerzlich, »erhebe dich! Raffe dich auf. Wie kann das Wort eines Kindes ... –«

»O, es ist wahr. Allzuwahr! Es ist die Qual meines Lebens! Es ist der bohrende Wurm in meinem Gehirn. Schon die Kinder erkennen es, sprechen es aus! – Gott, der furchtbare Herr der Rache, er rächt die Sünden unserer Väter an uns allen! An unserm Volk – zumal an Geiserichs Geschlecht. Wir sind verflucht – um unsrer Ahnen Schuld. Und auch aus der Tiefe des Meeres werden am jüngsten Tage die Ankläger aufsteigen wider uns. Wann des Menschen Sohn wiederkehren wird in den Wolken des Himmels, wann der Ruf ergehen wird: Erde, thue deine Höhen auf, und du, mächtige Tiefe der Wasser, gieb deine Toten heraus: – dann werden auch jene Zerstückelten wider uns zeugen.«

»Nein doch, dreimal nein!« rief Gibamund. »Verus, stehe doch nicht so stumm, so eisig da, mit verschränkten Armen. Du siehst, wie dein Freund, dein Beichtkind leidet. Du, sein Seelsorger – hilf ihm! Benimm ihm seinen Wahn! Sag ihm: Gott ist ein Gott der Gnade. Und jeder Mensch büßt nur für eigne Schuld.«

Allein finster sprach der Priester: »Ich kann dem König nicht Unrecht geben. Du, Jüngling, redest wie ein Jüngling, wie ein Laie, wie ein Germane, fast wie ein Heide. Der König, der gereifte Mann, hat die geistliche Weisheit der Kirchenväter und die weltliche der Philosophen sich angeeignet. Und er ist ein frommer Christ. Gott ist ein furchtbarer Rächer der Sünde. Gelimer hat recht und du hast unrecht.«

»Dann lob ich mir die Thorheit meiner Jugend!« rief Gibamund. »Und meines Heidentums!« fiel Hilde ein. »Sie machen mich froh!« – »Den König macht seine – macht deine heilige Weisheit elend.« – »Sie wäre im stande, ihn zu lähmen!« – »Hätte er nicht so überaus gewaltige Kraft von den vielgeschmähten Ahnen geerbt.«

»Und dazu ihrer Sünden Fluch,« sprach Gelimer zu sich selbst.

»Zu erwägen wäre,« sprach Verus langsam, »ob man zu den andern Gefangenen nicht auch diesen Publius Pudentius, des Rebellen Pudentius Sohn, den er bei seiner raschen Flucht nicht mitnehmen konnte, in den Kerker werfen sollte.« »Das Kind? Weshalb?« fragte Hilde vorwurfsvoll. »Mit kluger Vorsicht haben von jeher euere Könige,« fuhr Verus ruhig fort, »die Knaben vornehmer Römer in ihren Hofdienst, in den Palast gezogen: – scheinbar zur Ehrung ihrer Väter: in Wahrheit als Geiseln für deren Treue.« »Soll etwa Gelimer, der gütige, die Schuld des Vaters strafen an dem unschuldigen Sohn, wie dein furchtbarer Gott?« schalt Gibamund. »Nie würd' ich das thun,« sprach Gelimer. »Das eben *wußte* der Verräter,« erwiderte Verus. »Er zählt auf deine Milde: deshalb empört er sich, obgleich du seinen Sohn in Händen hast.« – »Laßt sie alle, diese Knaben, frei zu ihren Familien gehen.« – »Das geht nicht an! Sie sind erwachsen genug und sie haben von unsern Rüstungen – und von unsern Schwächen! – genug gesehen und gehört, uns schwer zu schaden, plaudern sie davon zu unsern Feinden. In der Stadt, in dem Palast *müssen* sie bleiben. – Ich verlasse euch nun: die Arbeit ruft.« – »Noch eins, mein Verus. Es schmerzt mich, daß ich nicht vermochte, Zazo vor seiner Abfahrt ein Ja abzunötigen, um das ich schon lange mit ihm ringe.« »Welches meinst du?« fragte Hilde. »Ich errate,« fiel Gibamund ein. »Es betrifft die Gefangenen unten im Burgkerker. Als, gegen des ganzen Volkes und zumal auch gegen Zazos Andringen, Gelimer das Leben Hilderichs und des Euages schirmte und die vom Volksding gefällte Todesstrafe in Gefangenschaft verwandelte, da mußte er Zazo versprechen, wenigstens ohne dessen Zustimmung die Gefangenen niemals freizugeben.« – »Ich wollte sie nun entlassen. Aber Zazo hat mein Wort und er war nicht zu erweichen.« »Er hat recht: – sehr ausnahmsweise,« sprach Verus »Wie? Du, der Priester, widerrätst dies Erbarmen und Verzeihen?« staunte Hilde. »Ich bin auch Kanzler dieses Reichs. Allzugefährlich würde der ehemalige König in der Freiheit. Römer, Katholiken – er soll ja geheim diesen Glauben bekennen – könnten ihm zufallen und am Hofe des Kaisers wäre der ›rechtmäßige König der Vandalen‹ eine erwünschte Waffe wider den ›Tyrannen‹ Gelimer. Die Gefangnen bleiben am besten, wo sie sind. Ihr Leben ist ihnen ja gesichert,« – »Sie haben wiederholt Gehör verlangt: – sie wollen sich rechtfertigen. Diese Gesuche ... –«

»Wurden stets gewährt. Ich selbst habe sie vernommen!« – »Was hat sich dabei ergeben?« – »Nichts, was ich nicht schon wußte. – Hast du denn nicht selbst die verborgne Brünne unter Hilderichs Gewand gespürt, ihm selbst den Dolch entwunden?« – »Ja, leider! – Doch

77

mißtrau' ich mir so leicht. Der Ehrgeiz, die Gier nach dieser Krone – eine meiner schwersten Sünden! – ließ mich gar gern an Hilderichs Schuld glauben. – Und nun hat abermals der gefangene König, seine Unschuld beteuernd, sich berufend auf einen ihm an jenem Tage zugekommenen Warnungsbrief, der alles erkläre, alles beweise; er verlangt, man solle nochmals über ihn richten. Du hast doch der Gefangenen Wunsch erfüllt und nach jenem Brief an dem von ihnen angegebenen Ort gesucht?« »Gewiß,« sagte Verus ruhig und seine leblosen Züge wurden noch starrer, noch strenger beherrscht. »Jener Brief ist eine Erfindung. Da Hilderich wiederholt behauptete, er habe denselben in einem Geheimfach der ›Goldenen Truhe Geiserichs‹ geborgen – du kennst den Schrein, Gibamund? – habe ich selbst – ich, eigenhändig und allein – den ganzen Schrein durchsucht. Auch die angegebenen geheimen Fächer fand und öffnete ich: – nichts der Art habe ich gefunden. Ja, auf des Gefangnen unablässig Flehen habe ich sogar die Truhe in seinen Kerker tragen und von ihm selbst – vor Zeugen – durchsuchen lassen. Auch er fand nichts.« »Und niemand konnte – vorher – den Brief herausgenommen haben?« fragte Gelimer. »Nur du und ich haben ja die Schlüssel zu dem Schrein, der die wichtigsten Urkunden birgt. Ich muß euch aber jetzt verlassen,« erwiderte der Priester. »Ich habe noch viele Briefe zu schreiben diese Nacht. Gehabt euch wohl.« –

»Dank, mein Verus. Der Engel des Herrn wache über mir im Himmel so treu, wie du auf Erden für mich wachst und sorgst.«

Einen Moment schloß der Priester die Augen, dann nickte er, leise lächelnd, und sprach: »Das ist auch mein Gebet.« Geräuschlos glitt er über die Schwelle.

Einundzwanzigstes Kapitel.

Hilde sandte ihm einen langen, langen Blick nach. Zuletzt schüttelte sie leise das schöne Haupt, trat auf Gelimer zu und sprach: »O König, zürne nicht, wenn ich eine Frage an dich richte, zu der mir nichts das Recht giebt als meine Sorge um dein, um euer aller Heil.«

»Und meine Liebe zu dir, tapfre Schwägerin,« erwiderte dieser, ihr das frei herabflutende, lichte Haar streichend und sich auf das Ruhebett niedersetzend. »Denn,« fuhr er lächelnd fort, »bist du auch eine schlimme, arge Heidin und hast du auch gegen mich – wohl weiß ich es! – oft geheimen Groll, ja Widerwillen, – ich hab' dich lieb, du thöricht ungestümes Herz!«

Sie ließ sich zu seinen Füßen nieder auf einem hohen und weichen, mit Leopardenfellen überdeckten Kissen, während Gibamund mit langsamen Schritten die weite Halle durchmaß, manchmal durch das offene Bogenfenster über das Meer hinblickend und in die wunderbare Nacht hinaus; es brannte kein Licht in dem Gelaß: aber der Vollmond, der einstweilen aus der dunkeln Flut getaucht und über die Hafenmauer emporgestiegen war, warf seinen ganzen flutenden Glanz herein; und fiel er auf die Züge der drei außergewöhnlich schönen, edeln Menschen, so leuchteten sie in geisterhaftem Schimmer.

»Sieh,« hob sie an, »ich will ja nicht, wie Zazo und mein Gibamund wiederholt gethan, bis du es zürnend verboten, ich will dich ja nicht warnen vor diesem Priester, der ... –« Ohne Ungeduld oder Unmut unterbrach sie der König: »Der zuerst die Ränke des Pudentius, den Verrat Hilderichs uns aufgedeckt, dem allein ich es verdanke, daß ich an jenem Abend dem Mord entging, der das Reich der Vandalen gerettet hat aus der Umgarnung.« Gibamund hemmte seine Schritte. »Ja, es ist wahr! Bald hätte ich gesagt: *leider* wahr! Denn lieber hätte ich jedem andern gedankt!« – »Es ist so schlagend wahr, daß sogar unser Zazo, der ihn zuerst hart bei mir verklagte, kaum noch etwas dawider zu brummen fand, als ich den klugen Mann aufnahm unter meine Räte, ihm, dem schriftgewandten, die Leitung des Schriftwesens, des Briefwechsels übertrug. Und wie unermüdlich arbeitet er seither, Priester und Kanzler zugleich! Ich staune, welche Menge von Urkunden er mir jeden Morgen vorlegt. Er schläft, glaub' ich, nicht drei Stunden.« »Menschen, die nicht schlafen und nicht schlagen, nicht trinken und nicht küssen, sind mir unheimlich,« lachte Gibamund. »Ich warne nicht,« sagte Hilde. »Aber ich frage« – und sie legte leicht die Hand auf des Königs Arm – »wie kommt es, wie ist es möglich, daß du, der Kriegsfürst der Vandalen, diesen finstern Römer, diesen Abtrünnigen; mehr liebst als alle deine Nächsten?« »Darin irrst du doch, Schön-Hilde,« lächelte der König, über ihre Hand streichend. »Nun ja,« verbesserte sie, »Ammata liebst du wohl am meisten: – er ist dein Augapfel.« »Der Vater hat mir sterbend diesen Bruder – er war damals ein lallend Knäblein – auf die Seele gebunden. Ich hab' ihn an mein Herz geschlossen, und ihn erzogen, wie mein eigen Kind,« sagte Gelimer in weichem Ton. – »Es ist nicht Liebe,« fuhr er dann fort, »was mich an Verus bindet: sondern was mich zwingt, in ihm meinen Schutzgeist auf Erden zu verehren, mit heißem Dank, mit Ehrfurcht, mit blind gläubigem Vertrauen zu ihm emporzuschauen, das ist die Zuversicht, nein, die übermenschliche Gewißheit – ja« – und hier erschauerte er leise – »es ist eine Offenbarung Gottes, ein Wunder.«

»Ein Wunder?« wiederholte Hilde. »Eine Offenbarung?« forschte Gibamund ungläubig, bei den beiden stehen bleibend. »Beides,« erwiderte der König. »Allein um das zu verstehen, müßtet ihr mehr – müßtet ihr alles wissen, müßtet erfahren, wie mein Geist, mein Gemüt hin- und hergezerrt ward von widerstreitenden Gewalten – müßtet mit mir nochmal durchleben meine Wandelungen, meine Gefahren und meine Errettung. – Ja, und ihr sollt es, ihr meine Nächsten, meine

Liebsten: heute und hier, wer weiß wann uns der drohende Krieg wieder eine Mußestunde gönnt. –

Meine frühesten Kinderjahre schon, sagte mir der Vater, waren kaum kindlich: ich träumte, ich stellte Fragen über Kindermaß hinaus. – Dann kam freilich die fröhliche Knabenzeit: Waffen, Waffen und wieder Waffen das einzige Spiel, die einzige Arbeit, das einzige Lernen! Damals wuchs ich zu der Kraft heran und zu der Waffenfreude –« seine Augen blitzten durch das fahle Mondlicht. –

»Die dich zum Helden deines Volks gemacht,« rief Gibamund. »Aber plötzlich kam ein Ende! Durch Zufall – der Hundertführer, der dazu befehligt war, erkrankte plötzlich und ich war der nächste im Dienst – erhielt ich, der Sechzehnjährige, den Auftrag, mit meiner Schar der fürchterlichen Folterung von Römern, von Katholiken im Kerkerhof dieser Burg beizuwohnen, die ihren Glauben nicht verleugnen wollten. Das Wehegeschrei der Gepeinigten, das durch die dicken Mauern drang, hatte wiederholt die Karthager zum Aufruhr getrieben: Bewachung des Kerkerhofes war unerläßlich. Ich hatte früher wohl gehört, daß solche Dinge geschähen: – man sagte mir, sie seien notwendig, die Katholiken seien alle Verräter unsres Reiches und die Folter bezwecke nur, ihnen die Geheimnisse ihrer verbrecherischen Pläne abzuzwingen. Aber gesehen hatte ich es nie! Nun – plötzlich – sah ich es: – der Sechzehnjährige! – Ich selbst war der Befehlshaber der Henker. – Grauenvoll! Grauenvoll! – Gegen hundert Menschen, auch Weiber, auch Greise, auch Knaben und Mädchen, kaum so alt wie ich! – Ich gebot Einhalt. – ›Befehl des Königs!‹ erwiderte der arianische Priester. Ich wollte den Gequälten beispringen: – ach! des Verus ganze Familie war unter den Opfern: – ich wollte seine greise Mutter von dem Marterpfahl reißen – aus den züngelnden Flammen, in denen sie trotz ihrer Eisenfesseln sich vor unsäglicher Qual kreischend wand – meine eignen Krieger hielten mich fest! – ›Befehl des Königs!‹ riefen sie. Ich schlug um mich – ich schäumte – ich tobte! Vergebens! Ich schloß die Augen, das Scheußliche nicht mehr zu sehen! Aber – ach –« Er stockte, er fuhr sich über die Stirn. Dann begann er wieder: »Da drang mein Name, gellend ausgestoßen an mein Ohr. Unwillkürlich schlug ich die Augen wieder auf; da sah ich, gerade gegen mich ausgestreckt, den nackten, gefesselten Arm der Greisin. ›Fluch dir, Gelimer!‹ schrie sie, ›Fluch dir auf Erden und in der Hölle! Fluch euch Asdingen all', Fluch über der Vandalen Volk und Reich! Die Rache Gottes für eure und eurer Väter Sündenschuld soll euch furchtbar schlagen vom Kinde bis zum Greise. Fluch, Fluch dir, Mörder Gelimer!‹ Und ich sah ihr Auge, das, gräßlich entstellt von Schmerz und Haß, sich in das meine bohrte. – Da brach ich zusammen, in Krämpfen, die mich seither oft befallen. Ich erlag keuchend unter dem Gedanken: bin ich auch selbst rein von Schuld, – sterbend hat die

Verzweifelnde *mich* verflucht: – sie hat den Fluch vor Gottes Thron getragen: – ich trage die Sündenschuld dieses ganzen Hauses.« Er zitterte: Schweiß stand auf seiner Stirn.

»Um Gott, Bruder! Halt ein! Dein Leiden, es könnte wiederkehren!«

Aber Gelimer fuhr fort: »Als ich zu mir kam, war ich – kein Jüngling mehr. Ein Greis! Oder doch gebrochen, halb irrsinnig – wie ihr es nennen wollt. – Ich warf den Schwertgurt, warf Helm und Schild und alle Waffen von mir und – oh ich werd' es nie vergessen! – nur das eine furchtbare Wort drang allein, drang alles übertäubend durch mein armes Hirn: – ›Sünde – Sündenfluch bedeckt mich, mein Geschlecht – mein Volk!‹

Wohl suchte ich Trost. Ich griff nach der Bibel. Man hatte mich gelehrt, Gott redet zu uns durch das Bibelorakel. Ich rollte blindlings, den spitzen Dolch in der Hand, die heiligen Schriften auf. Ich rief zu Gott empor: Herr, wirst du mich wirklich strafen für der Väter Schuld? Blindlings stach ich auf eine Stelle in der aufgerollten Seite: da hatte mein Dolch den Spruch getroffen: ›Denn ich, der Herr, dein Gott, bin ein eifriger Gott, der da heimsucht der Väter Missethat an den Kindern bis in das dritte und vierte Glied.‹

Ich erlag beinahe dem Entsetzen! Doch einmal noch ermannte ich mich: von unten, von der Straße her, scholl hell das vandalische Reiterhorn: in glänzenden Waffen zogen da unten unsere Reiter zum Kampfe hinaus gegen die Mauren! Das war ja meine Wonne – mein Stolz! Ich hatte mich selbst schon zweimal in sieghaftem Reiterkampfe getummelt. Mein Herz, mein Mut, meine Lebensfreude hoben sich aufs neue: ich sagte zu mir selbst: bin ich auch für mich der Lust abgestorben für immerdar: – siehe, da ruft mein Volk, der Vandalen Reich, da ruft die Heldenpflicht, freudig für mein Volk zu leben, zu kämpfen, zu sterben. Ist auch das ein Nichts? Ist auch das Sünde, nichtig und eitel? Noch einmal befragte ich Gottes Wort, an anderer Stelle. Ich schloß die Rollen wieder, schlug sie auf und meines Dolches Spitze traf den Spruch: ›Es ist alles eitel! Es ist alles ganz eitel, was auf Erden geschieht.‹

Da sank ich zusammen – in Verzweiflung! Also auch Volk und Staat und Heldentum, wie es die Ahnen gepflegt und gerühmt als höchste Mannespflicht und Manneslust zugleich: – auch das ist eitel, ist Sünde vor dem Auge des Herrn!«

»Das ist ein grausamer Zufall,« zürnte Gibamund. »Und Thorheit ist es, ihm zu glauben,« rief Hilde. »O Gelimer, du Held, du Enkel Geiserichs: – widerlegt denn nicht jeder Herzschlag in dir dieses finstre Irrsal?« Sie sprang auf, warf das freiflutende Haar in den Nacken und richtete auf ihn einen flammenden Blick.

»Zuweilen wohl, Walkürenführerin,« lächelte Gelimer. »Und zumal seit – seit Gott mich durch ein Wunder gerettet hat. Und bange nur nicht, Hildebrands Enkelin: du wirst dich nicht zu schämen haben deines Schwagers, des Vandalenkönigs, wann schmetternd uns zum Kampf ruft die Tuba Belisars.« Er hob das edle Haupt, seine rechte Faust ballte sich.

»O Heil uns, mein Gemahl,« rief Hilde, »das ist doch seines Wesens tiefster Kern: – der Held!« Und sie drückte freudig ihres Mannes Hand.

»Wer weiß von sich zu sagen, was seines Wesens tiefster Kern?« fuhr Gelimer fort. »Damals – und für Jahre – war's vorbei für mich mit aller Heldenfreude, mit aller Pracht und Zier des frohen Waffenwerkes. – Ich ward so krank! – Bei jenem zweiten Bibelorakel kamen die bösen Krämpfe wieder! Und seither gar oft: so daß der Vater meinem heißen Drang nachgeben mußte – zum Waffendienst taugte ich damals doch nicht! – Ich durfte als Zögling zu den Mönchen unsres Glaubens in das Kloster – in der Einöde der Wüste – ziehen. Jahrelang, viele Jahre blieb ich dort. Damals verbrannte ich all' die in unsrer Sprache geschriebenen Heldenlieder, die ich zur Harfe gedichtet hatte.«

»Oh um den Frevel!« klagte Hilde. – »Aber ein paar haben sich bewahrt im Munde unserer Krieger,« tröstete Gibamund; »so das:

»Edelster Ahnen,
Der alten Asdingen,
Edle Enkel,
Des gewaltigen Geiserich
Goldbrünnig Geschlecht,
Auf euch ist vererbt
Des Meerkönigs Macht. –«

»Und seiner Sünden unselige Saat!« schloß Gelimer, düster das Haupt senkend. Er schwieg eine Weile; dann begann er aufs neue: »Statt der vandalischen Stabreime dichtete ich nun lateinische Bußlieder. Die Brüder meinten, die Qualen der Verdammten ächzten, die Flammen der Hölle zuckten durch diese Trochäen. Wohl waren es Flammen: die Flammen des Scheiterhaufens, die ich lebende Menschen hatte verzehren sehen. Keine Kasteiung, keine Askese gab es, die ich nicht bis zum Unmaß übte. Ich wütete gegen mein Fleisch, ich haßte mich selbst, meine sündige Seele, meinen Leib, der den Fluch der Erbsünde mit sich schleppte. Ich fastete, ich geißelte mich, ich trug den stachligen Bußgürtel, daß er mir tiefe Wunden stach. Ich erfand mir heimlich neue Qualen, wenn mir der Abt das Übermaß der alten verbot. Dabei verschlang ich an Büchern alles, was das Kloster, was die Bibliotheken zu Karthago boten. Ich setzte durch, daß mich der Vater nach

Alexandria, nach Athen, nach Byzanz reisen ließ, die Lehrer dort zu hören. Gelehrter war ich, – weiser nicht geworden, als ich aus jenen Schulen in das Wüstenkloster zurückkehrte. Endlich rief mich von dem Kloster aus der Vater an sein Sterbelager: – er befahl mir als heiliges Vermächtnis die Sorge für den jüngsten Bruder, für Ammata, das Kind. Ich durfte nicht selbstisch, wie ich gern gewollt, in das Kloster zurückeilen von des Vaters Grab: – das Kind, das war eine Pflicht, eine menschliche, eine gesunde: sie gab mich der Welt wieder. Ich lebte: für diesen holden Knaben.«

»Kein Vater konnte väterlicher über ihn wachen,« rief Gibamund.

»Damals sollte ich mich vermählen. Der König, das ganze Geschlecht wünschten es. – Sie war aus westgotischem Königsstamm. Sie kam zu Besuch nach Karthago: – sie war schön und klug und edel: – sie gefiel meinem Herzen und meinen Augen: – ich bezwang Augen und Herz und sagte: nein.«

»Um ganz nur Ammata zu leben?« fragte Hilde.

»Nicht bloß deshalb! Es kam mir« – und hier verfinsterte sich plötzlich wieder seine Stirn – »es kam mir der Gedanke: der Fluch der Greisin, der auf meinem Haupte lastet, soll nicht, nach jenem furchtbaren Bibelwort, sich durch mich vererben von Geschlecht zu Geschlecht. Mit Zittern würde ich in meinen Kindern die Züge des verfluchten Vaters wieder schauen: – ich blieb unvermählt.« »Welch finstere Verstörung!« flüsterte Gibamund in seines schönen Weibes Ohr und küßte ihre Wange, sie zärtlich an sich ziehend. »Damals wohl,« schalt Hilde, »dichtetest du das böse, böse Bußlied, das alle Liebe als Sünde verwirft?

›Maledictus amor sexus
Maledicta oscula
Sint amplexus maledicti,
Inferi ligamina!‹

's ist all' nicht wahr!« lächelte sie und erwiderte herzhaft ihres Gatten Kuß.

Aber Gelimer fuhr fort: »Was wahr ist, wird der Ausgang lehren: – am Tage des Gerichts. – Die Sorge um den Knaben hat mich geheilt. Auch den Waffen wandte ich mich wieder zu; galt es doch bald, den Zögling an sie zu gewöhnen. Aber mehr noch als dieses hat mich gerettet die Pflicht ... –«

»Gegen Volk und Vaterland,« fiel Hilde ein.

»Ja,« ergänzte Gibamund. »Damals hatten sich die Mauren unsern verweichlichten Scharen, zumal aber dem unkriegerischen König weit überlegen erwiesen. Geschlagen wurden wir in jedem Gefecht, nicht mehr das offene Feld vermochten wir zu halten gegen die Kamelreiter. Unsre Grenzgebiete wurden Jahr um Jahr verheert. Ja bis in ›die Lose der Vandalen‹ selbst, tief in das Herz der Prokonsularprovinz drangen die keck gewordenen Räuber der Wüste: bis vor die Thore von Karthago streiften sie.«

»Da galt es denn, der Schild zu werden meines Volkes. Ich ward es: – ward es gern! Die alte Waffenlust erwachte und ich sagte mir: nicht eitle sündhafte Ruhmgier treibt dich an.« »Wie? Heldentum soll Sünde sein?« rief Hilde. »Du kämpftest nur, dein Volk zu schützen.« »Ei, aber es freute ihn doch gar sehr,« lächelte Gibamund seinem Weibe zu. »Und er hat gar oft die Mauren viel weiter in die Wüste hinein verfolgt, und ihrer im Nachsetzen viel mehr erlegt – mit eigner Hand – als der Schutz Karthagos gerade verlangt hätte!« »Verzeihe mir der Himmel, was ich that über das Notwendige hinaus,« sprach Gelimer bekümmert. »Oft lähmte meinen Arm – mitten im Gefecht – der Gedanke: 's ist Sünde! Und auch sonst kam sie gar oft noch über mich, die alte Schwermut, die Peinigung der Sündenfurcht, das Schuldbewußtsein, die Last jenes Fluches der halbverbrannten Frau, das markaushöhlende Wort: ›Alles ist Sünde, alles ist eitel!‹

Da kam der Tag, der mir das Furchtbarste brachte: – Folterqualen, nicht sehr viel kleiner, als jene Katholiken, als des Verus Eltern und Geschwister erduldet hatten: – und zugleich die Entscheidung, die Rettung, die Erlösung – durch Verus. Ja, wie Jesus Christus mein Erlöser im Himmel ist, so ward dieser Priester mein Retter, mein Erlöser auf Erden.«

»Lästre nicht!« warnte Gibamund. »Ich bin – leider! – nicht ein so frommer Christ wie du –: aber dem Heiland, ist er auch nur gottähnlich, nicht gottgleich ... –« »Gut hast du, mein Trauter, dein arianisch Bekenntnis auswendig gelernt,« lachte Hilde. »Der alte Hildebrand aber meinte: weder ähnlich noch gleich sei er den Göttern der Ahnen.« »Nein, denn sie sind Dämonen,« zürnte Gelimer und schlug ein Kreuz. »Christus möcht' ich doch,« fuhr Gibamund fort, »den finstern Verus nicht vergleichen.« »Mir war es ergangen ihm gegenüber wie euch, – wie Zazo, wie fast allen: er zog mich nicht an, er stieß mich eher ab. Daß er – er allein, aus seiner ganzen Sippe, deren Tod für ihren Glauben er mit angesehen – das Bekenntnis ihrer Henker angenommen, war es Todesangst, war es wirklich Überzeugung gewesen? – Ich mißtraute ihm! – Auch daß ihn König Hilderich, der Freund der Byzantiner, dessen Pläne gegen meine Thronfolge ich schon damals ahnte, so sehr begünstigte, mißhagte mir: – wie sehr ich Verus hierin Unrecht gethan, jetzt hat er's erwiesen: nur er, – er allein hat mich und das Vandalenreich errettet. So hat er handgreiflich vollbracht, was Gottes Wahrzeichen mir verkündete in der fürchterlichsten Stunde meines Lebens. – Vernehmt, was nur noch unser Zazo weiß, dem ich es als Antwort auf seine Warnung mitteilte. Höret nun und staunet und erkennet Gottes Zeichen und Wunder.«

Zweiundzwanzigstes Kapitel.

»Vor drei Jahren war's. Wir waren wieder einmal ausgerückt gegen die Mauren, diesmal nach Südwesten gegen die Stämme, welche am Fuß des Auras ihre Zelte aufzuschlagen pflegen. Wir durchzogen die Prokonsularis, dann Numidien und drängten von Tipasa aus die Feinde aus dem Flachland die steilen Berge hinauf. Dort, auf unzugänglichen Felsen, suchten sie Zuflucht. Wir lagerten in der Ebene und hielten sie eingeschlossen, bis der Mangel sie zur Ergebung zwingen würde. Tage, Wochen vergingen. Mir währte es zu lang. Ich suchte häufig, das langgestreckte Gebirg umreitend, nach einer Seite, wo die Felsen, minder steil abstürzend, den Aufstieg, die Erstürmung etwa möglich machten.

Auf einem dieser einsamen Ritte – ich bedurfte keiner Begleitung, denn die Feinde wagten sich nicht in das Thal herab – war ich weit, sehr weit von unserm Lager abgekommen. Einen vielzackigen Vorsprung des Gebirgs umreitend, hatte ich zuletzt die Richtung verloren in der ungeheuren, unterscheidungslosen Wüste. »Diese Seite des Berges hatte ich noch nie geprüft, sie schien mir leichter zu ersteigen: um den Rückweg bangte ich nicht, obwohl ich Meile nach Meile zurücklegte auf dem keuchenden Tier: die Hufspuren in dem Wüstensande mußten mich ja zurückleiten. Schon fielen die Strahlen der glühenden Sonne mehr seitlich ein. Brauner Dunst ballte sich um die sinkende Scheibe. Nur noch um den nächsten Felsenvorsprung wollte ich einen prüfenden Blick werfen. Ich lenkte das Pferd dicht an dessen Gestein, bog herum: – da drang ein furchtbarer Schall betäubend an mein Ohr: – ein markdurchzitterndes Gebrüll. Entsetzt bäumte sich mein Roß: ich sah einen gewaltigen Löwen, ein Untier an Größe, zum Sprunge geduckt, wenige Schritte vor mir. Ich schleuderte mit aller Kraft den Speer. Aber im selben Augenblick überschlug sich, hochsteigend, sinnlos vor Entsetzen, mein Pferd nach rückwärts – und begrub mich unter seinem Gewicht. Ein stechender Schmerz im Schenkel war das letzte, was ich empfand. Dann vergingen mir die Sinne.« Er hielt inne, von der Erinnerung stark bewegt.

Mit atemloser Spannung blickte die junge Frau zu ihm auf mit halb geöffneten Lippen. »Ein Löwe?« stammelte sie. »Sie meiden sonst die Wüste.« »Gewiß,« antwortete ihr Gibamund. »Aber gerade in den Bergen, hart an der Wüste Saum, da lieben sie zu streifen. Ich weiß,«

fuhr er fort, »mit gebrochenem Schenkel wardst du nach Karthago zurückgetragen. Viele, viele Wochen zog sich die Heilung hin. – Aber ich wußte nicht ... –« »Als ich die Besinnung wieder fand, war die Sonne im Versinken. Es war glühend heiß: alles: die Luft, der trockene Sand, auf dem mein Hinterhaupt ruhte – der Helm war mir im Sturz entfallen – das schwere Pferd, das auf meinem heftig schmerzenden rechten Schenkel regungslos lag: es hatte das Genick gebrochen, es war tot. Ich wollte mich unter der wuchtenden Last hervorziehen – unmöglich. Ich konnte den gebrochenen Fuß nicht rühren. Nur den Oberleib versuchte ich, indem ich den rechten Arm und die Hand auf den Sand stemmte, über des Rosses Leib zu erheben. Es gelang, da erblickte ich, – ich schaute gerade vor mich hin – den Löwen! Wenige Schritte vor mir lag er, regungslos, auf dem Bauch ausgestreckt: meines Speeres Schaft ragte aus seiner Brust neben seiner rechten Vorderpranke mir entgegen. Er war tot: so frohlockte mein Herz! – Aber ach: nein! Ein leises grimmiges Knurren kam nun, da ich mich geregt hatte, aus dem halb geöffneten Rachen. Er sträubte die Mähne, er wollte sich erheben, – doch er konnte nicht! Er blieb liegen wo er lag. – Er krallte die Klauen tiefer in den Sand, sichtlich, um sich gegen mich zu schieben, und auf mich, scharf auf meine Augen, waren die funkelnden Augen des Untiers gerichtet! Und ich? Ich konnte nicht einen Zoll breit zurückweichen! Da befiel mich – nicht leugne ich es – Furcht, elende, feige, gliederschüttelnde Furcht! Ich ließ mich zurückfallen auf den Sand: ich konnte den furchtbaren Anblick nicht ertragen. Durch mein Gehirn schoß der Gedanke: »wehe, was wird dein Los?« Ich schrie in Verzweiflung, in Todesangst laut, so laut ich konnte: »Hilfe, Hilfe.« Aber ich bereute es schrecklich! Meine Stimme mußte die Wut des schwerverwundeten Tieres gereizt haben: mir antwortete ein so furchtbares Gebrüll, daß mir vor Grauen und Angst der Atem stockte. Als es wieder still ward, schoß das Blut tobend durch meine Adern. Was drohte mir? Welch' Ende stand mir bevor? Alles Schreien blieb sicher ungehört von den Unsrigen: – viele, viele Meilen nie betretenen Wüstensandes trennten mich von unsern äußersten Wachen; von den Feinden auf dem Berge hatte ich während des ganzen Rittes nicht eine Spur gesehen: wie gern hätte ich mich in ihre Hände gegeben als Gefangenen! Aber hier verschmachten – unter der sengenden Sonne – auf dem feuerheißen Sande – verschmachten – langsam – schon jetzt quälte mich der Durst mit furchtbarem Schmerz! – Oh und ich hatte gehört, daß tagelang dieses qualvolle Ende des Verlechzens sich hinziehen mag in der einsamen Wüste!

Da sah ich empor zu dem erbarmungslosen, bleigrauen Himmel und fragte flüsternd – ich fürchtete, ich gesteh' es, die Stimme des Löwen wieder zu wecken: – Gott, gerechter Gott, warum? Was hab' ich verschuldet, um solches leiden zu müssen?

Da durchzuckte mich aber die schreckliche Antwort des heiligen Buches: ›Ich suche heim der Väter Missethat an ihren Kindern bis in das dritte und vierte Glied.‹ Du büßest, stöhnte ich nun, deiner Ahnen Schuld! Der Fluch der Verbrannten verbrennt dich hier. Du bist verdammt auf Erden und in der Hölle. Ist es schon die Hölle, was mich so brennend umschließt, was mich verbrennt in den Augen, im Schlund, in der Brust, ach in der Seele? Und horch! schrecklicher, lauter noch – mich dünkte: näher – scholl des Ungetümes Gebrüll, ohrenzersprengend: – und wieder schwanden mir die Sinne.

So lag ich die ganze Nacht, aus der Ohnmacht wohl in den Traum hinüber geschlummert. Im Halbschlaf sah ich nochmal alles, was geschehen war. – Ah, lächelte ich, das ist ja nur ein Traum! Kann ja nur Traum sein! – Dergleichen gehört der Wirklichkeit nicht an. Du liegst in deinem Zelte, da, neben dir dein Schwert: – erwachend griff ich danach – oh schrecklich! Ich griff in den Sand der Wüste! Es war *kein* Traum!

Hell war es bereits wieder: und heiß – ach! furchtbar heiß brannte schon wieder die mitleidlose Sonne auf mein ungeschütztes Antlitz. Nun kam mir der Gedanke: mein Schwert! Eine Waffe! Denn die gleiche Qual, die gleiche Todesangst noch Stunden lang ertragen? Nein! Gott vergebe mir die schwere Sünde, ich mach' ein Ende! Verdammt bin ich doch schon zur Hölle! Ich griff nach meinem Wehrgehäng: – die leere Scheide hing daran! Die Klinge war bei dem Sturze herausgefahren. Ich suchte mit den Augen umher, ich sah die traute Waffe liegen, ganz nah: – nie hatte ich sie geliebt wie in diesem Augenblick! – links von mir, ich wollte sie ergreifen, an mich reißen: – vergebens! So sehr ich den Arm ausstreckte, so sehr ich die Finger spannte, – nur einen halben Schuh vielleicht – aber doch unerreichbar! – zu weit lag die treue Klinge! Da erinnerte mich ein leises Winseln des Löwen: mit Anstrengung – meine Kräfte schwanden rasch – hob ich mich wieder so hoch, daß ich ihn erblicken konnte. –

Wehe! Ist das ein Spiegelbild des beginnenden Irrsinns? – Denn die Gedanken jagten durch mein Gehirn wie fliehende Wolken vor dem Sturm. Nein! Es ist wahr! Das Tier ist näher gerückt! Viel näher als gestern! Es ist nicht Täuschung! Ich kann es deutlich bestimmen: gestern, wenn er die Pranke noch so weit vorstreckte, konnte er nicht erreichen den großen, schwarzen Stein, der, von dem Felshang abgebröckelt, vor meinem Pferde lag: und jetzt, jetzt lag der Stein fast an des Löwen Hinterbug! Er hatte sich im Laufe dieser Stunden, wohl vom steigenden Hunger gespornt, vorwärts geschoben beinah um seines Leibes ganze Länge. Nur noch anderthalb, zwei Schritte lag er von mir. Wenn er noch weiter vorwärts kam, – wenn er mich erreichte? Wehrlos, hilflos mußte ich mich zerfleischen lassen bei lebendem Leibe! Da schoß heißer Schreck durch mein Herz! Ich betete, ich betete in Todesangst zu

Gott! Ich rang mit Gott im Gebet: ›Nein, nein, mein Gott! Du darfst mich nicht verlassen. Du mußt mich retten, Gott der Gnade.‹ Und nun fiel mir plötzlich der Glaube ein, der unser ganzes Volk durchdringt: von den Schutzgeistern, die Gott in Gestalt hilfreicher Menschen uns bestellt hat. Ihr erinnert euch? – Die Folgegeister!«

»Jawohl,« sprach Gibamund. »Und durch brünstiges Gebet kann man Gott in höchster Gefahr zwingen, uns den Schutzgeist zu zeigen, zur Rettung zu senden.« »Auch mein Ahn,« ergänzte Hilde, »glaubte fest daran. Er sagte, unsere Vorfahren hatten die Folgegeister sich als Frauen gedacht, die unsichtbar dem erkornen Helden überallhin schützend folgten. Aber seit der Christenglaube eindrang ... – « – – »Sind diese dämonischen Frauen von uns gewichen,« fuhr Gelimer sich bekreuzend fort, »und Gott der Herr hat uns *Männer* bestellt, welche in seinem Auftrag unsre Helfer, Berater, Retter und Schutzgeister auf Erden sind. ›Sende mir, Gott,‹ rief ich in qualvollster Inbrunst, ›sende mir in dieser Stunde höchster Not den Mann, den du mir auf Erden zum Schutzgeist bestellt hast. Laß ihn mich retten! Und solang ich atme, will ich ihm vertrauen, wie dir selbst, will ich in ihm deine Wundermacht verehren.‹

Und als ich dies brünstige Gebet vollendet, siehe, da ward mir plötzlich leichter. Zwar Schwäche, große, ohnmachtgleiche Schwäche überkam mich: aber gerade diese Schwäche hatte etwas unendlich Süßes, unaussprechlich Seliges, Erlösendes. Und nun sah ich plötzlich, im Fieberwahn, verlockende Bilder der Rettung: der furchtbare Durst, der mich peinigte, malte mir einen Quell herrlichen Wassers, das aus dem Felsen dicht neben mir sprudelte. – Und schon kamen auch die Retter! Nicht Zazo, nicht Gibamund: – ich wußte ja, daß sie gegen andere Mauren, weit, weit westlich von meinem Lager, ausgezogen waren! – Nein! Ein andrer war es, dessen Züge ich aber nicht deutlich sah. – Er sprengte heran auf wieherndem Roß, er tötete den Löwen, er zog die immer schwerer drückende Last meines toten Pferdes von meinem Leibe! – Nun hörte ich nur noch ein Sausen, ein Klingen im Ohre, welches sagte: dein Retter ist da! ›dein Schutzgeist‹. – Da, auf einmal, verstummte das Sausen im Ohr und wirklich und wahrhaftig! Das war *kein* Fiebertraum! Ich hörte von meinem Rücken, – von unserem Lager her – das Wiehern eines Rosses! – Ich wandte mit letzter Kraft den Kopf zurück und ich sah, wenige Schritte hinter mir, einen Mann, der, soeben vom Pferde gesprungen, in zaudernder, wie überlegender, zweifelnder Haltung, die Hand am Schwertgriff geballt, mich und den Löwen betrachtete. Er zögerte.«

»Er zögerte?« rief Hilde. »Er besann sich? Ein vandalischer Krieger?« – »Es war kein Vandale.« – »Ein Maure? Ein Feind?« – »Verus war's, der Priester. – ›Mein Schutzgeist,‹ rief ich, ›mein Retter! Gott hat dich gesendet. Mein ganzes Leben, nimm es hin!‹ Da vergingen mir abermals die Sinne. Verus erzählte mir später, er habe sich – vorsichtig – dem Löwen genähert, und als er gesehen, wie tief die Waffe ihn getroffen, habe er den Speer rasch aus der Wunde gerissen: ein mächtiger Strahl Blutes sei nachgeschossen und das Untier verendet. Dann zog er mich unter dem toten Roß hervor, hob mich – mit Mühe – auf sein Pferd, band mich fest an dessen Hals und führte mich langsam zurück. Die Meinen hatten mich nur auf den Pfaden gesucht, auf welchen sie mich früher ausreiten gesehen. Bloß Verus, der unsern Heerzug begleitete, hatte an jenem Morgen bemerkt, daß ich außerhalb des Lagers den Weg nach Osten eingeschlagen. Und als ich nun vermißt ward, suchte er mich, bis er mich fand.«

»Allein?« – »Ganz allein.« »Wie seltsam,« sprach Hilde. »Wie leicht konnte er, allein, seines Zweckes verfehlen!« – »Ihn hatte Gott erleuchtet und gesendet.« – »Und davon hast du, – hat er nie andern erzählt?« Ernst schüttelte Gelimer das edle Haupt: »Die Wunder Gottes plaudert man nicht aus! Ich bat ihn von Herzen um Verzeihung, daß ich ihm früher fast mißtraut. Großherzig vergab er mir: ›Ich fühlte es wohl,‹ sprach er. ›Es that weh. Nun mach' es dadurch gut, daß du mir voll vertraust. Denn wahrlich, ich sage, dir: du hast recht. Gott hat mich wirklich dir gesendet: ich *bin* dein Schicksal, ich bin das Werkzeug in Gottes Hand, das dein Leben überwacht und leitet zu gottverhängtem Ziel. Ich sah dich – wie in einem Traumgesicht, obwohl ich wachte, – hilflos in der Wüste liegen und eine innere Stimme trieb mich an und mahnte: Such ihn auf. Du sollst sein Schicksal werden! Und ich konnte nicht ruhen und rasten, bis ich dich gefunden.‹

Euch hab' ich es nun vertraut, auf daß ihr mir nicht mehr wehe thut mit euren Zweifeln. – Nein, Hilde, schüttle nicht das Haupt! – Keinen Einwand: – ich dulde keinen. Wie erbittert mich dein Zweifel! Hat er mich denn nicht schon zum zweitenmal gerettet? Wollt ihr, kleingläubig, ein drittes Zeichen Gottes? Ich möchte euch nicht zürnen müssen. Darum verlaß ich euch. – Es ist spät geworden. – Glaubet, vertraut und – schweiget!« Er schritt hoheitvoll hinaus.

Hilde sah ihm lange, sinnend, nach. Dann zuckte sie die Achseln. »Zufall!« sagte sie. »Und Aberglaube! Wie kann der Wahn solch hohen Geist verstricken?« – »Gerade solche Geister bedroht solche Gefahr. Ich lobe mir meinen schlichteren Verstand.« »Und die gesunde Seele!« schloß Hilde, mit freudiger Bewegung aus ihrem Sinnen auffahrend und beide Arme schlingend um den geliebten Gemahl.

Dreiundzwanzigstes Kapitel.

Am dritten Tage hierauf, in früher Morgenstunde, saßen in einem der Frauengemächer des Palastes Hilde und Eugenia, ihre Schutzbefohlene, traulich beisammen in eifrigem Gespräch und in fleißiger Arbeit.

Die nicht breiten, aber hohen Bogenfenster gewährten den Blick in den großen viereckigen Hof des Palatiums, in welchem ein lebhaftes kriegerisches Treiben wogte. In einem Theil des weiten Raumes wurden neu in Karthago angelangte vandalische Heerbannleute in Zehnschaften und Hundertschaften gegliedert; in einem andern schossen und warfen sie mit Bogen und Speeren nach Scheiben von Brettern, denen man in Höhe, Breite und Anstrich ungefähre Ähnlichkeit mit byzantinischen Kriegern in vollen Schutzwaffen gegeben hatte; eine besondere längliche Umfriedung diente der Musterung von Pferden, auch von Kamelen, die maurische Verkäufer feil boten. Der König, Gibamund, die Gundinge hatten bald bei dieser, bald bei jener Gruppe zu schaffen.

Hilde saß auf Polstern, von welchen aus die Hochgewachsene, sah sie von der Arbeit auf, ohne Mühe den ganzen Hof zu überblicken vermochte. Und gar oft ließ sie die Nadel ruhen, mit welcher sie an einem mächtigen Stück scharlachroten Wolltuches arbeitete, das zwischen den beiden Frauen, beider Knie bedeckend, ausgebreitet lag. Dann flog ein leuchtender Blick hinab auf die edle Gestalt des schlanken Gemahls: und erfaßte er diesen Blick – nur wenige ließ er sich entgehen – und winkte er herauf, dann schoß freudige Glut holder Scham, süßen Glückes in die Wangen des jungen Weibes. Hilde bemerkte, daß die Kleine wiederholt den zierlichen Hals gereckt hatte, auch einen Blick in den Hof zu werfen. Aber es war ihr nicht gelungen. Sie saß zu tief unter der Brüstung des Fensters: und jetzt, als sie sich, bei abermaligem Versuch, von Hildes Auge getroffen fand, errötete sie noch viel stärker vor Schreck und Scham als vorhin jene.

»Du bist nun fertig mit dem untern Saum,« sprach Hilde freundlich. »Schiebe dir doch das Kissen dort höher zurecht, auf den Schemel! Du *mußt* jetzt – der Arbeit wegen – höher sitzen.« Eifrig, eilfertig gehorchte die Griechin und rasch flog nun ihr Blick verstohlen in den Hof. Aber traurig senkten sich die langen Wimpern wieder und hastiger als zuvor zog sie die Nadel mit dem Goldfaden durch das rote Tuch. »Bald trifft nun,« sprach Hilde, »neue Hundertschaften die Reihe. Dann kommen wohl auch andre Führer in den Hof.« –

Eugenie schwieg: aber ihre Miene erheiterte sich.

»Du warst so emsig,« fuhr Hilde fort, »daß wir bald fertig sind. Die Abendsonne wird Geiserichs alte Heerfahne verjüngt vom Dache des Palastes flattern sehen. Der goldne Drache ist nun gleich wieder geflickt.« – »Nur der eine Flügel ist noch ausgefasert und die Krallen an den Pranken ... –« »Sie waren ihm wohl stumpf geworden,« lächelte

Hilde, »in den langen Friedensjahren, da das Banner müßig in der Rüstkammer lag.« – »Es gab doch häufig Kämpfe mit den Mauren.« – »Ja, aber wegen dieser kleinen Gefechte ward Geiserichs alte Siegesfahne nicht aufgerüttelt aus ihren stolzen Träumen. Nur kleine Reiterfähnlein führten unsre Scharen und das hehre Kriegszeichen ward nicht aufgesteckt auf dem Palast. Jedoch jetzt, da uns das Kaiserreich bedroht, befahl Gelimer, der alten Sitte folgend, die große Fahne aufzuziehen am Dach. Mein Gibamund brachte sie mir, die aufgegangene Stickerei mit neuem Gold zu ersetzen.« – »Wir wären schon fertig, hättest du nicht dem Saum entlang, halb versteckt, jene ganz kleinen seltsamen Zeichen ... –« »Still,« flüsterte Hilde lächelnd, »daß Er nichts davon erfährt.« – »Wer?« – »Nun, der fromme König! Ach, wir werden uns nie verstehn und nie vertragen.« – »Weshalb soll er nicht davon wissen?« – »Siegrunen sind es, uralte, unseres Volks. Mein Ahnherr Hildebrand hat sie mich gelehrt. Und wer weiß, – ob sie nicht helfen?« Damit strich sie glättend, zärtlich liebkosend, über die Arbeit hin und summte leise:

»Altehrwürdige,
Ruhmreiche Runen,
Seligen Sieges
Zaubernde Zeichen, –
Wallet und wogt
Mit der flatternden Fahne
Hoch uns zu Häupten!
Rufet die raschen,
Die Holden herbei,
Die mutigen Maide,
Daß sie schweben wie Schwäne
Hoch uns zu Häupten,
Ja, Siegsendende,
Schimmernde Schwestern,
Fesseln fügt für die Feinde,
Hemmet ihr Heer,
Schwächt ihre Schwerter,
Ihre Speere zerspellt,
Ihre Schilde zerschellt,
Ihre Brünnen brecht,
Ihre Helme zerhackt! –
Aber den Unsern
Sendet den Sieg:
Frohes Verfolgen,
Jauchzendes Jagen
Auf raschen Rossen

Hinter den Haufen
Flüchtiger Feinde!«

»So! – Den Amalungen hat er oft geholfen, der alte Spruch: warum soll
er den Asdingen versagen? – Eia, nun mag der Drache wieder fliegen! –
Er hat gemausert,« lachte sie fröhlich – »nun wuchsen die Schwingen
ihm neu.« Sie sprang auf, erhob den langen schweren, in eine scharfe
Spitze auslaufenden Schaft, an den mit goldköpfigen Nägeln das
viereckige scharlachrote Tuch geheftet war, und schwang mit beiden
Händen das Banner freudig um ihr Haupt. Es war ein schöner Anblick:
Gibamund und viele Krieger sahen von unten das fliegende Banner
schwingen und den herrlichen Frauenkopf von goldhellem Haar umflutet:
»Heil Hilde, Heil!« scholl es brausend empor. Ganz erschrocken kniete
Hilde nieder, so rasch sie konnte, sich den Blicken zu entziehen. Aber
sie hatte *seine* Stimme gut erkannt: drum lächelte sie, glücklich in ihrer
Beschämung. Sie war sehr reizend in dieser Verwirrung.

Das mochte Eugenie fühlen: plötzlich glitt sie neben die Fürstin hin und
bedeckte ihr die Hände und die schönen, weißen, vollen Arme mit
heißen Küssen. »O Herrin, wie bist du herrlich! Oft schau' ich mit Scheu
zu dir empor. Wann so gewaltig dein Auge blitzt, – wann du, Pallas
Athene vergleichbar, von Schlacht und Heldentum begeistert redest,
dann beschleicht mich Furcht oder doch Ehrfurcht und bannt mich dir
fern. Aber dann wieder, wann ich, wie so oft in diesen Tagen, dein süß
verschämtes Glück, deine Liebe sah und deine hingegebene Weichheit,
und wie du, so ganz nur ein liebend, ach ein geliebtes! seliges Weib in
deinem Gatten einzig – dienend – lebst, – dann, o dann – schilt nicht
meine Überhebung! – dann fühl' ich mich dir nah, verwandt wie, wie ...«
– »Wie eine Schwester, meine Eugenia,« ergänzte Hilde und drückte die
Anmutige zärtlich an den Busen. – »Glaube mir: es schließt sich nicht
aus, tapfres todmutiges Heldentum und treueste, zarteste Weibesliebe
zu dem Einen, dem Geliebten. Oft stritt ich darüber mit der
Allerschönsten, welche die Erde trägt.« »Wer ist das wohl?« forschte die
Kleine, nicht ohne Zweifel: denn wie sollte eine schöner sein als Hilde?
»Das ist Mataswintha, des großen Theoderich Enkelin, drüben im
lorbeerbuschigen Garten zu Ravenna. Sie wäre mir Freundin geworden:
– aber sie wollte nur von Liebe hören, nichts von Heldenschaft und
Pflicht gegen Volk und Reich. Sie kennt nur Ein Recht und Eine Pflicht:
die Liebe. Das schied uns scharf und streng! – Aber wie rührend beides
sich einen mag, – eine alte, gar schöne Sage weiß davon zu rühmen.
Teja, mein edler Freund, sang dem Ahn und mir ein Lied davon zur
Harfe in wunderbar traurigen und doch so stolzen Weisen: – ach, wie nur
Teja singen kann! Ich werde dir's übertragen in deine Sprache. Komm,

laß uns hier an der Ecke den goldnen Saum noch nachbessern: – dabei erzähl' ich dir.«

Wieder ließen sich beide am offenen Fenster nieder: – wieder flog Eugeniens Blick oft, aber ohne zu finden, über den Hof und während sie eifrig stickten, hob die Fürstin an: »Im Uralter war es: als Adler kreischten, heilige Wasser rannen von Himmelsbergen. Da ward ferne, fern von hier, in Thuleland auf Skadinaue, ein edler Held geboren aus Wölsungengeschlecht. Der hieß Helgi und hatte nicht seinesgleichen. Und da er nach großen Siegen über die Hundinge, seines Hauses alte Feinde, müde ruhte, im Föhrenwald, auf einem Stein: – da brach Lichtglanz am Himmel hervor und aus dem Glanze schossen Wetterstrahlen wie leuchtende Lanzen und aus den Wolken nieder ritten Walküren, das sind – nach unsrer Ahnen wunderschönem Glauben – Heldenjungfrauen, welche die Geschicke der Schlacht entscheiden und die Gefallenen emportragen in des Siegesgottes schildgetäfelte Himmelshalle. – In Helmen ritten sie und in Brünnen: und auf den Spitzen ihrer Speere loderten Flammen. Und eine von ihnen, Sigrun, kam zu dem Einsamen auf dem Steine, griff seine Hand, grüßte und küßte ihn unter dem Helme. Und sie liebten sich sehr.

Aber Sigrun war von ihrem Vater einem andern verlobt und Helgi mußte in schwerer Schlacht um die Geliebte kämpfen. Und erschlug wie ihren Verlobten so ihren Vater und all ihre Brüder bis auf einen. Und Sigrun selbst, in Wolken schwebend, hatte ihm den Sieg gegeben und ward sein Weib, obwohl er ihr Vater und Brüder erschlagen. Bald aber ward von dem einen Bruder, den er geschont hatte, Helgi, der teure Held, ermordet. Wohl bot der Bruder der Witwe Buße: sie aber fluchte ihm und sprach: »Nicht schreite das Schiff, das dich trägt, obwohl es im Fahrwinde zieht. Nicht renne das Roß, das dich trägt, wann du fliehst vor deinen Feinden! Nicht schneide das Schwert, das du schwingst, es sause denn dir selber ums Haupt. Friedlos sollst du leben wie im Walde der Wolf.« Und verschmähte allen Trost und raufte ihr Haar. Und sprach: »Wehe der Witwe, die Trost annimmt. Nicht wußte sie jemals von Liebe! Denn Liebe ist ewig. Wehe dem Weibe, das den Gatten verlor: ihr Herz ist verödet. Was soll sie noch leben?«

Da wiederholte Eugenia leise für sich die Worte: »Und raufte ihr Haar. Und sprach: Wehe der Witwe, die Trost annimmt. Nicht wußte sie jemals von Liebe! Denn Liebe ist ewig. Wehe dem Weibe, das den Gatten verlor: ihr Herz ist verödet. Was soll sie noch leben?«

»Wie Edelesche über Distel und Dorn ragte Helgi über alle Helden. Für die Witwe taugt nur Ein Ort auf Erden: ihres Gatten Grab. Und Freude nicht findet Sigrun mehr auf Erden, es bräche denn ein Glanz aus der Pforte seines Hügelgrabes und ich könnte ihn wieder umfangen. Und so mächtig, so allbezwingend ist der echten Witwe Sehnen, – es bricht den Bann des Todes sogar. Am Abend kam eine Magd zu Sigrun gelaufen und sprach:»Eile hinaus, verlangt es dich den Gatten wieder zu haben. Siehe, – aufgethan hat sich der Hügel, ein Glanz brach daraus hervor: von des Siegesgottes Himmel hat dein Sehnen den Helden herabgezwungen: er sitzt in dem Hügel: er bittet dich, ihm die träufenden Wunden zu stillen.«

Und Eugenia wiederholte mit leiser, bebender Stimme:»Der echten Witwe Sehnen, – es bricht den Bann des Todes sogar.«

»Sigrun aber ging in den Totenhügel zu Helgi, küßte ihn, trocknete seine Wunden und sprach:»Dein Haar ist durchnäßt, mit Blut bist du bedeckt, deine Hände sind feuchtkalt – wie soll ich Abhilfe schaffen?« »Du allein bist schuld,« antwortete er.»Du weintest so viele Zähren: und jede fiel blutig auf Helgis Brust.« Da rief sie:»Ich will nicht mehr weinen, ich will dir am Herzen ruhen, wie ich es dir im Leben gethan.« Da jauchzte Helgi:»Nun weilst du im Hügel bei mir, den Entseelten im Arm und bist dennoch lebendig.«

»Nun weilst du im Hügel, den Entseelten im Arm, und bist dennoch lebendig,« wiederholte Eugenia.

»Aber die Sage singt, daß, als auch Sigrun gestorben, beide wiedergeboren wurden: er ein siegreicher Held, sie aber eine Walküre. Das ist das Lied, wie echte Weibesliebe, wie echter Witwenschmerz den Tod besiegt und in allmächtigem Sehnen bis ins Grab zu dem Geliebten dringt.«

»Und in allmächtigem Sehnen bis ins Grab zu dem Geliebten dringt.«

Hilde sah plötzlich auf.»Kind, was ist dir?« In solche Begeisterung hatte sie sich gesprochen, daß sie zuletzt der Hörerin nicht mehr geachtet. Jetzt aber hörte sie leises Schluchzen und bestürzt sah sie die Griechin am Boden knieend, vornübergebeugt, auf dem Schemel das holde Haupt in beiden Händen bergend: durch die schmalen Finger drangen Thränen.»Eugenia!« –»O Hilde, es ist so schön. Es muß so selig sein, geliebt zu sein! Und selig auch ist es, lieben bis in den Tod! O selige Hilde Gibamunds! O selige Sigrun Helgis! O wie weh und wohl zugleich thut dieses Lied dem Herzen! Wie schön – und ach wie wahr! – ist's, daß es die Liebende zwingend, allüberwindend zu dem Geliebten zieht in seinen Hügel, an des Toten Brust. Vereint im Tod, wenn nicht im Leben mehr, das ist ein Zwang, der stärker zieht als Zauber und Magnet!« –»O Schwester! So mächtig, so heiß, so – *wirklich* – liebt dies zarte Herz? Sprich endlich! Nicht ein Wort in diesen Tagen hast du ... –« »Ich konnte nicht! Ich schämte mich so sehr, für mich – und ach! für ihn! Und ich *darf* ja nicht von meiner Liebe reden! Es ist ja Schmach und Schande. Denn er, mein Bräutigam, nein – mein Gatte! – er liebt mich ja nicht!« – »Gewiß liebt er dich! Weshalb sonst hätte der Unbändige gar demütig um dich geworben?« – »Ach, ich weiß es nicht! Hundertmal in diesen Tagen hab' ich mich selber das gefragt. Ich weiß es nicht! Freilich wähnte ich bis ... vorgestern: – aus Liebe. – Und manchmal glaubt das noch dies thörichte Herz. Aber – nein! Liebe war es nicht! Laune! Langweile! Vielleicht« – und sie zitterte nun zornig – »eine Wette. Ein Spiel, das er gewinnen wollte und das ihn nicht mehr reizte, nachdem's gewonnen war.« – »Nein, mein Täubelein! Des ist Thrasarich nicht fähig.« »O ja, o ja!« schluchzte sie verzweifelt. »Er ist dessen fähig.« »Ich glaub' es nicht,« sagte die Fürstin, und sich zu ihr niedersetzend, hob sie die kleine Verlassene wie ein krankes Kind leicht auf ihren Schos und trocknete ihr mit dem Zipfel ihres eigenen weißen Mantels die feuchten Wangen, strich ihr mit beiden Händen über die heißen Augenlider und glättete das wirre Haar und drückte das kleine Köpflein tröstend an den wogenden Busen und wiegte sie leicht hin und her und sprach in beschwichtendem Tone: »Sieh, Kleine, es wird gewiß alles noch gut! Bald wieder gut! Denn er liebt dich! – Sicher!« Ein verhaltenes Schluchzen und ein ganz leises Schütteln des Köpfchens sagte: »Nein.« – »Sicher! Ich weiß nicht, – und ich will es nicht wissen! – was dir jene – jenes Weib ins Ohr gezischt. – Aber ich sah, wie es dich traf: wie ein vergifteter Pfeil. Was es auch sei ... –« »Ich werd' es nie, nie, niemals sagen!« schrie die Kleine auf. – »Ich will's nicht wissen, sagt' ich dir. – Was auch seine Schuld sein mag, die Christen haben ein schönes Wort: »Die Liebe duldet alles, – die Liebe entschuldigt alles ...« »Die Liebe verzeiht alles!« hauchte Eugenia. »Aber freilich: nur die Liebe. Sage, Schwesterlein, liebst du ihn denn wirklich?« Da riß sich die Weinende los, sprang auf, breitete die Arme weit aus und leise rufend »Ach! Unsagbar!« warf sie sich wieder an der Freundin Brust. Nun strahlten, leuchtend durch die Thränen, die großen, sanften Augen. »Sieh,« fuhr sie leise flüsternd fort, als ob Fremde, als ob Männer sie vernehmen könnten in dem einsamen Gemach. »Sieh, das ist ja mein süßes Geheimnis: – das Geheimnis meiner Schmach,« lächelte sie selig. »Längst lieb' ich ihn! Ich glaube, schon als Kind, wann er zum Vater kam und das Getreide seiner Villen ihm verkaufte und mich wie eine Feder auf seine Arme hob und auf seine Hände stellte, bis ich mir's – allmählich – verbat. Und je älter ich ward, desto heißer lieb' ich – und desto scheuer mied ich ihn. Ach, – schweige davon, solange du lebst! – als er mich ergriff, auf offener Straße raubte, – so wild mein Zorn, meine Ehre sich empörten, so schmerzlich Mitleid mit dem Vater mich zerriß – doch – doch – doch! – Während ich mich verzweifelnd wand in seinen ehernen Armen, um Hilfe schrie – *doch!* Mitten durch all den Todesschreck und Zorn loderte mir, hier, im Herzen, ganz heimlich, ein selig, ein heißes, ein wonniges Gefühl: ›er liebt mich, aus Liebe quält er mich.‹ – Und glücklich, ja stolz, war ich mitten in dem wilden Weh, daß er so kühnen Frevel wagte aus Liebe zu mir! – Kannst du das verstehen, verzeihen?«

Lieblich lächelte Hilde: »Verzeihen? Nein! Denn ich bin ganz erstaunt vor lauter Freude! – Verzeih *du* mir, Kleine. Ich hatte dir nicht so viel zugetraut – von echter, heißer Weibesliebe. Aber du eigensinniger, kleiner Trotzkopf, du heuchlerischer –: warum hast du denn hinterher dein Gefühl ihm und deinem Vater und deiner Freundin so lange, so hartnäckig verheimlicht, abgeleugnet?« – »Warum? Nun das ist doch klar,« rief die Kleine ganz unwillig. »Vor lauter Scham- und Schmachgefühl! Es ist ja doch fürchterlich, – es ist ja eine schreckliche Schande, wenn ein junges Mädchen den Mann, der sie auf offnem Markt gestohlen – und dabei sogar geküßt hat! – anstatt ihn deshalb für ewig zu hassen statt dessen nun erst recht lieb hat. Es ist ja ganz abscheulich!« Und sie barg halb weinend, halb lächelnd das verschämte Haupt an der Freundin Brust. Und zärtlich küßte sie ein kleines goldnes Kreuz, das sie an silbernem Kettlein um den Hals trug, und zärtlich drückte sie an den Busen einen Halbring von Bronze, mit Runen geritzt, den sie am Arme trug. »Sein Verlobungs- und ach! sein Hochzeitsgeschenk,« seufzte sie.

»Ja, du liebst ihn,« lächelte Hilde, »sehr! Und er? Er war dankbar wie ein Blinder, den man sehend macht, als ich ihm den sehr einfachen Rat gab, – er hatte meinen Gibamund zu mir geschickt mit häufiger Botschaft seiner Schmerzen! – als ich ihm sagen ließ: er sei zwar dein sehr unwert, aber wenn er dich haben wolle, solle er dich eben fragen, ob du ihn haben wollest? Und dann bei deinem Vater recht schön um dich bitten. Über diese – naheliegende! – Weisheit war er selig wie ein Kind. Und that danach. – Und nun ... –« »Und nun?« unterbrach Eugenia in fast drolligem Zorn. »Nun hat er sich bald drei Tage lang gar nicht sehen lassen. Wer weiß, wie weit er ist.« »Nicht sehr weit,« lachte Hilde: »da unten tritt er eben in den Hof.« Pfeilschnell war Eugeniens Köpflein an der Fensterbrüstung. Ein halb erstickter Ton des Jubels brach aus ihrer Brust: – sofort duckte sie sich nieder. »Ei, ei, wie prachtvoll sieht er aus!« rief Hilde mit freudigster Überraschung die Hände zusammenschlagend. »In vollem, schwerem Waffenschmuck! Ein gewaltiges Bärenhaupt mit gähnendem Rachen über der Sturmhaube ... –«

»So? Ja! Er hat ihn selbst erlegt am Aurasberg,« flüsterte die Kleine. – »Und wie wallt ihm das Fell um die mächtigen Schultern! Und einen Speer trägt er, dick wie ein junger Baum. Und auf dem Schild – welch' Zeichen? Ein Hammer ist's von Stein.« »Ja, ja,« fiel die Kleine eifrig ein, sacht emporrückend bis an die Fensterbrüstung, »das ist seine Hausmarke. Seine Sippe stammt, nach altem Glauben, von einem rotbärtigen Hammerdämon: – den Namen weiß ich nicht mehr ... –«

»Was Dämon!« rief Hilde. »Gott Donar ist sein Ahn und der Enkel macht ihm heute Ehre.«

»Er spricht mit Gibamund,« meldete die Freundin weiter. »Sie schauen hierher: – er grüßt mich! Oh guter Gott, aber wie bleich, wie sterbenstraurig sieht der arme Riese aus.« – »Ist's wahr?« und das braune Köpfchen schnellte in die Höhe. »Ducke dich, Kleine! Er soll's doch nicht merken, daß wir's vor Sehnsucht noch viel weniger aushalten können als er. Mein Gatte winkt mir: – er kommt herauf: – Thrasarich scheint ihm zu folgen.«

Da war Eugenia schon in dem Seitengemach verschwunden.

Vierundzwanzigstes Kapitel.

Ihrem Gemahl, der nun alsbald eintrat, flog Hilde bis an die Schwelle entgegen: innig, heiß umarmten sich die jungen Gatten. »Du bist allein?« fragte Gibamund, sich umsehend. »Ich meinte, deine kleine Antilope am Fenster gesehen zu haben.« Hilde wies schweigend auf den Vorhang des Nebengemaches; ihr Gatte nickte. – »Du wirst gleich Besuch erhalten,« sprach er mit erhöhter Stimme. »Thrasarich verlangt, dich zu sprechen. Er hat dir allerlei Wichtiges zu sagen.« – »Er ist willkommen.« – »Die Fahne ist fertig?« – »Jawohl!« – Sie ergriff den Schaft und hob mit starkem Arm das schwere Banner kraftvoll in die Höhe: das scharlachrote Tuch, über fünf Fuß lang und zweieinhalb Fuß breit, flutete in langen, schweren Falten auf die beiden schlanken Gestalten herab und um ihre Schultern her: es war ein schöner, feierlicher Anblick.

Gibamund nahm ihr nun den Schaft ab: »Ich pflanze die Fahne auf die höchste Turmzinne, daß sie weithin den Feinden blutigen Willkomm zuwehe. O du höchstes Kleinod, Hort des Ruhmes der Vandalen, Geiserichs sieghaftes Banner: nie sollst du in Feindeshände fallen, so lang ich atme, ich schwör's!« rief er begeistert. »Bei des geliebten Weibes Haupt, auf das du niederflutest!« »Das wird dein Auge, wird auch das meine niemals schauen, ich schwör's wie du,« sprach Hilde tief ernst: – und ein leiser Schauer durchrieselte sie, als nun ein Windstoß das rote Tuch fest um ihre Schultern, um ihren Busen schmiegte. – Gibamund küßte die weiße Stirn und die schönen Augen, die leuchtend zu ihm aufsahen, und eilte mit dem Banner hinaus. Auf der Schwelle traf er mit Thrasarich zusammen. Hilde ließ sich wieder an dem Fenster nieder: »Gegrüßt, Thrasarich!« sprach sie laut, da wallte der Vorhang des Nebengemachs. – »Das lob' ich! In vollen Waffen! Das steht dir besser an als – anderes. Ich höre, du hast den Befehl über viele Tausendschaften erhalten: – du sollst, bis er wiederkehrt, Zazos Stelle vertreten. Was bringst du mir?« Diese freundliche, unbefangene Ansprache beruhigte sichtlich den Riesen, der mit sehr rotem Kopf eingetreten war. Er ließ einen suchenden Blick über das ganze Gemach gleiten, um vielleicht eine Spur ... – ein Gewandstück: – aber er fand nicht, was er suchte. Seine ganze Seele brannte danach, so rasch als möglich von Eugenia reden, nach Eugenia fragen, deren Stimmung erforschen zu dürfen. Aber er scheute sich so sehr! Er wußte nicht, ob die Braut der Freundin seine schwere, schwere Schuld mitgeteilt habe? Er fürchtete es. War es doch das Wahrscheinlichste, daß die Fürstin die von ihr Geborgene nach dem Grund ihres Entsetzens gefragt hatte: – und weshalb sollte diese schweigen? Weshalb ihn schonen? Hatte er Schonung verdient? Hatte nicht die Entrüstete ihn mit bestem Recht verworfen für immer? Alle diese Fragen, die er sich die ganze Zeit schon vorgelegt, drängten sich jetzt zusammen durch sein armes Gehirn. Er schämte sich so bitterlich! Lieber wäre er allein gegen Belisarius' ganzes Heer ausgezogen, als daß er jetzt dieser edeln Frau Rede stehen sollte. Und doch hatte er sich so tapfer noch was ganz andres, Schwereres vorgenommen! Da er nicht antwortete, sondern nur gewaltig schnaufte, wiederholte Hilde die Frage: »Was bringst du mir, Thrasarich?«

Antworten mußte er: – das sah er ein. Er antwortete also: aber Hilde erschrak fast, als er laut hervorstieß: »Ein Pferd.« »Ein Pferd?« fragte die Fürstin gedehnt. »Was soll ich damit thun?« Thrasarich war sehr froh, reden zu können – viel reden zu können! – und Dinge, soweit ab von Eugenia! Daher antwortete er jetzt ganz geschwind und leicht: »Drauf reiten.« »Ja,« lachte Hilde, »das glaub' ich wohl! Aber wem gehört das Pferd?« – »Dir! – Ich schenke es dir. Gibamund hat es erlaubt. Er *befiehlt*, daß du es annimmst von mir. Hörst du? Er *befiehlt* es.« – »Gut, gut. Ich habe mich ja noch gar nicht geweigert! Ich danke dir also recht schön! Was ist es für ein Pferd?« – »Das beste der Erde.« Die Antworten kamen jetzt pfeilgeschwind. – »Das soll der Rappe des Kabaon sein, sagten Gibamund und mein Schwager.« – »Ist es auch.« – »Der gehört ja Modigisel.« – »Nicht mehr.« – »Warum?« – »O! aus vielen Gründen! Erstens gehört er jetzt dir. Drittens ist das Tier neulich nachts Modigisel entwischt, entführt worden. Zweitens ist Modigisel tot. Und viertens gehört der Rappe mir.«

Diese Antworten waren fast gar zu schnell gekommen! Hilde sah ihn an, ohne zu verstehen: »Modigisel tot? Unglaublich!« – »Aber sehr wahr. Und im Grunde – außer für ihn – kein zu arges Unglück! Nämlich neulich nachts verhalf ich einem jungen gefangenen Mauren zur Flucht. Daß dieser sich dabei des Rappens bedienen würde, konnte ich nicht vorher wissen. Nachher aber freute es mich sehr – sehr lebhaft. Heute früh bringt ein Maure – aber nicht der Entflohene! – den Rappen in meinen Hof. Der von mir Gerettete war Sersaon, Kabaons Urenkel. Kabaon schickt mir zum Dank den herrlichen Hengst.« – »Aber mußtest du ihn nicht Modigisel zurückstellen?« – »Vielleicht! Keinesfalls – nun und nimmer! – hätt' ich das Tier behalten: lieber den Teufel im Stalle haben, lieber auf dem Höllenroß reiten!« – »Warum?« – »Warum? Warum? – Du fragst: warum?« jubelte Thrasarich. »Du weißt es also nicht, warum?«

»Wenn ich es wüßte, würde ich nicht fragen,« sagte Hilde sehr ruhig.

Aber sie erschrak über die Wirkung dieses Wortes: der baumlange Mann warf sich plötzlich vor ihr auf das Kniee und drückte ihr die Hände, daß sie hätte aufschreien mögen. »Das ist herrlich, das ist göttlich!« rief er dabei. – Sogleich aber sprang er wieder auf: »Ach so!« sagte er ganz traurig. »Es ist noch ärger so! Nun muß ich es ihr sagen. Vergieb mir! Nein, ich bin nicht ganz von Sinnen. Warte nur. – Es kommt schon! – Ich befehle also, das Tier sofort Modigisel zu bringen. Alsbald kommt der Sklave zurück: Modigisel sei tot.« – »Also wirklich? Vorgestern in voller Gesundheit! Wie ist das möglich?« »Nämlich Astarte. – Du weißt nichts von solchen Geschöpfen! – Seine Freigelassene und Freundin: – sie wohnte in seinem Nebenhause. Es ist sehr merkwürdig. Die Sklaven erzählen, Modigisel und Astarte hatten nach – nach der Rückkehr aus dem Hain der – ›heiligen Jungfrau‹« – brachte er mit niedergeschlagenen Augen schwer hervor – »einen lebhaften Streit. Das heißt, sie schrie nicht: – man hörte sie ja fast nie sprechen! – Allein sie forderte zum tausendstenmal ihre völlige Freilassung: – Modigisel hatte sich manche Patronatsrechte vorbehalten. Er sagte nein: er schrie, er tobte: – er soll sie geschlagen haben. Aber gestern waren sie wieder ausgesöhnt. Astarte und die Gundinge speisen bei ihm. Nach dem Mahle lustwandeln sie im Garten. Astarte bricht – vor aller Augen – von einem Pfirsichbaum vier Früchte. Drei davon verzehren sie und die beiden Gundinge, den vierten Modigisel. Und nachdem er ihn verzehrt, fällt er tot zu Astartens Füßen nieder.« – »Entsetzlich! Gift?« – »Wer darf das sagen? Der Pfirsich wuchs am selben Baume wie die andern. Die Gundinge bezeugen es: die lügen nicht. Und die Karthagerin: – sie ist undurchdringlich ruhig: auch hierbei.« – »Du – du sahest – sprachest sie?« Der Gewaltige errötete: »Sie kam in mein Haus – sogleich – von der Leiche weg. Ich aber – nun – sie ging sehr bald wieder! Sie eilte, von der Villa zu Decimum Besitz zu nehmen, die Modigisel ihr längst vermacht hat.« – »Welch ein Weib!« – »Gar kein Weib: ein Ungetüm. Aber ein sehr schönes. – Der Rappe blieb so in meiner Hand. Ich aber – ich behalte das Tier nicht! Und da dachte ich, daß du von allen Frauen unseres Volks die herrlichste, ich meine: die beste Reiterin bist. Und dachte, daß jetzt der Krieg bald ausbricht. Und daß du doch nicht abzuhalten sein wirst, Gibamund ins Feld zu folgen, – wie ich dich zu kennen glaube ... –« »Da kennst du mich recht!« lachte Hilde mit blitzenden Augen. »Und da bat ich Gibamund – und so ist nun der Rappe dein! – Siehst du? Da wird er gerade in den Hof geführt.« – »Ein herrlich Tier fürwahr! Ich danke dir.«»Das wäre also das mit dem Rappen.« Er sagte es sehr betrübt: – denn nun wußte er wieder nicht, was reden. Hilde kam ihm zu Hilfe. »Und dein Bruder?« forschte sie. – »Ist leider verschwunden! Überall ließ ich nach ihm suchen – in seinen, in meinen Villen. Keine Spur! Auch die Leiche der schönen Jonierin, die in jener Nacht – starb, ward nicht mehr gefunden. Keine Spur von ihm in Stadt und Land! Es wäre nur etwa möglich, daß er Karthago zu Schiff verlassen. Es gingen soviel Schiffe in diesen Tagen aus dem Hafen; auch« – und jetzt ward er plötzlich bleich – »auch nach – Sicilien.«»Ja,« sagte Hilde gleichgültig und sah dabei zum Fenster hinaus. – »Der Rappe ist herrlich.«»Aha, sie bricht ab,« dachte Thrasarich. »Es ist so.« – »Auch nach Syrakus,« fuhr er fort, »gingen mehrere«: – scharf suchte er ihr Auge. Sie beugte sich hinaus. »Nur eines, soviel ich weiß,« sagte sie leichthin. »Also ist es wahr!« rief er plötzlich ganz verzweifelt. »Sie ist fort! Sie ist zu ihrem Vater nach Syrakus! Sie hat mich verworfen! Für immerdar! O Eugenia! Eugenia!« Und in wildem Schmerz preßte er den starken Arm an die Fensterwand und drückte sein Angesicht darauf.

So sah er nicht, wie die Vorhänge des Seitengemachs heftig hin- und herflogen.

»O Fürstin«, rief er, sich aufraffend, »es ist ja nur gerecht. Ich darf dich nicht tadeln, – loben muß ich dich, daß du sie mir in jener wilden Nacht aus den Armen gerissen. Und auch sie kann ich nicht anklagen, stößt sie mich von sich. Nein, wolle mich nicht trösten! Ich weiß es ja, ich bin ihrer nicht wert. Es ist meine Schuld! – Aber doch nicht meine ganz allein. Die Frauen, das heißt die Mädchen unsres Volks, sind auch mit schuld daran! Du staunst? Wohlan, Hilde, hast du eine einzige Vandalin dir als Freundin an das Herz gezogen? Eugenia, die Griechin, des geringen Mannes Kind, steht dir viel näher als unserer Edelinge Frauen und Töchter. Ich will nicht sagen – ferne sei's von mir! – die Vandalinnen sind so – kernfaul und entartet wie ach! die meisten von uns Männern. Gewiß nicht! Aber unter diesem Himmel, in drei Menschenaltern, sind auch sie – gesunken. Gold, Putz, Tand, Üppigkeit und nochmal Gold füllen ihre Seelen. Nach Reichtum gieren sie, nach maßlosem Genuß – wie die Römerinnen fast. Ihre Seelen sind schlaff geworden: Hilde's Begeisterung teilt, versteht keine.«

»Ja, sie sind eitel und flach und schal,« klagte die Fürstin. – »Ist's da ein Wunder, daß wir Jünglinge die Ehe mit diesen sehr anspruchsvollen Puppen nicht suchen? Weil ich reich bin, haben Väter und noch beängstigender, aufdringlicher Mütter und selbst – nun, ich will's nicht sagen! Kurz: viele Dutzend Vandalinnen hätt' ich schon zu Frauen, hätt' ich ja gesagt! – Aber ich sagte: nein. Keine liebte ich! Nur dieses Kind, dieses kleine Griechenmädchen hat's mir angethan. Ich liebe sie so heiß, so vom ganzen Grund der Seele! Und auch so treu! So für das ganze Leben!« –

Hildes Blick flog von ihrem erhöhten Sitz über ihn hinweg nach den zitternden Vorhängen.

»Und nun – jetzt – lieb' ich sie mehr denn je, die Perle, die ich verloren. Sie hat – so schont sie mich Unwürdigen, so ehrt sie die Liebe, die sie einst mir geschenkt! – Sie hat dir nicht einmal gesagt, was ich an ihr verschuldet, was ich gefrevelt. Aber« – hier richtete er sich auf und sein männlich schönes, kraftvolles Antlitz verklärte jetzt edelste Empfindung – »ich habe mir's auferlegt als Buße, falls sie dir's verschwiegen, dir's *selbst* zu gestehen! Schreib ihr das: vielleicht denkt sie dann minder hart von mir. – Es ist mir allerschwerste Strafe, *dir's* zu sagen: denn, o Fürstin Hilde, hoch wie eine Göttin, ja wie die Schutzgöttin unsres Volkes verehre ich dich: – es ist mir wie der Tod, daß du mich nun verachten wirst. Aber du *sollst* es wissen! Ich habe – so sagen sie, ich weiß es nicht mehr, aber es wird wohl sein – ich habe – um Eugenia – ich that's im Rausch – nach einem Ocean von Wein, – aber ich hab's eben doch gethan! Und nicht wert bin ich, sie je wieder zu schauen! – Ich habe ... – «

»Nicht du, der Wein, Geliebter, hat's gethan,« rief da eine jubelnde Stimme und an seine breite Brust schmiegte sich, leidenschaftlich und doch so verschämt, eine schlanke Gestalt. Und sie streckte, ihn mit der Rechten heiß umarmend, die Fingerlein der Linken vor seinen Mund, ihm das Reden zu wehren.

»Eugenia,« rief der Riese und er errötete über und über. »Du hast gehört? Du kannst verzeihn? Du liebst mich noch.«

»Bis in den Tod! Bis das Grab! Nein, bis über den Tod hinaus! Ich dränge zu dir in das Grab, verlör' ich dich! Bei dir! Im Leben und im Tod! Denn ich liebe dich.«

»Und das ist ewig,« sagte Hilde, streifte leicht über des jungen Weibes Haar und schwebte hinaus, die Glücklichen allein lassend mit ihrem Glück.

Zweites Buch.

Im Kriege.

Erstes Kapitel.

An Cornelius Cethegus Caesarius Prokopius von Caesarea.

»Es hat keinen Sinn mehr und keinen Grund, meinen Namen zu verschweigen. Man würde den Vogel doch erkennen: – am Gesang. Und jetzt bin ich schon fast gewiß, daß diese Blätter in Byzanz nicht ergriffen werden: denn bald schwimmen wir auf den blauen Wogen.

Also dennoch: Krieg mit den Vandalen! Die Kaiserin hat ihn durchgesetzt. Sie behandelte den Gemahl, seit er zauderte, sehr kühl, eigentlich recht schnöde. Das wirkt immer. Welcher Beweggrund sie zu diesem Kriege drängte und drängt, – die Hölle weiß es gewiß, der Himmel ungenau und ich gar nicht.

Vielleicht soll der Ketzer Blut ihr wieder einige Schock Sünden abspülen. Oder sie hofft auf die Schätze, die in dem Kapitole zu Karthago, aus allen Ländern von Geiserichs Raubschiffen zusammengeplündert, gehäuft liegen: auch der Tempelschatz von Jerusalem ist darunter. Kurz, sie wollte den Krieg und wir haben ihn.

Ein frommer Bischof aus einer asiatischen Grenzstadt – Agathos heißt der Mann – kam nach Byzanz. Die Kaiserin beschied ihn zu geheimer Unterredung: ich weiß es von Antonina, Belisars Gemahlin, die allein noch zugegen war. Theodora zeigte ihm einen Brief, den er dem Perserkönig geschrieben. Der Bischof fiel vor Schreck zu Boden. Sie stieß ihn an mit der schmalen Spitze ihres goldnen Schühleins.»Steh auf, o Agathos, Mann Gottes,« sagte sie,»und träume heute Nacht, was ich dir jetzt sagen werde. Und erzählst du diesen Traum nicht morgen vor Mittag dem Kaiser, so gebe ich ihm morgen nach Mittag diesen Brief und vor morgen Abend, o Heiligster, bist du enthauptet.«

Der Bischof ging und träumte wie befohlen, wahrscheinlich ohne zu schlafen. Und noch vor dem Frühbad des andern Tages meldete er sich bei Justinian und erzählte ihm in äußerster Aufregung, – sie war *nicht* geheuchelt! – Christus sei ihm diese Nacht im Traum erschienen und habe ihm befohlen:»Geh hin, o Agathos, zum Kaiser und schilt ihn, daß er kleinmütig den Plan aufgegeben, mich zu rächen an diesen Ketzern. Sag ihm: so spricht Christus der Herr: zeuch aus, Justiniane, und fürchte dich nicht. Denn ich, der Herr, werde dir beistehen in der Schlacht und werde beugen Afrika und seine Schätze unter deine Herrschaft.«

Da war Justinian nicht mehr zu halten. Der Krieg ward beschlossen. Der widersprechende Präfectus Prätorio liegt, abgesetzt, im Kerker. Belisar ist zum Feldherrn ernannt. Von den Kanzeln aller Basiliken in Byzantion verkünden die Priester den Traum des frommen Bischofs. Die Soldaten werden zu Hunderten in die Kirchen befehligt, wo ihnen Mut eingepredigt wird. Hofbeamte rufen den Traum auf den Straßen aus, im Hafen, auf den Schiffen. Auf Befehl der Kaiserin hat Megas, ihr schönster Hof- und Leibdichter, den Traum in griechische und lateinische Verse gebracht. Sie sind überraschend schlecht, – schlechter als selbst unser Megas sie gewöhnlich liefert: aber man merkt sie leicht: und so brüllen denn Tag und Nacht Soldaten und Matrosen in den Gassen und in den Weinschänken, wie die Kinder, die im Finstern singen, um sich Mut zu machen – denn eigentlich ist es unsern Helden noch immer nicht recht wohl bei der heiligen Wasserfahrt nach Karthago! – so singen wir unablässig:

> Christus kam zum frommen Bischof! Christus mahnte Justinian:
> »Räche Christus, Justinianus, an den schnöden Arianern,
> Christus selbst schlägt die Vandalen, unterwirft dir Afrika!«

Das Gedicht hat zwei Vorzüge: erstens, daß man es beliebig oft wiederholen kann. Zweitens, daß es ganz gleich ist, mit welchem Vers man anfängt. – Die Kaiserin sagt, – und sie muß es wissen, – der heilige Geist selbst habe es Megas eingegeben. In diesem Fall haben den heiligen Geist im dritten Fuß des dritten Verses die Trochäen – ganz wie oft einen sehr unheiligen Hofdichter – im Stich gelassen.

Wir sind Tag und Nacht an der Arbeit. In den Straßen von Byzanz wiehern die kleinen, zottigen Gäule der Hunnen; darunter sind sechshundert treffliche Bogenschützen zu Pferde, Aigan und Bleda, Ellak und Bala, hunnische Häuptlinge, führen sie an. Dazu sechshundert Heruler, die Fara führt, ein Königssohn dieses Volks: Germanen sind's, im Solde Justinians: denn nur »Demant schneidet den Demant,« sagt Narses; »immer Germanen gegen Germanen,« 's ist unser altes Lieblingsspiel.

Aber auch von anderen Barbaren, die wir unsere »Verbündeten« nennen – das heißt wir »schenken« ihnen Geld oder Getreide und sie zahlen dafür im Blut ihrer Söhne – durchziehen starke Haufen unsere Straßen: Isaurier, Armenier und andere unter Führern eignen Stammes von den Völkern unseres Reiches stellt die besten Krieger Thrakien und Illyrikum. Und im Hafen schaukeln die Schiffe, ungeduldig im Ostwind an ihren Ankern zerrend, die Schnäbel kampfverlangend nach Westen gerichtet.

Allmählich wird das Heer eingeschifft: 11 000 Mann zu Fuß, 5000 Reiter, auf fünfhundert Kielen mit 20 000 Matrosen. Darunter als beste Kampfschiffe 102 raschsegelnde Dromonen, bemannt mit 2000 Ruderern aus Byzanz: die andern Matrosen sind Ägypter, Ionier, Kiliker. Das Ganze ist ein gar schöner, kriegerischer Anblick, den ich lieber schaue, als beschreibe; das Herrlichste daran aber ist Belisarius der Held, umgeben von seinen Leibwächtern, den Schildenern und Lanzenträgern, kampferprobten Männern, erlesen aus allen Völkern der Erde.

Schon liegt der Seeweg halb hinter uns. Ich schreibe dir dies im Hafen von Syrakus.

Bis jetzt ging alles mit wunderbarem Glück von statten: ja die Göttin Tyche, die ihr Lateiner Fortuna nennt, bläst in unsre Segel. Zu Ende des Junius war die Einschiffung beendet. Da ward das Feldherrnschiff, das Belisar tragen sollte, an das Ufer vor den Kaiserpalast entboten. Erzbischof Epiphanius von Byzanz erschien an Bord, einen Arianer, den er soeben umgetauft auf das katholische Bekenntnis, brachte er als letzten Mann an Bord: dann segnete er das Feldherrnschiff und Belisar und uns alle, auch die heidnischen Hunnen, stieg wieder in sein Boot und hinaus rauschte, unter den Jubelrufen von vielen Tausenden, das Feldherrnschiff voran, die ganze Flotte. Gar fromme Leute sind wir alle, welche die Kaiserin und der so gelehrig träumende Bischof und Justinianus entsenden, die Ketzer auszutilgen.»Es ist ein heil'ger Krieg – für Christus kämpfen wir.« So oft haben wir's gesagt, daß wir's jetzt selber glauben!

Über Perinthus – Heraklea nennt man's jetzt – ging die Fahrt nach Abydos. Da haben berauschte Hunnen Streit angefangen unter einander und zwei einen dritten erschlagen. Sofort ließ Belisar auf dem Hügel oberhalb der Stadt beide aufhängen. Die Hunnen, zumal die Gesippen der Gehängten, lärmten: auf Totschlag stehe nach Hunnenrecht durchaus nicht der Tod: – ich vermute, das Hunnenrecht läßt die Erben des Ermordeten mit den Mördern auf deren Kosten saufen, bis alle auf der Erde liegen. Und wann sie erwachen, küssen sie sich und alles ist vergessen: denn die Hunnen sind ärgere Trinker als die Germanen: und das sagt viel! – Und nur zum Kampf für den Kaiser verpflichte sie ihr Soldvertrag, aber nicht nach Römerrecht dürfe der Kaiser sie richten. Belisar versammelte die Hunnen unter dem Galgen, an dem die beiden baumelten, umstellte sie mit seinen Getreuesten und brüllte sie an wie ein Löwe. Ich glaube nicht, daß sie sein Latein, – das heißt eigentlich das *meine*: denn *ich* habe ihm die Rede einstudiert – verstanden, aber er wies gar oft auf die beiden am Galgen da oben: das verstanden sie. Und – nun folgen sie wie die Lämmlein.

Weiter ging die Fahrt über Sigeum, Tänarum, Metone. Dort starben uns gar viele Leute: denn der Proviantmeister zu Byzanz hatte das Soldatenbrot, statt es zweimal zu backen, in den öffentlichen Bädern (wie appetitlich! aber freilich: gratis!) als rohen Teig ins Wasser senken, dann von Wasser ganz gesättigt, rasch auf glühenden Platten äußerlich bräunen lassen. So wog es viel schwerer – nach dem Gewicht wird er aber vom Kaiser bezahlt! – und er gewann bei jedem Pfund gar viele Lote. Jetzt aber löste es sich mit sanfter Lieblichkeit auf in stinkenden Brei: fünfhundert Mann sind uns daran gestorben. Der Kaiser ward benachrichtigt: aber Theodora sprach für den armen Proviantmeister, das Zehnfache seines Gewinnes soll er ihr für ihre christliche Fürbitte haben zahlen müssen – und der Mann erhielt nur eine Vermahnung: so hörten wir nämlich später. Von Metone ging es über Zakynthos auf Sicilien zu, wo wir nach sechzehn Tagen auf einer alten, jetzt nicht mehr benutzten Reede – Kaukana heißt der Ort – gegenüber dem Ätna vor Anker gingen.

Aber – aber! Jetzt kamen dem Helden Belisarius nachträglich die schweren Gedanken! Er ist ja so kampfbegierig, daß er blindlings drauf losfährt, zeigt man ihm irgendwo einen Feind. Allein nun wachsen die Sorgen. Keiner der vielen Späher, die von Byzanz aus, schon lange vor unserer Abfahrt, nach Karthago waren geschickt worden, ist zurückgekehrt: weder nach Byzanz noch an die ihnen angegebenen Stationen unserer Fahrt. So wußte nun der Feldherr von den Vandalen soviel, wie von den Leuten auf dem Monde.

Was es für Menschen sind, wie ihre Kriegsführung, wie er ihnen beikommen solle, – keine Ahnung! Dazu tritt, daß die Soldaten in ihre alte Furcht vor der Flotte Geiserichs zurückgefallen sind – und keine Kaiserin an Bord, die wieder jemand träumen lassen könnte! Die Hinketrochäen des Leibdichters werden nur selten mehr gesungen: – das Singen ist ihnen verleidet: stimmt einer das Lied an, halbverdrossen, so hauen ihn gleich zwei andre. Nur die Hunnen und die Heruler – zur Schande der Romäer sei's gesagt! – enthalten sich des lauten Jammerns: sie schweigen finster. Jedoch *unsere* Krieger – die Römer! – scheuen sich nicht, offen zu rufen: auf dem Lande würden sie wacker fechten – das seien sie gewöhnt: – aber greife der Feind auf offner See an; würden sie die Matrosen zwingen, eiligst mit Segel und Ruder davonzufahren: auf schwankem Schiffe fechten mit Germanen und Wellen und Wind zugleich, das könnten sie nicht, stehe auch nicht in ihren Dienstverträgen. Belisarius aber quälte am meisten die Ungewißheit über die Pläne der Feinde. Wo steckt sie denn, diese allgefürchtete Flotte? Daß man gar nichts von ihr sieht und hört, das wird unheimlich. Liegt sie hinter einer der nahen Inseln im Versteck? Oder hält sie, auf uns lauernd, Wache an der Küste von Afrika? Wo? Und wo sollen wir landen?

Ich meinte gestern, das hätte er sich etwas früher überlegen müssen! Er aber brummte in seinen Bart und bat mich, seine Fehler nach Kräften gut zu machen. Ich solle nach Syrakus gehen und dort unter dem Vorwand, von euren ostgotischen Grafen daselbst Vorräte einzukaufen, über diese Vandalen erkunden alles, was er nicht weiß und doch wissen muß. Seit gestern bin ich nun hier in Syrakus und frage alle Leute nach den Vandalen. Und alle Leute lachen mich aus und sagen, ›ja, wenn das Belisar nicht weiß, wie sollen wir es wissen? Wir führen ja nicht Krieg mit ihnen.‹ – Mir scheint, sie haben Recht: diese Unverschämten.«

Zweites Kapitel.

»Triumph, o Cethegus! Des Belisarius altes Glück schwebt ob den Wimpeln unsrer Maste! Die Götter selbst verblenden die Vandalen! Sie nehmen ihnen den Verstand: – so müssen sie wohl ihr Verderben wollen. Hermes bahnt uns die Pfade, räumt uns Gefahr und Hemmnis aus dem Wege.

Die Flotte der Vandalen, das Schreckbild unsrer Tapfern, schwimmt harmlos von Karthago hinweg nach Norden, wahrend wir mit allen Segeln – der Ostwind bläht sie lustig – von Sicilien auf blauer Flut, von Delphinen umspült, nach Westen, nach Karthago fliegen. Wir durchschneiden wie im Festzug die freundlich geträufelten Wellen! Kein Feind, kein Späher weit und breit, der uns hemmte oder der unser Nahen warnend vorverkündete den Bedrohten, denen wir, wie, aus heitrem Himmel stürzend, ein Meteor, auf den Nacken schmettern werden.

Und daß dies alles zu des Feldherrn Kenntnis kam, daß er diese Kenntnis sofort verwerten kann: – das ist des Prokopius Verdienst. Oder ehrlicher gesagt: des blinden Zufalls, jener launischen Göttin Tyche, welche mir – freilich bin ich kein Philosoph! – vielmehr als die Nemesis die Geschicke der Völker zu leiten scheint.

Ich schrieb zuletzt, daß ich ziemlich ratlos, nicht ohne einige Verlachung durch die Spötter, in den Straßen von Syrakus umherlief und alle Leute fragte, ob sie keinen Vandalen gesehen hätten? Eben hatte wieder einer, diesmal war es ein gotischer Seegraf, mit Lachen die Achseln gezuckt: Totila heißt er und ist ebenso schön als übermütig. »Sucht euch eure Feinde selber,« rief er. »Viel lieber führ' ich mit den Vandalen, *euch* aufsuchen und untertauchen,« meinte er. Und noch dachte ich darüber nach, wie richtig dieser junge Barbar den Vorteil seines Volkes und die Thorheit seiner Regentin erkannt hatte, als ich, unwillig über den Goten und über mich selber und am meisten über Belisar, um eine Straßenecke bog und fast mit der Nase rannte wider einen Entgegenkommenden. Wirklich: Hegelochos war es, mein Schulkamerad von Cäsarea her, der sich – das wußte ich – irgendwo auf Sicilien als Kaufherr, als Kornspekulant, niedergelassen hatte: ich wußte aber nicht, in welcher Stadt.

»Was suchst du hier?« fragte er nach den ersten Worten der Begrüßung. »Ich? – Ich suche nur eine Kleinigkeit,« erwiderte ich verdrießlich, denn ich sah schon im Geiste sein spöttisches Lachen. – »Ich suche überall anderthalb bis zweihundert vandalische Kriegsschiffe. Weißt du etwa, wo sie geblieben?« »Jawohl, das weiß ich,« antwortete er, *ohne* zu lachen. »Die liegen im Hafen von Karalis auf Sardinien.« »Allwissender Weizenhändler,« rief ich, starr vor Staunen, »wo hast du *das* erfahren?« »In Karthago,« sagte er ruhig, »das ich erst vor drei

Tagen verlassen habe.« Nun aber ging es an ein Fragen! Und so oft ich auf den klugen, verständigen Mann wie auf einen Schwamm drückte, so oft floß der Strom der für uns wichtigsten Nachrichten heraus.

Also! Wir haben für unsre Flotte nichts, gar nichts von der vandalischen zu fürchten. Die Barbaren haben noch keine Ahnung, daß wir im vollen Anzug sind gegen sie. Der Kern ihrer Kriegsmacht ist auf den gefürchteten Galeeren nach Sardinien verschickt. Gelimer hegt weder für Karthago noch für irgend eine Stadt an der Küste Besorgnis. In Hermione weilt er, in der Provinz Byzacene, vier Tagereisen von der See. Was mag er da treiben, an dem Saum der Wüste? So können wir, sicher vor jeder Gefährdung, hinübersegeln und, wohin Wind und Welle und unser Wille uns führen, landen in Afrika.

Während dieses Gespräches und indem ich ihn unablässig ausforschte, hatte ich den Arm um des Freundes Nacken geschlungen: ich warf die Frage hin, ob er nicht mit mir in den Hafen Arethufa kommen und sich mein Schiff ansehen wolle, das dort vor Anker lag? Es sei ein Schnellsegler neuer Bauart. Der Kaufherr sagte zu: sowie ich ihn aber glücklich an Bord hatte, riß ich das Schwert heraus, durchhieb das Tau, das uns an den Erzring des Hafendammes band, und befahl meinem Schiffsvolk, schleunig davonzufahren nach Kaukana.

Hegelochos erschrak und schalt und drohte. Ich aber besänftigte ihn: »Verzeihe diese Entführung, Freund: es ist ganz unerläßlich, daß Belisarius selbst, nicht bloß sein Rechtsrat, mit dir spricht, daß er selbst dich ausfragt. Denn er weiß doch allein, worauf alles ankommt. Und die Verantwortung, etwas Wichtiges nicht gefragt oder eine Antwort falsch verstanden zu haben, – die übernehme ich nicht. Dich hat ein Gott, der den Vandalen zürnt, mir gesendet: wehe mir, macht ich mir's nicht zu Nutzen. Du mußt dem Feldherrn alles sagen, was du erkundet hast, du mußt unsere Schiffe nach Afrika begleiten, ja führen. Und diese Eine unfreiwillige Fahrt nach Karthago wird dir reicheren Gewinn abwerfen aus dem Königshorte der Vandalen, als wenn du viele hundertmal mit Weizen hin- und hergesegelt wärst. Und den Lohn, der dein im Himmel wartet für deine Mitwirkung an der Vernichtung der Ketzer, – den will ich dir dabei noch gar nicht verrechnen.« Er schmunzelte, er beruhigte sich, er lachte.

Aber noch viel freudiger schmunzelte Belisarius der Held, als er den Mann »frisch aus Karthago« vor sich sah und ihn ausfragen konnte so recht nach Herzenslust. Wie lobte er mich – für den Zufall dieser Begegnung! Mit Tubaschall ward der Befehl zur Abfahrt gegeben. Wie fliegen die Segel in die Höhe! Wie rauschen unsere Schiffe stolz dahin! Weh dir, Vandalia, und hochgetürmte Burg des Geiserich!

Weiter ging die rasche Fahrt über die Inseln Gaulos und Melita, die das adriatische Meer vom tyrrhenischen scheiden. Bei Melita sprang der Wind, wie von Belisar bestellt, noch frischer ein, als starker Ost-Süd-Ost, der uns am Tage darauf schon bei Kaput-Vada an die Küste Afrikas trieb, fünf Tagemärsche von Karthago. Das heißt: für einen raschen Wandersmann ohne Gepäck: wir werden wohl viel längere Zeit brauchen. Belisar ließ die Segel streichen, die Anker fallen und berief alle Heerführer auf sein Feldherrnschiff, Kriegsrat zu halten. Denn nun gilt es, zu entscheiden, ob wir die Truppen ausschiffen und zu Lande gegen Karthago führen, oder ob wir sie auf der Flotte behalten und jene Hauptstadt von der See her erobern sollen. Die Ansichten widerstreiten sich sehr.

Es ist entschieden: wir ziehen zu Land auf Karthago. Wohl machte Archelaos, der Quästor, geltend, man habe keinen Hafen für die Schiffe ohne Bemannung, keine Festung für die Bemannung ohne Schiffe. Jeder Sturm könne sie ins offene Meer zerstreuen oder an die Klippen des Gestades werfen. Auch den Wassermangel auf der Küstenstrecke hob er hervor und den Mangel an Nahrungsmitteln: »Daß nur ja dann – das bitte ich mir aus! – von mir als Quästor keiner was zu essen verlangt!« rief er ganz erbittert. »Ein Quästor, der nur das Amt hat, aber kein Brot, kann euch mit seinem Amt nicht sättigen.« Er riet, zur See nach Karthago zu eilen, den Hafen Stagnum dort, der die ganze Flotte aufnehmen könne und zur Zeit völlig unverteidigt sei, zu besetzen und von da, von dem Schiffslager aus, auf die Stadt loszubrechen, die man beim ersten Anlauf nehmen könne, wenn wirklich der König und sein Heer vier Tagemärsche weit von der Küste im Binnenlande weile. Aber Belisar sprach: »Gott hat unseren heißesten Wunsch erfüllt: er hat uns Afrika erreichen lassen, ohne – bisher – auf die feindliche Flotte zu stoßen. Sollen wir nun gleichwohl auf See bleiben und vielleicht doch jenen Schiffen noch begegnen, vor welchen unsere Leute einfach zu fliehen drohen? Was die Sturmgefahr betrifft, – besser die Schiffe gehen leer zu Grunde als gefüllt mit uns. Jetzt haben wir noch den Vorteil, die ungerüsteten Feinde zu überraschen: jede Zögerung verstattet ihnen, sich zu rüsten. Hier können wir landen ohne Gefecht: anderwärts und später müssen wir vielleicht schon die Landung erkämpfen gegen den Wind und gegen den Feind. Daher sag' ich: hier landen wir! Wall und Graben um das Lager ersetzt uns die fehlende Festung. Um die Verpflegung bangt nur nicht! Schlagen wir die Feinde, so erbeuten wir auch ihre Vorräte.« So Belisar. Ich fand – wie meist – seine Gründe sehr schwach, aber seinen Mut sehr stark. Die Wahrheit ist: er wählt stets den nächsten Weg in den Kampf.

Der Kriegsrat war aus. Belisars Wille geschah.

Wir brachten die Pferde, die Waffen, das Gepäck, die Kriegsmaschinen auf das Land. Gegen vierzehntausend Krieger und neunzehntausend Matrosen fingen an zu schaufeln, zu graben, Pfähle einzurammen in den heißen, trockenen Sand: nur tausend Mann bezogen die Posten und tausend Matrosen blieben auf den Schiffen: der Feldherr that den ersten, aber, ununterbrochen fortarbeitend, auch den letzten Spatenstich: sein Schweiß tränkte reichlich die afrikanische Erde: – und, angespornt von solchem Beispiel, wetteiferten alle so wacker, daß, noch bevor die Nacht einbrach, Graben und Wall und sogar die Umpfählung vollendet war um das ganze Lager. Nur je fünf Pfeilschützen verbleiben die Nacht über auf jedem Schiff.

Soweit wäre alles gut. Auch Speisevorräte bergen noch unsere weitbauchigen Schiffe, dank der ostgotischen Wirtlichkeit auf Sicilien. Denn alles, was ein Heer irgend braucht für Mann und Roß, überließen uns diese Tölpel – der unbequeme Totila, der uns nicht wohl will, ward gleich abberufen, – auf der gelehrten Regentin Befehl fast geschenkt und auf unsere erstaunte Frage erwiderten sie – auf des gelehrten Cassiodorius Weisung: »ihr bezahlt uns, indem ihr uns an den Vandalen rächt.« Nun, Justinian wird ihnen schon lohnen! Ob nicht der gelehrte Mann die Fabel kennt, wie der Mensch durch Hilfe des Rosses den diesem verhaßten Hirsch erjagte und erlegte? Für diesen Einen Ritt hatte das freie Tier ihn auf seinen Rücken genommen: – nie wieder ward es den Reiter los! Aber – das Wasser geht zu Ende. Das mitgeführte ist knapp, schlecht, faulig. – Und ohne Wasser für Menschen und Tiere viele Tage lang unter afrikanischer Sonne marschieren? Wie wird das enden?

Jetzt glaub' ich es wirklich bald selbst, daß wir Gottes auserlesene Lieblinge sind: wir, Justinians des Wahrhaftigen und Theodoras der Keuschherzigen Krieger! Oder haben umgekehrt Volk und König der Vandalen so schweren Zorn des Himmels auf sich geladen, daß unablässig Wunder geschehen gegen diese Barbaren und zu unseren Gunsten?

Gestern Abend waren wir alle, vom Feldherrn bis zum Kamel, in schwerer Sorge um Wasser. Heute früh bringt mir der Sklave Agnellus – er ist ein Landsmann von dir, o Cethegus, eines Fischers aus Stabiä Sohn! – in das Zelt ganze Amphoren köstlichsten Quellwassers. Nicht nur zum Trunk, zum Bade reichlich langend! Mit den letzten Spatenstichen haben unsere Heruler am Ostrand des Lagers eine mächtig hervorsprudelnde Quelle eröffnet: unerhört in der Provinz Byzacene. Zwischen Meer und ›Wüste‹! So nennen nämlich die Leute hier alles Land südwestlich der großen Straße, auf der wir ziehen: freilich ganz mit Unrecht: es ist zum Teil sehr fruchtbar: doch es ist alter Wüstengrund und geht oft unmerklich in die wahre Wüste über.

Jedenfalls sprudelte uns dieser Quell aus ringsum trocknem Sandboden! Und so reich ist der Wasserstrahl, daß Menschen und Tiere trinken, kochen und baden können und das schlechte Wasser aus den Schiffsschläuchen fortgegossen und durch das trefflichste ersetzt werden mag! Ich eilte zu Belisarius und wünschte ihm Glück. Nicht nur um des wirklichen Nutzens dieses Fundes willen, – auch zu der Weissagung des Sieges, die darin liegt. »Dir sprudelt Wasser aus der Wüste, mein Feldherr!« rief ich. »Das bedeutet mühelosen Sieg: du bist des Himmels Liebling und seiner Wunder.« – Er schmunzelte. Man hört so was immer gern.

Er gab mir Auftrag, einen Lagerbefehl aufzusetzen, der bei dem Aufbruch jeder Schar verlesen werden soll.

Ein paar Dutzend unserer lieben Hunnen sind nämlich in das Land getrabt und haben die gerade reifen Früchte auf den Feldern geplündert: – sie kamen darüber in Wortwechsel mit den römischen Colonen. – Da die Hunnen leider ihr Latein nur mit Ledergeißeln sprechen und mit Lanzenwürfen, gab es bei der Unterredung ein paar Tote. Natürlich nur auf Seite der bösen Bauern, welche die Hunnengäule sich nicht satt fressen lassen wollten an ihrem besten Korn. Unsere lieben Hunnen schnitten den von dem Vandalenjoche glücklich Befreiten die Köpfe ab, hingen sie an die Sattelknöpfe und brachten sie dem Feldherrn zum Nachtisch mit. Belisarius schäumte. – Er schäumt oft! Und wenn Belisarius blitzt, muß meist Prokopius donnern.

So auch jetzt. Ich schrieb also einen Lagerbefehl, daß wir ja vielmehr ganz im Gegenteil die Erretter, Befreier und Beglücker der Provinzialen seien und daher weder ihre besten Getreidefelder für unsere Pferdestreu ansehen, noch auch mit ihren Köpfen Fangball spielen dürften. »In diesem Fall,« schrieb ich, sehr überzeugend, – »ist dergleichen nicht bloß frevelhaft, – nein! es ist sogar dumm. Denn nur deshalb durfte unser Häuflein wagen, zu landen, weil wir voraussetzen, daß die Provinzialen den Vandalen feind, uns aber hilfreich sein werden.« Ich faßte unsere Helden aber noch viel eindringlicher: nicht an der Ehre, nicht am Gewissen: – am Magen! »Ihr verhungert, o Fürtreffliche,« schrieb ich, »bringen uns die Bauern nichts zu essen. Schlagt ihr sie tot, so verkaufen euch die Toten gar nichts mehr und die noch Lebenden fast noch weniger. Ihr treibt den Vandalen die Provinzialen als Bundesgenossen zu: vom lieben Gott und seiner Meinung über euch – sie ist ohnehin getrübt! – gar nicht zu reden! Also: schont die Leute: wenigstens vorläufig! – Sonst merken sie zu früh, daß die Hunnen Belisars schlimmer sind als die Vandalen Gelimers. Wann einmal des

Kaisers Finanzbeamte im Lande walten, dann, liebe Enkel Attilas, braucht ihr euch ja keinen Zwang mehr anzuthun: dann haben die ›Befreiten‹ ihre ›Freiheit‹ doch schon würdigen gelernt. Und so arg wie Justinians Steuereinheber könnt ihr's doch nicht treiben, teure Hunnen und Räuber.« So ungefähr, nur mit schöneren Worten zugedeckt, lautete der Lagerbefehl. Wir rücken vor. Von den Barbaren keine Spur. Wo stecken sie? Wo träumt er, dieser König der Vandalen? Wacht er nicht bald auf, so erwacht er ohne Reich!

––––––––––

Wir rücken immer vor. Glück über Glück.

Einen Tagemarsch von unserm Landungsplatz bei Kaput-Vada nach Westen, auf der Straße nach Karthago liegt, nah dem Meere, die Stadt Syllektum.

Die alte Umwallung war freilich seit Geiserichs Tagen niedergerissen: aber die Einwohner hatten, die Einfälle der Mauren abzuwehren, doch fast die ganze Stadt wieder in eine Art von Verteidigungsstand gesetzt. Belisar schickte Borais, einen seiner Leibwächter, mit einigen Schildenern voraus, einen Handstreich auf die Stadt zu wagen. Er gelang vollkommen. Die Leute schlichen sich, nachdem es finstere Nacht geworden, an die Zugänge – Thore waren sie nicht zu nennen, nur Straßeneingänge, fanden sie aber verrammelt und bewacht. Sie verbrachten die Nacht in aller Stille in den alten Festungsgräben: denn es konnten doch Vandalen in der Stadt sein. Am Morgen kamen die Bauern der Umgegend angefahren auf Leiterwagen: es war Markttag. Die Unseren bedrohten die Erschrockenen mit dem Tode, falls sie muckten, und zwangen die Fuhrleute, die Krieger unter den Decken der Wagen zu verbergen. Die Wächter von Syllektum räumten ihre Thorsperren hinweg, die sehnlichst erwarteten Wagen einzulassen. Da sprangen die Unsrigen herab, bemächtigten sich ohne Schwertstreich der Stadt – kein Vandale war darin – besetzten die Curia, das Forum, riefen den katholischen Bischof und die edelsten Spießbürger von Syllektum – diese sind überraschend dumme Menschen! – auf das Forum und erklärten ihnen, nun seien sie frei! Und glücklich: denn sie seien nun Unterthanen Justinians! Zugleich erbaten sie sich aber mit geschwungenen Schwertern ein Frühstück. Die Senatoren von Syllektum überreichten Borais die Schlüssel ihrer Stadt: leider fehlten die dazu gehörigen Thore: diese hatten Vandalen oder Mauren längst verbrannt. Der Bischof bewirtete sie in der Vorhalle der Basilika. Borais sagte, der Wein war sehr gut. Am Schluß segnete der Bischof Borais und forderte ihn auf, den reinen, richtigen Glauben recht geschwind herzustellen. Dieser, ein Hunne, ist leider Heide: er verstand daher nur mangelhaft, was von ihm erwartet wurde. Aber er wiederholte mir mehrmals, der Wein war sehr gut. So haben wir denn schon eine Stadt Afrikas gerettet. Am Abend zogen wir alle durch. – Belisar schärfte strengste Manneszucht ein. Leider gingen dabei recht viele Häuser in Flammen auf.

Hinter Syllektum kam uns wieder ein wichtiger Glücksfang. Der oberste Beamte der ganzen königlich vandalischen Post, ein Römer, war schon vor mehreren Tagen mit allen Pferden, vielen Wagen und vielen Sklaven vom König aus Karthago entsendet worden, nach allen Richtungen des Reiches seine Befehle zu tragen. Er hatte aus dem Wege nach Osten von unserer Landung gehört – und mit allem, was er noch bei sich hatte, uns aufgesucht! Alle Briefschaften, alle geheimen Aufträge des Vandalen sind in Belisars Händen! Ein ganzer Korbwagen voll, – den ich durchlesen muß.

Es ist wirklich, wie wenn ein Engel des Herrn uns unsichtbar in das Schreibgemach und in den Beratungssaal des Asdingen geführt hätte. Verus, der Archidiakon der Arianer, hat die meisten Schreiben diktiert. In diesem Priester haben wir uns aber doch gründlich getäuscht: Theodora hielt ihn für ihr Werkzeug. Und er ist Gelimers Kanzler geworden! Seltsam, daß man diese Geheimnisse einem Römer anvertraut: – und nicht Einen Vandalen zur Bedeckung, zur Überwachung mitgab. Sollte auch Verus noch nicht gewußt haben, wie nahe wir schon waren, als er diese Briefe schutzlos uns geradezu entgegensandte?

Freilich, was für uns zu wissen das Wichtigste wäre, nämlich wo der König und das Heer jetzt stehen, das geht nicht aus den – wochenalten – Briefen hervor. Doch lernen wir daraus endlich, was ihn bewogen hatte, so weit von Karthago und der Küste, am Saum der ›Wüste‹ und in der ›Wüste‹ selbst, zu verweilen. Er hat mit sehr vielen maurischen Stämmen Soldverträge geschlossen und von ihnen viele tausend Mann Fußvolk zugesagt erhalten: – fast so viel als unser ganzes Heer! In Numidien, in der Ebene von Bulla, sammeln sich diese maurischen Hilfsscharen. Das ist weit, weit westlich von Karthago, nahe dem Saum der Wüste. Sollte der Vandale seine Hauptstadt und alles Land so tief hinein ohne Schwertschlag preisgeben und uns erst dort, bei Bulla, erwarten?

Belisar schickt jetzt – welches Spiel des Zufalls! – durch die vandalische Reichspost Justinians Kriegserklärung an Gelimer und nach allen Richtungen die Aufforderung an die vandalischen Edelinge, Heerführer und Beamten, von Gelimer abzufallen: die Aufforderung ist gut! (Ich habe sie selbst verfaßt!): »Nicht mit den Vandalen führ' ich Krieg und nicht breche ich den mit Geiserich geschlossenen ewigen Frieden. Nur euren Tyrannen wollen wir stürzen, der das Recht gebrochen und euren rechtmäßigen König in Fesseln gelegt hat. Helfet uns also! Schüttelt ab das Joch so frevler Tyrannei, auf daß ihr die Freiheit genießet und die Wohlfahrt, die wir euch bringen: des rufen wir Gott zum Zeugen an.«

(Nachtrag: nach Beendigung des Krieges eingefügt:»Sonderbar! Das ist doch gewiß schön! Und nicht einen einzigen Vandalen hat während des ganzen Feldzugs dieser Lockruf auf unsere Seite gewonnen. Schlaff sind sie geworden, diese Germanen. Aber nicht Ein Verräter war unter ihnen! –«)

Drittes Kapitel

Viele Tagemärsche weit westlich von der Straße, auf welcher die Byzantiner gegen Karthago zogen, und ein gut Stück südlich vom Gebirg Aurasius, diesem äußersten Grenzstreif des vandalischen Gebietes in Afrika, schon innerhalb der großen, *wirklichen* Sandwüste, die sich in ungemessener Weite nach Süden, in das unerforschte Innenland des heißen Erdteils dehnt, lag eine kleine Oase. Ein Brunnen trinkbaren Wassers, – im Kreise um denselben einige Dattelpalmen, – in deren Schatten ein steppengleicher Rasen von salzdurchsättigten Halmen, den genügsamen Kamelen ein erwünschtes Futter: – das war alles. Der Boden ringsum flach: nur hier und da, vom Winde zusammengeweht, Wellen des gelben, lockeren, heißen Sandes – außer der Oase – wie Falten der Erdrinde. Nirgends Strauch, Busch oder Hügel: so weit der Blick im hellsten Licht des Tages schweifte, – nirgend fand er, woran er haften mochte, bis er, ermüdet innehaltend, sich senkte, in die nächste Nähe zurückkehrte.

Aber nun war es Nacht.

Und wunderbar, unvergleichlich großartig war jetzt diese schweigende Einsamkeit, wann über den ganzen Himmel hin, den unabsehlich weit gewölbten, die Sterne in unzählbarer Menge und mit einer Lichthelle funkelten, die sie nur den Söhnen der Wüste zeigen. Wohl begreiflich, daß diesen Mauren das Göttliche von jeher in Gestalt der Gestirne erschienen war: sie beteten in ihnen die lichten, wohlthätigen Gewalten an, im Gegensatz zu Wüstenglut und Wüstensturm: aus der Sterne Wandel, Stellung und Leuchten forschten sie der Götter Willen und die eigne Zukunft.

Um den Brunnen her waren aus Häuten der Wüstenziege die niedern Zelte nomadischer Mauren aufgeschlagen; nur etwa ein halb Dutzend, denn die Horde war nicht vollzählig beisammen; die treuen Kamele, sorglich angepflöckt an den Füßen mittels der Zeltstricke und mit Decken umhüllt zum Schutz gegen den Stich der »Nachtmücke«, der Kamelfliege, lagen im tiefen Sand niedergestreckt, weit vorgereckt die langen Hälse. In der Mitte des kleinen Lagers waren die edeln Renner, die »Kampfhengste« und die »Milchstuten«, zusammengestellt in einen von Seilen und eingerammten Lanzen eingehegten Kreis. Auf der runden Krone einer der Zelthütten ragte ein langer Speerschaft, von dessen Spitze ein Löwenfell herabhing: denn dies war das Zelt des Häuptlings.

Der Nachtwind, der erfrischend von Nordosten, von der fernen See her, wehte, spielte in der Mähne des toten Wüstenkönigs, hob bald die Haut der mächtigen Pranke, bald das Büschelende des Schweifes in die Höhe. Phantastische Schatten fielen dann auf den hellen Sandboden: der Mond stand nicht am Himmel: aber die Sterne leuchteten so klar.

Tiefe, feierliche Stille ringsum. Alles Leben, auch der Tiere, schien im Schlaf begraben. Nur von den vier mächtigen Feuern her, welche, die nächtlichen Raubtiere von den Herden zu scheuchen, in allen Himmelsrichtungen, einen Pfeilschuß von den Zelten, loderten, tönten in langen Zwischenräumen die einsilbigen Anrufe der Hüter, die sich dadurch selbst wach erhielten und die Genossen zur Wachsamkeit ermahnten. –

Lange, lange Zeit währte diese feierliche Stille.

Endlich wieherten ein paar Hengste, eine Waffe klirrte von draußen, von den Feuern her, und ebendaher drang nun ein leicht geschwungener, kaum vernehmbarer Schritt gegen die Mitte der Zelte hin, – gegen das »Löwenzelt«. Plötzlich stockte der Schritt: ein schlanker, jugendlicher Mann beugte sich vor dem Eingang des Zeltes zur Erde: »Wie? Vor dem Zelte liegst du, Großvater?« fragte der Jüngling erstaunt. »Schliefst du?«

»Ich wachte,« antwortete es leise. »Ich hätte es wirklich gewagt, dich zu wecken. Am Himmel steht ein schicksalvoll Gebild. Ich sah es auftauchen, da ich die Feuerwacht hielt gegen Osten. Eben abgelöst, eile ich zu dir. Die Götter mahnen da von oben her! Aber der Jüngling versteht ihre Zeichen nicht. Du jedoch, weiser Ahnherr! Schau dort, nach rechts, – rechts von der letzten Palme. – Siehst du es nicht?« – »Ich sah es längst. Ich erwartete das Zeichen seit vielen Nächten, ja – seit Jahren.« Ehrfurcht und leises Grauen ergriffen den Jüngling, »Seit Jahren! – Du wußtest, was am Himmel geschehen werde? – Du bist sehr weise, o Kabaon.« – »Nicht ich! Mein Großvater hat es meinem Vater überliefert. Und dieser mir. Vor hundert und etlichen Jahren war es. Da kamen sie von Mitternacht über das Meer, die weißwangigen Fremden, in vielen Schiffen, geführt von jenem König der Schrecken, – mit dessen Namen heute noch unsere Frauen trotzige Kinder schweigen.« »Geiserich!« sprach der Jüngling leise vor sich hin: Haß und Grauen bebten in dem Tone. »Damals kam, von gleichem Ausgange wie jene Schiffe, ein schrecklich Sternbild am Himmel aufgestiegen: blutigrot, einer vielhundertsträngigen, flammenden Geißel vergleichbar, drohend geschwungen über unser Land und Volk. »Und mein Großvater, nachdem er den fürchterlichen Kriegskönig gesehen im Hafen von Isocium, sprach zu meinem Vater und zu unsrem Stamme: »Entpflöckt die Kamele! Zäumt die edeln Renner und fort! Gen Süden! In den glühenden Schos der rettenden Mutter! Dieser König der Schlachten und sein kampfjauchzendes Volk: – sie sind es, was der Schreckensstern verkündet. Verloren sind viele, viele Jahre und Jahrzehnte lang alle, die sich wider sie stemmen: die Heere von Rom, die Schiffe von Byzanz werden von diesen Riesen aus Mitternachtland hinweggefegt werden, wie die Wolken, die dem Schreckensstern trotzen wollen.« Und so geschah's: die Söhne unseres Stammes, obgleich sie lieber die langen Pfeile gegen die blonden Riesen geschnellt hätten, folgten dem Rate des Alten und wir entkamen in die rettende Wüste. Bonifacius – so hieß der Römer Feldherr – erlag. Der Ahnherr hatte es vorher gesagt in dem weissagenden Spruch: »G wird B vernichten. Aber,« fügte er bei: »einst, nach mehr als hundert Sonnenjahren, steigt ein Sternbild von Osten auf und dann wird B G vernichten. Andere Stämme unsres Volkes, die den Eindringlingen wehren wollten, an der Seite der Kaisertruppen, wurden, wie diese selbst, hingemäht von Geiserich, dem Sohne der Nacht. Und wann sie heulend, die Totenklage weckend, zu unsern Gezelten kamen und uns aufriefen zum Rachekrieg, da wies sie der Großvater und später der Vater ab und sprach: »Noch nicht! Noch sind sie nicht bezwingbar. Geschlechter der Menschen mehr als zwei oder drei werden dahingehen und niemand wird bestehen vor den Mitternachtsriesen, nicht die Romäer zur See und nicht wir Söhne der Wüste. Aber sie werden nicht dauern im Lande der Sonne, die Kinder des Nordens! Schon gar manche vor ihnen, die kamen in unser Mutterland, uns zu bezwingen, uns zu beherrschen, gewaltigere Krieger als wir, haben wohl uns bezwungen, aber nicht diese Erde, diese Sonne, diese Wüsten. Sand und Sonne und süße Trägheit haben den Fremdlingen die Kraft ihrer Arme, die Schärfe ihres Willens gelöst. So wird es auch diesen ergehen, den hochgewachsenen, blauäugigen Riesen. Ihre Kraft wird hinwegschmelzen von ihren dickfleischigen Leibern, und aus ihren Seelen die Kampflust. Und dann, – dann werden wir ihnen wieder abringen das Erbe der Väter.« So war es verkündet, so ist es geschehen.

Jahrzehntelang konnten unsere Pfeilschützen, unsere Speerschwinger, nicht bestehen vor den grimmen Feinden: aber dann sank ihre Kraft und oft haben wir sie zurückgejagt, drangen sie ein in die heilige Wüste. »Wann einst ein gleicher Stern,« verkündete mein Ahnherr,

»wiederkehrt, dann ist die Zeit der Fremdlinge verstrichen. Achtet darauf, von wannen wieder ein Geißelstern kommen wird: – denn von dannen kommt der Feind, der die Gelbhaarigen niederwehen wird.« Von Osten kam heute der Stern: – von Osten kommt der Sieger über Geiserichs Volk!

Wohl haben wir Kunde, daß der Kaiser die Vandalen mit Krieg überzieht, daß sein Heer gelandet ist im fernen Osten! Aber es stimmt nicht – das andere Zeichen! Wohl heißt G: – Gelimer – der blonde König. Aber J, Justinian, heißt ja der Kaiser der Romäer. Sprich, hast du vielleicht vernommen, wie sich der Römer Feldherr nennt?«

»Belisar.«

Da sprang der Greis auf. »Und B wird G, Belisar wird Gelimer vernichten! Sieh, wie blutrot der Geißelstern herniederglüht! Das bedeutet Schlachtenblut. Wir aber, Sohn meines Sohnes, wir wollen nicht die Hand dazwischenlegen, wann des Romäers Speer und des Vandalen Schwert widereinander gezückt sind. Leicht mag bis an den Aurasberg der Kampf sich hinziehn: wir weichen tiefer in die Wüste. Laß die Fremdlinge wüten widereinander und sich einer den andern verderben. Auch der Adler der Romäer wird nicht dauernd hier horsten. Auch ihnen, wie diesen Hochgewachsenen, wird der Stern des Unheils aufsteigen. Die Eindringlinge kommen – und vergehen: Wir, die Söhne des Landes, wir dauern. Gleich dem Sand unserer Wüste wandern wir vor dem Winde: aber wir vergehen nicht. Und wir kehren immer wieder. Das Land der Sonne bleibt den Sonnensöhnen. Und wie der Sand der Wüste die stolzen Steinbauten der Fremdlinge zudeckt und verschüttet, so verschütten wir, immer und immer wiederkehrend, das fremde Leben, das in unser Land sich drängt, darin es nie gedeihen kann. Wir weichen: – aber wir kehren wieder. –«

»Jedoch über zehntausend Männer unseres Volkes hat der bleiche König geworben zum Krieg. Was sollen diese thun?« – »Zurückgeben das Werbegeld! Verlassen der Vandalen götterverlassenes Heer! Zu allen Stämmen laß morgen meine Boten jagen mit diesem Befehl, wo ich befehlen, mit diesem Rate, wo ich raten kann.« – »Dein Rat ist Befehl, soweit der Sand der Wüste wandert. Allein mich schmerzt es um den Mann mit den traurigen Augen! Manchem der Unsrigen hat er wohlgethan, manchem unsrer Stämme ist er Gastfreund geworden, hat ihnen Gastrecht gewährt: was sollen diese dem Gastfreund erweisen?«

»Gastfreundschaft bis in den Tod! Nicht seine Schlachten schlagen, nicht seine Beute teilen wollen. Doch, kommt er zu ihnen, Schutz und Zuflucht zu suchen: – die letzte Dattel mit ihm teilen, den letzten Tropfen Bluts zu seinem Schutz vergießen. Auf, schlag an das Becken! – Wir brechen auf! noch eh die Sonne wacht. Entpflöcket die Kamele!« –

Der Greis stand hurtig auf.

Der Jüngling führte mit dem geschwungenen Krummsäbel einen Streich auf den bauchigen Kupferkessel, der an der Zeltthüre hing. Wie ein Haufe von aufgestörten Ameisen schwirrten die braunen Männer, Weiber, Kinder durcheinander. –

Als die Sonne über den Horizont emporstieg, war die Oase leer, öde, totenstill.

Im fernen Süden wirbelte eine Wolke von Staub und Sand, die der Nordwind immer tiefer landeinwärts zu treiben schien.

Viertes Kapitel

An Cethegus Prokopius.

»Wir rücken immer vor. Und zwar wie in Freundes Land. Unsere Helden, sogar die Hunnen, haben es begriffen, dank weniger meinem Lagerbefehl, als der handgreiflichsten Erfahrung, daß sie sich beim besten Willen nicht soviel Vorräte erplündern können mit Gewalt, als ihnen die Leute freiwillig zutragen, falls sie die Bauern bezahlen, nicht berauben. Belisar gewinnt alle Provinzialen durch Freundlichkeit und Güte. So kommen denn von allen Seiten die Colonen an unsere Lager, die wir, müssen wir im freien Felde übernachten, am Abend sorgfältig verschanzen, – und sie verkaufen uns alles, was wir gebrauchen, zu billigen Preisen.

Wo es aber angeht, übernachten wir in Städten, – so in Leptis und in Adrumetum. Der Bischof mit der katholischen Geistlichkeit zieht uns entgegen, sobald unsere hunnischen Reiter sichtbar werden. Die ›Senatoren‹, die vornehmsten Bürger folgen bald nach. Doch lassen diese sich gern ›zwingen‹. Das heißt: sie warten, bis wir auf dem Forum stehen: damit sie, falls wir doch noch alle miteinander von diesen unfindbaren Feinden ins nahe Meer geworfen werden sollten, bevor wir Karthago erreichen, sich auf unsere grausame Gewalt berufen können für ihre Freundlichkeiten gegen uns. Noch hab' ich, – ein paar katholische Geistliche abgerechnet, – keinen Römer in Afrika gesehen, vor dem ich Achtung spürte. Ich meine fast, sie, die Befreiten, sind noch weniger wert als wir, die Befreier.

_____

Wir legen täglich im Durchschnitt zehn Meilen – zehntausend Schritt – zurück. Heute kamen wir von Adrumetum über Horrea bis Grasse: – noch etwa vierundvierzig römische Meilen von Karthago: – ein herrlicher Lagerplatz! Unser Staunen wächst von Tag zu Tag, je mehr wir die Üppigkeit dieser Provinz Afrika kennen lernen: sie übertrifft alle

Schilderung, jede Erwartung. Wahrlich, unter diesem Himmel, in dieser Landschaft nicht erschlaffen, – das mag Menschenkraft übersteigen. Und dieses Grasse! Hier ist ein Landhaus: – richtiger ein stolzer, säulengetragener, marmorglänzender Palast des Vandalenkönigs, umgeben von Lustgärten, derengleichen ich nirgend, in Europa oder Asien, geschaut! Rings sprudeln, durch kunstvolle Leitungen hergeführt aus weiter Ferne oder auch durch die zauberkundigen Quellsucher aus dem Sandboden erbohrt, köstliche Brunnen. Und welche Fülle von Bäumen! Und darunter keiner, der nicht die Zweige biegt, unter der Last der herrlichsten Edelfrüchte! Unser ganzes Heer lagert in diesem Fruchthain, unter diesen Wohlthat spendenden Bäumen: jeder Soldat ersättigt sich reichlich und jeder hat sich den Lederranzen gefüllt: – denn morgen in aller Frühe geht es wieder fort – und doch ist kaum eine Minderung wahrzunehmen. Überall welche Fülle von Reben! – Alles ringsum voll von Trauben! Viele, viele Jahrhunderte lang, bevor ein Scipio dies Land betrat, haben fleißige Phöniker hier, zwischen Meer und Wüste, die sorgfältig beschnittene Rebe, niedrig gehalten, reihenweise an wenig Fuß hohen Stäblein gezogen. Hier wächst der beste Wein in ganz Afrika: aus ihren Helmen sollen ihn die Vandalen – ungemischt! – in großen Zügen trinken. Ich nippte nur an dem fast schwarzroten Getränk, das mir Agnellus zur Hälfte mit Wasser versetzen muß: – und doch fühle ich mich schläfrig. – Ich mag nicht mehr schreiben! Schlafe wohl, Cethegus, im fernen Rom! Schlaft wohl, ihr meine Kriegsgenossen! – Noch einen halben Becher: es mundet gar zu gut! – Schlaft wohl – der Wein macht gutmütig! – schlaft auch ihr wohl, Barbaren! Es ist gar so behaglich hier! – Das Gemach, das mir zugeteilt worden – die Sklaven, lauter Römer und Katholiken – sind nicht geflüchtet vor uns und bedienen uns mit eifrigster Beflissenheit – ist gar schön mit Wandmalereien geziert. Das Bett ist so weich und bequem! Vom Meere her weht ein kühler Wind durch die offenen Fensterbogen. – Noch einen Viertelbecher darf ich wagen! – Und heute Nacht, liebe Barbaren, wo möglich: keinen Überfall! Schlafet ihr wohl, Vandalen, auf daß auch ich süß schlafen kann. Ich glaube fast, schon hat mich die afrikanische Krankheit ergriffen: die Scheu vor jeder Anstrengung.

––––––––––––

Vier Tagemärsche seit dem Wundergarten von Grasse. Wir übernachten im Freien. Morgen erreichen wir Decimum, nicht mehr ganz neun römische Meilen von Karthago: und noch nicht Einen Vandalen haben wir gesehen. –

Es ist spät Abend. Schon leuchten weithin unsere Lagerfeuer: ein schöner Anblick! Etwas Ahnungsvolles liegt in der weichen, dunkeln Luft. Rasch sinkt die Nacht unter den fernen Bäumen im Westen. Da klingen die schrillen Hörner unserer Hunnen. Ich sehe ihre weißen Schafspelzmantel verschwinden. Sie beziehen die Wachen auf allen drei Seiten. Zur Rechten, im Nordosten, deckt uns ja das Meer und unsere Flotte. Das heißt: heute noch! Morgen sollen die Schiffe nicht, wie bisher, unseren Zug begleiten können, wegen der Klippen des Vorgebirges des Merkur, die hier weit hinausgehen vom Gestade, und welche sie umsegeln müssen. Belisar befahl daher dem Quästor Archelaos, der die Flotte befehligt, sich nicht an Karthago selbst zu wagen, sondern, nach Umschiffung des Vorgebirges, vor Anker zu gehen und weitere Befehle zu erwarten. Da wir nun also morgen zum erstenmal ungedeckt von den treuen Begleitern, den Schiffen, vorrücken müssen, auch der Weg vor Decimum durch schlimme Engen führen soll, hat Belisarius die Zugordnung für morgen sorgfältig im voraus festgestellt und sie schriftlich allen Führern, heute Abend schon, zugehen lassen, morgen früh beim Aufbruch Zeit zu sparen.

Die Tuba weckt die Schläfer mit kriegerischem Ton. Wir brechen auf. Ein Adler fliegt von Westen her aus der Wüste über unser Lager.

Es verlautet, auf unsern alleräußersten Vorposten im Westen habe in der Nacht das erste Zusammentreffen mit ein paar feindlichen Reitern stattgefunden. Einer unserer Hunnen sei gefallen, und einer ihrer Geschwaderführer, Bleda, werde vermißt. Allein ich konnte nichts Bestimmtes erfahren. Wohl nur ein Lagergerücht, wie es die Ungeduld der Erwartung schon ein paarmal ausgeheckt hat. Heute Nacht kommen wir also nach Decimum: – morgen Nacht vor die Thore von Karthago: – und wo bleiben die Vandalen?«

Fünftes Kapitel

Als Prokopius diese Zeilen schrieb, waren ihm die Gesuchten viel näher als er ahnte.

Die ersten Strahlen der Morgensonne schossen aus dem Meer empor, glitzerten auf den Wellen und leuchteten über den gelbbraunen Sand des Wüstensaumes hin, da jagte in das Lager des Königs, ein paar Stunden südwestlich von Decimum, hastig ein Dutzend vandalischer Reiter herein. Gibamund, der sie geführt, und Ammata, der junge, sprangen von den Rossen. »Was bringt ihr?« riefen sie die Lagerwachen an. »Sieg,« erwiderte Ammata. »Und einen Gefangenen,« fügte Gibamund bei.

Sie eilten, den König zu wecken. Aber dieser trat ihnen, vollgerüstet, aus seinem Zelt entgegen. »Ihr seid mit Blut besprengt – beide – auch du, Ammata! – Bist du verwundet?« Bange Sorge zitterte in seiner Stimme. »Nein!« lachte mit leuchtenden Augen der schöne Knabe. »Es ist Feindesblut!« »Das erste, das vergossen wird in diesem Krieg,« sprach der König tief ernst – »befleckt *deine* reine Hand! O hätt' ich nicht eingewilligt! –« »Das wäre sehr schade gewesen,« rief Gibamund dazwischen. »Unser Kind hat seine Sache gut gemacht! – Geh, Kleiner, hole Hilde herbei aus meinem Zelt, indes ich berichte. – Also! – Lange genug haben wir's mit knirschender Ungeduld ertragen, daß du uns gar so fern hieltest von den Feinden, nur in weitem Abstand, ungeahnt von ihren äußersten Posten, ihren Zug begleitend. Als du nun diese Nacht endlich verstattetest, ihnen näher als sonst in die Flanke zu reiten, um zu erforschen, ob sie wirklich heute, ungedeckt von der Flotte, auf Decimum marschieren und also nach Mittag durch die ›Enge Straße‹ ziehen werden. Du meintest, wenn wir ohne viel Lärm einen Gefangenen einbringen könnten, um ihn auszuforschen, so wäre das erwünscht. Wohlan, wir haben nicht nur einen Gefangenen, wir haben mehr: einen wichtigen Streifen Pergament haben wir bei ihm gefunden! – Und das ist gut: denn der Mann verweigert jede Auskunft. – Siehst du, da bringen sie ihn. Dort kommen Thrasarich und Eugenia! – Und da zieht schon Ammata an der Hand Hilde herbei!« »Willkommen,« rief die junge Frau dem Geliebten entgegen. Doch wehrte sie schämig seiner Umarmung. Denn bereits stand der Gefangene vor dem König: finstere Blicke schoß er, die Hände auf den Rücken gebunden, unter buschigen Brauen auf die Vandalen, – zumal aber auf Ammata: – von seiner linken Wange sickerte das Blut auf das weiße Schaffell, das seine Schultern bedeckte; auch sein Untergewand – es reichte nur bis an die Kniee – war von ungegerbtem Leder; seine Füße waren unbeschuht; der rechten Ferse war mit Riemen ein mächtiger Sporn angeschnallt; vier goldene Zierscheiben, wie sie, unseren Ordenszeichen vergleichbar, zur Ehrung tapferer Thaten, vom Kaiser und dessen Feldherrn verliehen wurden, waren auf dem aus sehr dickem Leder gefertigten Brustpanzer angeheftet.

»Wir ritten also, nur eine Zehnschaft Vandalen hinter uns und zwei Mauren, gegen Mitternacht aus dem Lager in der Richtung gegen die ferne Helle, welche die feindlichen Wachtfeuer verbreiteten, uns vorsichtig deckend hinter den langgestreckten Sandhügeln, die, halbe Stunden lang gedehnt, rasch häufend und bald wieder abwehend, der stets geschäftige Wind der Wüste auswirft, zumal an deren Saum. Unter dem Schutz dieser Deckung gelangten wir unvermerkt so weit gegen Osten, daß wir im Schein eines Wachtfeuers, das wohl zur Verscheuchung der wilden Tiere angezündet war, – auf Pfeilschußweite – vier Reiter gewahrten. Zwei hockten kauernd auf ihren kleinen Gäulen, die Bogen gespannt, scharf ausspähend nach Südwesten, woher wir gekommen waren; zwei andere waren abgestiegen: sie lehnten an dem Bug ihrer Pferde: die Spitzen ihrer Lanzen funkelten im flackernden Feuerschein.

Ich winkte nun den beiden Mauren, die ich mitgenommen hatte für diesen lustigen Streich. Geräuschlos glitten sie von ihren Rossen, legten sich platt auf den Bauch und krochen so, im Finstern auch in großer Nähe von dem Sandboden sich nicht abhebend, auf allen Vieren in weitem Bogen, der eine nach links, der andere nach rechts ausbiegend, um das Feuer und die Wachen herum, bis sie diesen im Nordwesten und im Nordosten standen. Aus unsern Augen waren sie sehr bald verschwunden, denn sie huschen so rasch wie die Eidechsen.

Alsbald hörten wir jenseits im Norden des Wachtfeuers, den heisern, drohenden Schrei der beutewitternden Leopardin, die mit ihren Jungen auf nächtliche Raubfahrt auszieht. – Sofort antwortete der Alten der bittende, heischende Ruf des Jungen: – die vier Pferde der Wachen scheuten empor, sträubten die Mähnen: – näher drang der Schrei der Leopardin: da wandten sich die Fremden alle vier: – sie hatten solch Geschrei wohl nie gehört! – nach der Richtung des Schalles. Hoch bäumte sich des einen Gaul: – der Reiter wankte, hielt sich an der Mähne – der zweite wollte ihm helfen, griff jenem in den Zügel, da entfiel ihm der Bogen: – diesen Augenblick der Verwirrung benützend jagten wir – in tiefster Stille – hinter dem Sandhügel hervor. Wir hatten die Hufe der Pferde mit Tüchern umwickelt: – fast unbemerkt erreichten wir sie –: erst dicht am Feuer gewahrte uns einer der Berittenen:»Feinde!«schrie er und sprengte davon. Der andre Berittene folgte ihm. Der dritte gelangte nicht mehr aufs Pferd: ich erstach ihn, als er aufspringen wollte. Aber der vierte – dieser hier, der Führer! – war im Nu auf dem Rücken seines Tieres, rannte die beiden Mauren, die ihm den Weg verlegen wollten, über den Haufen und wäre entkommen. Aber Ammata hier, unser Kind – «

Er wies auf den Knaben: da fletschte der Gefangene grimmig die Zähne.

»Schoß ihm nach wie ein Pfeil auf seinem weißen Rößlein ... –«

»Dem Pegasus!« rief Ammata dazwischen. »Weißt du, Bruder, aus dem letzten Maurenkrieg hast du ihn mir mitgebracht. Er saust wirklich wie auf Schwingen dahin!« »Erreichte ihn, überholte ihn und, bevor einer von uns dabei helfen konnte, hatte er mit raschem Doppelhieb ... –« – »Du, Gelimer, hast ihn mich gelehrt!« jubelte – er konnte nicht mehr an sich halten – Ammata mit blitzenden Augen. »Des Kurzschwerts dem Feind den langen Speer zur Seite geschlagen und sofort einen sausenden Hieb über die Wange gestrichen. Der tapfere Mann aber verbiß den heißen Schmerz, ließ den Speer fallen und fuhr mit der Hand an die Streitaxt in seinem Gürtel. – Da warf ihm unser Kind die Schlinge um den Hals ... –«»Du weißt: – den Antilopenwurf!« rief Ammata Gelimer zu.»Und riß ihn mit einem Ruck vom Gaul herab.«

Gibamund hatte dies in vandalischer Sprache erzählt. Aber der Gefangene hatte an den begleitenden Bewegungen alles verstanden: er schrie jetzt – im Latein des Lagers: – »In einen Hund soll die Seele meines Vaters fahren, wird das nicht gerächt! Mich – Attilas Urenkelkind! – Mich! Ein Knabe vom Rosse zerren! Mit einer Schlinge! Bestien fängt man so, nicht Krieger!« – »Ruhig, Freundchen,« antwortete, vor ihn hin tretend, Thrasarich.»Es geht ein gut alt Wort durch alle Gotenvölker: ›schone lieber den Wolf als den Hunnen.‹ Übrigens fängt man so auch den königlichen Vogel Strauß, wenn man ihn nämlich einholt. So ist auch dir's keine Schande.« Und lachend schob er sich den schweren Helm mit dem Bärenhaupt zurecht.

»Wir waren nun zur Stelle,« schloß Gibamund,»banden den Mann, der sich wehrte wie ein Eber, und rissen ihm diesen Pergamentstreif, den er verschlucken wollte, aus den Zähnen.« Der Gefangene stöhnte.»Wie heißt du?« fragte der König, das Pergament durchfliegend. »Bleda.« – »Wie stark ist euer Heer an Reitern?« – »Geh hin und zähle sie.« – »Freund Heune,« drohte Thrasarich,»ein König spricht zu dir. Sei artig, Wölflein. Sag hübsch, um was man dich befragt! Oder ... –« Trotzig trat der Gefangene vor Gelimer und sprach:»diese Goldscheibe hat mir der große Feldherr dargereicht mit eigner Hand nach unserm dritten Sieg über die Perser. Glaubst du, ich werde Belisar verraten?« – »Führt ihn ab!« winkte Gelimer.»Verbindet seine Wunde! Pflegt ihn gut!« Einen Blick voll tödlichen Hasses warf der Hunne noch auf Ammata, dann folgte er seinen Wächtern.

Gelimer blickte nochmal auf das Pergament:»Mein Knabe,« sagte er dann,»ich danke dir! Du hast uns fürwahr nichts Geringes eingebracht: die Zuordnung der Feinde für heute. Folgt mir, meine Feldherren in mein Zelt: dort sollt ihr meinen Angriffsplan vernehmen. Wir brauchen das Eintreffen der Mauren nicht abzuwarten. Ich meine, wenn uns der Herr nicht zürnt – aber keine sündhafte Überhebung! – O Ammata, wie froh bin ich, dich lebend wieder zu haben. Ich hatte, nachdem du fortgeritten, einen blutigen Traum von dir. Einmal hat dich Gott mir zurückgegeben: – nicht versuche ich ihn ein zweites Mal.« – Er trat rasch dicht an Ammata heran und sprach, ihm die Hand auf die Schulter legend, mit strengstem Ton: »Höre, ich verbiete dir, heute mitzukämpfen.« – »Was?« schrie Ammata, auffahrend. Er ward sehr bleich.»Das ist nicht möglich! Gelimer, – ich flehe –« »Still,« gebot dieser, die Stirne furchend, »gehorche!« »Ei,« meinte Gibamund, »ich dachte, du kannst ihn gewähren lassen. Er hat gezeigt ... –« »O Bruder, Bruder,« rief Ammata – und Thränen stürzten ihm aus den Augen. –

»Womit hab' ich die Strafe verdient?« »Ist das sein Dank für die That dieser Nacht?« mahnte Thrasarich. »Schweigt alle,« gebot Gelimer streng. »Es bleibt dabei. Er kämpft nicht mit. Ist er doch noch ein Knabe ...–« Ammata stampfte zornig mit dem Fuß. »Und, o mein Liebling,« fügte Gelimer hinzu, den heftig Widerstrebenden in die Arme schließend – »laß mich's nur gestehen: – so zärtlich lieb' ich dich, so allzu zärtlich, daß mich die Sorge um dich mitten im Kampfe nicht einen Augenblick verlassen würde. Und ich brauche all' meine Gedanken für den Feind ... –« »So laß mich an deiner Seite kämpfen, schütze du selbst mich!« – »Ich darf nicht! Ich darf nicht an dich, an Belisar muß ich denken.« – »Wahrlich,« sprach Hilde, leidenschaftlich bewegt, »er dauert mich in tiefster Seele, Ich bin ein Weib – und mir wird's schwer genug, euch nicht zu folgen. Und nun ein fünfzehnjähriger Knabe!« Da zog Eugenia sie ängstlich am Gewand zurück, streichelte leise und küßte ihre Hand. Allein Hilde fuhr fort, den Knaben an sich ziehend und über sein goldlockig Haar streichend: »Es ist aber Pflicht! 's ist Heldenpflicht, daß jeder Mann, der es *kann* – und nun zumal ein Sohn des Königshauses – kämpfe für sein Volk. Dieser kann's: er hat's gezeigt. So weigre ihn nicht seinem Volke. Mein Ahnherr lehrte mich: »Nur wer fallen *soll*, – der *fällt!*« »Sündhaftes Heidentum!« zürnte der König. – »Wohlan, so laß mich christlich zu dir reden. Ist das dein Gottvertrauen, Gelimer? Wer ist in beiden Heeren so schuldlos wie dies Kind? O König, ich bin nicht so fromm wie du: aber so viel Vertrauen setz' ich in den Himmelsgott, daß er in unsrer gerechten Sache diesen Knaben schützen wird. Ja, fiele dieser reinste, holdeste Sprößling des Asdingenhauses: – es wäre wie ein Urteil Gottes, daß wir wirklich verworfen sind vor seinem Angesicht!« »Halt ein,« schrie der König schmerzlich. »Wühle nicht in den tiefsten Wunden meiner Brust. Wenn er nun doch fällt? Wenn wirklich ein Urteil Gottes, wie du es nanntest, so grausig gegen uns ergeht? Wohl ist er schuldlos, soweit es Menschen sein mögen. Aber hast du vergessen das fürchterliche Drohwort – von der Väter Missethat? Erlebte ich *das*: – ich sähe darin den Rachefluch erfüllt und ich glaube, ich verzweifelte.« Hastig ging er auf und nieder. Da flüsterte Gibamund seiner Gattin zu, welche schweigend, aber zornig das stolze Haupt schüttelte: »Laß ihn! Solche Sorge in des Oberfeldherrn Haupt schadet mehr, als zwanzig Knabenspeere nützen.«

»Aber,« rief Ammata trotzig, »Pfeile fliegen weit! Wenn ich, wie ein elender Feigling, hinter euren Reihen halte, – auch hier im Lager, wenn die Feinde siegen, kann ich fallen: in Gefangenschaft würd' ich freilich nicht geraten!« schloß er grimmig, an den Dolch greifend und das Haupt in den Nacken werfend, daß die hellen Locken über die lichtblaue Schulterbrünne rieselten. »Steck mich doch lieber gleich in eine Kirche, – aber in eine katholische! – frommer König, da wäre vollends Asyl.«

»Ja, einsperren werd' ich dich,« sprach Gelimer jetzt scharf, »du ungebärdiger Bube. Für diese kecke Hohnrede giebst du sofort die Waffen ab. – Sofort! Nimm sie ihm, Thrasarich! – Du, Thrasarich, wirst von vorn, von Decimum her, die Feinde angreifen. In Decimum steht eine katholische Kirche: sie ist den Byzantinern unverletzlich: dort hältst du während des Gefechts eingesperrt den Knaben, der ein Krieger sein will und seinem König zu gehorchen noch nicht gelernt hat. Im Fall des Rückzugs nimmst du ihn mit dir. Und höre, Thrasarich, du hast in jener Nacht – im Hain – gelobt, Vergangenes gut zu machen ... –« »Ich meine, er hat's gethan,« rief unwillig Hilde. »Wessen Scharen,« fügte Gibamund bei, sind die best geübten? Wer hat Gold, Waffen, Rosse gespendet wie er?« »Mein König,« sprach Thrasarich, »nichts hab' ich bisher gethan. Gieb mir heute Gelegenheit ... –« »Du sollst sie finden! Auf dich verlaß ich mich! – Zumal, daß du nicht durch Ungestüm, durch allzufrühen Angriff mir den ganzen Plan verdirbst. – Und diesen bösen Buben,« sprach er zärtlich, »bind' ich dir auf die Seele! – Du hältst ihn fern vom Kampf: – du bringst ihn mir heil und unversehrt nach dem Sieg, auf den ich sicher zähle. Dir überweis ich auch alle Gefangenen, darunter die Geiseln aus Karthago; denn im Falle des Rückzuges bist du dem Ziel desselben – ihr erfahrt es gleich – am nächsten: die Gefangenen sind daher bei dir am sichersten verwahrt. Ich vertraue dir Ammata, meinen Augapfel, weil – nun weil du – mein tapferer, treuer Thrasarich bist.« Und er legte ihm beide Hände auf die breiten Schultern. »König,« sprach der Riese und sah ihm fest in die Augen, »du siehst ihn wieder, lebend und unversehrt, oder du siehst auch Thrasarich nicht mehr!«

Eugenie fuhr zusammen.

»Ich danke dir! Jetzt kommt, ihr Männer, in das Zelt, um den Schlachtplan zu vernehmen.«

Sechstes Kapitel.

An Cethegus Prokopius.

»Wirklich: wir leben noch! Und übernachten in Decimum! Aber wenig, sehr wenig fehlte daran und wir übernachteten alle miteinander bei den Haien auf dem Grunde des Meeres. Noch niemals, sagt Belisar, war ihm die Vernichtung so nahe. Die furchtbarste Gefahr hat dieser geheimnisdunkle König über uns gebracht durch seinen ausgezeichneten Angriffsplan. Und als derselbe schon gelungen war, da hat nur er, der König selber, seinen Sieg vereitelt und uns gerettet aus dem sichersten Verderben.

Ich stelle kurz zusammen über die letzten Ereignisse, was wir selbst wahrgenommen, was durch die Bewohner von Decimum, was durch die gefangenen Vandalen erfahren haben. –

Der König hatte, – unbemerkt von uns, – unseren Marsch seit unserer Landung begleitet. Den Ort, wo er uns plötzlich überfiel, hatte er weise lang voraus gewählt: Belisar sagt, nicht sein großer Nebenbuhler Narses hätte es meisterhafter anlegen können. Sowie wir aus dem letzten Lager vor Decimum aufbrachen, versagte uns, wie bemerkt, die Sicherung unserer rechten Flanke durch die Flotte: traf uns ein übermächtiger Stoß von Westen – hier warf er uns nicht, wie auf dem ganzen bisherigen Weg, auf unsere hilfreichen Schiffe, – er warf uns von der hart an der Küste auf den steilen Strandhügeln hinziehenden Straße jäh ins Meer. Vor Decimum, einem kleinen offenen Ort, verengt sich die Straße sehr. Das heißt: hohe Berge, über deren losen, von der Wüste her aufgewehten Sand nicht Mensch, nicht Roß schreiten kann, ohne fußtief zu versinken, treten von Südwesten an die schmale Straße heran: hier sollten wir von allen drei Seiten zugleich angegriffen und in das Meer zu unserer Rechten, im Osten, geworfen werden.

Ein Bruder des Königs, Gibamund, sollte mit zweitausend Mann von Westen her auf unsere linke Flanke sich stürzen, ein Edeling von Norden, von Decimum, her, mit stärkeren Kräften unsere Stirnseite angreifen: der König mit der Hauptmacht wollte uns von Süden her in den Rücken fallen.

Belisar hatte unsere Zugordnung für diesen gefährlichen Teil des Weges vorsichtig festgestellt: zweiundeinehalb römische Meile voraus schickte er Fara mit seinen tapferen Herulern und mit dreihundert erlesenen Leibwächtern. Sie sollten die »Engstraße« zuerst allein durchziehen und sofort jede Gefahr rasch rückwärts melden an die Hauptmacht, die Belisar führte: auf unsere linke Flanke aber wurden die Hunnenreiter entsendet und fünftausend Mann des trefflichen thrakischen Fußvolks unter ihrem Führer Althias, jeden von dorther drohenden Angriff zunächst aufzuhalten und Belisar zu berichten, um Überraschung der Hauptmacht während des Marsches zu verhüten.

Da geschah es nun zu unserem großen Glücke, daß der Angriff von Norden, von Decimum her, viel zu früh erfolgte.

Gefangene sagen aus, ein jüngerer Bruder des Königs, fast noch ein Knabe, habe gegen Gelimers Befehl am Kampfe teilnehmend, mit wenigen Reitern sich aus Decimum hervor auf die Unsrigen geworfen, sowie er ihrer nur ansichtig ward. Da habe der Edeling ihn heraushauen wollen – um jeden Preis – und habe nun mit der geringen Macht, die er bei sich hatte, – ebenfalls um vier Stunden zu früh angegriffen, nur Boten nach rückwärts, nach Karthago, entsendend, die seine noch weit entfernte Hauptmacht eilig heranholen sollten.

Der Jüngling und der Edeling leisteten der Übermacht verzweifelten Widerstand. Zwölf der tapfersten Leibwächter Belisars, wetterfeste

Männer des Vorderkampfes, wurden von ihnen erschlagen. Endlich fielen beide. Und nun, des Führers verwaist, warfen die vandalischen Reiter die Rosse herum und, in sinnloser Flucht entschart, rannten und ritten sie alles über den Haufen, was in ihrem Rücken, von Karthago her, zu ihrer Verstärkung heranzog – freilich verzettelt in kleinen Haufen von dreißig, vierzig Mann. – Nach jagte mit den raschen Herulern Fara in grimmiger Verfolgung, alles, was er erreichte, niedersäbelnd, über achttausend Schritte weit, bis vor die Thore von Karthago. Die Vandalen, die tapfer gefochten, so lang sie des Asdingen und des Edelings Beispiel im Vorderkampf vor Augen gesehn, warfen jetzt die Waffen weg und ließen sich schlachten: viele Tausend Tote fanden wir später auf der Straße und auf den Feldern zur Linken.

Nachdem dieser erste Anlauf der Vandalen schon lange zum Verderben der Angreifer ausgeschlagen war, traf, ohne Nachricht hiervon, Gibamund, genau sich an die ihm bestimmte Zeit haltend, mit seiner Schar fünftausend Schritte westlich von Decimum bei dem »Salzfeld« – dem Wüstenanfang sonder Baum und Strauch – auf der Hunnen und Thraker erdrückende Übermacht: ohne jede Hilfe von Karthago und Decimum her, scheiterte sein Stoß völlig: fast alle seine Leute fielen: den Führer sah man stürzen: niemand weiß, ob lebend oder tot.

Einstweilen rückten wir, ganz unkundig des Geschehenen, mit der Hauptmacht auf der Straße nach Decimum heran. Da Belisar etwa viertausend Schritt vor diesem Ort einen günstigen Lagerplatz fand, machte er Halt. – Daß der Feind in der Nähe sein müsse, ahnte er: das Verschwinden der beiden Hunnen in der Nacht hatte ihn stutzig gemacht. Er schlug ein wohl befestigt Lager und sprach zu dem versammelten Heer:»der Feind muß nahe sein. Greift er hier an, wo uns die Flotte fehlt, so liegt unsere Rettung nur im Sieg: sind wir geschlagen, nimmt uns keine Burg, keine feste Stadt auf: das Meer, das da unten brandet, verschlingt uns. Das verschanzte Lager ist unser einziger Schutz und in unserer Faust das vielerprobte Schwert. Kämpfet wacker, denn es gilt das Leben wie den Ruhm.«

Nun ließ er das gesamte Fußvolk mit allem Gepäck und Gerät im Lager als letzten Rückhalt und führte die ganze Reiterei heraus gegen Decimum. Denn er wollte nicht sofort alles aufs Spiel setzen, sondern erst durch ein plänkelnd Reitergefecht Stärke und Plan der Barbaren erkunden. Er schickte die Hilfsreiterei voraus und folgte mit den übrigen Geschwadern und seinen berittenen Leibwächtern. Wie die Hilfsreiterei Decimum erreichte, stieß sie auf die hier gefallenen Byzantiner und Vandalen: ein paar Einwohner, die sich in den Häusern versteckt gehalten – die meisten waren nach Karthago entflohen, als sie merkten, daß ihr Flecken zum Kampfplatz ausersehen – berichteten ihnen, was hier geschehen.

Freiwillig stellte sich hier den Unsrigen ein wunderbar schönes Weib, – sieht aus wie die Sphinx von Memphis! – die Besitzerin der größten Villa zu Decimum. Sie war es, die uns den Tod des Edelings erzählte, den sie mit angesehen. Er fiel vor ihrem Haus unter ihren Augen.

Die Führer berieten nun, unschlüssig, ob sie vorrücken, halten oder zu Belisar zurückkehren sollten. Zuletzt zog sich die ganze Hilfsreiterei etwa zweitausend Schritt westlich von Decimum, um hier von den hohen Sandhügeln aus nach allen Seiten freiere Ausschau zu gewinnen. Siehe, da stieg von Süd-Süd-West aus – also von ihrem und von Belisars Rücken und linker Flanke her – eine mächtige Staubwolke empor und bald blitzten daraus hervor die Waffen und Feldzeichen einer ungeheuren Reiterschar. Sofort schicken sie zu Belisar: er möge herbeifliegen: der Feind sei da.

Inzwischen kamen die Barbaren näher, geführt von Gelimer. Sie zogen auf einer Straße zwischen Belisars Hauptmacht im Osten und den Hunnen und Thrakern, unserem linken Flügel, welche Gibamund geschlagen und weit nach Westen hin verfolgt hatten. Aber die hohen Hügel neben jener Straße hemmten Gelimers Blick, so daß er das Schlachtfeld Gibamunds nicht übersehen konnte. Byzantiner und Vandalen trachteten nun, sobald sie einander ansichtig geworden, wetteifernd den höchstragenden, die ganze Gegend beherrschenden jener Hügel noch vor dem Gegner zu erreichen und die Krone zu besetzen. Die Barbaren waren zuerst oben und von dem Hügel herab stürzte sich nun König Gelimer mit solcher Gewalt auf die Unsern, die Hilfsreiterei, daß diese, von Schrecken ergriffen, in wilder Auflösung zurückflohen in der Richtung nach Osten, nach Decimum.

Etwa neunhundert Schritt westlich vor Decimum stießen die Flüchtlinge auf ihren starken Rückhalt, auf eine Schar von achthundert berittenen Schildträgern, geführt von Belisars Leibwächter Velox. Der Feldherr und wir alle, die wir mit Schrecken die Flucht unserer Hilfsreiter gesehen, trösteten uns der Hoffnung, Velox werde die Geworfenen aufnehmen, zum Stehen bringen und mit ihnen dem Feind entgegenrücken. Aber o Schmach und Entsetzen! Die Wucht der heranbrausenden Vandalen war so gewaltig, daß die Geworfenen und die Schildträger miteinander den Anprall gar nicht abwarteten, sondern die ganze Menge, untereinander gemischt, ergriff die Flucht und jagte entschart zurück, auf Belisar zu.

Der Feldherr sagte, er habe in diesem Augenblick sich und uns alle für verloren erachtet: »Gelimer,« sprach er am Abend bei dem Nachtmahl, »hatte den Sieg in Händen. Warum er ihn – freiwillig! – wieder fahren ließ – ist unerklärlich. Hätte er die Fliehenden verfolgt, er hätte mich und meine ganze Schar über den Haufen und in das Meer gerannt: – so groß war der Schreck der Unserigen und die Kraft des vandalischen Ansturms: dann waren auch Lager und Fußvolk unrettbar verloren. Oder, hätte er sich auch nur von Decimum nach Karthago zurückgewendet – ohne Widerstand hätte er Fara und dessen Leute vernichtet, die, keines Angriffs vom Rücken her gewärtig, einzeln oder paarweise, entlang der Straße und in dem Gefild zerstreut, die Erschlagenen plünderten. Und im Besitz von Karthago hätte er unsere dort in der Nähe verankerten – unbemannten! – Schiffe leicht genommen und uns jede Hoffnung auf Sieg oder Rückzug abgeschnitten.

Aber König Gelimer that keines von beiden!

Plötzliche Lähmung befiel seine soeben noch alles vor sich niederwerfende Stoßkraft.

Gefangene erzählten uns, wie er den Hügel herabsprengte, all den Seinigen weit voran seinen Falben spornend, erblickte er in dem engen Paß bei dem Südeingang von Decimum, zuerst von allen auf dem Wege liegen die Leiche seines jungen Bruders. Da, mit gellendem Weheschrei sprang er vom Roß, warf sich über den Leib des Knaben und hemmte so die Verfolgung der Seinigen, deren vorderste Rosse, von den Reitern mit Mühe zurückgerissen, auf daß sie den König nicht mit ihren Hufen zerstampften, sich bäumten, stiegen, nach rückwärts überschlugen, die nächst Folgenden in Verwirrung, die ganze Verfolgung aber zum Stehen brachten. Der König hob den von Blut und Sandstaub bedeckten, vielfach zerfetzten Leichnam – denn die Flucht unserer Reiter war über ihn hingerast – in seine Arme, brach aufs neue in Wehklagen aus, hob ihn auf sein Roß und befahl, selbst mit Hand anlegend, ihn, abseit der Straße, mit königlichen Ehren zu bestatten. Wohl währte das Ganze nicht eine Viertelstunde. Aber diese Viertelstunde entriß den Barbaren den schon gewonnenen Sieg.

Denn einstweilen sprengte Belisar unseren Flüchtlingen entgegen, donnerte ihnen mit seiner rollenden Löwenstimme sein allbezwingend ›Halt‹ entgegen: zeigte ihnen, den Helm abhebend, sein zornflammend Antlitz, das die Seinen mehr fürchten als aller Barbaren Speere, brachte die Tiefbeschämten zum Stehen, ordnete sie – unter furchtbarem Schelten! – so gut es in der Eile gehen wollte und, nachdem er über die Stellung der Barbaren und ihre Stärke alles erfahren, was er wissen mußte, führte er uns zum Angriff auf Gelimer und die Vandalen.

Sie hielten ihn nicht aus. Die plötzliche rätselhafte Lähmung ihres Vordringens hatte sie verwirrt, bestürzt, entmutigt: auch war ihre beste Kraft bei jenem Gewalttritt erschöpft worden. Furchtbar, auch uns belästigend, brannte die Sonne Afrikas herab. Auf den ersten Anlauf durchbrachen wir ihre Reihen. Sie wandten sich und flohen Den König, der sie hemmen wollte, riß ihr Gewühl mit fort: aber nicht nach Karthago, auch nicht nach Byzacene, nach Südwesten, von wannen sie gekommen waren, sondern nach Nordnordwest, auf der Straße, die nach Numidien, nach der Ebene von Bulla führt, nahm ihre Flucht die Richtung: – ob nach Befehl des Königs oder ohne, gegen solchen, wissen wir noch nicht.

Wir richteten unter den Fliehenden ein großes Blutbad an: erst die Nacht machte der Verfolgung ein Ende. Als, bei voller Dunkelheit, die Fackeln angezündet wurden und die Wachtfeuer, trafen von Norden Fara und die Heruler, von Westen Althias mit Hunnen und den Thrakern wieder bei uns ein und wir übernachteten sämtlich in Decimum, feiernd drei Siege Eines Tages: über den Edeling, über Gibamund und über den König.«

Siebentes Kapitel

Die fliehenden Vandalen hatten, Karthago weit zur Rechten liegen lassend, die bei Decimum von der Straße nach dieser Hauptstadt gen West-Nord-West abbiegende numidische eingeschlagen.

In dieser Richtung waren auch die zahlreichen Frauen und Kinder, die das unsichere Karthago schon vor vielen Tagen verlassen und das Heer begleitet hatten, aus dem Lager der letzten Nacht bereits am Morgen aufgebrochen und unter guter Bedeckung nach dem kleinen Ort: *»castra vetera«* gebracht worden, der einen halben Tagemarsch vom Schlachtfeld entfernt lag. Hier trafen die vorausgeschickten Frauen und ihre Bedeckung mit den Flüchtlingen von Decimum etwa zwei Stunden vor Mitternacht zusammen: die Verfolgung hatte schon mit Einbruch der vollen Dunkelheit aufgehört. Um den Flecken herum lagerte das Heer im Freien: in den nicht zahlreichen, von den Frauen aus dem früheren Lager mitgeführten Zelten und in den dürftigen Hütten des Ortes wurden die vielen Verwundeten und die Großen des Heeres untergebracht. In einem jener Zelte lag, auf Decken und Kissen ausgestreckt, Gibamund; neben ihm kniete Hilde, eifrig beschäftigt, den Verband des Fußes zu erneuen, sobald sie damit zu Ende, wandte sie sich Gundomar zu, der auf der andern Seite des schmalen Gelasses saß, das verbundene Haupt auf die Hand gestützt. Blut sickerte aus seinem gelben Haar: sorgfältig prüfte sie die Wunde: »Es ist nicht tödlich,« sprach sie. »Schmerzt es sehr?« forschte sie. »Nur wenig,« erwiderte der Gunding, die Zähne zusammenbeißend. »Wo ist der König?«

»In der kleinen Kapelle, mit Verus. Er betet.« Herb kamen die Worte von ihrer Lippe. »Und mein Bruder?« fragte Gundomar. »Was ist's mit seiner Schulter?« – »Ich schnitt die Pfeilspitze heraus. Er ist ganz frisch. – Er befehligt die Wachen. Übrigens: – auch der König ist verwundet.«

»Wie?« fragten beide Männer erschrocken. »Er sagte nichts davon!« – »Er schämt sich – für sein Volk. Denn nicht ein Feind, – fliehende Vandalen, die er mit Gewalt fest hielt und wenden wollte, haben mit Dolchen nach seinem Arm gestochen!« »Die Hunde,« knirschte Gundomar. Aber Gibamund seufzte. »Gundobad, der es mit angesehn, hat mir's verraten: ich besah darauf den Arm: es ist ohne Gefahr.« »Und Eugenia?« fragte er nach einer Pause.

»Sie liegt wie betäubt in dem nächsten Hause. Als sie des Gatten Tod erfuhr, rief sie: ›Zu ihm! In sein Grab – Sigrun‹ – ich hatte ihr einst die Sage von Helgi erzählt – und wollte, besinnungslos, fortstürmen. Doch sank sie ohnmächtig in meinen Armen zusammen. Auch nachdem sie wieder zu sich gekommen, liegt sie, wie gebrochen, auf dem Ruhebett: ›Zu ihm! – Sigrun – In sein Grab! – Ich komme, Thrasarich!‹ ist alles, was sie antwortet auf meine Fragen. Sie wollte sich erheben, genaueren Bericht zu erkunden: sie konnte es nicht! Und ich verbot ihr streng, es nochmal zu versuchen. Ich werde ihr – schonend – sagen, was ihr zu wissen gut, nicht mehr. Nun aber sprich, Gundomar, falls du's vermagst: das andere weiß ich alles – nur nicht wie Ammata, wie Thrasarich ... –«

»Gleich,« sprach der Gunding. »Noch einen Trunk Wasser. – Und deine Wunde, Gibamund?«

»Es ist ja keine,« sprach dieser bitter. »Ich bin ja gar nicht an den Feind gekommen. Immer, immer wieder schickte ich Boten aus nach Thrasarich, da dessen verabredete Meldung, daß er aus Decimum vorbreche, ausblieb. Kein Bote kam zurück, – sie fielen alle in des Feindes Hand! – Keine Meldung von Thrasarich kam. Die Zeit des Angriffs, die der König mir bestimmt, war voll gekommen: getreu dem Befehle griff ich an, obwohl ich die Übermacht des Feindes klar erkannte und obwohl der Hauptangriff, obwohl Thrasarich ausblieb. Als wir auf Pfeilschuß heran waren, prallten die Reiter, die Hunnen, links und rechts auseinander und wir sahen vor uns das thrakische Fußvolk, sieben Glieder tief, das uns mit einem schwirrenden Pfeilhagel empfing. Sie zielten auf die Pferde: meines, das vorderste, und alle der ersten Reihe stürzten sofort; dein tapferer Bruder, in der zweiten Reihe, selbst vom Pfeil getroffen, hob mich mit Mühe auf sein eigen Roß – ich konnte nicht stehen – und rettete mich. Denn von beiden Flanken brachen jetzt die Hunnenreiter auf uns ein, von der Stirnseite drangen die Thraker mit gefällten Speeren vor – nicht hundert von meinen zweitausend leben noch.« – Er stöhnte. – »Aber sage, wie kam Ammata – gegen den Befehl, trotz Thrasarichs Obhut ...?« – forschte Hilde.

»Das war so,« sprach der Gunding, die Hand an die schmerzende Kopfwunde drückend. »Wir hatten den Knaben, ohne Waffen, in der kleinen katholischen Basilika zu Decimum untergebracht, wie die Geiseln aus Karthago, darunter auch den jungen Publius Pudentius.« – »Auch Hilderich und Euages?« – »Nein. Die hat Verus in das zweite Lager nach Bulla bringen lassen. – Bleda, der gefangene Hunne, war mit einem Strick draußen an dem Erzringe der Kirchenthüre angebunden: er lag auf der obersten Stufe. Auf dem Platze vor der kleinen Kirche hielten etwa zwanzig unserer Reiter. Manche waren auf Thrasarichs Befehl – er ritt wiederholt über den Platz, wachsam nach allen Seiten blickend – abgestiegen; sie hatten die Speere neben die Gäule in den Sand gestoßen und spähten von den flachen Dächern der umstehenden Häuser; sich auf denselben niederstreckend, nach Südwesten aus, gegen den heranrückenden Feind. Ich hielt zu Pferde an dem offenen Fensterbogen der Basilika: – denn von ihrer Ecke sah man geradeaus bis an den Eingang der Hauptstraße von Decimum, wo Astartens, ehemals Modigisels, Villa liegt. So hört' ich – noch war kein Byzantiner sichtbar – jedes Wort, das in der Basilika gesprochen ward. Heftig stritten zwei Knabenstimmen.

›Wie?‹ rief der eine. ›Ist das die Heldenschaft, die so lautgepriesene, der Vandalen? Hier, in der Kirche, steckst du, Ammata, im Asyl der Kirche, der vielgequälten Katholiken? Hier suchst du Zuflucht?‹ ›Gebot des Königs,‹ erwiderte Ammata, – seine Stimme war von Wut erstickt. ›Ah,‹ höhnte der andere – Pudentius war es – ich erkannte nun die Stimme. ›Das ließ ich mir von König und von Kaiser nicht befehlen! Ich bin gefesselt an Händen und Füßen: sonst wär' ich längst da draußen und kämpfte an der Römer Seite.‹ – ›Gebot des Königs, sag' ich dir.‹ – ›Gebot der Feigheit! Hei, wär' ich ein Sproß des Königshauses, um dessen Krone hier gefochten wird, mich hielte nichts in einer Kirche, während ... – Horch, das ist die Tuba! Das ist der Römer siegverkündend ... –‹

Nicht mehr vernahm ich: draußen vor Decimum schmetterten die römischen Drommeten.«

Da wurden die Falten des Zeltes leise von außen auseinander geschoben. Ein bleiches Antlitz, zwei große, dunkle Augen spähten herein: – niemand bemerkte es.

»Im selben Augenblick sprang aus dem sehr hohen Fenster der Basilika – ich begreife noch nicht, wie der Knabe hinauf kam – eine Gestalt, lief an mir vorbei, schwang sich auf das ledige Roß eines unserer Reiter, riß den daran lehnenden Speer aus dem Boden und mit dem jauchzenden Ruf: ›Vandalen! Vandalen!‹ stob er die Straße hinab, den Byzantinern entgegen. ›Ammata! Ammata! Halt!‹ rief ihm Thrasarich nach. Aber der war schon weit. ›Nach! Gundomar! Nach! Rette den Knaben,‹ schrie Thrasarich und schoß an mir vorbei. Ich folgte, unsere Reiter – ein dünnes Häuflein! – desgleichen. ›Zu früh! Viel zu früh!‹ rief ich, da ich Thrasarich einholte. – ›Der König befahl, den Knaben zu schützen!‹ – Es war unmöglich, ihn zu halten. Ich folgte. Schon hielten wir an dem engen Süd-Eingange von Decimum: rechts die Villa der Astarte, links die hohe Steinmauer eines Getreidespeichers. Ammata, ohne Helm, Brünne und Schild, nur den Speer in der Hand, hielt gegenüber einer ganzen Schar berittener Lanzenträger, die erstaunt den tolldreisten Knaben anstarrten.

›Zurück, Ammata! Flieh, ich decke hier den Eingang,‹ rief Thrasarich. ›Ich fliehe nicht! Ich bin ein Enkel Geiserichs,‹ war die Antwort des Knaben. ›So sterben wir hier zusammen! Hier meinen Schild,‹ Es war die höchste Zeit. Denn schon flogen die Wurflanzen der Byzantiner dicht auf uns. Unsere drei Pferde stürzten. Unversehrt sprangen wir alle drei auf. Ein Wurfspeer stak in dem Schild, den Thrasarich dem Knaben aufgedrängt, das Hammerzeichen darin durchbohrend. Ein Dutzend unserer Reiter war nun hinter uns angelangt. Sechs sprangen ab, die Lanzen vorstreckend. Wir sperrten zur Genüge den engen Eingang. Die Byzantiner sprengten auf uns ein: nur drei Gäule hatten nebeneinander Raum. Wir drei erstachen zwei Reiter und ein Roß. Die Feinde mußten erst die Toten, auch unsere drei Pferde und das vierte wegziehen, sich Raum zu schaffen. Dabei sprang Ammata vor und erstach noch einen der Byzantiner. Als er zurücksprang, streifte ein Pfeil seinen Hals: hoch auf spritzte das Blut: der Knabe lachte. Wieder sprengten die Feinde an. Wieder fielen zwei von ihnen. Aber Ammata mußte den Hammerschild fahren lassen, so viele Speere staken nun darin, und Thrasarich empfing einen Lanzenstoß in den linken, den schildlosen Arm. Jetzt hörten wir hinter den Byzantinern germanische Hörner: es klang ähnlich wie unser vandalisches Reiterhorn. ›Gibamund! Oder der König!‹ riefen unsere Leute. ›Wir sind gerettet.‹

Aber wir waren verloren: Heruler waren es, in des Kaisers Sold. Ihr Führer, eine hohe Gestalt, Adlerflügel auf dem Helm, übernahm sofort den Befehl über alle Feinde uns gegenüber. Er ließ mehrere Reiter absitzen und die Mauer des Speichers zu seiner Rechten erklettern, andere trabten nach links ab, die Villa zu umreiten: zugleich überschütteten sie uns mit einem Hagel von Speeren. Mir flog der Eberhelm vom Kopf, zwei Lanzen zugleich hatten ihn getroffen, eine dritte traf nun mein Haupt und streckte mich zu Boden. In diesem Augenblick, da wir alle lediglich nach vorn, gegen die Feinde, unsere Blicke richteten, drängte sich von rückwärts, von der Basilika her, ein Mann zu Fuß durch unsere Reiter: – ich hörte einen heisern Schrei: ›Warte, Knabe!‹ und sah eine Klinge blitzen. Ammata fiel nach vorn aufs Knie.

Bleda war's, der gefangene Hunne. Er schleifte noch den abgerissenen Strick am Fuße nach. Er hatte sich losgerissen, eine Waffe aufgerafft:

bevor er das Schwert aus des Knaben Rücken ziehen konnte, hatte ihn Thrasarich durchspeert. Aber der Angreifer vorn hatte der Edeling darüber ganz vergessen: er schlug nicht wie bisher, die heranfliegenden Wurflanzen zur Seite. Zwei Speere auf einmal trafen ihn: er erhielt eine tiefe Wunde in den Schenkel, er taumelte gegen die Mauer der Villa. Da öffnete sich eine schmale Pforte derselben und auf der Schwelle stand Astarte. ›Komm,‹ sagte sie, ›Geliebter! ich rette dich,‹ sie griff nach seinem Arm. ›Ein geheimer Gang aus meinem Keller ... –‹ Aber schweigend riß Thrasarich sich los und warf sich vor den knieenden Knaben. Denn jetzt drangen Heruler und Byzantiner, zu Roß und zu Fuß, in dichten Haufen, heran. Die Pforte flog zu.

Ich wollte mich aufrichten, – ich konnte nicht. So sah ich, ohne helfen zu können, selbst hilflos, doch gedeckt durch ein totes Pferd, hinter dem ich zusammengesunken war, das Ende. – Ich mach' es kurz. So lang er einen Arm rühren konnte, deckte der treue Riese den Knaben mit Schwert und Speer: zuletzt noch, als ihm der Speer abgehauen, das Schwert zerbrochen war, mit dem eignen Leib. Ich sah, wie er, das gewaltige Bärenfell wie einen Schild über ihn breitend, beide Arme um die Brust des Kindes schlang.

›Ergieb dich, tapfrer Mann,‹ rief ihm der Führer der Heruler zu. Aber Thrasarich ... – horch, was war das?«

»Ein Ächzen? Dorther! Schmerzt der Fuß, mein Gibamund?« – »Ich schwieg. Es war wohl ein Nachtvogel – draußen – vor dem Zelt.« – »Aber Thrasarich schüttelte das mächtige Haupt und schleuderte den Schwertknauf dem nächsten Byzantiner ins Gesicht, daß der aufschreiend stürzte. Da flogen so viele Lanzen auf einmal, daß Ammata tot zur Erde sank. Aber Thrasarich fiel nicht. In halb gebückter Stellung, beide Arme vorn überhangend, blieb er stehen. Der Führer der Heruler trat dicht an ihn heran: ›Wahrhaftig,‹ sprach er, ›das hab' ich nie gesehen! Der Mann ist tot. Aber er kann nicht fallen: so viele Speere, auf dem Boden mit den Schaftenden anstehend, stecken in seiner Brust.‹ Mit sanften Händen zog er einige heraus: – nun glitt der Starke nieder neben Ammata. –

Unsere Reiter waren geflohen, sobald sie uns beide hatten fallen sehen. An mir vorbei – ich lag wie tot – jagte die Verfolgung. Erst nach langer Zeit, da alles um mich her still geworden, gelang es mir, mich etwas aufzurichten. So fand mich neben Ammata der König, dem ich der beiden Geschick erzählte. Das andere, – wie er den Augenblick des Sieges verlor, nein, den schon erfaßten Sieg weg von sich schleuderte, – das wißt ihr. –« »Wir wissen es!« sprach Hilde tonlos vor sich hin. »Und wo ist Ammata, – wo Thrasarich bestattet?« forschte Gibamund.

»Dicht neben Decimum. In zwei Hügeln. Einem Colonen gehört das Land. Nach der Sitte der Ahnen pflanzten die Unsern drei ragende Speere auf jeden der Hügel. Des Königs Reiter brachten mich dann zurück und hoben mich auf ein Pferd, das mich in dieser jammervollen Flucht getragen hat. Schmach über dies Vandalenvolk! Seine Fürsten und Edelinge läßt es kämpfen und bluten – allein! – Die Menge hat noch nichts als rasche Flucht geleistet.«

Achtes Kapitel.

Schon wich das dunkelste Dunkel der Nacht im Osten einer leisen grauen Dämmerfarbe: – aber noch strahlten die Sterne funkelnd am Himmel: – da glitt durch die Lagergassen geräuschlos, aber sehr raschen Schrittes eine kleine, schmale Gestalt.

Die zottigen Hunde, welche die Zelte ihrer Herren bewachten, knurrten leise, aber sie schlugen nicht an: sie scheuten das leise dahingleitende Wesen. Ein Vandale, der an einer Ecke der Zeltgassen auf Wache stand, schlug erschrocken, abergläubisch ein Kreuz und bog der Vorüberschwebenden weit aus. Aber die weiße Gestalt trat auf ihn zu. »Wo liegt Decimum? – Ich meine, in welcher Richtung?« fragte sie leise, rasch.

»Im Osten, Dorthin!« Er deutete mit dem Speere. »Wie weit ist es?« – »Wie weit? Sehr weit! Wir ritten, was die Gäule laufen konnten: denn uns hetzte die Furcht, – ich weiß freilich nicht, vor welchem Schrecknis? – wir zogen nicht Zügel bis hierher. – Sechs, acht Stunden jagten wir bis hierher. –« – »Gleichviel!« – Bald hatte die Enteilende den Ausgang des Lagers erreicht. Die hier aufgestellten Posten ließen sie unbehelligt hinaus: einer rief ihr nach: »Wohin? Nicht dorthin! Dort steht der Feind!« – »Nicht lang ausbleiben!« rief ihr ein Maure nach: »der böse Wind ist im Anzug.« Aber sie war schon weit.

Sie mied gleich hinter dem Lager den von vielen Fußtritten und Fußspuren, auch von verlorenen oder weggeworfenen Waffen, bezeichneten Weg, wenn man diese Linie durch die Wüste so nennen konnte. – Sie rannte von dem von West nach Ost ziehenden Pfad ein paar hundert Schritte nach Süden, in das Innere der Wüste hinein, überstieg dabei mehrere haushohe, dünenähnliche Hügel von Sand, wie sie, den wechselnden Windwehen folgend, hier in allen Richtungen, aber doch am häufigsten von Süd nach Nord, die Wüste durchziehen, Sandschluchten bildend, neben Sandhöhen, die schmal, aber sehr lang, oft viertelstundenlang dem in der Tiefe Wandernden den Ausblick hemmen über die nächste Sandwelle hinüber.

Erst nachdem sie sich von dem Wege weit genug entfernt glaubte, um von diesem aus nicht mehr gesehen werden zu können, wandte sie sich, in die ursprüngliche Richtung einlenkend, wieder nach Osten: – oder was sie für Osten hielt. Denn einstweilen hatte zwar die flammend, glühend, aufsteigende Sonne das Licht der Steine verlöscht und ihr den Osten gezeigt: aber bald darauf verschwand die rote Sonnenscheibe unter dunstigem Gewölk, dem Qualm der Wüste.

Sie lief und lief und lief.

Sie war nun ganz im tiefen Bereich der Wüste. Kein Unterscheidungsmerkmal mehr: – kein Baum, kein Strauch. Nur Himmel oben und Sand unten. Zwar bald Sandthäler, bald Sandhöhen. Aber auch diese von völliger Gleichförmigkeit. Sie lief und lief. »Nur noch sein Grab erreichen!« dachte sie. »Nur noch sein Grab. Immer geradeaus!« Es war so still, so unheimlich still.

Nur einmal war ihr, sie sähe, weit, weit zu ihrer Linken, dem »Weg« entsprechend, fliegende Wolkenschatten eilen: – vielleicht waren es Strauße oder Antilopen. – Nein: ihr war, sie höre rufen, menschliche Stimmen: aber weit, sehr weit! Doch klang es wie: »Eugenie!«

Erschrocken duckte sie sich dicht an den Sandhügel zu ihrer Linken: – so konnte man sie von links her nicht sehen, auch, wenn das Sandthal, in dem sie jetzt kauerte, von einer Sandhöhe überschaubar war: es deckte sie doch der Rücken des Hügels. »Eugenie!« So schien es, nun deutlicher, nochmal zu tönen: es klang wie Hildes Stimme. Zitternd verhallte der ferne, leise Ton: traurig, wie hoffnungslos ersterbend. Nun war alles wieder still. – Sie sprang auf, sie begann aufs neue den atemlosen Lauf.

Daß sie gar keinen Richtpunkt mehr hatte, ängstigte sie. Wenn sie nicht ganz gerade Richtung hielte? Da fiel ihr ein, zurückzublicken: die Spur jedes ihrer obzwar so leichten Tritte prägte sich dem Sande sicher ein: – schnurgerade war die Linie: sie freute sich über ihre Verständigkeit. Nun blickte sie gar oft – alle hundert Schritt – zurück, um zu prüfen. Nur vorwärts, vorwärts! – Es ward ihr bang. Schweiß troff ihr längst von der Stirn, von den nackten Armen. Es ward heiß, sehr heiß und so seltsam dumpf – so bleigrau der Himmel. Ein leiser, hohl pfeifender Wind sprang ein: von Süd nach Nord.

Sie blickte wieder um: – o Entsetzen! Sie sah keine Spur mehr ihrer Tritte! Als ob sie jetzt erst ihre Bahn beginne, so glatt lag hinter ihr die ganze Strecke. Wie betäubt vor Staunen stampfte sie auf den Sand: gleich darauf war, vor ihren Augen, der Eindruck ausgefüllt: zugeweht von feinstem Sand, der leise vor dem leisen Wind flog. Sie erschrak. Sie griff an das übermächtig pochende Herz: sie griff in lauter Sand: eine feine, aber dichte Sandrinde hatte ihr Gewand, ihr Haar, ihr Antlitz überkrustet. Durch ihre bestürzten Gedanken schoß die Erinnerung, gehört zu haben, wie Menschen, Tiere, ganze Karawanen von solchen

Sandwehen überdeckt worden seien, wie sich der Sand, vom Wind gehäuft, oft wie eine ungeheure Welle erhebe und alles Leben mit unentrinnbarer Sicherheit unter sich begrabe. Ihr war, von ihrer Rechten, von Süden her habe sich eine Sandhöhe aufgetürmt, die, eilends vorwärts wandernd, ihr den Weg verschütten wolle. Also noch rascher laufen, ihr zu entkommen! Noch war ja der Weg frei. Da fuhr von der Seite, von Süden her, plötzlich ein Windstoß von gewaltiger Stärke: er riß ihr den bastgeflochtenen Reisehut vom Kopf und wirbelte ihn rasch nach Norden: schon war er fast außer Sicht. Ihn einholen war unmöglich. Auch mußte sie ja nach Osten. – Vorwärts! – Weiter! –

Der Wind ward stärker und stärker. Die höher stehende Sonne schoß stechende Strahlen auf ihr schutzlos Haupt: ihr dunkelbraunes Haar flatterte wild um sie her. Es schmerzte sie, wenn es, von Salz rund überkrustet, ihr in die Augen schlug, die Wangen peitschte. Sie konnte die Augen kaum geöffnet halten: der feine Sand drang beißend durch die langen Wimpern ein. Weiter! – In ihre Schuhe drang der Sand; an dem linken brach das Band über dem Rist. Sie hob den Fuß auf: – da riß der Wind den Schuh aus ihrer Hand und wirbelte ihn fort. Es war ja kein Unglück. Aber sie weinte, weinte über ihre Hilflosigkeit. Sie sank in die Knie; leise, leise stieg der tückische Sand an ihr empor. Ein gellender, häßlicher, krähender Schrei schlug an ihr Ohr: – der erste Laut in der ungeheuern Stille seit vielen Stunden: eine dunkle Gestalt flog, von Süd nach Nord vorüberfliehend, einen Augenblick an dem Horizont dahin: es war ein Strauß, der, in Todesangst hastend, vor dem bösen Winde floh: den Kopf, den langen weißen Kragen weit vorgestreckt, den Lauf der raschen hohen Beine durch den Schlag der gewölbten dunkeln Schwingen manchmal, wie durch Segelhilfe, beschleunigend, glitt er pfeilgeschwind dahin: – schon war er verschwunden. –

»Dies Tier eilt mit solcher Kraft, sein Leben zu retten. Soll mir die Kraft versagen, da ich zu dem Geliebten eile? Schäme dich, Kleine, würde er sagen,« lächelte sie unter Thränen, raffte sich auf und rannte vorwärts. – So ging es fort eine Stunde: – viele Stunden.

Oft war ihr, sie habe die Richtung verloren: – sonst müßte sie längst das Schlachtfeld erreicht haben. Der Wind war zum Sturm geworden. Ihr Herz drohte, zu springen. Schwindel faßte sie: sie taumelte –: sie mußte rasten. Jetzt, hier, holte sie doch kein Vandale mehr ein, sie mit Gewalt von ihrem heiligen Ziel abzuhalten.

Da ragte dicht neben ihr etwas Weißes aus dem gelben Sand. Seit Stunden das erste, was das einförmige Gelb des Bodens unterbrach. Es war kein Stein: sie griff danach, sie zog es aus dem zolltiefen Sand: – o Schreck und Entsetzen! Sie schrie laut auf vor Verzweiflung, vor Furcht, in dem Gefühl der trostlosen, hoffnungslosen, rettungslosen Hilflosigkeit:

es war ihr eigner Schuh, ihr vor vielen Stunden verlorener Schuh! Sie war im Kreise herumgelaufen! Oder, hatte der Wind den Schuh weit getragen von jener Stätte, da sie ihn verlor? Aber nein! Der Schuh, den sie jetzt weinend vor sich hinwarf, ward, vor ihren Augen, rascher vom Sande verschüttet als vom Wind entführt. Sie war, nachdem sie ihre letzte, ach allerletzte! Kraft erschöpft, am selben Fleck. –

Sterben – jetzt! Allen Widerstand aufgeben. Ruhen – Schlafen: das lockte die Todmüde so süß.»Aber nein! Zu ihm! Wie hieß es doch? ›Und es *zwang* die Treue und zog sie in das Grab des toten Helden.‹ Zu ihm!« Sie raffte sich auf, mit sehr großer Mühe –: so schwach war sie schon. Und als sie kaum stand, blies sie der Südsturm nieder. Nochmal erhob sie sich: sie wollte umschauen, ob nicht irgend ein Mensch, ein Haus, ob nicht der Weg, sichtbar werde. Da im Norden vor ihr erhob sich ein Sandhügel, höher als fast alle, die sie noch geschaut. Wohl über hundert Schuh. Wenn es gelang, hinaufzuklimmen, – von da oben konnte man weit schauen! Mit unsäglichen Mühen – denn fast bei jedem Schritt sank sie knietief in den lockeren Flugsand, bis ihr Fuß den älteren, den grobkörnigen erreichte, – drang sie aufwärts: oft wieder zurücksinkend, wann sie strauchelte, um mehrere Schritte. Und dabei war das Unheimlichste, Beängstigendste, daß bei jeder Erschütterung der ganze Sandberg knisterte, bebte, daß er zu rieseln anfing in zahllosen Sandrutschen nach allen Seiten. Anfangs machte sie erschrocken Halt: sie meinte, wohl der ganze Berg sinke mit ihr in sich zusammen. Aber sie überwand das Grauen und rutschte zuletzt auf den Knieen – sie konnte nicht mehr stehen – empor, die Hände einschlagend in den Sand und sich emporziehend, emporschiebend. Der Wind, – nein, jetzt war es Orkan! – half ihr dabei: – er schob mit von Süd nach Nord. Und endlich, – es dünkte ihr länger als der ganze bisherige Weg! – endlich war sie oben. Sie schlug die Augen, die sie halb geschlossen gehalten, auf: – o Wonne, Errettung! Vor ihr, in weiter Ferne zwar, aber doch deutlich sichtbar blitzte ein stahlblauer Streif: – das war das Meer! Und seitwärts, nach Osten zu, glaubte sie Häuser, Bäume zu erkennen: – gewiß, das war Decimum und etwas weiter landeinwärts, da erhob sich ein dunkler Hügel – das war der Wüste Ende! Sie glaubte, – aber das war ja unmöglich, so weit zu sehen! – sie glaubte oder träumte, auf der Krone des Hügels drei haardünne, schwarze Striche aufrecht ragen zu sehen in den hellen Horizont hinein: gewiß das waren die drei Speere auf seinem Grab.»Geliebter! Mein Held!« rief sie, »ich komme.«

Und mit ausgebreiteten Armen wollte sie den Sandberg auf der nordöstlichen Seite herabeilen. Aber bei dem ersten Schritt brach sie ein: tief, bis ans Knie, noch tiefer, bis an den Gürtel sank sie: – noch konnte sie den blauen Himmel über sich sehen: – noch einmal griff sie, mit letzter Kraft, mit beiden Armen hoch nach oben, die Hände in den Sand einbohrend bis an die Knöchel, sich emporzuziehen: noch einmal sahen die großen, schönen Rehaugen flehend, ach so verzweiflungsvoll! – zu dem schweigenden Himmel auf: noch ein wilder, heftiger Ruck –: nun ein dumpfer Ton wie von schwerem Schlag und Fall: der ganze Sandberg, von ihrem Ringen erschüttert, vom Orkan im Süden gestoßen, fiel über ihr, nach Norden vorstürzend, zusammen, fast hundert Fuß tief sie verschüttend, im Augenblick sie erstickend. –

Über ihr hohes Grab raste, frohlockend, wie triumphierend der Sturm der Wüste.

Jahrzehnte lag sie so, die schöne Leiche, unverstört, unentweiht, bis der ewig wechselnde Baumeister, der Wind, diesen Sandhügel allmählich abgetragen und zuletzt, in einer Sturmnacht, ganz verweht hatte.

Da kam ein frommer Einsiedler des Wegs, ein Wüstenmönch, der in Decimum seine geringen Lebensbedürfnisse erbettelte und in seine Sandhöhle in der Wüste trug. Oft und oft war er hier vorübergekommen –: erst am Tage vorher hatte der Orkan das Skelett bloßgelegt. Sinnend stand der Greis davor. Gar so zierlich, gar so fein, wie von Künstlerhand gebildet, waren die blendend weißen Knöchlein: das Gewand war, wie das Fleisch, längst völlig zerfressen von der durchsickernden Feuchte: aber die hohe Sandschicht hatte ihr schönes Geheimnis treu bewahrt: kein Knöchlein fehlte. Ein Menschenalter lang hatte der trockene Sand der Wüste, waren auch Gewand und Fleisch verwest, die Umrisse der Gestalt, wie sie in den Sandboden unter schwerem Druck eingepreßt worden waren, unversehrt erhalten. Man sah, die Verschüttete hatte mit der Rechten Augen und Mund vor dem eindringenden Sand schützen wollen, die Linke lag in anmutiger Haltung auf der Brust, das Antlitz war der Erde zugekehrt.

»Wer warst du wohl, du feines Menschenkind,« sprach ergriffen der fromme Mann, »das hier ein einsam Ende fand? Denn ringsum keine Spur der Begleiter. Ein Kind oder ein kaum erblühtes Mädchen? Aber eine Christin jedenfalls – keine Maurin: hier, an dem Hals, an silberner Schnur, ein goldnes Kreuz! Und daneben ein seltsam Schmuckstück: ein Halbring von Bronze mit eingeritzten Zeichen: – nicht latein, nicht griechisch, nicht hebräisch. Gleichviel! Des Mädchens Gebein soll nicht verstreut werden über die Öde. Die Christin soll in geweihter Erde schlafen. Die Bauern müssen mir helfen, sie hier oder in der Nähe zu bestatten.«

Er ging nach Decimum. Längst waren hier die Spuren des Vandalengefechts verschwunden. Die Kinder, die damals von den

Dorfleuten geflüchtet worden, waren jetzt erwachsen, waren die Eigner der Häuser und Äcker. Aufmerksam hörte der Bauer zu, welchem der Einsiedler von seinem ergreifenden Fund erzählte. Als der aber von dem bronzenen Halbring mit fremder Schrift sprach, unterbrach er ihn und rief »Seltsam! Sieh, in der Hügelgruft, dem großen Steingewölbe vor unserem Dorf: – der Hügel ist mein eigen: Reben trägt er auf der Südseite – da liegt, wie sichere Überlieferung bekundet – mein Vater hat ihn selbst bestatten helfen – ein vandalischer Königsknabe, der hier gefallen ist; und neben ihm ein Krieger, ein gar gewaltiger: ein furchtbarer Riese, der an seiner Seite treu ausgehalten haben soll. Die Priester sagen, es sei ein Unhold gewesen, ein Gott des Donners, einer der alten Heidengötter der Barbaren, mit dessen Fall das Glück von diesen gewichen. Nun, der Riese hat genau solch einen Halbring an dem Arme hangen wie du beschreibst an jener Kleinen. – Vielleicht gehörten die zusammen? Wer weiß es? – In der Wüste können wir dir doch kein Grab schaufeln: auch wenn du's willst, verweht's der Wind. Komm, ich schirre meinen Breitwagen an: wir fahren hinaus und holen die Tote und legen sie neben den Riesen: sein Grab ist von Priestern geweiht.« –

Und so geschah's. Als sie aber die zierlichen Reste neben dem Gewaltigen gebettet und der Mönch ein halblaut Gebet geflüstert hatte, fragte der: »Sage, Freund! Ich sah mit freud'gem Staunen, daß ihr dem Toten allen Schmuck gelassen habt. Und daß du dir die Mühe gabst mit dem Skelette der Armen, das ist doch auch nicht gerade ... –« – »Bauernsitte, meinst du? Hast recht, heiliger Vater. Aber sieh, der König Gelimer, der einst hier herrschte, der band meinem Vater nach dem Gefechte hier die treue Obhut der Gräber auf die Seele: – er solle sie pflegen wie ein Heiligtum, bis er, Gelimer, wieder käme und die Leichen berge in Karthago. König Gelimer ist nie wiedergekommen nach Decimum! Aber mein Vater hat sterbend mir dieses Grabes Obhut auf die Seele gebunden: – und so werd' ich vor meinem Tode dem braunen Krauskopf thun, der uns die feinen Knöchlein tragen half. Denn König Gelimer! Der war gütig gegen alle. Auch gegen uns Römer: und hatte auch meinem Vater zur Vandalenzeit manche Wohlthat erwiesen. Schon sagen viele, er war gar kein Mensch, sondern ein Dämon: ein böser, meinen die einen, ein guter, sagen die meisten. Und Dämon oder Mensch: gut war er gewiß: denn mein Vater hat ihn oft gerühmt.« Und so ist die Kleine doch noch an ihres Helden Seite gelangt.

Neuntes Kapitel

An Cethegus Prokopius.

»Dies schreibe ich – wirklich und wahrhaftig! – noch sind es nicht drei Monate, daß wir Byzanz verließen – in Karthago, auf dem Kapitol, in dem Königshause der Asdingen, in Geiserichs des Schrecklichen Waffenhalle. Ich bezweifle es manchmal selbst: aber es ist so! Am Tage nach dem Gefecht bei Decimum traf das Fußvolk, aus dem Lager nachrückend, bei uns ein und das ganze Heer zog auf Karthago, das wir am Abend erreichten. – Wir wählten einen Lagerplatz vor der Stadt, obwohl kein Mensch uns den Einzug wehrte. Ja, die Karthager hatten all' ihre Thore geöffnet, hatten überall auf den Straßen und Plätzen Fackeln und Laternen angezündet. Die ganze Nacht leuchteten die Freudenfeuer aus der Stadt in unser Lager heraus, während die wenigen Vandalen, die nicht geflohen, in den katholischen Kirchen Asyl suchten.

Aber Belisar verbot auf das strengste, in der Nacht die Stadt zu betreten: er fürchtete Hinterhalt, Kriegslist. Er wollte gar nicht glauben, daß ihm so ohne weiteres die Hauptstadt Geiserichs in die Hände gefallen sei. Am folgenden Tage bogen, von günstigem Südost getragen, unsere Schiffe um das Vorgebirg Merkurs. Sobald die Karthager unsere Flagge erkannten, sprengten sie die eisernen Sperrketten ihres Außenhafens, Mandracium, und winkten unsern Seeleuten zu, sie möchten doch einfahren. Jedoch die Befehlshaber zögerten, Belisars Weisung gedenk: sie gingen vielmehr in der Bucht Stagnum vor Anker, fünftausend Schritte von der Stadt, weiteren Befehl erwartend.

Aber damit die guten Bürger von Karthago doch gleich am ersten Tage schon ihre Befreier kennen lernten, fuhr ein Schiffshauptmann Kalonymos mit einigen Matrosen doch – gegen das Verbot Belisars und des Quästors! – in Mandracium ein, landete und plünderte sogleich alle Kaufleute, – Karthager wie Gäste – die dort am Hafen ihre Häuser und Warenlager haben. Er nahm ihnen alles Geld, viele Waren und auch die schönen Leuchter und Laternen, die sie aus Freude über unser Kommen angezündet hatten.

Wir hatten gehofft – Belisar gab Auftrag, eifrig danach zu trachten, – den gefangen gehaltenen König Hilderich und dessen Bruder zu befreien. Aber diese Hoffnung, scheint es, bleibt unerfüllt. In der Königsburg, hoch oben auf dem Kapitol, liegt der finstere Kerker, in welchem der Anmaßer jene Asdingen gefangen hielt, wie er denn alle seine Feinde gern hier einsperrte: – seinen Vorgängern ersetzte der Scharfrichter den Kerkermeister. Auch viele Kaufleute uns unserm Reich hielt er hier gefangen, weil er besorgte – und mein Hegelochos zeigte, mit welch' gutem Grund: reich beschenkt hat ihn der Feldherr heut' nach Syrakus entlassen – sie möchten, ließ er sie frei davonsegeln, uns allerlei wertvolle Kunde zutragen. Als nun der Kerkermeister, ein Römer, unsern Sieg bei Decimum erfuhr und unsere Schiffe um das Vorgebirge biegen sah, befreite er alle diese Gefangenen. Auch den König und Euages wollte er herausführen. Allein ihr Gelaß war leer. Man weiß nicht, was aus ihnen geworden.

Um Mittag gab Belisar den Schiffsmannschaften den Befehl, zu landen, allen Truppen, die Waffen zu putzen und sich selbst aufs beste zu schmücken, und nun zog das ganze Heer in voller Schlachtordnung – denn immer noch besorgten wir einen Hinterhalt der Vandalen – durch den »Hain der Kaiserin Theodora« – so haben ihn die dankbaren Karthager jetzt neu getauft, hör' ich – dann durch das südliche, das byzacenische Thor, endlich durch die untere Stadt. Belisar und die obersten Befehlshaber stiegen mit erlesenen Scharen auf das Kapitol und feierlich nahm unser Feldherr Platz auf dem purpur- und goldprangenden Throne Geiserichs. Und das Mittagmahl ließ Belisar auftragen in der Speisehalle, wo Gelimer die Edelinge der Vandalen zu bewirten gepflegt. »Delphika« heißt der Saal, weil seinen Hauptschmuck ein kunstvoller Dreifuß bildet. Hier bewirtete nun Belisar die Ersten seines Heeres: am Tage vorher war für Gelimer das Mahl hier gerüstet gewesen. Wir aber schmausten nun die für sein Siegesfest bereiteten Speisen: sie mundeten trefflich, von diesem Gedanken gewürzt. Und die Diener Gelimers trugen die Schüsseln auf, schenkten die Schalen duftenden Grassikers voll, bedienten uns in allem. Da sah man wieder einmal, wie die Göttin Tyche ihre Freude daran hat, mit dem Wechselgeschick der Menschen ihr überraschend Spiel zu treiben!

Du, o Cethegus – ich weiß es wohl – denkst anders über die letzten Gründe alles Geschehens; die starre Notwendigkeit eines Gesetzes siehst du sich verwirklichen in den Handlungen der Menschen wie in Gewitter und Sonnenschein. Das mag großartig sein, heldenhaft, aber es ist furchtbar. Ich bin ein kleiner Geist und das Gegenteil eines Helden: ich halte das nicht aus! Skeptisch schwanke ich hin und her. Bald seh' ich nur den blinden Zufall launisch walten, der sich erfreut, wechselnd zu heben und zu stürzen. Bald mein' ich doch, ein unerforschlicher Gott lenkt alles, aus den Wolken niederlangend, zu geheimnisvollen Zielen hin. Ich hab' es aufgegeben, das ganze Philosophieren, und freue mich des bunten Geschehens, nicht ohne Spott und Hohn über die Thorheiten der andern Menschen, aber auch nicht minder über die des Prokopius!

Und ganz will ich es mit dem Christengott doch auch nicht verderben. Man weiß nicht, ob nicht am Ende doch des Menschen Sohn wiederkehren wird in den Wolken des Himmels. Für diesen Fall möcht' ich doch lieber zu den Schafen als zu den Böcken geordnet werden.

Das Volk, die befreiten Römer, die Katholiken in ihrer Freude über ihre Befreiung sehen überall Zeichen und Wunder! Sie betrachten unsere Hunnen wie Engel des Herrn. Werden sie schon noch kennen lernen, diese Engel, zumal wenn sie hübsche Weiber oder Töchter haben; oder auch nur volle Geldtruhen. – Das Heitere aber ist, daß unsere Soldaten: – mit Achtung vor des Kaisers Majestät zu sagen: meist (mit Ausnahme von Belisars Leibwächtern) ein arges Lumpengesindel aus allen

Provinzen des Reiches und aus allen Barbarenvölkern der Nachbarschaft, zu stehlen, zu rauben, zu morden nicht minder als zu fechten stets bereit, – daß wir selber infolge des grenzenlosen Glückes, das uns begleitet in dieser ganzen Unternehmung, anfangen, uns für die auserkornen Lieblinge des Herrn, für sein heilig Rüstzeug zu halten: Beutel- und Gurgelschneider, die wir sind! So glaubt das ganze Heer, Heiden wie Christen, jene Quelle ward durch ein Wunder Gottes nur für uns aus dem Wüstensand gesogen. So glaubt das Heer wie die Karthager an ein Laternenwunder bei dem folgenden seltsamen Zufall.

Der höchste Heilige der Karthager ist Sankt Cyprian, der mehr als ein halb Dutzend Basiliken und Kapellen zählt, in denen allen seine Feste, »die großen Cyprianen,« prunkvoll gefeiert werden. Die Vandalen haben aber fast alle Kirchen den Katholiken entrissen und dem arianischen Kultus geweiht. So auch die große Basilika Sankt Cyprians unten am Hafen, indem sie die katholischen Priester schnöde daraus vertrieben. Um den Verlust dieser Kathedrale trugen nun die Rechtgläubigen am meisten Kummer. Sie erzählen, wiederholt sei Sankt Cyprian frommen Seelen im Traum erschienen, habe sie getröstet und ihnen verkündet, einst werde er sich rächen an den Vandalen für die ihm zugefügte Kränkung. (Ich finde das nun ziemlich unheilig von dem großen Heiligen: uns armen Sündern auf Erden predigt man alle Tage, wir sollen unseren Feinden hübsch vergeben: und der zornmütige Heilige dadroben darf sein rachsüchtig Mütchen kühlen und bleibt dabei doch der hochheilige Cyprian!) Die Frommen, in ihrer Rachewut durch ihren besten Heiligen angenehm bestärkt und gerechtfertigt, warteten nun schon lange ganz neugierig und mit Schmerzen darauf, welchen Streich Sankt Cyprian den Ketzern spielen werde. In diesen Tagen endlich ward es offenbar. Die Feier der »großen Cyprianen« stand gerade jetzt bevor: sie fiel auf den dem Gefecht von Decimum folgenden Tag. Die arianischen Priester hatten an dem Tage des Treffens selbst, an dem Vorabend des Feiertages, die ganze Kirche auf das herrlichste geschmückt und hatten zumal Tausende von kleinen Ampeln aufgestellt, nachts eine prachtvolle Erleuchtung als Siegesfeier zu veranstalten. Denn sie zweifelten nicht an dem Siege der Ihrigen. Auf des Archidiakonus Verus schriftlichen Befehl – er hat den König in das Feld begleitet – wurden auch alle sonst geheim gehaltenen, nur Verus bekannten Kirchengeräte und Kirchenschätze jeder Art aus den verborgenen Thesauri hervorgeholt und auf die sieben Altäre der Basilika verteilt. Nie hätte man diese ungeahnten Schätze in den geheimen Gewölben der Kirche gefunden, hätte nicht Verus die Anweisungen und die Schlüssel gesandt. Nun aber gewannen wir, nicht die Vandalen, den Tag von Decimum. Auf diese Nachricht flohen die arianischen Priester kopfüber aus der Stadt. Die Katholiken strömten in die Basilika, entdeckten die geheimen Schätze der Ketzer und zündeten nun die irrgläubigen Lampen zur Feier des Sieges der Rechtgläubigen an. »Das ist die Rache des heiligen Cyprian.« »Das ist das Lampenwunder.« So brüllen sie durch die Straßen und puffen und knuffen jeden Zweifler so lang, bis er es glaubt und mit schreit: »Jawohl, das ist die Rache und das Lampenwunder des heiligen Cyprian!« –

Nun hab' ich gar nichts gegen ein gelegentliches Wunder. Im Gegenteil. Es freut mich, wenn manchmal etwas begegnet, was die alles erklärenden Philosophen, die mich solange gequält haben, nicht erklären können. Aber dann muß es ein rechtes, ein faustdickes Wunder sein. Wenn ein Wunder sich nicht ganz unsinnig unvernünftig anlassen kann, dann soll es lieber gar kein Wunder werden. Es lohnt nicht! Und dieses Mirakel geht mir viel zu natürlich her. Belisar verwies mir meinen ungläubigen Spott. Ich erwiderte aber, Sankt Cyprian scheint mir der Schutzpatron der Lampenanzünder: ich gehöre nicht zu der Genossenschaft.

––––––––––––––––––––

Die schönste Beute von Decimum hat Fara der Heruler gemacht. Er erhielt zwar von dem Edeling einen derben Lanzenstoß durch den ehernen Schild in den Arm. Aber der Schild hatte doch seine Schuldigkeit gethan: die Spitze drang nicht mehr allzutief in das Fleisch. Und als er in die nächste Villa trat, – er wollte gerade die Thüre sprengen – da ward sie aufgethan und entgegen schritt ihm, reich geschmückt, ein wunderschönes Weib, brennend rote Blumen in dem schwarzen Haar. Sonst – außer den Blumen – hatte sie sich nicht mit allzuviel Gewandung beschwert.

Einen Kranz von Lorbeern und Granaten hielt sie ihm entgegen. »Auf wen hast du gewartet?« fragte der Heruler erstaunt. »Auf den Sieger,« antwortete das schöne Weib. Ein ziemlich orakelhafter Bescheid! – Diese Sphinx – sie sieht, schon einmal sagt' ich's, ganz aus wie eine solche! – hätte gewiß ihren Kranz und sich selber ebenso den siegreichen Vandalen gegeben. Was gehen auch schließlich die Karthagerin Vandalen und Byzantiner an? Sie ist des Stärkeren, des Siegers Beute: – vielleicht zu dessen Verderben! – Aber ich meine, die Sphinx hat jetzt ihren Ödipus gefunden. Wenn von dem seltsamen Liebespaar Einer untergehen muß: – schwerlich ist es mein Freund Fara. Er führte mich zu ihr: – er hält was auf mich, weil ich lesen und schreiben kann. – Er hatte mich ihr sichtlich sehr gerühmt. Ohne Erfolg! Sie musterte mich von oben bis unten und von unten bis oben: – keine zeitraubende Arbeit: ich bin nicht sehr lang! – und mit verächtlichem Schürzen der schönen, üppigen Lippen trat sie weit hinweg von mir. Ich will nicht behaupten, daß ich schön bin, während freilich Fara nach

Belisar der stattlichste Mann von uns allen sechsunddreißigtausend ist. Allein ich fand es doch kränkend, daß sie mein sterblich Teil sofort davon abschreckte, mein unsterbliches auch nur kennen lernen zu wollen. Ich bin gereizt gegen sie. Ich wünsche ihr nichts Böses. Aber es würde mich weder höchlich wundern noch tief betrüben, nähme es mit ihr ein übles Ende.«

Zehntes Kapitel

»Belisar läßt Tag und Nacht an den Mauern arbeiten. Außer dem gesamten Heer und der Bemannung der Flotte hat er die Bürger zu diesem Werk herangezogen. Diese murren: sie meinen, wir seien ja gekommen sie zu befreien und nun zwängen wir sie zu so harter Fronarbeit, wie sie ihnen Gelimer niemals auferlegt.

Die Stadtumwallung in ihrer gewaltigen Ausdehnung zeigt so viele Lücken und Blößen, daß wir hierin den Grund suchen, aus welchem der König nach verlorner Schlacht sich nicht in seine Hauptstadt zurückzog. Verus, der auch in weltlichen Dingen viel bei dem ›Tyrannen‹ gilt – so müssen wir, auf Befehl Justinians, den Vorkämpfer der Freiheit seines Volkes nennen – soll, wie Gefangene aussagen, von Anfang an geraten haben, sich in Karthago einzuschließen und hier von uns belagern zu lassen. Ist dem so, dann versteht der Priester – wie billig – mehr von Laternen als vom Krieg. In der ersten Nacht wären wir, meint der Feldherr, durch irgend ein Loch hereingeschlüpft. Zumal viele Tausende von Karthagern bereit standen, uns solche Löcher zu zeigen. Und wir hätten die ganze vandalische Herrlichkeit wie in der Mausefalle auf einen Schlag abgefangen, während wir jetzt die Feinde in der Wüste aufsuchen müssen. Der König habe denn auch jenen Rat gleich abgewiesen.

Die Göttin Tyche ist das einzige Frauenzimmer, an das ich manchmal wirklich zu glauben Lust verspüre. Und etwa noch an Ate, die Bethörung. Ate und Tyche, euch, ihr gewaltigen Geschwister, nicht Sankt Cyprian, müßten wir Danklaternen anzünden. Die Glücksgöttin wird nicht müde, Ball zu spielen mit dem Geschicke der Vandalen! Aber sie könnte es nicht, hätte ihr Ate nicht diesen Ball in die Hände gelegt.

Gestern läuft von Norden her ein kleines Bootensegel in den Hafen. Es zeigt die blutrote vandalische Flagge. Abgefangen von unsern hinter der hohen Hafenmauer unsichtbar lauernden Wachschiffen, erschrecken die Barbaren an Bord bis zum Tod: sie hatten von der Einnahme ihrer Hauptstadt keine Ahnung gehabt! Sie kommen geradenwegs – aus Sardinien! Dorthin ihre Flotte und ihres Heeres Kern zu entsenden, während wir schon bei Sicilien lagen, – das hat Ate den Feinden eingeblasen. Bei dem Führer ward ein Brief gefunden folgenden Inhalts: »Heil dir und Sieg, o König der Vandalen! Wo sind nun deine finstern Ahnungen! Sieg künd' ich dir! Wir landeten bei Karalis, der Hauptstadt von Sardinien. Wir nahmen Hafen und Stadt und Kapitol. Goda, der Verräter, fiel durch meinen Speer, seine Scharen sind geschlagen oder gefangen: dein ist wieder das ganze Eiland. Feire ein Siegesfest. Es ist die Vorbedeutung eines größeren Tages, da du die kecken Feinde zermalmen wirst, welche, wie wir hier soeben hören, wirklich gegen unsere Küsten heransegeln. Nicht Einer soll zurückkehren aus unserem Afrika! Das schreibt dir Zazo, dein treuer Feldherr und Bruder.«

Das war gestern. Und heute bringt einer unserer Kreuzer in den Hafen ein vandalisch Eilschiff ein, das er auf dem Wege nach Sardinien abgefangen. Es trug einen Boten Gelimers mit folgendem Brief: »Nicht Goda hat uns nach Sardinien gelockt, sondern in Godas Gestalt ein Dämon der Hölle, den Gott gewähren läßt, uns zu verderben! Du bist nicht ausgezogen, damit wir Sardinien, sondern damit unsere Feinde Afrika gewinnen. Das war des Himmels Wille, da er deine Fahrt verhängte. Kaum warst du fort, da landete Belisar. Klein ist sein Heer, aber von unserem Volk ist wie das Heldentum, so auch das Glück gewichen. Das Volk hat keinen Stern und sein König keine Einsicht: auch gute Pläne verdirbt das Ungestüm des einen oder das weiche Herz des andern. Gefallen ist Ammata, unser aller Liebling, gefallen Thrasarich der Treue, verwundet Gibamund, geschlagen unser Heer bei Decimum. Unsere Schiffswerften, unsere Häfen, unsere Waffenhallen, unsere Rosse, Karthago selbst sind in des Feindes Hand. Die Vandalen aber, die ich noch beisammen halte, sind von dem ersten Schlage wie betäubt: sie sind nicht aufzurütteln, obwohl alles auf dem Spiele steht. Verflogen ist fast bei allen die kurzatmige Aufraffung zur Thatkraft. Schmachvoll ist es zu sagen: mehr Kriegstüchtigkeit als in unserm verschüchterten Heer steckt zur Zeit in den zwölftausend maurischen Söldnern, die ich mit schwerem Gold geworben und als Rückhalt in einem festen Lager bei Bulla versammelt habe. Versagten auch diese mir, – bald wär's zu Ende. Uns blieb nur die Hoffnung auf dich und auf der Deinen Wiederkehr. Laß fahren Sardinien und des Empörers Bestrafung; hierher fliege mit der ganzen Flotte. Lande aber ja nicht bei Karthago, sondern weit westlich davon, etwa an der Grenzscheide zwischen Mauretanien und Numidien. Laß uns das drohende Verderben gemeinsam abwenden oder gemeinsam tragen. Gelimer.«

Die Briefe der Brüder kreuzen sich! Und beide Briefe fallen in unsere Hände! Und nun erwartet der König vergeblich seine Flotte im Westen! Jetzt, Göttin Tyche, blase die Backen auf, hauche in die Segel der Vandalenflotte und führe sie alle wohlbehalten mit dem siegreichen

Heer, der letzten Hoffnung Gelimers, hierher in den Hafen von Karthago – in die Gefangenschaft!

Die Göttin Tyche ist eben auch ein – Frauenzimmer, wie andere. Auf einmal dreht sie uns – ein bischen wenigstens – den Rücken und liebäugelt mit jenen Blondköpfen. Ich hätte gute Lust, mich wieder mehr dem heiligen Laternenanzünder zuzuwenden.

Der Tyrann macht Fortschritte. Wodurch? Durch seine Herzensgüte, sagen die Leute, und seine Freundlichkeit. Er gewinnt die Landbevölkerung, – nicht die Mauren, nein: die römische, die katholische: – hör' es und hilf, Sankt Cyprian! – Er zieht sie von uns ab, auf seine Seite. Er hält strenge Mannszucht: – und unsere Hunnen rauben, plündern und stehlen nur dann nicht, wann sie in Reih und Glied vor Belisar stehen. Oder wann sie schlafen: aber dann träumen sie wenigstens vom Plündern. So flüchten die von uns befreiten Bauern vor ihren Befreiern in hellen Haufen in das Lager des Barbarenkönigs. Sie ziehen die Vandalen den Hunnen vor. Sie rotten sich zusammen, fallen über unsere vereinzelt plündernden Helden, freilich meist Troßknechte, her, schneiden ihnen die heidnischen, ja sogar die rechtgläubigen Köpfe ab und wechseln sich von dem Tyrannen dafür je ein ketzerisch Goldstück ein. Das wäre nun noch nicht so schlimm. Aber die Bauern dienen dem Vandalen als Auskundschafter: sie verraten ihm alles, was er wissen will, vorausgesetzt, daß sie es selber wissen. Gewiß ist jene Herzensgüte Heuchelei. Aber sie hilft; vielleicht besser, wie wenn sie echt wäre.

Nun thut sie mir doch beinahe leid, die Sphinx. Sie war gar so wunderschön! Schade nur, daß sie kein Tier geworden, sondern ein Menschenweib. Fara fand aus, daß sie auch Althias dem Thraker und Aigan dem Hunnen die Rätsel ihres Wesens zu raten aufgegeben. Anfangs wollten sich die drei Helden um das Wunder auf Tod und Leben streiten. Aber diesmal war der Hunne weiser als der Germane und der Thraker. Auf seinen Vorschlag teilten sie sich brüderlich zu gleichen Teilen in das Weib, schnallten es auf ein Brett und teilten es mit zwei Beilhieben in drei Teile. Fara erhielt den Kopf: wie billig, er hatte das meiste Recht auf sie. Denn sie hatte ihn, als sie seinen Argwohn merkte, besänftigen wollen durch eine Frucht, die sie ihm frisch vom Baume brach. Sie versah es aber darin: Fara der Heruler und Heide ißt viel lieber Pferdefleisch als Pfirsiche. Er gab die Frucht ihrem Affen: der biß hinein, schüttelte sich und war tot. Das verdroß den Germanen. Und er ruhte nun nicht, bis er alle Rätsel der vielseitigen Sphinx, auch die ihrer naturnotwendigen Treulosigkeit, herausgebracht hatte. Dann teilten sie, wie gesagt, den schönen Leib in drei Teile. Ich riet, die Leiche recht tief zu vergraben: sonst schlagen nachts heiß rote Flammen aus ihrem Grabe.

Eine kleine Schlappe.

Belisar klagte: er wisse zu wenig vom Feind. Er schickt einen seiner besten Leibwächter, Diogenes, hinaus nach Südwesten, Nachrichten einzuziehen. In einem Dorf übernachten sie. Die Bauern schwören: auf zwei Tagemärsche weit und breit kein Vandale. Unsere Helden schlafen im besten Hause – dem des Villicus – im oberen Stockwerk: gewiß waren sie vorher lang unter dem Erdgeschoß, d.h. im Keller gewesen. Wachen stellen sie nicht aus. Natürlich nicht! Sie sind ja die Befreier der Bauern. Daß sie diesen Bauern soeben allen Wein ausgetrunken, den sämtliche Amphoren des Dorfes bargen, ihre Rinder geschlachtet, ihre Weiber umarmt haben, – das thut nichts zur Sache. Dafür sind's Bauern.

Bald schnarchen alle; Diogenes schnarcht ihnen vor. Es wird Nacht. Die Bauern haben flugs die Vandalen – aus nächster Nähe – herbeigeschafft: die umstellen das Haus. Aber der heilige Cyprian ist stärker als der stärkste Rauschschlaf. Er läßt unten ein Schwert auf einen Erzschild fallen, er erweckt – das ist nun ein Wunder, an das ich glaube: denn ein Sterblicher bringt das nicht fertig – er erweckt dadurch einen der Schläfer. Im Schutze der Nacht gelingt es den meisten, zu entweichen; auch Diogenes kam zurück: mit drei Wunden in Hals und Gesicht, ohne den kleinen Finger der Schwerthand und ohne irgend eine brauchbare Nachricht.

Die Göttin Tyche bläst schlecht. Die Vandalenflotte ist noch immer nicht eingelaufen in Karthago und in ihr Verderben.

Der Tyrann scheint sein Heer aus der Betäubung emporgerafft zu haben. Unsere Vorposten, Reiter, die wir rings um die Stadt ausgesendet, schicken Nachricht: »ungeheure Staubwolken steigen auf von Südwesten her. Nur ein heranziehend Heer kann darin stecken,« meinen sie.

Kein Zazo. Hat er, trotz des Auffangens jenes Briefes, Wind erhalten und einen andern Landungsport gewählt? – Ohne Zweifel steckten in jenem Staubgewölk die Vandalen. Unsere Heruler haben ein paar Bauern gefangen: – soweit sind wir schon erkannt in dem nahezu befreiten Afrika, daß die Bauern gefangen werden müssen von ihren Befreiern, falls wir ihrer ansichtig werden sollen! Sie suchen Zuflucht vor der Freiheit bei den Barbaren! – Die Gefangenen sagen aus, der König selbst sei im Anzug gegen uns. Er hat einen vandalischen Edeling, der eines Colonen Weib geraubt, aufhängen lassen an des Colonen hoher Hausthür. Und dieses Edelings Schildträger, der dem Colonen zwei Gänse geraubt, daneben, an der niedrigen Stallthür. Sonderbar, nicht wahr? Aber es gefällt den Bauern. »Ausgleichende Gerechtigkeit« nennt das Aristoteles. Und dieser wunderbare Vandalenheld soll ja Philosophie nicht minder als Speerewerfen studiert haben.

Belisar hat dringend in Byzanz gemahnt um den lang fälligen Sold für die Hunnen. Diese werden schwierig. Sechs Monate sind es nun, seit wir Byzanz verlassen: – es ist Dezember! – Stürme toben aus der Wüste über Karthago weg in die graufarbige See, die längst ihr schönes Blau verloren. Die Hunnen drohen, den Dienst einzustellen. Sie entschuldigen ihre Plündereien damit, daß die Bürger von Karthago und die Bauern weder ihnen noch dem Kaiser kreditieren wollen (woran sie nicht Unrecht thun!). Mit dem Sold, der in Byzanz liegt, sagen sie, können wir nicht bezahlen. Heute kam nun ein Schiff aus Byzanz. Es brachte keinen Solidus an Geld. Wohl aber dreißig Finanzbeamte und den Befehl, die ersten Steuern aus der eroberten Provinz einzusenden.

Hängt König Gelimer, hängen wir auch! Aber wir hängen – Römer, nicht Vandalen. Der Groll gegen uns beschränkt sich nicht mehr auf die Bauern. Unter unsern Augen, in Karthago gärt es. Die kleinen Leute, die Handwerker und die geringeren Kaufleute zumal, die nicht so schwer wie die reichen Senatoren der Druck der Barbaren traf, werden aufsässig. Eine Verschwörung ward entdeckt. Gelimers Heer steht nicht ferne dem westlichen, dem numidischen Thor. Seine Reiter streifen nachts bis an die Wälle der Vorstadt Atlas. Man wollte die Vandalen nachts in die noch immer nicht ganz geschlossenen Mauern der unteren Stadt hereinholen. Belisar ließ zwei dieses Einverständnisses überführte karthagische Bürger, Laurus und Victor, hängen auf dem Hügel vor dem numidischen Thor. Belisar liebt Hügel für seine Galgen. Weithin sieht man dann des Feldherrn Rechtspflege im Winde schwanken. Aber Belisar wagt nicht, bei solcher Stimmung der Karthager die Stadt zu entblößen und das Heer hinauszuführen. Erst müssen wenigstens die Mauern geschlossen sein. Die Bürger müssen jetzt auch nachts Fronarbeit an den Wällen leisten; das mißhagt ihnen sehr.

Kein Zazo! – Und die Hunnen sind der offenen Meuterei nahe. Sie erklären, nicht fechten zu wollen in der nächsten Schlacht. Sie hätten noch immer keinen Sold. Und man habe sie überhaupt gegen den Dienstvertrag über das Meer hierher gelockt. Und sie fürchten, nach Besiegung der Vandalen als Besatzung hier gelassen, nie mehr nach Hause geführt zu werden. Belisar hat sich schon nach einem – geräumigeren – Hügel umgesehen. Aber es fand sich keiner, der groß genug wäre. Es sind zu viele! Und wir andern sind – im ganzen – zu wenig. Und sie zählen zu unsern besten Truppen. So hat der Feldherr ihre Führer – der Hängebefehl für diese war gestern schon geschrieben! – lieber heute alle zu seiner Tafel geladen: – das ist die höchste Freude für sie und Ehre: weniger für uns Stammgäste Belisars! – Er hat sie gelobt und ihnen zugetrunken. Bald waren alle berauscht und ganz zufrieden.

Sie haben ausgeschlafen: und nun sind sie wieder unzufriedener als zuvor. Und noch durstiger. Wein ist in Fülle da. Aber – seit drei Stunden – kein Wasser mehr. Die Vandalen haben uns die prachtvolle Wasserleitung vor dem numidischen Thore durchschnitten. Die Hunnen können das Wasser entbehren – leicht! – aber nicht wir, die Rosse, die Kamele und die Karthager. Der König zwingt also die Feldschlacht, die Entscheidung herbei. Die Stadt durch Einschließung bezwingen kann er nicht, da wir die See beherrschen. Erstürmen kann er sie auch nicht mehr, seitdem – endlich! – nach Belisars Plan, die Befestigung vollendet steht. Er will, er sucht den Kampf im Freien. Der Kamm muß ihm – oder seinem »betäubten Heer« – wieder gewaltig geschwollen sein seit jenem wehmütigen Brief.

Belisar bleibt keine Wahl: morgen früh führt er uns hinaus, dem Feind entgegen. – Er besorgt, die Hunnen führen Arges im Schild. Er hat Fara beauftragt, sie mit seinen Stammgenossen scharf im Auge zu behalten. Schwankt die Schlacht, so schwanken die Hunnen mit. Und wir sehen dann vorn ein Gefecht von Byzantinern und Vandalen und im Rücken ein Gefecht von Herulern und Hunnen. Das kann hübsch werden! – Aber gerade diese Spannung, dieser Reiz der Gefahr hat mich in Belisars Dienst, in sein Lager gezogen. Lieber einen Vandalenpfeil im Kopf, als die Philosophie, an der ich mich krank studiert hatte. – Morgen!«

Elftes Kapitel

Am folgenden Tage schickte Belisar, nachdem er die Neubefestigung von Karthago nochmal besichtigt und für ausreichend erachtet hatte, im Notfall sein geschlagenes Heer aufzunehmen und einer Belagerung zu trotzen, die ganze Reiterei, ausgenommen fünfhundert Mann erlesene Illyrier, aus den Thoren, dem Feind entgegen. Dem Thraker Althias teilte er die erlesene Schar der Schildträger zu mit dem kaiserlichen Hauptbanner: der sollte einem Vorpostengefecht nicht ausweichen, eher es herbeiführen. Er selbst folgte erst am folgenden Tage mit der Masse des Fußvolks und den fünfhundert illyrischen Reitern. Nur die unerläßlichste Besatzung der Thore, Türme, Wälle blieb zurück.

Bei Trikameron, etwa siebzehn römische Meilen − siebzehntausend Schritte − westlich von Karthago stieß Althias auf den Feind.

Die vordersten Reihen beider Parteien tauschten einige Pfeilschüsse und kehrten mit der Meldung um zu ihren Heeren. Die Byzantiner schlugen ein Lager, wo sie standen. Nicht weit von ihnen brannten die zahlreichen Wachtfeuer der Vandalen. Ein schmales Bächlein lief zwischen beiden Stellungen dahin. Die ganze Gegend war flach, unbewaldet. Nur auf dem linken Flügel der Römer hob sich ein mäßiger Hügel aus dem Sande, sehr nah dem Bach.

Ohne des Althias Befehl oder Erlaubnis abzuwarten, sprengte Aigan, der erste Führer der Hunnen, sobald er vernommen, hier sollte heute gelagert, morgen geschlagen werden, auf den Hügel zu. Die anderen Hunnenführer und ihre Schwärme folgten ihm pfeilschnell. Er ließ Althias sagen, auf dem Hügel würden die Hunnen heute nächtigen und morgen Stellung nehmen. Althias hütete sich, zu verbieten, was er nicht ohne Blutvergießen wehren konnte. Aber der Hügel beherrschte die Gegend. −

Zu später Nachtstunde trafen sich die Häuptlinge der Hunnen auf der Krone der Höhe. »Kein Späher nahe?« fragte Aigan. »Dieser Herulerfürst weicht nicht aus unserer Nähe!« − »Herr, ich that wie du befohlen. Siebzig wache Hunnen liegen im Kreise um diesen unseren Standort: kein Vogel fliegt über sie unvermerkt.« »Was sollen wir morgen thun?« forschte der dritte, an seines Hengstes Bug gelehnt und ihm die zottige Mähne streichelnd. »Ich traue nicht mehr den Worten Belisars. Er täuscht uns.« − »Belisar täuscht uns nicht. Aber ihn sein Herr.« »Ich sah,« begann der zweite besorgt, »ein absonderliches Zeichen. Als die volle Dunkelheit einbrach, da zuckten kleine, blaue Flämmchen auf den Speerspitzen der Romäer. Was mag das bedeuten?« »Das bedeutet Sieg,« rief, tief bewegt, der dritte. »In unserer Horde geht die Sage, − mein Urgroßvater hat es selbst gesehen und von Geschlecht zu

Geschlecht hat sich's vererbt: – vor dem grauenvollen Tage dort in Gallien, da des großen Atta Geißel brach.« »Atta in den Wolken, großer Atta, sei uns hold,« flüsterten alle drei sich gegen Osten tief verneigend. »Da stand mein Urahn Wache in finsterer Nacht am rauschenden Strom. Am anderen Ufer ritten, die Örtlichkeit erkundend, zwei Männer, Speere über der Schulter. Mein Ahnherr und seine Genossen glitten ins hohe Schilf und spannten die Hornbogen, die niemals fehlten. Sie zielten. ›Sieh, Aetius,‹ rief der eine, ›dein Speer leuchtet.‹ ›Und auch der deine, König der Westgoten,‹ antwortete der andere. Unsere Ahnen schauten auf. – Und wirklich: blaue Flammen zuckten um der Feinde Speere. Entsetzt entflohen die Unseren, wagten nicht auf die Göttergeschützten zu schießen! Und am Tage darauf war Atta ... –« »Atta, Atta zürn' uns nicht!« flüsterten sie nun wieder, erschrocken in die Wolken schauend. »Was *damals*, Sieg der Germanen bedeutet hat und Unheil ihren Feinden,« erwiderte Aigan mißtrauisch, »kann es diesmal wieder bedeuten. Wir warten's ab. Es bleibt dabei. Wohin der Sieg sich neigt, dahin neigen wir: deshalb hab' ich uns diesen Hügel zum Standort gewählt. Von hier sehen wir klar den Verlauf der Schlacht. Entweder geradeaus über den Bach auf der Vandalen linkes Horn ...« – »Oder nach rechts auf der Romäer Mitteltreffen – wie ein Wirbelsturm!« – »Ich plünderte lieber der Vandalen Lager. Es soll sehr reich an gelbem Golde sein.« – »Und an weißbusigen Weibern.« – »Aber ganz Karthago hat doch noch mehr Gold als der Vandalenfürst in seinen Zelten.«

»Das beste aber ist: die Entscheidung wird wohl fallen, bevor der Löwe der Romäer eingetroffen ist.« – »Da hast du recht! Nicht gegen seines Auges zürnenden Blitz möcht' ich gern den Gaul spornen.« – »Geduld! Wartet ruhig! Wohin ich dann den Pfeil schieße, dahin stürmen wir. Und Atta wird hoch in den Lüften ob seinen Kindern schweben!« – – Er nahm den Helm von dickem, schwarzem Schafvließ ab, warf ihn in die Luft und sang leise:

»Atta, Atta, gieb uns Beute,
Beute deinen lieben Kleinen,
Gelbes Gold und weißes Silber,
Und das rote Blut der Reben,
Und der Feinde schönste Weiber.«

Alle wiederholten entblößten Hauptes diese Worte in tiefster, brünstigster Andacht. Nun stülpte er die Helmhaube wieder auf: »Still! – Auseinander!«

Zwölftes Kapitel

In dem Lager der Vandalen, auf der linken Seite des Baches, flatterte von dem Königszelt herab, von dem Nachtwind manchmal leise gehoben, das große Banner Geiserichs: es flüsterte mit der lauen, dunkeln Luft. Neben dem königlichen saßen in einem etwas niedrigeren Zelt Gibamund und Hilde schweigend Hand in Hand auf dem Ruhebett; den Tisch vor ihnen bedeckten Gibamunds Waffen; die Ampel, die vom Zeltdach niederhing, warf ein mattes Licht darauf, das in dem blanken Erz sich spiegelte; neben diesen hellen Waffen lag ein dunkler Dolch, mit schönem Griff in schwarzer Lederscheide: gar kunstvolle Arbeit.

»Schwer ward es mir,« sprach, ungeduldig aufspringend, Gibamund, »des Königs Gebot mich zu fügen und den Befehl im Lager heute zu übernehmen bis zu seiner Wiederkehr. Die Spannung, die Erwartung ist gar groß.« – »Ja, wenn uns die Mauren versagen sollten! – Wie viele sagtest du?« – »Zwölftausend. Schon vorgestern hätten sie hier eintreffen müssen, wären sie, der Verabredung gemäß, hierher geeilt aus dem Lager von Bulla. Umsonst schickte der König Boten über Boten nach ihnen aus, sie zur Eile zu mahnen. Zuletzt, voller Ungeduld, ritt er selbst ihnen entgegen auf der numidischen Straße. Denn, fehlen uns morgen zwölftausend Mann Fußvolk – sie sollten unseren ganzen linken Flügel bilden! – ist unsere Stellung ... – horch, das ist der Lagerwachen Hornruf! Der König muß zurückgekehrt sein. Laß mich fragen.«

Aber schon vernahm man Schritte, Waffenklirren in nächster Nähe: beide Gatten sprangen auf, eilten an den Ausgang des Zeltes. Die Vorhänge wurden von außen zurückgeschlagen und vor ihnen stand, den Helm auf dem ragenden Haupte, – Zazo. »Du, Bruder?« – »Du zurück, Zazo! O nun ist alles gut.« Ernster, gehaltener als sonst, aber mannhaft, ungebrochen stand der Starke zwischen beiden, die an seine Brust sich schmiegten, seine Rechte drückten. Es war eine Freude, ein Trost, den aufrechten, festen Mann anzuschauen.

»Nicht alles ist gut, holde Schwägerin,« erwiderte er ernst, entschlossen. »Ach Ammata –! Und der ganze Tag von Decimum! Ich versteh ihn nicht,« schloß er kopfschüttelnd. »Aber viel kann noch gut gemacht werden.« – »Wo kommst du so plötzlich her? Hast du Gelimer ... –?« – »Er wird bald hier sein! Er versprach's! Er – betet noch in seinem Zelt – mit Verus.« – »Du kommst von –?« – »Sardinien, rechten Weges. Ein Brief des Königs, von Verus abgesandt, der mich zur eiligen Rückkehr mahnte und vor dem Hafen von Karthago warnte, gelangte nicht an mich. Wohl aber ein zweiter des Bruders selbst – mit der ganzen Unglücksbotschaft. Ich landete nun an der mir angegebenen Stelle und zog auf Bulla, dort die maurischen Söldner aufzubieten und hierher zu führen. Ich kam nach Bulla und fand ...« – er stampfte mit dem Fuß. »Nun, was?« – »Das leere Lager.« – »Die Mauren waren schon aufgebrochen hierher?« – »Auseinandergelaufen sind sie! Alle

zwölftausend, in die Wüste.« – »Um Gott!« – »Die Verräter.« – »Nicht
Verräter. Sie haben dem König das Soldgeld zurückgesandt. Kabaon, ihr
weissagend Oberhaupt, hat sie gewarnt, hat ihnen verboten, an diesem
Kampfe teilzunehmen. Alle folgten seinem Rat. Nur ein paar hundert
Leute von den Pappuabergen ... –« – »Sie haben Gastfreundschaft mit
Gelimer, mit dem ganzen Asdingengeschlecht!« – »Sind uns gefolgt,
geführt von Sersaon, ihrem Häuptling,« – »Das wirft den ganzen Plan
des Königs um für die morgige Schlacht.« »Nun,« sprach Zazo ruhig,
»dafür hat er unverhofft meine Scharen erhalten: nicht ganz fünftausend,
aber ... –« »Aber dich an ihrer Spitze,« rief Gibamund.

»Auf der numidischen Straße traf er zuerst meine vorausgesandten
Boten, dann mich und mein kleines Heer. Welch traurig Wiedersehen!
Wie hatte ich mich meines Sieges gefreut! Aber jetzt! Reich flossen
Gelimers Thränen, wie er an meiner Brust lag. Und ich selbst ... – o
Ammata! Aber nein! Jetzt gilt es, fest und ruhig und mannhaft bleiben.
Ja, hart: denn allzuweich ist dieser König.«

»Doch hat er sich,« fiel Gibamund ein, »wieder aufgerichtet von dem
Schlag zu Decimum. Er war damals ganz zerschmettert.« »Ja,« grollte
Hilde, »mehr als einem Mann erlaubt ist.« »Ich habe Ammata kaum
weniger geliebt als er,« sprach Zazo und seine Lippe zuckte. »Aber –
den sichern Sieg aus der Hand lassen, nur um den Knaben zu beklagen,
zu bestatten ... –«

»Das hättest du nicht gethan, mein Zazo,« sprach eine sanfte Stimme.
Gelimer war eingetreten: er sagte die Worte ganz ruhig; die anderen
wandten sich erschrocken. »Euer Tadel ist begründet,« fuhr er fort.
»Aber ich sah in dieser Fügung – er war der erste Vandale, der in
diesem Kriege fiel – ein Urteil Gottes. Wenn der Schuldloseste von uns
fallen muß, – es ruht die Strafe Gottes für der Väter Missethat auf uns
allen.«

Unwillig schüttelte Zazo das Haupt und setzte den Büffelhelm auf den
Tisch, daß er klirrte: »Bruder, Bruder! Dieser finstere, grüblerische Wahn
kann dich und all dein Volk verderben. Ich bin nicht gelehrt genug, mit dir
zu streiten. Aber ein Christ, ein frommer, bin auch ich – kein Heide, wie
schön Hilde da – und ich sage dir ... – Nein, laß mich vollenden! Wie
jenes fürchterliche Wort von Gottes Rache zu deuten sei, – ich weiß es
nicht. Es kümmert mich auch wenig. Das aber weiß ich: geht unser
Reich zu Grunde, so geht es zu Grunde nicht wegen der Sünden unserer
Ahnen, sondern wegen unserer eigenen Fehler. Der Väter Sünden:
freilich, sie rächen sich auch. Es vererben sich ja auch Laster und
Krankheit. Selbst verweichlicht, haben sie ein schlaff Geschlecht
erzeugt! ihre Genußsucht haben sie vererbt und sie gepflegt in ihren
Kindern. Und auch sonst rächen sich die Sünden unserer Väter an uns:

– aber ohne Mirakel der Heiligen. Daß die Katholiken, jahrzehntelang gequält, sich dem Kaiser zuwandten gegen uns, daß die Ostgoten, statt uns, unseren Feinden helfen, – das sind freilich lauter Strafen der Sünden unserer Väter. Aber Gott braucht dazu kein Wunder zu thun: ei, er müßte Wunder thun, es zu verhindern! Und Ammata – ist er schuldlos? Gegen deinen Befehl rast er tolldreist in den Kampf. Und der Edeling? Statt, der Feldherrnpflicht gemäß, den Ungehorsamen seinem Los zu überlassen und nicht anzugreifen bis Gibamund zur Stelle, folgt er nur dem heißen Wunsch des Herzens, deinen Liebling zu retten. Und ...« – er stockte. »Und der König?« fuhr Gelimer fort. »Statt seine Pflicht zu thun, zerschmilzt er bei dem Anblick des Toten. Aber das ist eben der Fluch, die Rache des Herrn.« »Durchaus nicht,« erwiderte Zazo. »Auch das ist kein Mirakel! Das ist die Folge davon, daß auch du kein echter Vandale mehr bist, o Bruder, – schon einmal sagt' ich's! – versunken, nicht, wie das Volk, in Lüste, aber in Grübelei. Und freilich auch wieder eine Folge der Missethat der Väter: hättest du nicht als Knabe jenen Anblick grauenvoller Folterung gehabt ... –! Aber es hilft nichts, zu fragen, wie das Vergangene an dem Gegenwärtigen schuld trägt: – es gilt heute, morgen, alle Tage seine Pflicht thun, fest und treu und ohne Grübeln. Dann siegen wir: – und das ist gut – oder wir fallen als Männer: und das ist auch nicht übel. Mehr können wir nicht thun als unsere Schuldigkeit. Und der liebe Himmelsherr wird mit unserer Seele verfahren nach seiner Gnade. Mir ist nicht bang um die meinige, bin ich im Kampfe für mein Volk gefallen.« »O,« rief Hilde freudig. »Das hat wohlgethan! Das war wie frischer Nordwind, der schwüles Dunstgewölk zerstreut.« Schmerzlich, doch ohne Vorwurf, erwiderte Gelimer: »Ja, der Gesunde begreift es gar nicht, daß der Kranke nicht singt und springt. – Ich kann nicht anders: – ich muß ›grübeln‹, wie ihr's scheltet. Doch,« lächelte er wehmütig, »manchmal grüble ich mich durch! Manchmal durchbreche auch ich – auf meine Weise – das Dunstgewölk. So hab' ich nun in brünstigem Gebet mich wieder durchgerungen zu dem alten starken Trost: – nur Verus, mein Beichtiger, weiß um diese Kämpfe und um den Grund meines Obsiegens: – ›das Recht ist auf meiner Seite.‹ Ich bin nicht ein Anmaßer, wie der Kaiser mich schmäht! Der mörderische Hilderich ist mit Recht entsetzt. Keine Schuld haftet an mir: kein Unrecht hab' ich an Hilderich gethan, kein Unrecht hat der Kaiser an mir zu rächen. Das ist mein Halt, meine Stütze und mein Stab. – Siehe, da, Verus, man hört dich nie eintreten.«

Mit feindlichen Blicken maß ihn Zazo.

»Ich kam, dich abzuholen, o König. – Es sind noch schriftliche Befehle auszufertigen. – Auch sollt' ich dich erinnern an die Gefangenen ... –«
»Jawohl! – Höre, Zazo, erteile endlich die langerbetene Zustimmung. Laß mich Hilderich und Euages freigeben.« – »Mitnichten,« rief Zazo, in

starken Schritten das enge Zelt durchmessend. »Mitnichten! Am wenigsten am Vorabend der Entscheidung. Soll Belisar ihn, nachdem wir gefallen, in Karthago wieder auf den Thron setzen? Oder soll er, nachdem wir gesiegt, in Byzanz am Hofe ständig als ein lebendiger Vorwand gepflegt werden, uns nochmal anzugreifen? Die Köpfe herunter den Mördern! Wo sind sie?« – »Hier im Lager, in guter Hut.« – »Und die Geiseln?« – »Sie waren – so auch des Pudentius Sohn – in Decimum geborgen,« antwortete Verus. »Nach verlorener Schlacht wurden sie von den Siegern befreit.« »Das könnte sich morgen wiederholen,« brauste Zazo auf. – »Leicht kann im Gewoge der Schlacht – vorübergehend – der Feind in dieses offene Lager dringen. Ich verlange, König ... –« »Es sei,« unterbrach dieser, und zu Verus gewendet gebot er: »Laß Hilderich und Euages beiseite schaffen.« – »Wohin?« – »An einen sicheren Ort, wo sie gewiß kein Byzantiner befreien kann.« Verus verneigte sich und ging eilig. »Ich folge,« rief ihm der König nach. – »Seid nicht zu streng gegen mich in euren Herzen,« sprach er nun zu den Dreien gewendet mit sanfter Stimme, »ihr Kerngesunden: ich bin ein blitzgestreifter Stamm! – Doch morgen,« sprach er, sich hoch aufrichtend, »morgen hoff' ich, sollt ihr mit mir zufrieden sein. Auch du, herbe Hilde! Leihe mir deine kleine Harfe: – es wird dich, mein' ich, nicht gereuen.« Hilde holte sie aus einer Ecke des Zeltes. »Hier! Aber du weißt,« sprach sie lächelnd, »ihre Saiten reißen, will man sie spielen zu lateinischen Versen, zu – Bußgesängen.« »Sie werden nicht reißen. Schlaft wohl.« Und der König schritt aus dem Zelt. »Diese Harfe von ganz dunklem schwarzem Holz –?« fragte Zazo. »Ich meine, ich sah sie früher in anderer Hand. – Wo doch? In Ravenna, nicht?« – Hilde nickte: »Mein Freund Teja, mein Harfen- und Waffenlehrer, schenkte sie mir als Hochzeitsgabe. – Und er hat mein nicht vergessen, der Vieledle, Vielgetreue. – In meinem Glück hat er sich nie gemeldet. – Aber jetzt ... –« »Nun?« fragte Zazo. »Sobald die erste Nachricht von unserem Unheil bei Decimum nach Ravenna gelangte,« erklärte Gibamund, »es hieß dabei, ich – wohl verwechselt mit Ammata – sei gefallen, da wollten wackere Männer der Ostgoten – der alte Waffenmeister, Teja und noch ein paar andere mit einer freiwilligen Schar uns zu Hilfe kommen. Die Regentin hat es streng verboten. Da sandte Teja meiner Witwe, wie er glaubte, diesen herrlichen Dolch von dunklem Erz.«

»Das ist köstliche Arbeit,« sprach Zazo, die Klinge ziehend und prüfend. »Welch edle Waffe!« »Und er hat sie selbst geschmiedet,« rief Hilde eifrig. »Siehe, hier: seine Hausmarke an dem Griff.« »Und auf der Klinge – ein Spruch – eingeritzt in Runen« – forschte Zazo, unter den Schein der Ampel tretend: »›Die Toten sind frei.‹ – Hm, ein ernster Trost. Doch nicht zu ernst für Hilde. Verwahre dies gut!« »Ja,« sprach Hilde ruhig. »Den Dolch im Gürtel: und den Trost in den Gedanken.« »Doch,

Hilde, nicht zu früh!« warnte Zazo scheidend. »Sorge nicht,« antwortete sie, den Gemahl mit beiden Armen umschlingend – »es ist der Witwe Trost und Waffe.«

Dreizehntes Kapitel

Am andern Morgen weckten bei Sonnenaufgang langgezogene Hornrufe das schlafende Lager der Vandalen.

Vor den Augen der Römer verdeckt durch die vordersten Reihen der Zelte, ward das Heer der Barbaren geordnet innerhalb des eigenen Lagers. Schon am Abend vorher waren den einzelnen Führern schriftlich die Befehle für ihre Aufstellung zugegangen: so ward sie nun ohne Schwierigkeit vollzogen; die Leute wurden angewiesen, wo sie standen oder lagen das Frühmahl von Brot und Wein einzunehmen. Das Lager war groß: wenig tief, aber sehr lang, dem Lauf des kleinen Flüßleins folgend, auseinandergezogen. Außer den Kriegern hatte es viele Tausende von Weibern, Kindern und Greisen aufnehmen müssen, die aus Karthago und aus andern von den Feinden besetzten oder bedrohten Gebieten geflüchtet waren.

Nun rief Drommetenklang die Unterfeldherrn und die Führer der Tausendschaften in die Mitte des Lagers, wo auf einem großen, freien Platz der König und seine beiden Brüder zu Pferde hielten. Bei ihnen, an ihres edeln Rappen Bug gelehnt, stand Hilde, eine verhüllte Speerstange in der Hand; neben ihr hielt, im vollen Priesterschmuck, zu Pferd, Verus. Außer den Führern drängte sich hier die Mannschaft zusammen, mit welcher Zazo Sardinien wiedergewonnen hatte.

Noch einmal scholl der Ruf der Heerdrommeten durch die Zeltgassen, dann ritt Zazo einige Schritte vor. Brausender Zuruf begrüßte ihn. Er sprach mit lauter fester Stimme: »Höre mich, du Volksheer der Vandalen. Wir kämpfen heute nicht nur um den Sieg, – wir kämpfen für alles, was wir sind und haben: das Reich Geiserichs und seinen Ruhm, für die Weiber und Kinder in jenen Zelten dort, die Sklaven sind, wenn wir erliegen. Heute gilt's, dem Feinde und dem Tod nah in das Auge sehen. Der König hat befohlen: diese Schlacht wird von den Vandalen mit dem Schwert allein geschlagen: – nicht mit Bogen und Pfeil, nicht mit Wurflanze und Speer. – Seht, hier werf' ich meinen Speer von mir: ihr thut desgleichen: mit dem Schwert in der Faust dem Feind dicht an den Leib!« Er ließ die Lanze sinken: alle Krieger folgten seinem Beispiel: »Nur Ein Speer,« fuhr er fort, »wird heute ragen in der Vandalen Heer: – *dieser* Speerschaft.« Hilde trat vor: er nahm ihr den Schaft aus der Hand, riß die Hülle herab und schwang hoch durch die Luft eine gewaltig wallende, blutrote Fahne.

»Geiserichs Banner! Geiserichs sieghafter Drache!« riefen tausend Stimmen.

»Folgt dieser Fahne, wohin auch sie euch ruft. Laßt sie nicht in Feindes Hand geraten! Schwört, ihr zu folgen bis in den Tod.« – »Bis in den Tod!« scholl es feierlich zurück. »Es ist gut. Ich glaube euch, Vandalen. – Nun hört noch euren König. Ihr wißt: ihm ist des Liedes Gabe eigen und des Harfenschlags. – Er hat – weise, meisterhaft – die Schlachtreihe geordnet: – er hat auch den Schlachtgesang gedichtet, der euch fortreißen soll in den Kampf.« Und Gelimer schlug den langen Purpurmantel zurück, erhob Hildes – Tejas – dunkelgewölbte, dreieckige Harfe und sang zum Schall ihrer helltönigen Saiten:

»Wohlauf nun, Vandalen,
Vorwärts, zur Feldschlacht!
Folget der Fahne,
Der Ruhm-umrauschten
Gesellin des Sieges.

Fahrt in die Feinde!
Ringet und reißt sie,
Brust an Brünne,
Nieder im Nahkampf!

Wahret, Vandalen,
Das Edelerbe
Untadliger Ahnen:
Das Reich und den Ruhm!

Schon rüstet die Rache
Hoch in den Himmeln
Der Rächer des Rechts:
Gott giebt der gerechten
Sache den Sieg.«

»Gott giebt der gerechten Sache den Sieg!« wiederholten brausend die Krieger und verteilten sich, auseinanderströmend, in die Gassen des Lagers. –

Der König und seine Brüder stiegen nun von den Rossen, nochmals kurzen Rats zu pflegen und einen Trunk Weines zu nehmen, den Hilde selbst ihnen darbot. Da, während Gelimer Hilde die Harfe reichte, drängte sich durch die auseinanderwogenden Reihen eine seltsame Gestalt. Der König und seine Brüder staunten sie an: ein hochgewachsener Mann, vom Scheitel bis zu den Knöcheln in einer Kutte von Kamelhaar steckend, die, statt von einem Strick, von einem

Gürtel aus wunderschönen goldbraunen starken Strähnen zusammengeflochtenen Frauenhaars, um die Lenden zusammengehalten wurde; keine Sandalen schützten die nackten Füße, keine Kopfbedeckung das kurzgeschorene Haupt: eingefallen waren die Wangen, aus tiefen Höhlen funkelten heiße Augen: er warf sich vor dem König nieder und hob flehend beide Hände empor.

»Bei Gott! – Ich kenne dich, Mann,« sprach dieser. »Ja, das ist ...« – fiel Gibamund ein, »Thrasabad, Thrasarichs Bruder,« schloß Zazo. »Der Verschollene, längst Totgeglaubte?« fragte Hilde, scheuen Blickes naher tretend. »Ja, Thrasabad«, erwiderte eine klanglose Stimme, »der Unselige. Ich bin ein Mörder, – *ihr* Mörder: – König, richte mich.« Gelimer neigte sich, faßte ihn an der Rechten und hob ihn auf. »Nicht der Griechin Mörder! – Ich hörte alles von deinem Bruder.« –

»Gleichviel! Ihr Blut liegt auf meiner Seele. Das empfand ich; sowie ich es strömen sah. Ich lud die schöne Last auf ein Roß – in jener Nacht – und sprengte fort mit ihr – aus den Augen der Menschen! – Fort – immer fort in die Wüste – bis das Roß niedersank: – und mit diesen Händen – nicht weit von hier – habe ich sie bestattet in einer Sandschlucht. Ihr wunderschönes Haar schnitt ich ihr ab: – wie oft hab' ich's gestreichelt und gekost! Und unablässig hab' ich gebetet und gebüßt an ihrem Grabe. Fromme Wüstenmönche fanden mich dort wachend, fastend, dem Tode nah. Und ich beichtete ihnen meine schwere Schuld. Und sie versprachen mir Gottes Vergebung, wenn ich als einer der Ihrigen an jenem Grabe büßen wolle für und für. Ich gelobte es. Sie gaben mir ihre Gewandung – ich schlang Glaukes Haar darum, mich stets der Schuld zu mahnen; – sie brachten mir Nahrung in die einsame Schlucht. Aber als ich nun den Tag von Decimum und meines Bruders Tod erfuhr, als die Entscheidung näher und näher hierher zog, als ihr und die Feinde dicht neben meinem Verstecke Lager schlugt, seit ich – zwei Tage schon! – die Kriegshörner meines Volkes höre, – seitdem habe ich keine Ruhe mehr in meinem müßigen Gebet! Ich habe einst das Schwert nicht schlecht geführt. Mein ganzes Herz verlangte danach, dem Ruf des Heerhorns einmal noch – zum letztenmal! – zu folgen. Ach, ich wagte es nicht: ich weiß, ich bin's nicht wert! – Aber diese Nacht ist mir im Traume *sie* erschienen: – ihre Menschenschönheit ganz in Engelsglanz verklärt, nichts Irdisches mehr an ihr! Und sie sprach: ›Geh hin zu deinen Waffenbrüdern und erbitte dir ein Schwert und kämpfe und falle für dein Volk: – das ist die beste Sühne.‹ O glaub's mir, mein König! Ich lüge nicht, den Namen dieser Heiligen im Munde. Und kannst du mir verzeihn, um ihrerwillen – o laß mich ... –«

Da trat Zazo vor, zog einem der Seinigen das Schwert aus der Scheide und reichte es dem Mönche: »Hier, Thrasabad, Thrasamers Sohn! – Ich nehm's auf mich beim König. – Siehst du? Schon nickt auch er dir zu.

Nimm dieses Schwert und folge meiner Schar. Du brauchst wohl keine Scheide mehr. – Jetzt, König Gelimer, laß die Hörner schmettern und vorwärts: auf den Feind!«

Vierzehntes Kapitel

Der König hatte mit scharfem Feldherrnblick erkannt, daß die Entscheidung der Schlacht in der Mitte der beiden Heere fallen werde, wo sich links südwestlich und rechts nordöstlich vom Bach sanfte Höhenzüge erhoben, die beiden Lager tragend. Außerdem hatten Überläufer der Hunnen gemeldet, daß diese Hilfsvölker sich zunächst am Kampfe gar nicht oder nur lau beteiligen würden: von dem rechten römischen Flügel erwartete daher Gelimer keine Gefahr für seinen linken. Er nahm nun seine rechte Flanke ziemlich weit zurück, so daß die Feinde lange marschieren mußten, bis sie diese erreichten: – vielleicht so lange, bis in der Mitte die günstige Entscheidung bereits gefallen und damit der Übertritt der Hunnen gewonnen war.

In die Mitte also verlegte der König die beste Stoßkraft seines Heeres: weit überwiegend Reiterei, wenig Fußvolk, die fast fünftausend Krieger Zazos, unter dessen Befehl; hier hatte er auch Gibamund mit dessen treu ergebener Gefolgschaft von zweihundert Mann aufgestellt: hier die beiden Gundinge mit ihren zahlreichen Gesippen in Eberhelmen und Eberschilden gleich ihren Führern: hier hielt er selbst, im dritten Treffen, mit einer starken Reiterschar, welcher er auch die wenigen treu gebliebenen Mauren vom Berge Pappua unter ihrem jugendlichen Häuptling Sersaon anreihte. Die Führung der beiden Flügel hatte er zwei anderen Edelingen anvertraut. Gelimer selbst flog vor Beginn und im Laufe des Gefechts auf raschem Pferd allüberall durch die Reihen, mahnte und schärfte den Mut der Seinigen.

Das Gefecht begann, wie es der König geplant hatte, mit völliger Überraschung der Feinde. Zu der Zeit, da die Byzantiner mit der Zurüstung des Frühmahls beschäftigt waren, führte er plötzlich das Mitteltreffen aus den verbergenden Zeltreihen heraus an das linke Ufer des seichten Bächleins: es ist so unbedeutend, daß es bei den Umwohnern keinen besonderen Namen führt; doch trocknet es nicht aus: und das linke, das vandalische Ufer überhöhte das rechte. Erstaunt ordneten die Unterfeldherrn Belisars – er war noch nicht zur Stelle – ihre Scharen, so gut es in der Eile gehen wollte: das heißt, wo jede Abteilung gerade stand oder lagerte. Den rechten römischen Flügel, auf dem Hügel, hielten die Hunnen besetzt: sie rührten sich nicht. Ihnen zunächst stand, geheimem Befehle gemäß, Fara mit den Herulern, jene verdächtigen Hilfsvölker beobachtend. Darauf folgten – in der Mitte – Althias der Thraker und Johannes der Armenier mit ihren Kerntruppen von Stammgenossen, sowie mit den Schildenern und Lanzenträgern der Leibwache Belisars: hier glänzte das kaiserliche Hauptpanier, das »Vexillum Prätorium,« die Feldherrnfahne Belisars. – Den linken römischen Flügel bildeten die andern Hilfsvölker, außer den Hunnen; auch die Byzantiner hatten erkannt, daß die Entscheidung in der Mitte der beiden Aufstellungen fallen werde. Als Gibamund auf weißem Roß die Seinen vorführte, gab ihm Hilde, von dem herrlichen Rappen getragen, weithin das Geleit. Auf ihres Gatten Wunsch hatte sie mit einer leichten Sturmhaube, auf der sich weiße Falkenschwingen sträubten, das schöne Haupt geschützt: frei flutete darunter hervor das lichtgelbe Haar über den weißen Mantel den Nacken hinab. Auch einen leichten Schild, in heller Versilberung glänzend, hatte er ihr aufgedrängt. Das weiße Untergewand umgürtete das schwarze Wehrgehäng mit Tejas Dolch; aber die Brünne hatte sie, als zu beschwerlich, abgewehrt. »Du läßt mich ja doch nicht mitkämpfen, nicht an deiner Seite reiten,« klagte sie.

Schon flogen, in hohem Bogenschuß geschnellt, die ersten Pfeile der Byzantiner über die Vandalen hin und schlugen unter die Reiter Gibamunds ein. »Halt,« gebot er, »Geliebte. Nicht weiter vor! Nicht in Pfeilschußweite! Hier, auf dieser kleinen Höhe, warte. Ich laß dir eine Zehnschaft zur Bedeckung. Von hier aus siehst du sehr weit. Achte auf die weißen Reiherflügel meines Helms und auf die Drachenfahne. Ihr folge ich.« – Ein Händedruck: – voran flog Gibamund: ruhig hielt Hilde das gelehrige Roß: sie war sehr bleich. –

Sofort kam es zum ersten Zusammenstoß.

Johannes der Armenier, einer der besten Führer Belisars, drang mit seinen Landsleuten durch den Bach, der ihnen nur bis an die Knie reichte, und stürmte aus demselben gegen das steilere vandalische Ufer hinan.

Augenblicklich war er hinabgeworfen. Zazo stürzte sich mit seinem ersten Treffen auf ihn mit der Wucht, mit welcher der Raubvogel das Kleinwild schlägt: die halb erstiegenen Uferhöhen hinab, bis mitten in den Bach, dessen Wasser sich bald rot färbte, und an das andere Ufer ging die Verfolgung der Vandalen. Hilde sah's von ihrem Standort aus ganz deutlich: »oh endlich, endlich,« rief sie, »ein Hauch des Sieges.« Zazo aber verfolgte nicht weiter. Er nahm vorsichtig seine Leute an das linke Ufer des Baches zurück. »Wir wollen sie erst noch einmal hier herunter werfen,« sagte er lachend, »die Stellung auf der Höhe nochmal ausnutzen.« In heller Flucht hatten die Armenier ihren tapfern Führer fortgerissen. Dieser, von Zazos Schwert durch den Schild in den Arm getroffen, sprach grimmig zu Marcellus, dem Führer der Leibwächter: »der Teufel ist in die Memmen von Decimum gefahren. Daß sie nur mit dein Schwerte fechten, macht meine Lanzenträger wirr. Die Barbaren hauen ihnen die langen Speere nach rechts, unterlaufen sie und stechen sie ab. Und dieser Kerl mit dem Büffelhelm stößt wirklich wie ein Bergstier. Gieb mir deine Schildener: ich versuch's nochmal.« Mit den Schildenern, geführt von Martinus, wiederholten die Armenier den Angriff. Kein Pfeil, kein Wurfspeer flog ihnen entgegen: aber sobald sie die Höhen des vandalischen Ufers zu erklimmen begannen, brachen die Germanen mit dem Schwert im Nahkampf auf sie herab. Martinus fiel von Gibamunds Schwert. Da flohen die Schildener: die Armenier stutzten, wankten, wirbelten einen Augenblick durcheinander: – dann flohen auch sie, verfolgt von den Vandalen.

>   »Fahrt in die Feinde!
>   Ringet und reißt sie
>   Nieder im Nahkampf!«

scholl es brausend durch Zazos Scharen, welche dieser abermals auf das linke Ufer zurückführte. »Sie müssen wiederholt der gefürchteten Byzantiner Rücken sehen, ehe sie das Herz haben, sie vollends zu schlagen,« sprach er zu Gibamund, der zur Verfolgung drängte. »Und – wo bleibt Belisar?«

Dieser war soeben von Karthago her mit seinen fünfhundert Reitern bei dem Mitteltreffen angelangt, gerade rechtzeitig, die Flucht der Seinen zu gewahren. Als er erfuhr, daß dies der zweite abgeschlagene Angriff war, befahl er allen seinen Leibwächtern, welche auf den Fußkampf wie zum Reiterkampf gleichmäßig eingeübt waren, abzusteigen und zu Fuß mit den Thrakern des Althias zum dritten Angriff vorzugehen. Sein eigenes Hauptbanner, die »Feldherrnfahne«, gebot er, ihnen vorzutragen. Es war ein gewaltiger, ein drohender Anblick. Die Tuba der Römer schmetterte, die »Feldherrnfahne« zu begrüßen. Wie eine wandelnde Mauer von Erz rückten die Byzantiner, fest aneinandergeschlossen, heran, weit vorgestreckt die langen Lanzen. Zazo sah, daß seine Leute stutzten. »Jetzt vorwärts! Über den Bach! Zum Angriff! –« Er sprengte den Seinen voran. Aber er merkte bald, daß nur sehr wenige – die Gundinge und ihre Eberhelme – ihm folgten. »Vorwärts!« befahl er nochmal. Aber die Vandalen zauderten. Sie fühlten, daß das Gefecht von der Höhe herab ihren Erfolg sehr erleichtert hatte: sie wollten nun die günstige Höhe nicht verlassen und – sie hatten von fern Belisar erschaut. Furchtbar, drohend rückten die Reihen der Lanzen heran. »Hätten wir nur auch unsere Speere!« So klang es ängstlich hinter ihm. Schon hatten die Byzantiner den Bach erreicht: – schon wateten sie in das seichte Rinnsal hinein: – und noch gehorchten die Vandalen auf der Höhe nicht dem Befehl zum Angriff.

»Ihr *wollt* nicht hinüber?« rief Zazo grimmig, »So sollt ihr *müssen*!« Mit diesen Worten riß er dem Reiter zu seiner Rechten die Drachenfahne Geiserichs aus der Hand und mit dem Ruf: »Holt euch die Fahne wieder und eure Ehre!« schleuderte er sie, mit aller Kraft, in hohem Schwung über den Bach hinweg, mitten in die dichtesten Reihen der Byzantiner.

Laut aufschrien Feinde und Freunde!

Sofort hatte ein Byzantiner das Banner aufgegriffen vom Boden, hoch erhoben, und wollte damit nach rückwärts, zu Belisar, eilen. Aber er kam nicht weit. Denn als sie das Kleinod des Reiches in den Haufen der Feinde sahen, stürzten sich alle Vandalen, zu Roß und zu Fuß, dem Vorgang der Edelinge folgend, den Uferhang hinab, in den Bach und in die Byzantiner. Von der Seite Zazos hinweg stob, auf starkem Hengst, eine seltsame Gestalt: ein Mönch, ohne Helm, Schild und Brünne, in grauer Kutte, nur das Schwert in der Hand. Er brach sich Bahn durch die feindlichen Reiter, er erreichte den Erbeuter der roten Fahne, er riß sie ihm aus der Hand und spaltete ihm mit Einem Schwertstreich Helm und Schädel: Valerianus war's gewesen, der Lanzenträger Oberster.

Hoch schwang der Sieger das zurückgewonnene Banner: und augenblicklich fiel er vom Gaul, von fünf Wurflanzen zugleich durchbohrt. Aber aus des Sinkenden Hand hob die Fahne Gundobad, der Gunding: »Hierher, zu Hauf!« rief er, »der Gundinge Gesippen! Hierher, ihr hauenden Eber!« Und schon war sein Bruder, war die ganze Schar der Eberhelme um ihn: herausgehauen, für den Augenblick, war das Banner und sein Träger. Die nächsten Reihen der Feinde um das Vandalenbanner her wankten und – wichen! »Sieg!« riefen die Vandalen und sangen, mutig vordringend:

> »Fahrt in die Feinde!
> Folget der Fahne,
> Der Ruhm-umrauschten
> Gesellin des Sieges.«

Und sie schlugen die Schwertklingen auf die Schilde, daß es hallte. »Sieg!« jauchzte Hilde, die das ganze herrliche Schauspiel übersah.

Fünfzehntes Kapitel

Auch Belisar sah's von seinem Lagerhügel aus.

»Fliege,« rief er Prokopius zu, »fliege zu Fara und den Herulern! Sie sollen links einschwenken und jenen roten Fetzen nehmen.« – »Und die Hunnen?« fragte leise Prokop. »Schau hin: sie reiten langsam vor: aber nicht gegen Westen, nicht gegen die Vandalen ... –« – »Gehorche! – Erst muß diesem germanischen Taumeltanz um die rote Fahne ein blutig

Ende gemacht sein. Sonst ergreift sie ihr teutonischer Kampfteufel und dann ist's aus. Die Hunnen schreckt – im Fall der Not! – mein Antlitz allein.« Prokopius stob von dannen – nach rechts.

Einstweilen hatte das Drachenbanner schon wieder den Träger gewechselt. Alle Wurflanzen und Pfeile zielten nach dem weithin sichtbaren, gefährlichen Zeichen: Gundobads Roß fiel; der Reiter stand nie mehr auf. Aber aus des Sterbenden Hand nahm der Bruder, nahm Gundomar die Fahne und stieß die Spitze ihres Speers dem Cyprianus in den Hals, dem zweiten Führer der Thraker, der Gundobad, wie dieser von dem toten Hengst aufspringen wollte, den Eberhelm und das Haupt gespalten hatte mit dem Streitbeil.

Hilde hatte für einen Augenblick das rote Banner verschwinden sehn: – angstvoll gab sie dem Rappen einen leichten Schlag mit der Hand: – vorwärts schoß das feurige Tier in schwindelnder Eile: erst am Bachesrand fand sie Besinnung, Zügel zu ziehn. Viel später gelangten ihre Begleiter an die neugewählte Stelle.

Jetzt hatte Althias den zweiten Gunding erreicht. Ungleich, ungünstig für jeden Bannerträger war der Kampf: die Linke, welche den Zügel führte und die schwere Fahne trug, konnte den Schild nicht verwerten: und diese Last erschwerte auch der Rechten sehr erheblich die Verteidigung: nach kurzem Gefecht sank der Edeling, vom Kurzspeer des Thrakers durchstoßen, vom Pferd. Aber schon war Gibamund zur Stelle und sobald Zazo, dicht hinter ihm jagend, das Banner in des Bruders Hand geborgen sah, rief er: »Auch Belisarius hat ja ein Panier!« Und rasch zur Linken abbiegend, sprengte er, nur durch des Rosses Gewalt, eine Reihe von Thrakern auseinander, erreichte den Leibwächter Belisars, der das goldstarrende Hauptbanner trug, und streckte ihn mit einem sehr starken Schwertstreich durch das vordere Helmdach in die Stirne nieder. Das Feldherrnbanner fiel, während Gibamund, umgeben und stark gedeckt durch seine Gefolgschaft, hoch die rote Drachenfahne schwang.

Deutlich sah es Hilde: sie folgte unwillkürlich dem Drang nach vorn, nach dem Sieg: der Rappe, jeder leisesten Bewegung nachgebend, trug sie durch den Bach, dessen Wasser kaum den Saum ihres langen, weißen Mantels netzte: sie war drüben! Sie folgte dem Sieg! Vor sich, etwas zur Linken hin, sah sie bereits Gelimer und dessen Scharen: das ganze Mitteltreffen der Vandalen war in vollem Vorrücken.

Es war der Gipfel, war der Wendepunkt der Schlacht.

Noch einmal versuchte Althias, durch die Gefolgschaft an Gibamund selbst zu dringen: er war auch bis vor ihn gelangt und sie hatten zwei sausende, funkensprühende Schwerthiebe getauscht: – da schlug von links an des Thrakers Ohr klagendes wütendes Geschrei der Byzantiner: er wandte sich – und sah seines Feldherrn Banner sinken.

Es war schon das zweite Mal: denn Zazo hatte auch den zweiten Mann erschlagen, der es trug: – schon streckte der Sieger die Hand aus nach dem Schaft des Banners, das kein dritter aufzuheben Lust zeigte. – Da schmetterten von rechts her, ganz nah, in Zazos Ohr germanische Hörner: die Heruler waren es, die auf schnaubenden Rossen den Vandalen in die Flanke jagten und, mehrere ihrer Reihen durchbrechend, geradeaus gegen Zazo einsprengten.

Ein Wurfspeer – gut gezielt: denn Fara hatte ihn geworfen! – schmetterte dem Helden den Büffelhelm vom Kopf: er konnte nicht mehr an Belisars Banner, an die eigene Rettung mußte er denken. Er wandte das mächtige Haupt nach rückwärts.

»Jetzt zu Hilfe,« rief er, »Bruder Gelimer!«

»Hier bin ich, Bruder Zazo,« scholl's zur Antwort. Denn schon war der König zur Stelle. Er hatte, langsam dem Vordringen der Brüder folgend, seine Vandalen und Mauren stets näher herangeführt, hatte nun den neuen Angriff der Feinde bemerkt und den Augenblick der Gefahr.

»Vorwärts! Haut Zazo heraus,« rief er und sprengte, den Seinen voran, auf die Heruler ein; ein Mann sprang ihm entgegen, fiel mit der Linken dem Falben in die Zügel und zückte mit der Rechten den Wurfspeer: aber bevor der Speer flog, hatte Gelimers Schwert dem Heruler die Kehle durchstoßen.

Hilde sah's: denn immer näher und näher, wie von den Waffen zwingend angezogen, ritt sie in die Schlacht hinein.

In diesem Augenblick sah sie Verus im vollen Priesterornat, ohne Waffen, an ihr vorüber jagen gerad' auf den König zu. Nicht leicht war es, zu ihm zu dringen durch Mauren und Vandalen. Einen zweiten, einen dritten Speerkämpfer streckte Gelimer mit dem Schwert zu Boden. Schon war er Zazo ganz nahe. Der Ansturm seiner Vandalen traf nun voll die Heruler: diese wichen noch nicht, aber sie gewannen auch nicht mehr einen Schritt Boden, Wie zwei Ringer, die, Arme in Arme verschränkt, – keiner kann den andern von der Stelle drängen, – die gleiche Stärke messen, so wogten jetzt die Scharen gegeneinander: die Schlacht stand.

»Wo bleibt das Fußvolk?« fragte Belisar, besorgt nach den fernen Höhen blickend, wo die numidische Straße sich gen Karthago hinzog. »Drei Boten sandte ich danach aus,« erwiderte Prokopius. »Da! Die Thraker weichen! Die Armenier wanken zurück! Die Heruler sind nun von schwerer Übermacht bedrängt! – Auf, ihr Illyrier, jetzt rettet mir die Schlacht. Belisarius selber führt euch an.« –

Und mit hellem Trompetengeschmetter, an der Spitze seiner fünfhundert auserlesenen Reiter, sprengte der Feldherr den Hügel hinab, den Herulern zu Hilfe. Gelimer hörte den Schall, sah den Ansturm: er winkte eine frische Hundertschaft aus der Nachhut herbei. »Dorthin,« rief er ihnen zu, mit dem Schwerte deutend. »Und stimmt mir an den Schlachtgesang:

»Schon rüstet die Rache
Der Rächer des Rechts.«

Du, Verus, hier? Was bringst du? Dein Antlitz ist ... –« »O König!« rief der Priester. »Welche Blutschuld!« – »Was ist geschehen?« – »Der Bote, den ich sandte – zu den Gefangenen – ein Freigelassener von mir – hat deine Worte mißverstanden: ›Beiseite schaffen,‹ ›wo sie keiner befreien kann‹ –« – »Nun?« – »Er hat – er meldete mir's soeben, – und entrann, als er meinen Zorn gewahrte.« – »Nun, was denn?« – »Er hat Hilderich und Euages – getötet.« »Allwissender!« rief der König erbleichend. »Das hab' ich nicht gewollt!« »Aber noch mehr!« fuhr Verus fort. »Zu Hilfe, Gelimer,« scholl da Zazos Stimme aus dem dichtesten Gedränge. Belisar und die Illyrier hatten ihn jetzt erreicht. Gibamund war an seiner Seite. Auch Gelimer spornte das Roß. Aber Verus griff ihm in den Zügel und rief in sein Ohr: »Der Brief! – Die Warnung an Hilderich! – Ich fand den Brief soeben, eingeklemmt zwischen zwei Fächern der Truhe. – Hier ist er! – Hilderich hatte *nicht* gelogen! Er wollte sich nur schützen gegen dich: – unschuldig ward er abgesetzt, gefangen und getötet.« Einen Augenblick starrte ihm Gelimer, sprachlos vor Entsetzen, in das steinerne Antlitz: er schien betäubt. Da scholl ihm in das Ohr der Schlachtgesang der Seinen:

»Schon rüstet die Rache
Hoch in den Himmeln
Der Rächer des Rechts!«

»Weh, wehe mir! Ein Verbrecher! Ein Mörder bin ich!« schrie der König nun laut auf. Das Schwert entfiel ihm. Er schlug beide Hände vor das Gesicht. Ein furchtbarer Krampf rüttelte ihn. Er schien aus dem Sattel zu sinken. Verus stützte ihn, riß des Königs Roß herum, daß es dem Feind den Rücken kehrte und gab ihm aus aller Kraft einen Schlag auf den Hinterbug. Rasend schoß es davon. Sersaon und Markomer, der Führer der Hausreiterei, hielten links und rechts den taumelnden Reiter aufrecht.

»Hilf! Hilf! Ich erliege, Bruder Gelimer!« So scholl nochmal – dringender, verzweiflungsvoll – die Stimme Zazos. Aber sie ward überdröhnt von dem wilden, wüsten Geschrei der Vandalen: »Flieht!

Flieht! Der König selber ist entflohen! Flieht! Rettet die Weiber, die Kinder!« Und zu Hunderten rissen jetzt die Vandalen die Gäule herum und jagten davon, auf den Bach, auf das Lager zu.

Da sah Hilde, jetzt nur mehr wenige Schritte fern von dem Gewühl, Zazos hochragende Gestalt verschwinden. Sein Roß, von einem Speer getroffen, stürzte; er blutete aus mehr als einer Wunde. Aber er sprang nochmal auf.

Fara der Heruler erreichte ihn von links und zerspaltete ihm mit der Streitaxt den Drachenschild. Zazo schlug die Trümmer des Schildes dem Heruler an den Helm, daß er, betäubt, im Sattel schwankte. Nun drang von rechts Barbatus, der Führer der Illyrier, auf Zazo ein, die lange Stoßlanze eingelegt. Mit sinkender, mit letzter Kraft schlug Zazo die Lanze nach rechts zur Seite, sprang an der rechten Seite des Rosses gegen den schadlosen Reiter empor und stieß ihm das Schwert zwischen Helm und Brünne in den Hals; der glitt langsam nach links aus dem Sattel. Aber Zazo war im Zurückspringen in das Knie gesunken. Und eh' er sich aufraffen konnte, hielten zwei Reiter gerade vor ihm mit gezückten Wurflanzen.

»Hilf, Gibamund!« rief der Knieende, den linken Arm statt des Schildes über den Kopf hebend. Er sah um sich: ringsum Feinde: kein Vandale! Ja doch, – Einer! Da flatterte noch die rote Fahne! »Hilf, Gibamund!« rief er. Da stürzte der eine seiner beiden Angreifer vom Roß: Gibamund war an Zazos Seite. Er hatte mit der Speerspitze des Banners den Mann unter die Achselhöhle des hochgehobenen Armes getroffen. Doch nun griff Fara, der sich einstweilen erholt hatte, die Zügel fallen lassend, mit der Linken nach dem Schaft der roten Fahne. Gibamund erwehrte sich nur sehr schwer mit dem Schwerte der wuchtigen Schläge, welche des Herulers Rechte mit der Streitaxt nach ihm führte. Und schon bog der andere Reiter, der vor Zazo hielt, ein löwengewaltig Antlitz auf diesen nieder: »Ergieb dich, tapferer Mann! Ergieb dich mir: – ich bin Belisarius!«

Aber Zazo schüttelte das Haupt. Mit müder Kraft sprang er empor, das Schwert zum Streiche gezückt. Da stieß ihm Belisar die Spitze seines Speeres mit voller Kraft bis an den Schaft durch die Brünne in die Brust. Noch einen Blick warf der Sterbende nach links: er sah Gibamunds Weißroß, blutüberströmt, zusammenbrechen, er sah die rote Fahne fallen. »Weh dir, Vandalia!« rief er noch: dann brach sein Auge. –

»Das war ein Mann,« sagte Belisar, sich über ihn beugend. »Wo ist das Banner Geiserichs, Fara?« »Fort!« antwortete dieser zornig. »Fern! Siehst du? Dort verschwindet es schon – jenseit des Baches!« »Wer hat –?« – »Ein Weib! – Im Falkenhelm. Mit weißleuchtendem Schild. Ich glaube, eine Walküre,« sprach der Heide mit leisem Grauen. »Es ging so rasch: ich sah es kaum! Ich hatte soeben des jungen Bannerträgers Pferd niedergeschlagen. Da rannte ein Rappe – nie sah ich solch ein Tier! – mein eigen Roß über den Haufen, es sank auf den Hinterbug. Ich hörte einen Ruf: ›Hilde? Dank!‹ Und im selben Augenblick jagte schon der Rappe weit, weit von mir davon! Ich meine, er trug jetzt zwei Gestalten! – Ein lang nachflatternder, weißer Mantel – oder waren es Schwanenflügel? – und darüber flog die rote Fahne hin. – Da, nun verschwindet sie in den Staubwolken. Hilde!« schloß der Germane, leise mit sich selber raunend, –»Auch der Name paßt. Ja, die Walküre trug ihn fort.«

»Vorwärts!« rief Belisar. »Nach! Über den Bach! Es giebt kein Heer mehr der Vandalen. Die Mitte ist durchbrochen, ist erschlagen. Ihr linker Flügel – ei da, seht, unser rechter Flügel, die treuen Hunnen,« lachte er grimmig. »Jetzt sausen sie ihren Hügel herab und hauen ein auf die fliehenden Barbaren! Welche Heldenthat! Und wie sie alle nach dem Lager trachten, zu plündern! Da trifft – endlich! – unser Fußvolk ein auf unserer linken Flanke: – auch dort, ohne Kampf, fliehen die Vandalen. Auf! In das Lager! Laßt nicht den Hunnen allein die ganze Beute! Alles Gold und Silber für den Kaiser, Perlen und Edelsteine für die Kaiserin! Vorwärts!«

Sechzehntes Kapitel

An Cethegus Prokopius.

»Schon manche Schlacht, manches Gefecht Belisars hab' ich mit angesehen, – meist aus sehr sicherer Ferne: – ein so seltsames Treffen sah ich noch nie. In diesem Kampf, der des Vandalenreichs Geschick entscheidet, haben wir im ganzen nur neunundvierzig Mann verloren: aber lauter erlesene Leute und darunter acht Anführer! Fara, Althias, Johannes, alle drei sind verwundet. Jedoch wir haben nicht viele – etwa hundert – Verwundete, da die Vandalen nur mit dem Schwerte fochten: das ergiebt fast so viele Tote als Getroffene. – Die meisten von unseren Toten und Verwundeten kommen auf Rechnung der drei Asdingen, zweier Edelinge in Eberhelmen und eines offenbar wahnsinnigen Mönches. Von den Vandalen deckten achthundert Tote das Gefilde: weitaus die meisten von diesen fielen auf der Flucht: gefangen haben wir, heil und verwundet, gegen zehntausend Männer, Weiber und Kinder ungerechnet! Auf unseren beiden Flügeln verloren wir nicht Einen Mann; ausgenommen einen Hunnen, den Belisar leider hängen lassen mußte, weil er sich Taschen, Schuhe, Haare und Ohren gefüllt hatte mit Perlen und Edelsteinen, die er in dem Lager der Vandalen, in den Frauenzelten zumal, emsig aufgelesen und die sich doch unsere Kaiserin redlich verdient hat.

Unsere Verfolgung wurde nur durch unsere Habgier aufgehalten. Die gefallenen und gefangenen Vandalen trugen sehr viel Silber- und Goldschmuck an sich, an ihren Waffen und Pferden: jeden plünderten unsere Helden, bevor sie an ihm vorbeigingen. Unsere Reiter, die zuerst an das Lager der Feinde gelangten, wagten, trotz aller Raubgier, nicht gleich einzudringen: sie hielten es für unmöglich, daß solche Übermacht nicht das eigene Lager, nicht Weib und Kind verteidigte.

Der König soll im Lager wie betäubt einen Augenblick innegehalten haben: als aber Belisar mit unserer ganzen Streitkraft vor den Zelten erschien, soll er mit dem Rufe »der Rächer!« die Flucht nach Numidien fortgesetzt haben, von sehr wenigen Verwandten, Dienern und treugebliebenen Mauren begleitet. Jetzt stob auch auseinander in wirrer Flucht, was von vandalischen Kriegern das Lager erreicht hatte: ihre schreienden Kinder, ihre weinenden Weiber, ihre reiche Habe, alles gaben sie preis, ohne Schwertschlag. Und das sind – oder das waren! – Germanen! Kein Wunder, wenn Justinian jetzt alsbald Italien und Spanien von den Goten zu befreien versuchen wird.

Die Unsrigen jagten den Fliehenden nach: den ganzen Rest des Tages, die ganze mondhelle Nacht hindurch, schlachteten die Männer ohne Widerstand, griffen zu Tausenden Weiber und Kinder, sie zu verknechten. Noch nie sah ich soviel Schönheit beisammen. Aber auch noch nie soviel Gold- und Silbergeld auf Einem Haufen wie in den Zelten des Königs und der edlen Vandalen. Es ist unglaublich! –

Belisarius jedoch ward nach seinem Siege von der schwersten Angst gequält. Denn das ganze Heer vergaß in diesem von den schönsten Weibern, von Schätzen jeder Art, von Wein und Vorräten strotzenden Lager aller Vorsicht, jeder Mannszucht: berauscht von unerhörtem, nie geahntem Glück lebten sie nur dieser Lust des Augenblicks: jede Schranke brach, jeder Zügel riß: sie konnten sich nicht ersättigen! Der Dämon von Afrika, der Genuß, erfaßte sie. Im Lager und in dessen Umgebung, der Spur der Flüchtigen folgend, strichen sie, einzeln oder paarweise umher, wohin sie die Sucht nach Beute, nach Lust lockte. Kein Gedanke mehr an die Feinde, keine Scheu vor dem Feldherrn mehr! Die noch nüchtern waren, suchten, vollbeladen mit Beute, Gefangene vor sich hertreibend, nach Karthago zu entwischen. Belisarius sagt: hätten die Vandalen eine Stunde, nachdem wir ihr Lager betreten, uns nochmal angegriffen: – nicht Ein Mann von uns allen wäre entkommen! Vollständig war ihm das siegreiche Heer, waren ihm selbst seine Leibwächter aus Hand und Band entglitten! –

Bei Tagesgrauen rief er mit schmetternden Drommeten alle – d. h. alle Nüchternen – zusammen: seine Leibwächter kamen nun gar eilig und tief beschämt. Er hielt Führern und Mannschaften statt einer Lob- und

Dankrede eine Strafpredigt, wie ich noch keine aus seinem Mund gehört. Wir sind eben um Sold geworbene Kriegsknechte, Abenteurer, Raufbolde, wild und tapfer wie gierige Raubtiere: zum blutigen Jagen trefflich abgerichtet, wie Jagdleoparden, aber nicht auch dazu, das erjagte Wild dem Jäger zu belassen oder gar zu bringen und wieder in den Käfig einzuspringen: wir müssen erst unsern Teil des Blutes und des Fraßes vorweg haben. – Es ist nicht gar schön! – Aber doch viel freudiger als Philosophie und Theologie, Rhetorik, Grammatik und Dialektik zusammen. Der Vandalenkrieg aber ist, denk' ich, zu Ende. Morgen fangen wir auch den flüchtigen König noch.

Ich sag' es ja immer! Von den kleinsten Zufällen hängen die größten Entscheidungen ab. Oder, wie ich es ausdrücke, wenn ich sehr poetisch gestimmt bin: die Göttin Tyche liebt es, mit den Geschicken der Menschen und der Völker zu spielen wie die Knaben, welche Münzen in die Luft werfen und Gewinn und Verlust nach ›Bild‹ oder ›Spruch‹ entscheiden.

Du, o Cethegus, hast diese meine Philosophie der Weltgeschichte ein Altweiber-Geträtsch gescholten. Aber – urteile selbst: ein Vogelschrei – eine blinde Jagdlust – ein Fehlschuß treffen zusammen: und die Folge ist: der Vandalenkönig entgleitet unseren schon ihn fassenden Fingern, der Feldzug, der beendet schien, dauert fort und dein Freund muß Wochen verleben in einem höchst langweiligen Einschließungslager vor einem höchst überflüssigen maurischen Felsennest.

Belisar hatte die Verfolgung des fliehenden Königs seinem Landsmann, dem Thraker Althias, übertragen. »Dich wähle ich,« sprach er, »weil ich dir vor allen vertraue, wo es unermüdliche, rasche Thatkraft gilt. Holst du den Vandalen ein, bevor er Zuflucht findet, ist der Krieg morgen zu Ende: läßt du ihn dir entgehen, machst du uns noch lange schwere Mühe. Wähle dir deine Mannschaften selbst: aber raste Tag und Nacht keinen Atemzug, bis du den Tyrannen tot oder lebend greifst.«

Althias errötete wie ein geschmeicheltes Mädchen, kor sich, außer seinen Thrakern, einige Leibwächter, ein Paar Hundert Heruler unter Fara und auch mich bat er, ihm zu folgen, wohl weniger meines friedfertigen Schwertes als meines Rates wegen. Gern sagte ich zu.

Und nun begann hinter den Vandalen her eine fliegende Jagd, wie ich sie nie für möglich gehalten. Fünf Tage und fünf Nächte setzten wir, fast ohne Unterbrechung, den Fliehenden nach: ihre Spuren im Sande der Wüste waren nicht zu verfehlen. Wir holten mehr und mehr ihren Vorsprung ein, so daß wir in der fünften Nacht sicher waren, am folgenden Tag sie zu erreichen und zum Stehen zu bringen, bevor sie das rettende Gebirge – Pappua heißt es – gewonnen.

Allein die launische Göttin wollte nun einmal nicht, daß Gelimer in des Althias Hände falle.

Uliari, ein alamannischer Leibwächter Belisars, ist ein tapferer Mann und gar stark, aber unbesonnen und, wie alle Germanen, trunksüchtig und, wie auch fast alle, ein leidenschaftlicher Jäger; wiederholt war er bestraft worden, weil er auf dem Marsche selbst jedem aufstoßenden Tiere sofort nachsetzte. Am Morgen des sechsten Tages, da wir nach kurzer Rast bei Sonnenaufgang wieder zu Pferde stiegen, sah Uliari auf dem mannshohen, stachligen Gebüsch, das allein aus dem Salzboden der Wüste steigt, einen großen Geier sitzen; den Bogen fassen, einen Pfeil aus dem Köcher reißen, zielen, losdrücken war eins bei ihm. Die Sehne schnellte, der Vogel flog davon: – ein Aufschrei vorn: – unter dem Helmdach in den Hinterkopf geschossen fiel Althias, der schon allen wieder vorausprengte, vom Gaul: Uliari, sonst ein Meisterschütze, hatte noch seinen Nachttrunk nicht ausgeschlafen. Er gab – entsetzt über seine That – dem Pferd die Sporen und floh zurück in den nächsten Ort, in der Kapelle daselbst Asyl zu suchen.

Wir aber waren alle um den sterbenden Althias beschäftigt, obwohl er uns durch Zeichen befahl, ihn hier in der Wüste seinem Geschick zu überlassen und die Verfolgung fortzusetzen. Wir brachten es nicht über das Herz. Ja, da ich und Fara, nachdem der Freund in unseren Armen gestorben, weiter ziehen wollten, verlangten seine Thraker drohend, die Leiche müsse vorher bestattet werden: sonst sei die Seele verdammt, hier am Orte zu klagen bis zum jüngsten Tag. Wir gruben also ein Grab und bestatteten den Toten in allen Ehren. Diese paar Stunden entschieden Gelimers Entkommen: wir holten die verlorene Zeit nicht mehr ein. Die Flüchtlinge erreichten ihr Ziel: das Gebirge Pappua an der Grenze Numidiens mit sehr steilen, unzugänglichen Gipfeln, überall von schroffem Felsgezack umstarrt. Die hier wohnenden Mauren sind Gelimer zu Treue und Dankbarkeit verpflichtet. Eine alte Stadt, Medenus, jetzt nur ein Flecken von wenigen Hütten, auf dem Nordkamme des Gebirges, nahm ihn und sein Gefolge auf. Erstürmung dieser schmalen Antilopenpfade ist unmöglich: ein Mann kann den Aufstieg mit dem Schilde sperren. Die Aufforderung, die Flüchtlinge auszuliefern gegen reichen Lohn, wiesen die Mauren mit Verachtung ab. Also heißt es: Geduld! Lager schlagen am Fuß des Berges, alle Ausgänge sperren und die Leutchen aushungern.

Das kann lange währen!

Und es ist Winter: die Spitzen der Berge deckt manchmal morgens leichter Schnee, den freilich bald die Sonne wegtilgt, dringt sie durch das

Gewölk. Aber sie dringt nicht immer durch. Nebel und Regen dagegen dringen unablässig durch die Kamelhäute unsrer Zelte.«

Siebzehntes Kapitel

»Wir liegen immer noch vor dem Eingang der Bergschlucht Pappua. Wir können nicht hinein, sie können nicht heraus. So sah ich den Kater lange lauern vor dem Mauseloch: langweilig für den Kater, sehr. Aber, hat die Höhle keinen andern Ausgang, verhungert das Mäuslein oder läuft zuletzt doch in des Katers Krallen.

Heute Nachrichten und Verstärkungen aus Karthago. Belisar, von der Sachlage verständigt, übertrug den Oberbefehl an des Althias Stelle Fara. Hat doch Fara mit seinen Herulern Belisars glorreichsten Sieg gewonnen: die Perserschlacht bei Dara, als sie schon sehr gefährlich schwankte und nur jene Germanen-Kühnheit, die dem Unsinn ziemlich nah verwandt, konnte sie noch retten: mehr als die Hälfte seiner Heruler ließ Fara an jenem heißen Tage tot am Platz. Belisar selbst zieht auf Hippo.

Neue Nachrichten: – aus Hippo.

Der Feldherr nahm die Stadt ohne Widerstand. Die Vandalen, zahlreiche Edelinge darunter, flohen in die katholischen Kirchen und verließen dies Asyl nur gegen Zusicherung des Lebens. Und alsbald blies ihm abermals der Wind – buchstäblich! – reichen Gewinn in die Hände. Der Tyrann hatte den Königshort der Vandalen aus der Burg von Karthago vorsichtig herausgenommen, da er der Treue der Bürger und den unvollendeten Wällen mißtraute. Er lud alles auf ein Schiff und befahl Bonifacius, seinem Geheimschreiber, wenn die Sache der Vandalen wanke, nach Hispanien zu segeln zu Theudis, dem König der Westgoten, bei welchem Gelimer Zuflucht nehmen wollte, falls das Reich verloren, um vielleicht von dort aus und mit der Westgoten Hilfe es wieder zu gewinnen.

Heftiger Sturm trieb das Schatzschiff zurück in den Hafen von Hippo, gerade nachdem ihn Belisar besetzt. Der Hort der Vandalen, von Geiserich zusammengeplündert von den Küsten und Inseln dreier Meere, wandert in die Hände des Kaiserpaares nach Byzanz. Theodora, deine Frömmigkeit ist einträglich!

Aber nein: ganz gelangt der Königsschatz der Vandalen doch nicht nach Byzanz. Und das hat eine seltsame Bewandtnis. Ist wohl der Mühe wert, es aufzuzeichnen. Und vielleicht auch die Gedanken, die mir bei diesem Anlaß kamen. Von allen Völkern, die ich kenne, sind das thörichtste die Germanen. Denn diese blonden Ungetüme rennen am blindesten, ihren Trieben nach, in das offene Verderben. Diese Triebe, diese Wahnvorstellungen sind zwar zum Teil – an Barbaren – ganz achtungswert. Aber das Unmaß, die Wildheit, mit der sie ihnen nachjagen und dienen, müssen sie selbst durch ihre sogenannten Tugenden verderben: ›Heldentum‹ – wie sie es nennen – bis zum helllichten Unsinn, Todesverachtung, Worthalten aus eitel Eigensinn. Zum Beispiel: wenn sie in blinder Spielwut, in der Raserei des Würfels, die eigne Freiheit, den eignen Leib auf den letzten Wurf gesetzt. ›Treue‹ nennen sie's! Neben dämonischer Arglist oft Wahrhaftigkeit bis zum Selbstzerstören, wo eine kleine, hübsche Lüge, eine leise geistreiche Biegung der plumpen Wahrheit oder auch nur ein kühles Schweigen sicher retten könnte. All' das wurzelt im letzten Grunde durchaus nicht in Pflichtgefühl, sondern in ihrem unbändigen Stolz, in Hochmut, in Vornehmheit des Trotzes. ›Ehre‹ nennen sie's. Es soll nur – das ist der Schlüssel zu all ihren Handlungen, ihr letzter unausgesprochener Beweggrund! – beileibe keiner meinen, geschweige sagen können: ein Germane thue oder unterlasse irgend etwas, weil er sich vor irgend einem Menschen – oder auch vor sehr vielen Menschen! – fürchte: lieber in den sichern Tod springen. Worauf einer von diesen ungefügen Thoren einmal seinen Stolz geworfen hat, – dafür sich zu Grunde zu richten, das ist ›heldenhaft‹, ›ehrenhaft‹. Nun wirft sich zwar ihr Stolz oft auf Volk, Freiheit, Ruhm: aber auch ebenso oft und öfter auf Saufen – Trinken kann man's nicht mehr nennen! –, Raufen, Würfeln. Und dem ›Heldentum‹ des Saufens oder Würfelns rennen sie ebenso blindlings nach wie dem des Kampfes. Nur nicht Nachgeben! Ist die ›Ehre‹, das heißt der Trotz, einmal auf irgend etwas – Dummes oder Kluges – geworfen, dann darin fortrennen bis zum sichern Untergang! Auch wenn der Genuß daran längst erschöpft ist: – nur den andern nieder-trinken wie nieder-ringen, – nur nicht einräumen, daß man mit Kraft und Mut zu Ende: – lieber dreimal sterben! – Ich darf so reden: ich kenne sie, die Germanen! Viele Tausende – von fast jedem ihrer zahlreichen Stämme – hab' ich, in Krieg und Frieden, als Kämpfer, als Gefangene, als Gesandte, als Geiseln, als Söldner, als Kolonisten, im Dienst des Kaisers als Heerführer und als Beamte, kennen gelernt. Mich wundert schon lang, daß noch irgend ein Germanenvolk übrig ist: denn wahrlich, ihre Tugenden wetteifern mit ihren Lastern, sie auszurotten.

Und von allen Menschen, die ich kenne, sind die klügsten die Juden.

Wenn Klugheit ist: die Kunst der Selbsterhaltung, dann der Wahrung und Mehrung der Habe. Sie am wenigsten, die Germanen am leichtesten lassen sich ins Verderben reißen durch blinde Leidenschaft, durch edeln oder unedeln Ungestüm und Trotz. Sie sind die schlauesten der Sterblichen: und wahrlich dabei nicht die schlechtesten. Aber findig sind sie, in einem Maße, daß man nur staunt, weshalb sie nicht längst alle Völker beherrschen. Es muß ihnen doch was fehlen, hierzu.

Du frägst, o Cethegus, wie ich im Lager Belisars vor Pappua zu dieser sonderbaren Betrachtung über die vielverachteten Hebräer gelange? Sehr einfach!

Sie haben etwas fertig gebracht, was ich für das Allerunmöglichste halte: sie haben Kaiser Justinian viele tausend Pfund Goldes von der vandalischen Beute aus der goldgierigen Faust heraus nicht gerissen, – beileibe! – auch nicht gestohlen: – denn sie stehlen weniger fast als die Christen: – aber geredet. Kaiser Titus hat aus dem zerstörten Jerusalem hinweg die Schätze des Judentempels: Leuchter, Schalen, Schüsseln, Krüge und alles denkbare Gerät von Gold und Silber mit Perlen und Edelgestein geschmückt, nach Rom gebracht. Aus dem geplünderten Rom entführte Geiserich den Tempelschatz auf seinen Raubschiffen nach Karthago. Die Kaiserin wußte das sehr wohl! Und es wog dieser Schatz wohl nicht am leichtesten unter den Gründen, aus welchen der Bischof träumen mußte! Als nun diese Geräte in Hippo ausgeschifft und samt dem übrigen Hort zunächst nach Karthago gebracht werden sollten, – Belisar will die ganze Beute bei seinem Einzug in Byzanz zur Schau stellen – da ließ sich der älteste der Juden von Hippo bei Belisar melden und sprach: »Laß dich warnen, großmächtiger Kriegsgewaltiger! Schaffe diese Schätze nicht nach Byzanz. Höre eine Fabel an aus dem Munde deines armen Knechtes.

Der Adler raubte aus dem Opferbrande Fleisch und trug es in seinen Horst. Aber an dem Fleisch, das Gott geweiht gewesen war, klebten glimmende Kohlen. Und die glimmenden Kohlen entflammten den Reisighorst des großen Aars und verbrannten den Horst und verbrannten die Jungen, die da noch nicht flügge waren an ihren Flügeln, und die Adlerin darauf. Und da der Adler retten wollte, stürzte er in die Flammen und verbrannte sich die Schwingen. Und elend starb der starke Räuber, der da hatte getragen in sein Haus, was Gott gehörte, dem Heiligen. Wahrlich, wahrlich, ich sage dir: das Kapitol von Rom fiel in Feindes Hand, weil es Jehovahs Hausrat barg: die Hochburg des Vandalen fiel in Feindeshand, weil sie diese Schätze barg: soll nun die Hochburg des Kaisers – Gott segne den Schirmherrn der Gerechtigkeit! – zu Byzantium der dritte Aarhorst werden, der darum verdirbt? Wahrlich, ich sage dir, so spricht der Herr: dieses Gold, dieses Silber wird wandern über die Erde, wird verderben alle Städte, wohin der Raub geschleppt wird, bis Gold und Silber wieder liegen in Jerusalem, der heiligen Stadt.«

Und siehe da: – Belisarius erschrak.

Er schrieb an den Kaiser Justinian die Fabel des alten Juden und – wirklich und wahrhaftig! der Erzvater Moses kann noch größere Wunder thun als Sankt Cyprian. Justinian, geiziger und habgieriger als alle Juden zusammen, befiehlt, diese Schätze nicht nach Byzanz zu bringen, sondern nach Jerusalem! Und dort sie zu verteilen unter Christenkirchen und Bethäuser der Juden.

So hat der alte Jude einen Teil der Schätze seinem Volke zurückerworben – ohne Schwertstreich: – während Römer, Vandalen, Byzantiner sie nur durch heißen Kampf, gegen sehr viel Blut, gewannen. Ob der Alte an den Fluch glaubt, der auf dem Schatze liegt? Ich glaub' es, daß er's glaubt. Er lügt nicht; und es nützt seinem Zweck, daran zu glauben: so glaubt er's ganz leicht und glaubt es im Ernst. Der Germane sagt: »lieber durch Blut als durch Schweiß erwerben.« Der Jude sagt: »lieber durch Schweiß als durch Blut und viel, viel lieber durch Geld als durch Schweiß!« Von den Juden kann man rühmen: ihre Fehler und ihre Tugenden wetteifern, sie zu erhalten und ihren Reichtum, ihr Leben, ihre Zahl zu mehren, während die Germanen durch maßlose Trägheit und maßloses Zechen nicht minder sich, ihr Leben, ihre Habe, ihre Macht zu Grunde richten als durch maßlosen Trotz und durch ihr dummes ›Heldentum der Ehre‹. (Diese Vandalen freilich haben über der Schwelgerei sogar den Eigensinn und das Fechten verlernt!) Man haßt die Juden, man verachtet sie; ich meine, man sollte sie fürchten und, in ihren Vorzügen, sie zu übertreffen trachten.

Ich habe die Betrachtung über die Germanen meinem Freunde Fara vorgelesen (denn auf Lesen und Schreiben hat sich sein Ehrendrang nicht geworfen!); er hörte mich ruhig zu Ende, stürzte einen Becher Ungemischten hinab, strich sich nachdenksam den langen gelbroten Bart und sprach: »Griechlein! Bist ein kluges Griechlein! – Hast vielleicht nicht unrecht! – Aber mir sind meiner Germanen Fehler doch viel lieber als aller andern Völker Tugenden.« –

Allmählich – so erfahren wir – wird der ganze Rest des Barbarenreiches ohne Schwertstreich, Blatt um Blatt, wie man die Artischocken speiset, abgepflückt für Justinians weit aufgesperrten Mund. Die nächste Sorge Belisars nach dem Sieg über die Landmacht war, sich der feindlichen Flotte zu versichern.

Von Gefangenen erforschte er deren Landungsplatz und erfuhr auch, daß sie fast völlig unbemannt vor Anker lag: alle seine Krieger hatte Zazo dem Bruder zugeführt. Wenige unserer Trieren, aus Karthago nachgesendet, genügten, die nur von Matrosen besetzten anderthalbhundert Galeeren zu nehmen: kein Speerwurf flog dabei! Im

Schlepptau wurden sie nach Karthago eingebracht, Geiserichs vielgefürchtete Raubschiffe: ohne Widerstand ließen sie sich fangen: wie ein Geschwader wilder Schwäne, die, sturmverschlagen, wandermatt und flügellahm, einfielen in umhegten Teich: mit der Hand mag man die stolzen greifen! – Ein Unterführer Belisars gewann Sardinien: es war erforderlich, aber genügend, ihnen auf einem Speer des Zazo abgeschlagenen Kopf zu zeigen: vorher hatten die Sarden die Niederlage der Vandalen nicht glauben wollen: jetzt, da sie ihres gefürchteten Besiegers Haupt betasten konnten, glaubten sie daran.

Auch Corsica ergab sich. Ebenso das volkreiche Cäsarea in Mauretanien und die eine Säule des Herkules: Septa; ferner die Inseln Ebusa und die Balearen. Tripolis war von Mauren belagert, die bei dem Kampf zwischen Byzanz und Vandalen auf eigene Faust Land und Beute suchten: die Stadt ward von den Unsrigen entsetzt und aus den Händen des Pudentius für den Kaiser übernommen.

Man möchte meinen, das ganze Volk der Vandalen bestand in seinem Königshaus und wenigen Edelgeschlechtern. Seit Zazo und die Edeln um ihn fielen, seit der König entschwunden, hört jeder Widerstand auf: wie ein Bündel Stäbe, dem man die zusammenhaltende Schnur durchhauen, fallen sie auseinander. Seit dem Tage von Trikameron lassen sich die Barbaren überall greifen wie die Schafe: ohne Widerstand. Man findet sie nur mehr, ohne Waffen, in den katholischen Basiliken, wo sie, Zuflucht suchend, die Altäre umfassen, die sie so oft verunehrt hatten! – Die Männer nicht anders als die Weiber und Kinder.

Wahrlich, wenn ihre Brüder in Italien, in Hispanien, wenn ihre Vettern, die Franken, Alamannen und wie sie sonst heißen, diese Barbaren in Gallien und Germanien, auch schon so fein gebildet wären wie diese lateinisch und griechisch dichtenden Vandalen: dann würde der Imperator Justinianus durch Belisar und Narses den Germanen alsbald das ganze Abendland wieder abnehmen. Aber, ich fürchte, die Vandalen stehen allein auf solcher Höhe der Bildung.

Achtzehntes Kapitel.

Neue Nachricht! Vielleicht neuer Krieg und Sieg vor der Thüre!

Sollte ich wirklich, o Cethegus, dich bald in deinem Italien aufsuchen dürfen und Rom befreien helfen durch Hunnen und Heruler? Eure Tyrannen, die Ostgoten, haben uns die Brücke geschlagen in dies Land: ihr Sicilien ward diese Brücke. Der Dank Justinians ist raschflügelig. Schon hat Belisar auf des Kaisers Befehl – er erhielt ihn versiegelt gleich bei der Abfahrt aus Byzanz mit der Weisung, den Papyrus erst nach Vernichtung des Vandalenreichs zu öffnen – von dem Hofe zu Ravenna die Abtretung eines großen Teiles jener Insel verlangt: von Lilybäum, dem wichtigen Vorgebirg und Kastell, und von allem, was jemals auf Sicilien zu dem Vandalenreich gehört. Denn das Vandalenreich sei jetzt an Byzanz zurückgefallen: – also auch alles, was jemals zu diesem Reich gehört! Man ist nicht umsonst der Kaiser der Pandekten.

Etwas brutal find' ich es freilich, so rasch den Übertölpelten ihre grenzenlose Dummheit vor die Augen zu stellen. Es ist ja allerdings aller Staatskunst Krone, den ersten mit Hilfe des zweiten und dann zum Dank den zweiten niederzuschlagen. Aber so offen trieb man's doch schon lange nicht mehr. Belisar muß sofort mit Krieg drohen, und zwar nicht nur mit Krieg um Lilybäum oder Sicilien, sondern mit dem Krieg um ganz Italien, um Ravenna und Rom! Der Brief an die Regentin Amalaswintha schließt – sofort nach der Schlacht von Trikameron habe ich ihn für Belisar in dessen Zelt gemäß dem geheimen Schreiben des Kaisers aufsetzen müssen: – »Weigert ihr euch, so sollt ihr wissen, daß ihr nicht die Gefahr des Kriegs, – daß ihr den Krieg selbst schon habt, den Krieg, in welchem wir nicht Lilybäum nur, sondern alles euch nehmen werden, was ihr wider Recht besitzt. Das ist aber: alles überhaupt!« – Heute traf nun die Nachricht ein: in Ravenna sei ein Umschwung eingetreten. Sehr böse Menschen, die schon die Vandalen hatten unterstützen wollen wider uns, Justinian nicht lieben (und aber auch leider nicht fürchten!), barbarische Namen: – du wirst sie besser kennen, o Cethegus, als ich: Hildebrand, Vitigis, Teja: – haben dort das Ruder an sich gerissen und unsere Forderung rundweg abgeschlagen. Mir ist, es klingt wie Tubaschmettern in den Lüften. –

Aber vorerst müssen wir diesen vandalischen König ohne Reich da oben gebeugt haben. Es dauert unserer Ungeduld und der Belisars allzulang. Alle Bedingungen der Ergebung hat er bisher ausgeschlagen; auch die unsinnigst günstigen, die ihm gestellt wurden, weil Belisar hier rasch zu Ende kommen will: wie mir scheint, um geschwind in Byzanz einen Triumphzug zu halten, wie er seit Jahrhunderten nicht mehr vorgekommen ist, und dann in Italien fortzufahren, wie er hier angefangen.

Und da bei diesem höchst verwundersamen König, der bald weiches Wachs, bald härtester Granit scheint, das Zureden mit Worten nicht verfangen will, wollen wir ihm morgen einmal mit Wurfspeeren zureden.

Fara hofft, der Hunger hat die Vandalen und Mauren da oben so mürbe gemacht, daß sie heftigem Angriff nicht standhalten werden. Die Wahrheit ist: Fara, ein Germane, – und zwar ein ganz vortrefflicher! – vertragt alles, ausgenommen – auf die Dauer – den Durst und die Thatenlosigkeit. Und wir haben nur noch wenig Wein. Und schlechten. Und haben nichts zu thun, als abwechselnd zu schlafen und vor dem Mauseloch, genannt Pappua, Schildwache zu stehen. Er hat es satt. Er will es erzwingen. Erst fechten wie kein Vernünftiger: das ist ihre Art. – Ich aber betrachte den engen Aufstieg in jene gelben Felsen und habe meine Zweifel am Erfolg. Ich meine: – thut nicht Herr Cyprian und Frau Tyche ein übriges an uns, so holen wir uns morgen nicht Gelimer und die Vandalen, sondern Hiebe.

Wir haben sie schon!

Nämlich die Hiebe. Und ganz gehörige! Die Vandalen und die Mauren da oben wettspielten darüber, wer übeler mit uns umspringen könne, und wir bezahlten den Einsatz. Fara machte als Führer und als Kämpfer seine Sachen so gut als man Unausführbares nur irgend machen kann. Er teilte uns in drei Glieder: zuerst die Armenier, dann die Thraker, zuletzt die Heruler. Die Hunnen, deren Gäule viel können, aber doch nicht klettern wie die Ziegen, blieben unten vor unserem Lager. Je zweihundert Mann stark stürmten wir in langem Zug je zwei, vorn je ein Mann, den einzigen gangbaren Steig hinan. Ich mach' es kurz: die Mauren wälzten Felsen, die Vandalen warfen Speere auf uns. Zwanzig Armenier fielen, ohne von den Feinden auch nur einen Helmkamm gesehen zu haben; die andern kehrten um. Die Thraker stiegen todverachtend hinan. Sie kamen wohl hundert Schritt höher: da hatten sie fünfunddreißig verloren, keinen Feind erblickt und kehrten um. »Feigheit,« schalt Fara. »Es ist unmöglich,« erwiderte Arzen, der schwerverwundete Führer der Armenier: ein Vandalenspeer mit der Asdingen Hausmarke, dem fliegenden Pfeil, hatte ihm den Schenkel durchbohrt. »Ich glaub's nicht,« rief Fara, »folgt mir, meine Heruler.« Sie folgten ihm. Auch ich: aber ziemlich als der letzten einer. Denn ich halte mich als Rechtsrat Belisars zu sonderlicher Heldenschaft nicht verpflichtet. Nur wenn er selber ficht, bild' ich mir manchmal thöricht ein, an seiner Seite sei mein Platz.

Ich habe noch keinen solchen Sturm gesehen. Felstrümmer und Lanzen, von unsichtbarer Hand geschleudert, zerschmetterten und spießten die Leute. Aber die lebend übrig bleibenden kletterten, sprangen, krochen höher und höher. Die Krone des Berges, – welche die beiden ersten Versuche entfernt nicht erreicht – war erklommen. Die Stellungen der unter den Felsen des Mittelberges versteckten Mauren waren überhöht und gar mancher dieser braunen, magern Gestalten zahlte die treue Gastfreundschaft gegen die Flüchtlinge mit dem Leben: ich sah Fara allein drei derselben niederstrecken. Oben ordnete er seine atemlose Schar und eben wollte er den Befehl geben, sich auf das schmale Felsenthor zu stürzen, das an dem Scheitel des Berges gähnt: da brachen aus diesem Felsenthor die Vandalen hervor, der König voran – die Zackenkrone auf dem Helm verriet ihn: – ich sah ihn ganz nah – nie werd' ich dies Angesicht vergessen: – einem verzückten Mönche sah er ähnlich und doch auch jenem Helden Zazo, den ich vor Belisar fallen sah. Hinter ihm ein Jüngling, ihm sehr ähnlich; das rote Banner trug, glaub' ich, gar ein Weib. – Aber ich irre wohl; denn der ganze Anprall traf uns mit Blitzesschnelle und Blitzesgewalt. Durchbrochen war das erste Glied der Heruler als wär' es nie gestanden. »Wo ist der König?« rief Fara und sprang vorwärts. »Hier,« scholl die Antwort. Im nächsten Augenblick fingen fünf Heruler seiner Gefolgschaft ihren schwer getroffenen Führer auf. Das sah ich noch. Dann fiel ich nach rückwärts. Der junge Vandale hinter dem König hatte mir den Wurfspeer sausend auf den festen Panzer geworfen. Ich strauchelte, fiel und rutschte pfeilgeschwind den sandigen, glatten Geröllhang hinunter: ungleich rascher und leichter, als ich herauf gelangt war. Als ich mich wieder erhob, trugen die treuen Gefolgen Fara auf zwei Schilden an mir vorbei. Der Führer der Armenier lehnte an seinem Speer: »Glaubst du's jetzt, Fara?« fragte er. »Ja,« erwiderte dieser und griff nach seinem blutenden Kopf. »Jetzt glaub' ich's. Mein schöner Helm,« lachte er. »Aber besser der Helm allein gespalten als der Schädel dazu.« Unten angelangt, verging ihm das Lachen: von zweihundert seiner Heruler lagen hundertzwanzig auf den Felsen des Berges. Ich denke: das war der erste und der letzte Sturm auf Berg Pappua.

Faras Wunde heilt. – Aber er klagt sehr über Kopfschmerzen!

Da oben auf dem verwunschenen Berge müssen sie elend hungern. Häufig kommen jetzt Überläufer herunter, aber ausschließend Mauren. Noch kein Vandale ist in dem ganzen Feldzug freiwillig zu uns übergetreten: trotz meiner schönen Aufforderung zu Verrat und Abfall! Von den vielgepriesenen germanischen Tugenden scheint fast nur die Treue diesen Entarteten verblieben zu sein.

Fara befahl, niemand mehr anzunehmen: »Je mehr Mäuler und Magen um Gelimer, je knapper seine Bissen,« meinte er. Nun aber, da sie als Waffengenossen nicht mehr angenommen werden, verkaufen sich die Mauren als Sklaven für ein Stück Brot. Auch diesen trauervollen Handelsbetrieb verbot Fara. Er sagte den Seinen: »Laßt sie oben hungern, desto früher erhaltet ihr sie alle als kriegsgefangene Knechte.« Übrigens macht es den Vandalen – nicht vierzig sollen es mehr sein – alle Ehre, daß sie noch aushalten, wo Mauren erliegen. Das ist der stärkste Gegensatz, den man sich denken kann. Denn alles, was wir von der Üppigkeit und Verweichlichung der Vandalen zu Byzanz vernommen hatten, ward überboten durch das, was wir in ihren Palästen, Villen und Häusern vorfanden, was uns die Karthager erzählten. Täglich zwei, drei Bäder, auf den Tafeln die Leckereien aller Länder und Meere, alles Geschirr von Gold, lauter medische, ›serische‹ Gewänder, Schauspiele, Cirkusspiele, Jagd – aber mit möglichst geringer Anstrengung! – Tänzer, Mimen, Musiker, Lustwandel in wohlgepflegten Hainen von edelsten Fruchtbäumen, täglich Schmausereien, täglich Zechgelage und Genüsse zügelloser Lust jeder Art. Wie die Vandalen das üppigste, führen die Mauren das kärgste Leben unter allen Völkern: Winter und Sommer halbnackt im grauen, kurzen Gewand, in den gleichen niederen Filzhütten oder Lederzelten, in denen man kaum atmen kann: weder der Schnee der Hochberge noch die Gluthitze der Wüste ficht sie an: sie schlafen auf der bloßen Erde, nur die reichsten breiten eine Kamelhaut unter; sie kennen weder Brot noch Wein noch andere edlere Speise: wie die Tiere kauen sie ungemahlen, ungeröstet sogar, Gerste, Spelt und Einkorn.

Und nun halten Vandalen ungebrochen aus im Hunger, wo Mauren erliegen!

Es ist unbegreiflich! Söhne desselben Volkes, dem wir in zwei kurzen Reitergefechten Afrika genommen. Auf unsere staunende Frage, wie das zugehe, antworten alle Überläufer stets nur das eine Wort: ›der heilige König‹. Er zwingt sie mit den Augen, mit seiner Stimme Klang, mit Zauber. Aber Fara meint, recht lange kann kein Zauber vorhalten wider Hunger und Durst. Und da, wie diese harten, zu Knochen abgemagerten Mauren aussagen, des Königs und der Seinigen Leiden mit Worten gar nicht auszudrücken sind, da dachte Fara, – wirklich aus gutem Herzen – diesem Elend ein Ende zu machen. Er diktierte mir folgenden Brief: »Vergieb, o König der Vandalen, fällt dieses Schreiben ziemlich einfältig aus. Mein Kopf taugte von jeher besser dazu, Schwerthiebe auszuhalten, als Briefe auszudenken. Und seit du und mein Kopf neulich zusammentrafen, wird mir das Denken noch merklich schwerer als sonst. Ich schreibe – oder vielmehr: ich lasse schreiben – schlicht, nach Barbarenart. – Lieber Gelimer, weshalb stürzest du dich und all die Deinen in den tiefsten Abgrund des Elends? Nur um dem Kaiser nicht dienen zu müssen? Denn dieses Wort – die ›Freiheit‹ – ist wohl dein Wahn. Siehst du denn nicht, daß du um dieser Freiheit willen, elenden Mauren zu Dank und Dienst verpflichtet wirst, von diesen Wilden abhängst? Ist es nicht besser, zu Byzanz dem großen Kaiser dienen, als auf Pappua über ein Häuflein von Verhungernden zu herrschen? Ist es schimpflich, demselben Herrn zu dienen, dem Belisarius dient? Wirf doch diese Thorheit ab, trefflicher Gelimer! Sieh, ich selbst bin Germane, bin von herulischem Edelgeschlecht, meine Ahnen trugen den Königsstab bei unserem Volk in der alten Heimat am Gestade des rauschenden Meeres, gegenüber den Inseln der Dänen: – und doch dien' ich dem Imperator und ich rühme mich dessen. Mein Schwert und meiner Heruler rasche Kühnheit hat des großen Belisar größte Siegesschlacht entschieden: ein Feldherr bin ich und ein Held geblieben, auch in des Kaisers Dienst. Das Gleiche wartet dein. Belisar sichert dir mit seinem Treuwort Leben, Freiheit, Landgüter in Kleinasien, die Würde des Patriciats und eine Heerführerstelle dicht unter Belisar. Teurer

Gelimer, edler König: ich mein' es gut mit dir. Trotz ist schön, aber Thorheit ist – thöricht! Mach ein Ende!«

Der Bote ist zurück. Er sah den König selbst. Er sagt, zu Tode sei er vor dem Anblick erschrocken. Wie ein Gespenst sehe er aus oder wie der König der Schatten: unheimliche Augen glühen aus einem geisterhaften Antlitz. Doch habe der Unbeugsame – als er des gutmütigen Stammgenossen treuherzig gemeinten Zuspruch las – geweint! Er weint wie ein Knabe oder ein Weib, derselbe, der den nie bezwungenen Fara niederschlägt und übermenschliche Entbehrungen erträgt. Hier des Vandalen Antwort:

»Ich danke dir für deinen Rat. Ich kann ihn nicht befolgen. Du hast dein Volk aufgegeben: – du treibst dahin auf dem Meere der Welt, ein Strohhalm. Ich war, ich bin der König der Vandalen. Dem ungerechten Feinde meines Volks will ich nicht dienen. Gott, so glaub' ich, befiehlt mir und dem Reste der Vandalen, auch jetzt noch auszuharren, er kann mich retten, wenn er will. Ich kann nicht mehr schreiben. Der Jammer, der mich rings umgiebt, benimmt mir die Gedanken. Schicke mir, guter Fara, ein Brot: ein zarter Knabe, eines gefallenen Edeln Sohn liegt schwer krank, im Hungerfieber. Er bittet, er fleht, er schreit nach Brot: – so herzzerreißend! Wir alle haben, auch ich selbst, schon lange, schon lange nicht mehr Brot gekostet.

Und einen Schwamm, in Wasser getaucht: meine Augen, von Wachen und Weinen entzündet, brennen sehr. –

Und eine Harfe. Ich hab' ein Lied auf unser Los gedichtet: das möcht' ich gern zur Harfe singen.«

Fara erfüllte die drei Bitten: – die Harfe war nur in der nächsten Stadt aufzutreiben; aber noch enger als zuvor umschließt er den ›Berg des Elends‹, wie ihn unsere Leute nennen.«

Neunzehntes Kapitel.

Trübe, nebelig und grau stieg ein feuchtkalter Morgen im Frühmärz über dem Gebirg' empor. Die Sonne vermochte nicht, das dichte Gewölk zu durchdringen.

Die alte Stadt Medenus auf jenem Berge war längst verlassen von ihren karthagisch-römischen Erbauern und Bewohnern. Verödet und zerfallen lagen die meisten ihrer aus dem Gestein des Gebirges aufgeführten Häuser. Nomadische Mauren benutzten im Winter die wenigen noch von Dächern geschützten Gebäude als Zufluchtsstätten. Den stattlichsten Raum gewährte die ehemalige Basilika. Hier hatten der König und die Seinen Unterkunft gefunden. In der Mitte war auf dem Steinboden aus Reisig und aus Stroh ein dürftig Feuer angezündet. Aber es qualmte mehr als es wärmte. Denn das Holz war naß geworden. Und es drang der feuchte Nebel überall durch die Risse in den Wänden, durch die Lücken des Daches, wo er den langsam emporziehenden, gelbgrauen Rauch wieder herabdrückte, daß der, längs dem kahlen Gemäuer hinziehend und schleichend, seitwärts und durch den Eingang, dessen Thorflügel fehlten, andere Auswege suchte. In dem halbrunden Hintergrund der Apsis waren Decken und Felle auf den Marmorestrich gespreitet. Hier saß Gibamund und hämmerte an seinem übel zerhackten Schild, während Hilde die rote Fahne über den Schos gelegt hatte und sie zusammenflickte.

»Viele, viele Pfeile haben dich durchlöchert, altes, sturmvertrautes Banner. Und hier, dieser weitklaffende Riß – das war wohl ein Schwerthieb! – Aber du sollst doch noch zusammenhalten, bis ans Ende.« »Das Ende!« sprach Gibamund ungeduldig, mit einem letzten Hammerschlag die Nagelung des Schildrandes abschließend. »Ich wollte, es wäre da! Ich mag, ich kann das Elend – *dein* Elend – nicht länger mit ansehen. Lange dring' ich schon in den König: ›mach' ein Ende! Laß uns, alle Vandalen, – die Mauren mögen sich gefangen ergeben – miteinander in die Feinde brechen und –‹ Er ließ mich nie ausreden. ›Das wäre Selbstmord,‹ schalt er, ›und Sünde. Was Gott uns auferlegt hat zur Strafe, das haben wir geduldig zu ertragen. Wenn Gott will, kann er uns auch von hier noch retten, auf den Flügeln seiner Engel uns davontragen.‹ Es geht aber doch zu Ende: – ganz von selbst! Die Zahl der Gräber dort am Bergeshang wächst täglich.« – »Ja, immer länger, immer dichter wird die Reihe: bald unserer Vandalen hochgewölbter Hügel mit dem Kreuz darauf! ...« – »Bald der treuen Mauren Steinverschüttung mit dem Ring von schwarzen Kieseln. Gestern Abend haben wir auch den zarten Gundorich begraben: der stolzen Gundinge letzten Sproß, seines tapfern Vaters Gundobad Augentrost.« – »So hat er ausgelitten, der arme Knabe? Nur in Purpurseide sah man einst in Karthago das Kind, im Muschelwagen, von Straußen gezogen.« – »Vorgestern hatte ihm der König an seine elende Streu das duftende Brot gebracht, das er vom Feind erbeten. Gierig schlang der Knabe es hinein, daß man ihm wehren mußte! Einen Augenblick wandten wir ihm den Rücken, – ich schöpfte, den König begleitend, Wasser für den Kranken: – klagendes und zorniges Geschrei rief uns zurück: ein maurischer Junge, – er hatte wohl den Duft des Brotes gerochen, – war zum Fenster hereingesprungen: mit Gewalt riß er dem Kranken den Bissen aus den Zähnen! Es hat den König tief, tief getroffen. ›Auch dieses Kind, das schuldlose? Furchtbarer Gott!‹ so rief er immer wieder. Ich schloß dem Kleinen heute die gebrochenen Augen.«

»Es kann nicht lange mehr währen; die Leute haben längst das letzte Pferd geschlachtet, ausgenommen Styx.« »Styx soll nicht geschlachtet werden,« rief Hilde. »Er hat dich aus dem sicheren Tod getragen, er hat dich gerettet.« – »*Du* hast mich gerettet, du mit deinem Walkürenritt,« rief Gibamund und, glücklich in aller Not des Jammers, drückte er sein schönes Weib an die Brust und küßte zärtlich das hellgoldne Haar, die Augen und die edle Stirn. »Horch, was ist das?« – »Das ist das Lied, das er gedichtet hat und zu der Harfe singt, die Fara ihm gesendet. Wohl dir, o Tejas Saitenspiel, daß du nicht solchen Sang begleiten mußt,« zürnte sie, heftig aufspringend und die Locken in den Nacken werfend. Sie stellte die Fahne zur Seite. – »Lieber hätte ich meine Harfe zerschlagen am nächsten Fels, als sie zu solchem Lied geliehen.«

»Aber es wirkt wie Zaubergesang auf die Vandalen und die Mauren.« – »Sie verstehen es ja gar nicht – es ist ja Latein! Den Stabreim hat er ja als heidnisch, als Runenzauber verworfen! Von seinem letzten Schlachtlied darf man ihm nicht sprechen.« – »Freilich verstehen sie's kaum. Aber wann sie den König erblicken, wie er, fast verzückt, wie im Traume wandelnd, die heißen Augen halb geschlossen, das jammerbleiche Antlitz vom wirren Haar umwogt, den zerfetzten Königsmantel um die Schulter geschlagen, die Harfe im Arm, einsam dahinschreitet über Felsen und Schnee dieses Berges, – wann sie die tiefklagende Stimme, die traurige Weise des Liedes vernehmen, – dann rührt es sie wie Zauber an, ob sie den Sinn nur wenig fassen. – Horch, da tönt es wieder.« Und näher und näher kam, zum Teil vom Winde davongetragen, in abgerissenen Worten und zuweilen vom Klang der Saiten begleitet, der Gesang:

»Weh um dich – ich klage, klage!
Weh um dich, Vandalenvolk,
Bald verschollen ist dein Name,
Der wie Sturm durchdrang die Welt.

Herrlich bist du aufgestiegen
Aus dem Meer, ein Meteor:
Ruhmlos, glanzlos gehst du unter,
Deine Spur erlischt in Nacht.

Alles Erdreichs Schätze häufte
Zu Karthago Geiserich: –
Hungernd bettelt bei dem Feinde
Heut um Brot sein Enkelsohn.

Stärke mich von deinen Helden,
Gottes Zorn liegt schwer auf dir:

Ruhm und Ehre laß den Goten,
Laß den Franken: – sie sind Tand!

»Ich will's nicht hören, nicht ertragen,« rief Hilde. »Er soll nicht schmähen, was allein das Leben des Lebens wert macht.«

Und näher, vernehmlicher klangen die traurigen, langsam quellenden Töne:

Tand und Sünde, weh, ist alles.
Des du pflagst, Vandalenvolk.
Darum hat dich Gott geschlagen
Und dein Haupt in Schmach gebeugt.

Beuge, beuge dich zum Staube,
Geiserichs geknickter Stamm,
Und die Rute küsse dankbar: –
Gott der Herr ist's, der dich schlägt.«

Das Lied schwieg. Die halb zerfallenen Stufen der Basilika empor stieg, wankenden Schrittes, der königliche Sänger; die Harfe schleppte der linke Arm schlaff herabhängend nach; nun stand er an den verwitterten, grauen Säulen des Eingangs; er legte den rechten Arm an den kalten Stein und drückte auf den Arm das müde Haupt. – –

Da eilte ein junger Maure die Stufen hinauf: in wenigen Sprüngen war er oben. Gibamund und Hilde standen auf und gingen ihm erstaunt entgegen.

»So flink, Sersaon,« sprach Gibamund, »habe ich dich schon lang nicht mehr die Glieder rühren sehen.« »Dein Auge leuchtet,« rief Hilde. »Du bringst eine gute Nachricht.« Da hob der König das Haupt langsam von der Säule auf und sah mit traurigem, leisem Kopfschütteln auf den Mauren.

»Ja, weiße Königin,« erwiderte dieser. »Beste Nachricht: Rettung!« »Unmöglich,« sprach Gelimer tonlos.

»Gewiß, Gebieter. – Hier, Verus, wird es bestätigen.«

Langsamen Schrittes, aber ungebrochen an Kraft, kam der Priester den Berggipfel herauf. Er schien eher stolzer, stärker als in den Tagen des Glückes: hochaufgerichtet trug er das Haupt; er hielt einen Pfeil und einen Streifen Papyrus in der Hand.

»Heute Nacht,« fuhr der junge Maure fort, »hatte ich die Wache auf unserm alleräußersten Posten gen Süden. Beim frühesten Tagesdämmer hörte ich den Lockruf des Straußen: – ich hielt es für Täuschung: denn nie steigt der Vogel in solche Höhe. Und jetzt ist nicht die Zeit der Paarung: – aber dieser Ruf ist unser Bundeszeichen mit den Südstämmen, gegen die Küste hin, den Soloërn. Ich lauschte nun, ich spähte scharf –: richtig: dort kauerte, an die gelbbraune Felswand geschmiegt, unbeweglich, von dem Stein kaum zu unterscheiden, ein Soloër. Ich erwiderte leise den Ruf: da flog, in hohem Bogenschuß geschnellt, ein Pfeil dicht neben mir zur Erde, ein Pfeil ohne Spitze, statt der Spitze in die Höhlung des Rohres gezwängt dieses Blatt. Ich zog es hervor – ich kann nicht lesen – aber ich brachte es den nächsten Vandalen – von denen lasen es zwei – und frohlockten. Verus kam von ungefähr dazu, er wollte den Zettel zerreißen, wollte verbieten, dir davon zu reden: aber der Hunger, die Hoffnung auf Rettung sind stärker als sein Wort ... –«

Verus fiel ihm in die Rede: »ich hielt es für Verrat, für eine Falle; es ist zu unwahrscheinlich.«

Gibamund entriß ihm den Zettel und las: »der Abstieg im Süden, wo der Strauß rief, ist unbewacht: man hält ihn für unbetretbar; klettert einzeln in der nächsten Mitternacht dort hinab: wir harren in der Nähe mit frischen Pferden. Theudis, der Westgotenkönig, hat uns Gold geschickt, euch zu retten und ein kleines Schiff: es liegt nah an der Küste. Eilt.«

»Es giebt noch Treue! Es giebt noch Freunde in der Not!« jubelte Hilde und warf sich in Freudenthränen an des Gatten Brust.

Der König richtete sich auf: sein Auge verlor den trüben, hoffnungslosen Ausdruck: »Seht ihr nun, wie frevelhaft es gewesen wäre, den Tod zu suchen? Das ist der Finger, den uns Gottes Erbarmen hinreckt: laßt ihn uns ergreifen.«

Zwanzigstes Kapitel.

Verus erbot sich, um die Feinde ganz sicher zu machen für die kommende Nacht, Fara eine Unterredung mit Gelimer für den Mittag des folgenden Tages an dem Nordabhang des Berges vorzuschlagen, wobei die letzten Vorschläge Belisars nochmal erörtert werden sollten. Nach einigen Gewissensbedenken willigte der König in diese Kriegslist. Verus berichtete, er habe in seiner Zwiesprache mit Fara diesen durch seine Mitteilung sehr erfreut: Fara werde Gelimer erwarten. Trotzdem spähten die Eingeschlossenen während des ganzen Tages scharf hinab in die vorgeschobenen Wachen der Belagerer und in deren Lager, – der hohe Berg gewährte vollen Einblick – ob irgend eine Bewegung nach der Richtung des Abstiegs andeute, daß der Fluchtplan oder doch der Versteck der Soloër am Fuße des Gebirges entdeckt sei. Nichts dergleichen war zu bemerken: in der gewohnten Weise verstrich bei den Byzantinern da unten der Tag. Die Wachen wurden nicht verstärkt; auch nach Einbruch der Dunkelheit wurden die Wachtfeuer nicht vermehrt oder verändert. Auch die Belagerten zündeten, sobald es finster geworden, auf der Nordseite wie gewöhnlich an den bisher dazu gewählten Stellen die Feuer an.

Kurz vor Mitternacht setzte sich der kleine Zug in Bewegung. Voran schritten die wegkundigen Mauren mit Seilen versehen und mit eisernen Klammern. Bei jedem Schritt mußten die Flüchtlinge vorsichtig voraustasten mit den Schaftenden der Speere, prüfend, ob die bröckelnden glatten Rollkiesel des Berggesteins sichern Tritt gewährten. Darauf folgten Gibamund und Hilde; letztere hatte das große Banner Geiserichs eng zusammengefaltet und an den Speerschaft geschnürt, der ihr den Bergstock ersetzte; dann kam Gelimer, hinter ihm Verus und das kleine Häuflein der noch übrigen Vandalen. So ging es wohl eine halbe Stunde auf der Höhe des Berges hin, bis die Südseite erreicht war, von welcher sich der schmale Steig absenkte. Jeder Schritt war lebensgefährlich: Fackeln anzuzünden durfte man nicht wagen.

Als der Abstieg begonnen, wandte sich Gelimer um. »O Verus,« flüsterte er, »der Tod kann uns allen sehr nahe sein. Sprich noch ein Gebet ... – wo ist Verus?« – »Er eilte zurück, schon vor geraumer Zeit,« antwortete Markomer. »Er holt eine Reliquie, die er vergessen. Er befahl uns, voranzugehen: bei der nächsten Biegung des Weges wird er uns einholen, bevor wir die Schlucht hinabsteigen.«

Der König zögerte: er begann leise das Vaterunser zu beten. »Vorwärts,« flüsterte Sersaon, der führende Maure. »Keine Zeit ist mehr zu verlieren! Nur noch rasch um den nächsten Vorsprung – – Ha, weh! Fackeln, Verrat! Zurück nach ... –«

Er konnte nicht mehr vollenden: ein Pfeil fuhr durch seine Kehle. Fackeln glänzten blendend vor den Augen der Flüchtlinge, sowie diese sich um die vorspringende Felswand gedreht hatten. Waffen blitzten ihnen entgegen: und vor die Reihe der Heruler trat ein Mann, hoch eine Fackel hebend und damit leuchtend: »Dort, der zweite, ist der König,« rief er. »Fangt ihn lebend!« – Und noch einen Schritt trat er vor.

»Verus!« schrie Gelimer und stürzte hinterrücks zusammen. Zwei Vandalen fingen ihn auf und trugen ihn nach oben.

»Hinauf! Stürmt!« befahl unten Fara. Aber das war unmöglich! Diesen Pfad zu stürmen, bei dem man aufwärts nur klimmen konnte, wenn man sich mit beiden Händen an der senkrechten Felswand forttastete. Fara begriff es sofort selbst, da er im Schein der Fackeln den Aufstieg erkannte und Gibamund mit gezücktem Speer oben stehen sah auf der letzten breiteren Steinplatte, die noch Einem Mann sichern Stand gewährte. »Schade!« rief er. »Nun aber, das Schlupfloch ist euch fortab gesperrt. Ergebt euch!« – »Niemals!« rief Gibamund und warf den Speer: der Mann neben Fara stürzte. »Schießt! Rasch! Alle zumal!«

befahl dieser zornig. Hinter den Herulern hielten, zu Fuß, zwanzig hunnische Pfeilschützen: – ihre Sehnen schnellten: lautlos sank Gibamund nach rückwärts. Mit einem gellenden Schrei fing ihn Hilde auf. Aber schon stand Markomer an des Gesunkenen Stelle und hob dräuend die Lanze.

»Laßt ab,« gebot Fara. »Haltet nur den Ausgang stark besetzt. Morgen oder übermorgen, sagte ja der Priester aus, müssen sie sich doch ergeben.«

Gelimer war aufgefahren aus seiner Ohnmacht, da er Hildes Schrei vernommen: »Nun ist auch Gibamund gefallen,« sagte er dann ganz ruhig. – »Es ist aus.« Mühsam schritt er; auf seinen Speer gestützt, zurück; ein paar Vandalen folgten ihm. So verschwand er im Dunkel der Nacht.

Hilde saß lange schweigend, des toten Gatten Haupt im Schos, den Fahnenspeer über die Schulter gelehnt, sie fand keine Thränen: sie tastete in dem tiefen Dunkel über das geliebte Antlitz. – Bald hörte sie einen Vandalen, der von dem König zurückkam, zu Markomer sagen: »Das war das Letzte. Morgen wird – ich soll es den Feinden melden – der König sich ergeben.«

Da sprang sie auf: dann bat sie ein paar der Männer, ihr zu helfen, – sie ließ das teure Haupt nicht aus den Händen – den Toten zurückzutragen auf die Kuppe des Berges. Dort in einem kleinen Wäldchen von Pinien, vor der Stadt, war eine Holzhütte aufgeschlagen, die früher die Vorräte jeder Art geborgen hatte: jetzt war sie halb leer; nur das Holz für die Feuerung lag noch hoch aufgehäuft. In dieser Hütte verbrachte sie die Nacht und den dunkeln Morgen allein mit dem Toten. Als es hell geworden, suchte sie den König. Sie fand ihn in der Basilika an der Stelle, die ehemals – die Reste von ein paar Stufen deuteten es an – den Altar getragen. Hier hatte Gelimer ein Holzkreuz, plump aus gequerten Ästen gezimmert, in eine Ritze zwischen zwei Quadern gebohrt; er lag davor auf dem Antlitz, das Kreuz mit beiden Armen umklammernd.

»Schwager Gelimer,« sagte sie kurz und herb, »ist es wahr? Du willst dich ergeben?« Er antwortete nicht.

Sie rüttelte ihn an der Schulter: »Gefangen willst du dich geben, König der Vandalen?« rief sie lauter. »Sie werden dich als ein Schaustück führen durch die Straßen von Byzanz! Willst du dein Volk – dein *totes* Volk – noch schänden?« – »Eitelkeit,« antwortete er tonlos. »Eitelkeit redet aus dir! Es ist Sünde, es ist eitel, es ist Hoffart, was du denkst.« – »Warum jetzt auf einmal? Monatelang hast du ausgeharrt. Warum?« –

»Verus!« stöhnte der Mann tief auf. »Gott hat mich verlassen, mein Schutzgeist hat mich verraten. Ich bin verdammt auf Erden und im Jenseits. Ich kann's nicht anders enden.« – »Doch. Hier, Gelimer, hier ist dein scharf geschliffen Schwert.« Und sie bückte sich und riß es aus der Scheide, die samt dem Wehrgehänge unterhalb der Stufen lag. »›Die Toten sind frei‹: es ist ein gutes Wort.« Er aber schüttelte das Haupt: »Eitelkeit. Hoffart des Herzens. Heidnische Sünde. Ich bin ein Christ: ich töte mich nicht selbst. Ich trage mein Kreuz, – wie Christus es getragen – bis ich zusammenbreche.«

Sie warf ihm klirrend das Schwert vor die Füße. Ohne ein Wort des Abschieds wandte sie sich von ihm. – »Wohin? Was willst du thun?« – »Meinst du, ich liebte minder treu und tief und heiß als jenes zarte Griechenkind? – Ich komme, mein Held und mein Gemahl.«

Und sie schritt hinüber in ein nun als Stall verwendetes Gebäude: die ehemalige Curia von Medenus, in welchem vor kurzem viele Rosse gestampft; nur Styx, der Rappe stand jetzt noch darin; sie nahm ihn an der Mähne, lammfromm folgte das kluge, treue Tier. Sie ging mit dem Roß nach der Holzhütte. Einen Augenblick stutzte es da, bevor es über die Schwelle folgte in das enge Gelaß, das ein brennender Kienspan in eiserner Öse an der Thüre schwach erhellte. »Komm nur herein,« redete sie mit dem Roß, es sanft nach sich ziehend. »Es ist auch dir besser. Du bist doch schon lange sterbenselend. Deine Schöne, deine Kraft ist hin. Und nachdem du jenem Ritte tapferer Liebe gedient in der Schlacht, soll dich der Feind nicht erbeuten und quälen in unwürdigem Fronwerk. Und wie heißt es in dem alten Liede?

»Und sie häuften dem Helden,
Geschüttet die Scheite:
Es teilten den Tod des Tapfern
Sein rasches Roß,
Und, willig, sein Weib,
Weh, seine Witwe!
Nicht wollte sie weiter
Die Last des Lebens
Öd und einsam
Tragen, die Treue.«

Und sie führte das Roß neben den hohen Holzstoß, auf welchen sie die schöne Leiche gelegt. Sie zog Gibamunds Schwert aus der Scheide und, mit der Hand den Schlag des Herzens suchend, traf sie mit kräftigem Stoß des Tieres Herz. Das fiel und war tot. Sie warf das blutüberströmte Schwert weg.

»O mein Geliebter,« rief sie. »O du mein Gemahl, mein Leben! O warum hab' ich dir doch nie ganz gesagt, wie ich dich liebte? Ach, weil ich's nicht gewußt habe – bis jetzt! Hör' es, o hör' es, Gibamund! Ich habe dich sehr geliebt. – Dank, Freund Teja! – O du mein alles: ich folge dir.« Und nun zog sie den scharfen, den schwarzen Dolch aus dem Gürtelgehäng. Mit einem Schnitt trennte sie das Tuch, das lang wallende, der Fahne von dem Speerschaft und breitete es wie eine Totendecke über die Leiche: es war so breit, daß es noch den ganzen Raum neben dem Toten bedeckte. Jetzt entflammte sie mit dem lodernden Kienspan das unterste Holz, beugte sich über den Toten und küßte nochmal heiß die bleichen Lippen. Dann holte sie aus mit der dunkeln Waffe, die hell aufblitzte im Flammenschein, und traf mit sicherem Stoß das mutige, das edelstolze Herz. –

Und sie sank auf ihr Antlitz über den geliebten Mann. Und die Flamme ergriff zuerst leise knisternd und flüsternd, die rote Fahne, welche die beiden Gatten hüllend bedeckte.

Der Frühwind blies kräftig in die halboffene Thür, durch die Luken des Gebälks –: hoch schlug alsbald die helle Lohe durch das Dach.

Einundzwanzigstes Kapitel.

An Cethegus Prokopius.

»Es ist zu Ende!

Dank sei Gott! Oder wem sonst der Dank dafür gebührt. Drei Monate, arger Langeweile voll, lagen wir vor dem Berg des Trotzes. Es ist März: die Nächte sind noch kühl, aber die Sonne brennt um Mittag schon wieder heiß herab. Ein Fluchtversuch scheiterte durch Verrat: Verus, Gelimers Kanzler und nächster Freund, hat das Verdienst dieser Schandthat. Wir suchten, des Priesters Weisung folgend, nach den am Südabhang verborgenen Soloërn, welche die Fliehenden geleiten sollten bis ans Meer, fanden aber nur noch die Spuren zahlreicher, nach der See hineilender Hufe. Wir sperrten den Ausgang. Da bot der König freiwillig, ohne weiteres, seine Ergebung an. Fara war hoch erfreut: er würde jede Bedingung gewährt haben, die ihm verstattete, den König gefangen vor Belisar zu stellen, der noch ungeduldiger als wir den Abschluß herbeisehnte. An dem Eingang der Schlucht, den wir nie hatten durchdringen können, empfing ich den kleinen Zug Vandalen, – es sind etwa noch zwanzig. Auch die Mauren kamen mit herab: auf Gelimers Bitten entließ sie Fara sofort wieder in Freiheit. Diese Vandalen – welche Gestalten des Elends, des Hungers, der Entbehrung, des Siechtums, des Jammers! Ich begreife nicht, daß sie noch aushalten, noch Widerstand leisten konnten: vermochten sie doch kaum, die Waffen zu tragen: gern ließen sie sich dieselben von uns abnehmen.

Als ich aber Gelimer sah und sprach, da, – so gebrochen er nun ist, – da verstand ich, daß dieses Mannes Geist und Wille andere zwingen, beherrschen, aufrechthalten konnten, solang er es wollte. Ich habe seinesgleichen nie gesehen: ein Mönch, ein Schwärmer und doch ein königlicher Held.

Ich bat Fara, ihn in mein Zelt aufnehmen zu dürfen. Während wir die andern kaum abhalten können von maßlos gierigem Genuß lang entbehrten Fleisches und anderer Speise, setzt er freiwillig das solang ihm aufgezwungene Fasten fort; mit Mühe brachte ihn Fara dazu, Wein zu nehmen; der Heruler fürchtet wohl, sein Gefangener stirbt ihm auf dem Wege, bevor er ihn Belisar einliefern kann. Lange weigerte er sich: als ich andeutete, er wolle sich wohl den Tod auf solche Weise geben? da trank er gleich und aß vom Brote.

Lang und eingehend, die halbe Nacht lang, sprach er mit mir, voll sanfter Ergebung, über sein Geschick; es ist rührend, ergreifend, ihn alles demütig auf Gottes Fügung zurückführen zu hören. Doch kann ich seinen Gedanken nicht immer folgen. So meinte ich, nach so langer Ausdauer habe ihn zu plötzlichem Nachgeben doch wohl die Vereitelung der Flucht gebracht? Da lächelte er trüb und sprach: ›O nein. Wäre die Flucht aus anderm Grund gescheitert, – ich hätte ausgehalten bis zum Tode. Aber Verus, Verus!‹ Er schwieg: dann fügte er bei: ›Du wirst das nicht verstehen. Ich aber weiß jetzt, daß mich Gott verlassen hat, wenn er jemals mit mir war. – Ich weiß nun: auch das war Sünde, war hohle Eitelkeit, daß ich mein Volk so heiß geliebt, daß ich, aus Stolz auf der Asdingen Blut, auf unsern alten Waffenruhm, nicht nachgeben, nicht mich beugen wollte. Nur Gott sollen wir lieben, und nur dem Himmel leben!‹

Da kam Fara, ziemlich unwirsch, in das Zelt: ›Du hast nicht Wort gehalten, König!‹ grollte er. ›Alle Waffen und Feldzeichen auszuliefern hast du gelobt: – aber das wichtigste Beutestück – Belisar band mir es auf die Seele, – er sah, wie es aus der Schlacht gerettet ward und ich selbst erblickte es vor kurzem noch, bei unserm Sturm, in eines Weibes Hand, – die große Fahne König Geiserichs: sie fehlt! Unsere Leute, ich selbst, von Vandalen geführt, suchten oben alles danach ab: wir fanden nur in der Asche einer verbrannten Hütte – neben Gebein – diese goldnen Nägel: die Vandalen sagen, sie sind vom Schaft der Fahne. Hast du sie verbrannt?' ›O nein, Herr, ich hätte dir und Belisar den Tand gegönnt. Das that ein Weib: – Hilde. Sie hat sich selbst gemordet. Gott, ich flehe dich an für sie: vergieb ihr!‹ – Und das ist nicht Heuchelei. Ich versteh' ihn kaum. Doch zwingen auch mir diese wundersamen Ereignisse Gedanken auf, denen ich sonst gern ausweiche. Wer einmal Philosophie gekostet hat, – ich laufe vor ihr davon, aber ich trage sie im Kopfe mit! – der wird sie nicht wieder los: die Frage nach dem Warum?

Nun sind ja von jeher in den Geschicken der Menschen Glücksfälle eingetroffen, die alles Erwarten übersteigen. Allein ob jemals ein Unternehmen von solchem Glücke getragen ward wie das unsrige, das ist doch zweifelhaft. Belisarius selber staunt. Fünftausend Reiter – denn unser Fußvolk kam fast nicht zum Schlagen – fremde Ankömmlinge, die, nachdem sie ans Land gesetzt waren, keinen Hafen hatten, keine Burg, keinen Fleck Erde besaßen in ganz Afrika als die Scholle, darauf sie standen, nicht wußten, wo sie ihr Haupt hinlegen sollten, – fünftausend Reiter haben, in zwei kurzen Gefechten, gegen zehnfache Übermacht, das Reich des fürchterlichen Geiserich zerstört und dessen Enkel gefangen, dessen Königsburg und Königsschatz erbeutet! Es ist unfaßlich. Hätt' ich's nicht staunend selber mit erlebt, ich würd's nicht glauben! Lebt am Ende doch ein Gott in den Wolken, der wunderthätig die Geschicke lenkt?

Viel that Belisars Feldherrnschaft und unser tapferes, kampfgeschultes Heer. – Einiges, aber nicht gerade viel, that, wie jetzt erhellt, des Verus lang voraus angezettelte und bis ans Ende durchgeführte Verräterei: er hat ohne unser Wissen all diese Zeit mit dem Kaiser und zumal mit der Kaiserin Briefe gewechselt. Das meiste that die Entartung des Volkes, ausgenommen das Königshaus, das drei Männer im Kampfe verlor. Sehr, sehr viel verdarb dieses Königs unerklärliche, widerspruchvolle Art. Allein all das hätte nicht so raschen Erfolg bewirkt, ohne das beispiellose Glück, das uns von Anbeginn begleitet hat.

Und dieses Glück, ist es blind? Ist es Gottes Werk, der die Vandalen strafen wollte für ihrer Ahnen und für eigene Schuld? Mag sein! Und nicht ohne Ehrfurcht beug' ich mich solchem Walten. Aber – und hier zupft mich leise wieder der spöttische Zweifel, der mich nie ganz verläßt – dann muß man sagen, daß der liebe Gott nicht wählerisch ist in seinen Werkzeugen. Denn schwerlich überragen an Tugend diesen Gelimer und seine Brüder Theodora, Justinian, selbst Belisar: und vielleicht nicht einmal dein Freund, o Cethegus, der dies geschrieben hat.«

Zweiundzwanzigstes Kapitel.

Am Tage nach der Ergebung Gelimers ward das Lager Faras abgebrochen und der Zug der Sieger und der Gefangenen setzte sich in Bewegung nach Karthago; eilende Boten an Belisar flogen voraus.

An der Spitze ritten Fara, Prokop und die anderen Führer auf Rossen und Kamelen, in der Mitte wurden die gefangenen Vandalen geführt, der Vorsicht wegen an Händen und Füßen gefesselt mit Ketten, die das Gehen oder selbst das Reiten, aber nicht das Laufen verstatteten; sie waren von Fußvolk umgeben; den Schluß bildeten die hunnischen Reiter. So zog man langsam, nachts unter Zelten rastend, in vierzehn

Tagen den Weg zurück, den man in rastloser Verfolgung in acht Tagen durchmessen hatte.

Verus ritt meist allein: er mied die Vandalen, und die Byzantiner – mieden ihn.

Am zweiten Tage nach dem Aufbruch von Berg Pappua – Fara und Prokop waren weit voran – in einer Krümmung des Weges hielt der Priester das Roß an und wartete: die Gefangenen kamen heran. Manche gefesselte Faust hob sich gegen ihn empor, mancher Fluch ward wider ihn ausgestoßen; er sah es nicht, er hörte es nicht. Endlich kam, einen Stab, der in ein Kreuz auslief, in der gefesselten Rechten, Gelimer zu Fuß herangewankt. Verus drängte sein Pferd durch die Reihe der Wächter, er ritt nun dicht neben ihm; der Gefangene sah auf: »Du, Verus!« Er erschauerte. – »Ja, ich: Verus. Ich erwartete dich hier: – dich und diese Stunde! Diese Stunde, die nun endlich, zögernd, kam, diese Stunde habe ich herbeigesehnt, herbeigewünscht, herbeigeführt durch Gebet, durch Rat und That: für diese Stunde allein habe ich gelebt, gelitten, gerungen jahre-, jahrzehntelang.« – »Und warum, o Verus, warum? Was hab' ich dir gethan?« Da lachte Verus grell auf und riß sein Roß am Zügel, plötzlich anhaltend. Gelimer erschrak: – er hatte diesen Mann selten lächeln sehen, niemals laut lachen gehört. »Warum? ha, ha! Du kannst noch fragen? Warum? – Weil ... –! Doch um diese Frage zu beantworten, müßte ich die ganze Geschichte unserer – der Römer, der Katholiken – Leiden hersagen vom ersten Schritt an, den Geiserich auf dieser Erde gethan! Warum? Weil ich der Rächer, der Vergelter bin des hundertjährigen Verbrechens, das da genannt wird: das Vandalenreich in Afrika. Hört es, ihr Heiligen im Himmel! Dieser Mann: – er stand dabei, als alle die Meinigen scheußlich hingewürgt wurden, und er frägt: *warum* ich sein Volk und ihn gehaßt und nach Kräften vernichtet habe?« – »Ich weiß ... –«

»Nichts weißt du! Denn du kannst mich fragen: *warum*? Du weißt, willst du sagen, von meiner verröchelnden Mutter Fluch? Aber das weißt du nicht – denn betäubt warst du umgefallen – daß ich, als sie den Fluch auf dich schleuderte, mich losriß aus meinen Stricken, von meinem Marterpfahl, daß ich da auf meine Mutter sprang, in die Flammen hinein, daß ich sie umschlang und mit ihr sterben wollte. – Sie aber stieß mich zurück aus der Lohe und rief: ›Lebe! Lebe und räche mich – und all die Deinen – und vollführe den Fluch an diesem da und an all den Seinen.‹ Und nochmal drang ich vor und schlug ein in die Hand der Sterbenden und schwor ihr's zu mit letztem Handschlag. Und deine Krieger rissen mich weg von ihr: und ich sah sie versinken in den Flammen und mir vergingen die Sinne.

Aber als ich erwachte, da war ich kein Knabe mehr: – ich war der Rächer! Und ich sah und hörte nichts und fühlte nichts als jenen letzten Händedruck der Mutter, ihren Blick und meinen Schwur. Und ich schwor meinen Glauben ab – zum Schein! Und ihr, elende, vor Hochmut dumme Barbaren, ihr glaubtet, aus Feigheit, aus Furcht vor Folter und Flammen, hätte ich das gethan! O wie oft habe ich eure, hab' ich in früheren Jahren auch deine – du blöder Thor! – Verachtung, stumme, kaum verhehlte Geringschätzung gefühlt und ertragen mit tödlichem Haß, mit einer Wut, die mir das Herz, die Eingeweide brannte. Hochfahrende Brut von eiteln Thoren! Feigheit, Furcht, euch das Schimpflichste des Schimpfes, – *mir* schobt ihr sie ohne weiteres unter! Blinde Narren! Als ob ich nicht mehr gelitten, zehnmal mehr als den Feuertod, all diese Jahre mich selbst bezwingend, der Karthager, der Katholiken Verabscheuung meiner Abtrünnigkeit ohne ein Wort der Aufklärung erduldend, mich selbst in Zucht haltend, jede Regung meines Herzens in Haß und Zorn und Hoffnung im Keim erstickend, damit ihr nichts davon gewahrtet, mich selbst künstlich versteinend, indes mein ganzes Wesen sich in Glut verzehrte! Euch dienen, euren gotteslästerlichen Gottesdienst als euer Priester mitfeiernd, eure unerträgliche Prahlerei ertragend! Denn ihr Germanen seid, ohne laut zu prahlen, – diese eure *lauten* Prahler erträgt man leicht: man verachtet sie – aber ihr seid *stille* Prahler. Ihr schreitet über die Erde hin, als müßtet ihr stets etwas zertreten, ihr werft das Haupt in den Nacken, als grüßtet ihr im Himmel eure Ahnen und nicktet ihnen zu: ja, ja, *uns* gehört die Erde! Und daß ihr es gar nicht mehr wißt und fühlt, wenn ihr uns auf das tödlichste beleidigt durch solch Gebahren, weil sich's von selbst verstehe – das ist das Unerträglichste von allem. O wie ich euch hasse« – und er schlug mit der Gerte nach dem neben seinem Rosse Schreitenden, der den Streich empfing, aber nicht zu fühlen schien. »Ihr Barbaren, vor wenigen Menschenaltern noch Kuhdiebe an den Grenzen unseres Reiches, zu Hunderttausenden von uns geschlachtet, verknechtet, den Bestien vorgeworfen, – nackte, hungernde Bettler, die dankbar die Brosamen aufleckten, die römische Großmut euch zuwarf! – Hin müßt ihr werden, alle, alle, ihr Stiere, ihr Wölfe, ihr Bären, welche die tierische Kraft allein und Gottes Zulassung, – zur Strafe unserer Sünden – in das Römerreich hat brechen lassen.

Hin müßt ihr werden!« – Und er hob wieder die Gerte zum Schlag: da sah er eines herkulischen Wächters Auge drohend auf sich gerichtet: – verlegen senkte er den Arm.

Gelimer schwieg immer; nur manchmal seufzte er. »Und dein Gewissen?« sagte er jetzt, ganz sanft. »Hat es dich nie gestraft? Ich – seit jener Löwengefahr – ich traute dir ja ganz, ich gab dir mein Herz in die Hand, du warst mein Beichtiger: schämtest du dich denn nicht?«

Da schoß einen Augenblick helle Röte über des Priesters bleiches Antlitz: aber nur wie ein Wetterleuchten. Gleich darauf erwiderte er: »Ja! So thöricht war mein Herz – manchmal: zumeist im Anfang. Aber,« fuhr er grimmig fort, »immer überwand ich diese Anwandlung von Schwäche, wenn ich mir sagte, wenn ich es fühlte, – und euer beleidigender Hochmut sorgte dafür, daß ich es alle Tage fühlte: ah, jener Zazo! am meisten hab ich den gehaßt: – sie halten dich für so niederträchtig, daß du aus Feigheit vor all der Deinen Leichen deinen Glauben abschwörst! Sie wähnen, diese frechen, diese maßlos dummen Barbaren – aber es ist noch mehr Hochmut als Dummheit! – du – du, dieser Eltern Sohn, könnest ihnen wirklich ergeben sein, könnest der Deinen Martern vergessen, – um ihnen zu dienen, und ihrer brutalen, gewaltthätigen Herrlichkeit. So denken sie von dir, so unabsehbar niedrig! Räche dich, strafe sie für diese unertragbare Überhebung! – O auch der Haß ist eine Wollust: der Haß von Volk zu Volk! Und gehaßt sollt ihr werden, ihr Germanen, solange noch ein Tropfen Blutes rinnt in andern Völkern: – bis in den Tod, bis ihr zertreten seid!« – Und er schlug mit der Faust hart auf das bloße Haupt des neben ihm wankenden Königs. Gelimer sah nicht auf: er zuckte nicht. »Was drohest du da leise in den Bart?« forschte jener sich herunter neigend. »Ich betete nur – ›wie auch wir vergeben unsern Schuldigern!‹ Aber – das ist auch vielleicht noch Überhebung, Sünde –! Du bist – vielleicht! – gar nicht mein Schuldiger. Du bist vielleicht wirklich –« er erschauerte abermals – »mein Engel, den Gott mir gesendet, nur nicht zum Schutze, wie ich in Eitelkeit wähnte, sondern zur Strafe. –« »Dein *guter* Engel war ich nicht,« lachte der andere. – »Aber – wenn es vergönnt ist, zu fragen –?« »Frage nur! Ich will sie auskosten, diese Stunde!«

»Wenn du mich so hassest, – die Mutter rächen wolltest an mir, – warum dieses lange, jahrelange Spiel? Oft und oft – schon als ich bei dem Löwen lag – hättest du mich töten können: warum also?« – »Dumm gefragt! Hast's noch nicht – noch immer nicht! – begriffen? Du Thor? Wohl haßte ich dich: aber doch noch mehr – dein Volk! Dich umbringen – o es reizte wohl! Und hart und schwer habe ich damals mit meinem Haß gerungen, ob ich den Tod nicht dir geben solle statt dem Löwen. Ich zauderte ...–« – »Ich sah das.« – »Aber ich erkannte: hier, in diesem Manne, lebt die Seele des Vandalenvolks. Ihn auf den Thron heben und dann ihn beherrschen, das heißt sein Volk beherrschen. Töt' ich ihn jetzt, treib' ich Hilderich zum geheimen Abschluß mit Byzanz: – Zazo, Gibamund, andere werden tapfer, werden lange widerstehen. Aber wird dieser, der vor allen sein Volk retten könnte, König und steht er dann als König unter meiner Gewalt, so ist sein Volk am sichersten verloren. Ihn töten, wird's nötig, dazu findet sich wohl immer noch Gelegenheit.

Besser als ihn töten, durch ihn das Vandalenvolk beherrschen und – verderben!«

Da stöhnte Gelimer; er wankte; er griff unwillkürlich nach des Pferdes Hals, sich zu halten. Verus stieß seine Hand hinweg: er strauchelte und fiel in den Sand; gleich stand er wieder auf und ging weiter. »Hat dich der Pfaff geschlagen, König?« rief der Heruler drohend. »Nein, mein Freund.« Aber Verus fuhr fort: »Hilderich mußte den Thron räumen. Denn gar nicht unbedingt war er mir zu Willen: er verlangte allerlei Schonung für die Vandalen: und Justinianus wollte sie gewähren. Ich aber wollte Gelimer und die Vandalen nicht bloß zu Unterthanen des Kaisers machen, – vernichten wollt' ich sie. Dein plumper Bruder entdeckte meinen Verkehr mit Pudentius: – ward ich damals durchsucht, *fand* man des Pudentius Brief, war alles verloren. Statt dessen *gab* ich ihn: ich verriet des Tripolitaners Aufenthalt: ich wußte, er war schon, auf meinem besten Renner, aus den Thoren. Der König und du – ihr gingt in die Falle meiner Warnungen, beide. Ich freute mich, wie rasch du doch bereit warst, an Hilderichs Schuld zu glauben, weil du sie – wünschtest! Weil du vor stiller, ob auch verhaltener Gier nach der Krone branntest! Zeigte man dir die Gefahr, sie einzubüßen, sprangst du in jedes dir gestellte Netz. Deine Gier nach der Krone, – das ist deine wahre Schuld und Sünde. Hast du auch Hilderich in gutem Glauben entthront, – wie flink warst du, wie hitzig, dir die Krone zu sichern! Ich stand dabei, ich sah's mit an, wie du den armen Hoamer niederschlugst: der doch in vollem Rechte war, da er den Mordplan Hilderichs leugnete. Ein Gottesurteil nanntest du den Zweikampf, Gottes Gerechtigkeit wähntest du darin zu dienen: – und nur der eignen Herrschsucht dientest du und, durch sie, – mir! Deine Leidenschaft – der Satan, nicht Gott! – gab dir die Begeisterung, die rasche Kraft des Armes, der Hoamer sofort erlag: ein Teufelsurteil, ein Sieg der Hölle, nicht ein Gottesurteil war's. Nun ward ich dein Kanzler: das heißt dein Verderber. Ich brach offen mit dem Kaiser: ich verhandelte im geheimen weiter mit der Kaiserin. Ich entfernte eure Flotte nach Sardinien, nachdem ich, Tage zuvor, die Einschiffung Belisars erfahren. Nach dem Schlage von Decimum riet ich, dich und das Heer in Karthago einzuschließen. Ein halb Jahr früher wäre das Spiel zu Ende gewesen: dies einzige mißlang: du folgtest mir nicht. Verhüten mußt' ich Hilderichs Rechtfertigung vor dir: – ich nahm den Brief, den Warnungsbrief, den ich diktiert hatte, aus der Truhe, bevor ich sie Hilderich durchsuchen ließ. Leben bleiben sollte aber kein Sproß von Geiserichs Geschlecht: – Justinian hätte deine beiden Gefangenen nach Belisars Sieg ehrenvoll empfangen! – Ich ließ sie töten durch meinen Freigelassenen und sicherte dessen Flucht. Dich aber – das hatt' ich mir längst aufgespart für die Stunde deiner kräftigsten Erhebung, für den Fall der äußersten Gefährdung unserer Pläne – dich zerschmetterte ich im rechten Augenblick durch die Enthüllung, daß du Hilderich ohne Grund damals entthront und jetzt gemordet. Jedoch nicht eher war der Mutter Fluch und mein Eid erfüllt, bis du in Ketten gingst, als Justinians Gefangener. So teilte ich, um sicher dein Entkommen zu verhindern, alle Not, alles Elend dieser drei Monate mit dir. Briefe des Königs Theudis hatten schon nach dem Gefecht von Decimum deine Rettung durch die Küstenstämme und durch westgotische Schiffe angeboten: – du sahst jene Briefe nie: ich unterdrückte sie. Erst als die Rettung wirklich winkte, als du die Hand schon danach ausgestreckt, – erst da warf ich, dich vollends zu zermürben, den Trug, die Hüllen, ab. Jetzt werd' ich dich noch Justinians Füße küssen sehen im Hippodrome zu Byzanz: – das ist das letzte von der Mutter Fluch, von meinem Eidschwur und von meines Volkes Rächung.«

Er schwieg; sein Antlitz glühte, sein Auge schoß Blitze auf den Gefangenen nieder.

Dieser beugte sich und küßte ihm den Schuh im Steigbügel. »Ich danke dir! Du also bist die Rute Gottes, die mich schlug und schlägt. Ich danke für jeden Streich Gott und dir, wie ich Gott und dir dankte, als ich dich meinen Schutzengel wähnte. Und hast du dich dabei etwa gegen mich, gegen mein Volk versündigt, – ich weiß es nicht zu sagen! – so verzeihe dir Gott, wie ich dir voll verzeihe.«

Dreiundzwanzigstes Kapitel.

An Cethegus Prokopius.

»Auf dem ganzen Wege nach Karthago ging er zu Fuß: er lehnte Roß und Kamel ab. Er schwieg oder er betete laut in lateinischer, nicht mehr in vandalischer Sprache. Fara bot ihm angemessene Kleider anstatt dieses zerschlissenen, halb zerfetzten Purpurmantels, den er auf bloßem Leibe trägt. Der Gefangene dankte und bat um einen Bußgürtel mit spitzen Stacheln auf der Innenseite, wie ihn die Einsiedler tragen in der Wüste. Wir wußten kein solch unsinnig Gerät aufzutreiben, auch mißbilligte wohl Fara den Wunsch; da fertigte sich der »Tyrann« selbst einen solchen aus einem weggeworfenen Pferdezügel, den er fand, und aus den harten Stacheldornen der Wüstenakazien. Dicht vor dem Thore seiner Königsstadt brach er zusammen: sein Antlitz sank auf den Sand der Straße. Verus blieb hinter ihm stehen, zögernd: er hob den Fuß! Ich glaube, er wollte ihn auf des Königs Nacken setzen: aber Fara, der den gleichen Argwohn fassen mochte, riß den Priester unsanft nach vorn und hob den Gefallenen mit gutem Zuspruch auf. Gleich hinter dem numidischen Thor, auf geräumigem Platz, in der Vorstadt Aklas, hatte Belisarius den größten Teil der Truppen aufgestellt, drei Seiten des Vierecks füllend; die vierte, gegen das Thor hin, blieb offen. Dem Thor gerade gegenüber, auf erhöhtem Sitz, thronte der Feldherr, in vollem Waffenschmuck; über seinem Haupte ragten die kaiserlichen Feldzeichen, zu seinen Füßen lagen die Scharlachfähnlein und Scharlachbanner der Vandalen, die wir erbeutet zu vielen Dutzenden: jede Tausendschaft führte solche; nur das große Königsbanner fehlt: – es ward nie aufgefunden. – Um Belisarius her standen die Anführer seiner siegreichen Scharen, auch viele Bischöfe und Geistliche, dann die Senatoren, vornehme Bürger Karthagos und der übrigen Städte, zum Teil erst in diesen Monaten wieder aus Verbannung oder Flucht zurückgekehrt; auch Pudentius von Tripolis und sein Sohn standen frohlockend darunter. Zur Linken Belisars lag, auf Purpurdecken vor seinen Füßen hingebreitet, in kunstvoll geordneter Unordnung gehäuft und ausgeschüttet, der Königshort der Vandalen: viele goldene Stühle, der Wagen der vandalischen Königin, eine unabsehbare Menge von Schmuck jeder Art, – wie funkelten die Edelsteine unter der strahlenden afrikanischen Sonne! – das ganze silberne Tafelgerät des Königs, viele zehntausende von Pfunden wiegend, und alle andre Ausstattung der Königsburg: dazu Waffen, Waffen ohne Zahl aus den Rüsthäusern Geiserichs: – auch alte römische Feldzeichen, die nach einer Gefangenschaft von vielen Jahrzehnten nun wieder befreit waren: Waffen genug, den Erdball damit zu erobern, in den Händen tapfrer Männer: römische Helme mit stolz geschweiftem Kamm, germanische Eber- und Büffelhauben, maurische Schilde, mit Pantherfellen überzogen, maurische Hauptbinden mit wallenden Straußenfedern, Panzer aus Krokodilhaut, – wer zählt die bunte Fülle auf! Zur Rechten Belisars aber standen, die Hände auf den Rücken gebunden, die vornehmsten der Gefangenen, Männer und auch viele Frauen der Vandalen: schöne, üppige Gestalten. – Das ganze Bild jedoch ward, wie von einem ehernen Rahmen, eingefaßt von den Geschwadern unserer Reiter und den dichten Haufen unseres Fußvolks: – wie wieherten die Rosse, wie wogten die Helmbüsche, wie klirrte das Erz und warf weithin blendend seinen Schimmer! Ein herrlich Schauspiel, das jedes Mannes Herz mit Entzücken füllen mußte, der es nicht als Besiegter mit ansah. Hinter unsern Kriegern drängte sich neugierig das Volk von Karthago heran, durch manchen Stoß mit dem Speerschaft belehrt, daß es gar nichts zu sagen und zu bedeuten habe bei der Befreiung seiner selbst und Afrikas, die hier gefeiert ward. Das Ganze war wie das Vorspiel des Triumphes im Hippodrome zu Byzanz, den der Kaiser dem Feldherrn bereits zugesagt hat.

Innerhalb des gewölbten Thores hielt unser kleiner Zug, der verabredeten Zeichen harrend. Ein Tubastoß: Fara und ich, gefolgt von einigen Unterfeldherrn und dreißig Herulern, ritten auf den Platz ein bis vor Belisars Stuhl. Der gebot uns, abzusteigen, stand auf, umarmte und küßte Fara und hing ihm eine große, goldne Scheibe um den Hals, den Siegespreis für Einbringung eines gekrönten Königs. Mir aber drückte er die Hand und bat mich, ihn auch auf allen künftigen Zügen zu begleiten. Das ist mir höchster Lohn: denn ich lieb' ihn nun einmal, den Mann mit dem Mut eines Löwen und dem Herzen eines Knaben!

Wir stellten uns auf einen Wink rechts und links von seinem Thron. Zwei Tubastöße: in reichstem Ornat katholischen Priestertums – ich bemerkte, auch die schmale, arianische Tonsur war in die breitere, katholische verwandelt – trat Verus aus dem Thor auf den Platz: hoch aufgerichtet, stolz das Haupt in den Nacken geworfen. Man sah es ihm an, er dachte: »Ohne mich wäret ihr nicht hier, ihr hochfahrenden Soldaten!« – Aber das ist erstens durchaus nicht wahr: wir hätten wahrlich auch ohne ihn gesiegt, wenn auch schwerer, langsamer. Und sofern es etwa doch richtig, – gerade sofern verdroß es meinen Freund Belisar. Der zog die Brauen zusammen und maß den Heranschreitenden mit einem Blick der Verachtung, den dieser nicht ertrug: er schlug die finstern Wimpern nieder, als er sich – hochmütig genug – verneigte.

›Ich habe dir einen Brief des Kaisers zu verlesen, Priester,‹ sprach Belisar, ließ sich eine purpurfarbene Papyrusrolle reichen, küßte sie und las: Imperator Cäsar Flavius Justinianus, der fromme, glückliche, ruhmvolle Sieger und Triumphator, allezeit Augustus, Besieger der Alamannen, Franken, Germanen, Anten, Alanen, Perser, jetzt auch der Vandalen, der Mauren und Afrikas, an Verus den Archidiakon.

Du hast es vorgezogen, anstatt mit mir, mit der Kaiserin, meiner geheiligten Gemahlin, geheimen Briefwechsel zu führen über den durch unsere Waffen mit Gottes Hilfe herbeizuführenden Sturz der Tyrannen. Sie versprach dir, falls wir siegten, den von dir gewünschten Lohn bei mir zu erbitten. Theodora bittet nicht vergebens bei Justinian. Nachdem du nachgewiesen, daß du nur zum Scheine den Ketzerglauben angenommen, daß du im Herzen und auch deinem katholischen Beichtvater gegenüber, der dir für jenen äußeren Schein der Sünde Dispens zu gewähren ermächtigt war, stets den rechten Glauben bekannt, giltst du, insgeheim mit den katholischen Weihen versehen, als rechtgläubiger Priester. Und so befehle ich denn Belisarius, dich angesichts dieses Briefes allsogleich als katholischen Bischof von Karthago auszurufen. – Hört, ihr Karthager und ihr Römer all': ich verkünde in des Kaisers Namen Verus als katholischen Bischof von Karthago! – dir die Bischofsmitra aufzusetzen und den Bischofstab zu reichen. – Knie nieder, Bischof.«

Verus zögerte. Es schien, er wollte lieber stehend die goldgestickte Mitra empfangen: aber Belisar hielt die ihm dargereichte so niedrig, so hart an seinen eigenen Knieen, daß dem Priester wohl nichts übrig blieb, als sich zu fügen, sollte die begehrte Zier und sein Kopf zusammentreffen. Sowie er sein Haupt bedeckt fühlte, sofort schnellte er wieder empor. Belisar gab ihm nun den gebogenen reichvergoldeten Hirtenstab in die Hand. Da wollte der Bischof, hoch sich aufrichtend, an des Thrones rechte Seite treten. Aber Belisar rief: ›Halt, o Heiligster! Des Kaisers Brief ist noch nicht zu Ende.‹ – Und er las fort:

›So ward dir denn der gewünschte Lohn. – Aber Theodora bittet, wie du soeben erfahren, nicht vergebens bei Justinian; so erfülle ich denn auch ihre zweite Bitte. Allzugefährlich, meint sie, ist ein so kühner und so verschlagener Mann auf dem bischöflichen Stuhle von Karthago: du könntest deinem neuen Herrn dienen wie deinem alten. Deshalb bat sie mich, daß Belisarius dich, angesichts dieses Wortes, sofort ergreifen läßt‹: – auf einen Wink Belisars legte Fara, blitzschnell und sichtlich sehr erfreut, dem Erbleichenden die gepanzerte Rechte schwer auf die Schulter. – ›Denn du bist auf Lebenszeit verbannt nach Martyropolis am Tigris, an der Persergrenze, soweit wie möglich von Karthago, wo an deiner Statt, als dein Vicarius, der Kaiserin Beichtvater, den sie aus Byzanz versetzt wünscht, des bischöflichen Amtes walten wird – mit Einwilligung des heiligen Vaters zu Rom. Dort, zu Martyropolis, sind Strafbergwerke. Du wirst sechs Stunden im Tage der Sträflinge Seelsorge pflegen. Damit du aber dies besser vermagst, indem du deren Seelenstimmung völlig kennst, wirst du die andern sechs Stunden ihre Arbeit teilen. – Fort mit ihm!‹

Verus wollte antworten: aber schon schmetterte wieder laut die Tuba und bevor sie zum dritten Male rief, war der Priester von sechs Thrakern von dem Festplatz bereits weit hinweggeführt und verschwunden in der Hafenstraße.

›Jetzt ruft Gelimer, den König der Wandalen,« sprach der Feldherr laut‹

Und Gelimer trat aus dem Thor auf den Platz, die Hände mit einer goldenen Kette gefesselt; man hatte ihm eine der vielen im Königshorte gefundenen goldenen Zackenkronen auf das lange, wirre Haar gedrückt und über seinen zerfetzten, alten Purpur und den Bußgürtel einen prachtvollen, neuen Mantel aus jenem königlichen Stoff geworfen; willenlos, regungslos, schweigend hatte er alles mit sich geschehen lassen; nur gegen die Krone hatte er sich zunächst gesträubt: dann sprach er sanft: ›Wohl denn: – meine Dornenkrone!‹ Ebenso willenlos, schweigend, regungslos, wie eine wandelnde Leiche, kam er nun mit langsamen, langsamen Schritten den wohl dreihundert Fuß breiten Platz auf Belisar zugegangen. Während bei der Nennung seines Namens ein lautes Flüstern, vermischt mit einzelnen Rufen, durch die Reihen geflogen war, – jetzt, da sie ihn sahen, verstummten sie alle, die vielen Tausende: der Hohn, der Triumph, die Neugier, die Rachsucht, das

Mitleid, sie alle fanden keinen Ausdruck mehr: sie verstummten vor der Majestät dieses Anblickes, der Majestät des höchsten Elendes.

Ganz allein ging der gefangene König über den Platz. Kein anderer der Gefangenen, auch kein Wächter, kein Krieger begleitete ihn. Er hielt die Augen, von den langen Wimpern überschattet, auf den Boden geheftet: tief eingesunken lagen sie in ihren Höhlen, tief eingefallen waren die bleichen Wangen; die mageren Finger der Rechten waren fest um ein kleines Holzkreuz geklammert. Blut sickerte – man sah es, wo sich der Mantel beim Schreiten verschob – von seinem Gürtel an seinen nackten Beinen in zögernden Tropfen nieder auf den weißen Sand des Festplatzes.

Alles schwieg: – Totenstille herrschte in dem weiten Raum: die Leute hielten den Atem an, bis der Unselige vor Belisarius stand.

Tief erschüttert fand auch dieser keine Worte.

Er streckte gütig dem vor ihm Stehenden die Rechte entgegen. Der schlug jetzt die großen Augen auf, sah Belisar im Glanz von Gold und Waffen vor sich, blickte rasch nach allen drei Seiten des Platzes, sah rings die Pracht und den stolzen Pomp kriegerischer Herrlichkeit, hoch flatternd die Fahnen der Sieger, auf dem Boden die Feldzeichen der Vandalen und ihren glitzernden Königshort: da hob er plötzlich – wir alle erschraken, da dieser Leichnam in so wilde Bewegung ausbrach – die beiden Hände mit der langen Goldfessel hoch über das Haupt und schlug sie zusammen, daß es laut schallte; das Kreuz entfiel ihm: er stieß ein gellendes, gellendes Lachen aus. ›Eitelkeit! Alles ist eitel!‹ schrie er dann und warf sich auf das Antlitz nieder in den Sand, gerade vor des Belisarius Füße! ›Ist das Krankheit?‹ flüsterte dieser mir leise zu.

›O nein,‹ erwiderte ich ebenso. ›Verzweiflung ist es. Oder Frömmigkeit. Er hält das Leben nicht des Lebens wert: alles Menschliche, alles Irdische, auch Volk und Staat, für sündig, für eitel, für nichtig. Ist nun dies das letzte Wort des Christentums?‹

›Nein, das ist Wahnsinn,‹ rief Belisarius der Held. ›Auf, meine Tapfern! Laßt nochmal die Tuba schmettern, die Römertuba, die die Welt durchdröhnt! In den Hafen! An Bord! Und zum Triumphzug – nach Byzanz!‹«

CPSIA information can be obtained
at www.ICGtesting.com
Printed in the USA
LVHW101134291222
736096LV00026B/521

9 783368 470326